基礎義大利語

就看這一本

字彙、慣用語、文法、生活會話

Chi va piano va sano e lontano.

康華倫（Valentino Castellazzi） 著
王志弘　編校

PREFAZIONE
序言

轉眼間，1996年出版的拙著《初級義大利文》問世迄今已逾20個年頭。其間雖曾歷經一次局部的修訂改版，但在面對當前義語教學現場的需求時，我認為尚有重新調整內容的必要，遂有本書的編纂。

作為學習義大利語的入門教材，本書仍保留前作的體例，以日常生活的會話（Conversazione）情境或短文（Testo）為主軸，從中呈現出各種實際常用的慣用語（Idiotismo），並且引出基礎文法（Grammatica）的梗概。俾令讀者能夠較有效率地掌握義大利語的使用。本書同時也具有義大利語文法用書的功能，讀者可根據書末附錄（Appendice）所提供的「文法索引」及「動詞變化表」，複習初階文法內容、或翻查動詞變化的模組。

本書尚整合有舊作《簡易義大利文實用會話》的部分內容，即配合相關課程主題而構成的分類詞彙（Vocabolario⁺）、以及介紹義大利旅遊生活需知的生活漫談（Appendice⁺）等兩項補充單元；在本書的最後，也備有全書的總字彙（Lessico）。讀者可藉由這些安排，自行創造練習時的變化、精進字彙，從而提升學習義大利語的興趣。

為了緩和中文及義大利文這兩種語文之間的結構差異，在本書所揭示的短文、會話及例句旁，也提供有英文的對照翻譯；同時，為了盡可能地反映出義大利文的語句結構，這些英文譯句的結構表現未必符合當代英文的正確用法，讀者切勿據以作為英文學習的素材。

當我在1983年著手撰寫義大利語教材時，曾蒙時任輔仁大學法文系系主任趙德恕神父（Fr. Imre P. Zsoldos SVD, 1931-2009）撰寫一篇義大利語發音規則的英文文稿，該文嗣後更構成前揭二本舊作的導論。本書的導論雖未再直接沿用趙神父文稿，但仍根據其所提示的要點加以改訂構成發音規則的內容，特此誌之，以示對故人的感謝與懷念。

本書中文部分的改寫、修訂及審校，皆有賴臺灣大學法律學院王志弘博士生的協助；我也要感謝邱奕菁（Cloe Chiu）女士與我共同完成導論圖像的拍攝。另外，牽成本書出版的鄭伊庭女士、協助本書完稿的辛秉學先生，以及秀威資訊其他鼎力襄助本書出版的朋友們，在此我也要表達我的謝意。

衷心期盼上述合眾人之力所完成的種種編纂安排，能夠讓本書的讀者感受到這是一本內容完備、具可讀性、容易瞭解且有益的書。

Valentino Castellazzi（康華倫）

Taipei, iuglio 2017

關於義大利語文的一些學習建議

學過英文的人，就算並未正式學習義大利文，其實也已經知道很多的義大利文單字了，例如：pizza（披薩，即義大利脆餅）、antipasto（開胃第一道菜，冷盤）、tutti frutti（百果冰，即什錦水果冰品），以及一些藝術、音樂方面的專有名詞：studio（畫室）、fresco（壁畫）、opera（歌劇）和 crescendo（漸次強音）等等。Espresso（義式蒸餾咖啡）和 Chianti（[酒名]基安蒂酒）皆為世界聞名的飲料。汽車方面，眾所週知的 Fiat（飛雅特），賽車愛好者對 Ferrari（法拉利）、Lancia（領先）和 Alfa Romeo（愛快羅密歐）都有很好的評價。全世界機踏車的規格是由 Lambretta（蘭伯特）、在台灣的 Piaggio（比雅久），以及 Vespa（偉士牌；胡蜂）所制定。Olivetti 牌打字機和 Necchi 牌縫紉機也是同樣聞名於世。除此之外，我們也都認得 villa（別墅）、palazzo（大廈）、gondola（威尼斯之長狹平底小船）和 libretto（劇本）等字，就此來看，實在無需遲疑於我們對義大利文的認識。

羅馬不是一天造成的，語言學習也不是一週便可精通的。儘管坊間不乏有冠著各種誘人書名的語言教材，但那未必貼近現實，而毋寧只是為了促銷書籍的宣傳用語。正如義大利的諺語所說：「Chi va piano va sano e lontano.（循序漸進，慢工出細活）」，語言學習與從事任何有價值的事一樣，都需要耐心和耐力。換言之，它是一個漸進和持久的過程：以房屋的構築而論，它會是由一磚一瓦所累積而成；對應到語言學習的歷程，則其所需的「建材」便會是（各種詞類的）字詞和片語。從而，要學好義大利語其實並非難事，關鍵只會在於持續反覆且確實地誦讀一些可實際用於會話的字詞與片語，而不在於鑽研過度複雜的文法內容、或是死背一長串的生字表。

大多數的人，包括兒童在內，學習語言都要靠聽、模仿和一再地大聲覆誦。此外，在學習某樣事物時，愈是加以用心，就會學得愈快愈好。若細心地模仿與持續的反覆得以成為學習語言的部分過程，則「看（閱讀）」便會和「聽」一樣具有效果。實際上，當學習者有熱切的慾望想增進其語言溝通能力時，這便會是最典型且具備高度效率的學習方法。

以下十點建議請牢記在心：

① 認真地看課文。如果你沒有人指導時，即需這樣做。

② 發音清楚。如果你恪守發音指南的建議，那麼每個字母、單字、片語，聽起來就會有義大利腔。

③ 注意重音。查閱每個字，並大聲覆誦多次，尤其是那些重音位置不

尋常的字。字的重音一旦放錯位置，便會令人完全無法瞭解。

④ 循序漸進。即使有些課文很簡單，在進到下一課前，仍需重覆練習，並儘可能地仔細研讀。對一個學習者來說，最容易掉入的陷阱，便是急著一步登天。再一次提醒你自己：Chi va piano va sano e lontano.

⑤ 大聲誦讀且持續不斷地重覆。當大聲地誦讀，並持續不斷地重覆，這些字和詞句連同聲音、音調，以及意義，對你來說便會顯得自然，而且使你牢記在心。

⑥ 創造變化。運用其它你所認識的字或片語，來替換或說明你已接觸到的語句，如此一來，你才能更加主動地增強你的義大利文能力，而不會只有消極被動地學習。例如在你學到不同的時態形式時，試著把肯定句改為疑問句，或是把現在式改為過去式等等。

⑦ 把文法視為參考藍圖。正確的用法導致出文法規則，而不是文法規則導致出正確用法。換句話說，文法是次要的。首先是有一種被說的語言，然後文法才會作為語言的迴響而出現。儘管在你學習義大利文時，常常會需要參考文法這個藍圖，但千萬不要以為只要把所有的文法規則記牢後，你便已經習得義大利文了。

⑧ 字彙的精進。透過常識的累積、並且在一定的脈絡之下運用字詞，絕對會比死背生字表更快增加你的積極字彙。可能的話，儘可能去記住一整個片語，而永遠不要只記單一的字。

⑨ 正式的禮節及普通的禮貌。義大利人是對陌生人非常客氣的民族，為避免唐突，他們用 Signore（先生）、Signorina（小姐）等一些似乎有點過分誇張的禮貌字眼。他們很少不說「請（per favore 或 per piacere）」、「謝謝（grazie 或 molte grazie）」和「不客氣（prego）」。舉例來說，直接問「Quanto?（多少錢）」而不用「per favore」，或甚而不加「Signore」等字，會使義大利人覺得是不可寬赦的粗魯。

⑩ 進步建立信心。雖然你未必會比你身邊的人更容易察覺到你使用義大利文的能力進步了，但不久之後，你會發現你能更加輕易地去表達一些簡單概念，從而具有更多的信心與技巧，來表達一些複雜的思想。

INDICE
目次

Prefazione 序言 i

關於義大利語文的一些學習建議 iii

0 Introduziòne 導論 1

Fonologia・語音 1. 字母・2. 母音・3. 子音・4. 重音 1

Appendice[+]・生活漫談 手勢 8

1 Saluti 問候 15

Conversazione・會話 1. Signor Colombo e Signor Panelli 哥倫布先生與巴涅利先生・2. Giacomo e Luigi 賈克謨和路易 15

Idiotismo・慣用語 (a) Oh! Chi si vede!・(b) Come va?・(c) Ciao!・(d) Come stai? / Come sta?・(e) A domani 17

Grammatica・文法 1. 主格人稱代名詞・2. 親暱形式和禮貌形式 18

Vocabolario[+]・主題字彙 Saluti 問候 20

2 Idiomi 語言 21

Conversazione・會話 Carla, Chiara, Franco e Vittorio 卡娜、奇亞娜、佛朗哥和維多利歐 21

Idiotismo・慣用語 (a) Come mai?・(b) per niente・(c) un po’ 22

Grammatica・文法 1. 名詞的性別・2. 單數定冠詞・3. 國籍和語文名稱的定冠詞使用・4. 陳述與疑問時的字序 23

Vocabolario[+]・主題字彙 1. Nomi di Nazioni 國家名稱・2. Nomi di Città importanti 重要城市之名稱・3. Nomi Geografici 地理名稱 26

3 Nazionalità 國籍 31

Conversazione・會話 Michele, Giuseppe, Elena e Maria 米契爾、約瑟夫、艾倫娜和瑪莉亞 31

Idiotismo・慣用語 (a) ci sono・(b) molti; parecchi・(c) vero? / non è vero?・(d) Com'è?・(e) un po' di ...・(f) di dove sono…?・(g) Che cosa fanno? 33

Grammatica・文法 1. 頭銜的定冠詞使用・2. 單數不定冠詞・3. 述語名詞的冠詞使用・4. 性質形容詞的擺放位置（I）・5. 名詞的複數型態・6. 複數定冠詞・7. 形容詞的字尾變化・8. 直述語氣現在式的動詞變化 34

4 Lavoro 工作 41

Testo・短文 41

Conversazione・會話 Franca e Paolo 法蘭卡和保羅 41

Idiotismo・慣用語 (a) avere intenzione di …・(b) mi sembra …・(c) non è male・(d) può andare 42

Grammatica・文法 1. 一般名詞的定冠詞使用・2. 所有格形容詞與所有格代名詞・3. 無詞形變化的代名詞：ne・4. 直述語氣現在完成式・5. 過去分詞（分詞過去式） 43

5 Amici 朋友 47

Conversazione・會話 Mariella, Felice, Luisa e Franco 瑪莉耶娜、菲力契、露易莎和佛朗哥 47

Idiotismo・慣用語 (a) eccomi, eccomi quì, eccomi qua・(b) per caso・(c) ci・(d) tenerci a …・(e) avere tempo・(f) allora・(g) essere pronto(/-a/-i/-e) 48

Grammatica・文法 1. 性質形容詞的擺放位置（II）・2. 形容詞字尾的脫落・3. 受詞人稱代名詞・4. 不規則動詞的變化型態：直述語氣現在式 49

6 Famiglia 家庭 53

Testo・短文 53

Conversazione・會話 Luisa e Carla 露易莎和卡娜 53

Idiotismo・慣用語 (a) essere in ……・(b) genitori・(c) fratello; sorella; nonni; zii; cugini・(d) fratello maggiore・(e) sorella minore・(f) parenti・(g) quanti?・(h) scapolo・(i) zitella・(l) nubile・(m) celibe・(n) età 55

Grammatica・文法 1. 無需使用不定冠詞的受詞名詞・2. 基數的表達（I）：1 – 100・3. 反身代名詞・4. 反身動詞：chiamarsi 57

Vocabolario+・主題字彙 Famiglia e Parentela 親屬稱謂 61

7 Ieri 昨天 63

Testo・短文 63

Conversazione・會話 Paolo e Giacomo 保羅和賈克謨 63

Idiotismo・慣用語 (a) fare colazione・(b) pranzare・(c) casa・(d) fare visita a …・(e) bere del …・(f) raffreddore・(g) tempo・(h) raffreddarsi・(i) dispiacersi・(l) non fa niente・(m) peggio・(n) mezza / mezzo・(o) sentirsi・(p) figurarsi 65

Grammatica・文法 1. 時刻的表達・2. 介係詞與定冠詞的連寫・3. 直述語氣現在完成式：過去分詞與主詞的一致 68

Vocabolario+・主題字彙 Periodi e Giornate 時與日 72

8 Il tempo 天氣 73

Testo・短文 73

Conversazione・會話 Luisa, Carla e Giuseppe 露易莎，卡娜和約瑟夫 73

Idiotismo・慣用語 (a) tempo buono・(b) fare caldo; fare freddo・(c) piovere; nevicare; tirare vento・(d) a volte・(e) tempo brutto・(f) in primavera; d'estste; in autunno; d'inverno・(g) non lo so・(h) prendersi un reffreddore・(i) sia・(l) certo・(m) sarà・(n) non è detto 74

Grammatica・文法 1. 月份名稱・2. 不規則動詞的直述語氣現在式變化：sapere 76

Vocabolario+・主題字彙 1. Il Tempo 氣候・2. La Terra 地球・3. L'Universo 宇宙 77

9 Passatempi 消遣娛樂 81

Testo・短文 81

Conversazione・會話 Paolo, Maria e Giacomo 保羅，瑪莉亞和賈克謨 81

Idiotismo・慣用語 (a) giocare a …・(b) perlopiù・(c) preferire・(d) cenare・(e) recarsi a …・(f) non c'è problema / non ci sono problemi・(g) trovarsi 82

Grammatica・文法 1. 星期名稱・2. 不規則動詞的直述語氣現在式變化：preferire、uscire・3. 規則動詞的直述語氣現在式變化：-care、-gare 83

Appendice+・生活漫談 入境與出境 85
Vocabolario+・主題字彙 L'aeroporto 機場 91

10 Il passato 往事 93

Testo・短文 93
Conversazione・會話 Franco, Carla e Chiara 佛朗哥，卡娜和奇亞娜 93
Idiotismo・慣用語 (a) a volte・(b) quello che・(c) divertirsi・(d) bere qualcosa・(e) di più・(f) meno・(g) ancora no・(h) essere stufo(/-a/-i/-e) di ...・(i) veramente・(l) ci credo・(m) essere in giro・(n) a spasso・(o) un po' troppo 94
Grammatica・文法 1. 直述語氣未完成式・2. 直述語氣過去式（/完成式）・3. 規則動詞的變化型態：直述語氣的未完成式及過去式 95
Appendice+・生活漫談 住宿 97
Vocabolario+・主題字彙 All'albergo 在旅館 102

11 Pasti 餐 103

Testo・短文 103
Conversazione・會話 Paolo, Giacomo e Elena 保羅，賈克謨和艾倫娜 103
Idiotismo・慣用語 (a) fare un pasto・(b) colazione・(c) pranzo・(d) cena・(e) mezzogiorno・(f) (pasto) leggero・(g) avere appetito / avere fame・(h) stare leggero(/-i/-a/-e)・(i) meglio di no・(l) subito・(m) per favore 105
Grammatica・文法 1. 餐點名稱與定冠詞・2. 表示未來時間的現在式・3. 動詞的不規則變化型態：直述語氣的未完成式及過去式 106
Appendice+・生活漫談 用餐 108
Vocabolario+・主題字彙 1. Vino o Altre Bevande 酒或其他飲品・2. La Colazione 早餐・3. Il Pranzo e La Cena 午餐與晚餐・4. Al Bar 在酒吧・5. Il Conto 帳單 110

12 Affari 商務 115

Testo・短文 115
Conversazione・會話 Signor Colombo e Signor Panelli 哥倫布先生和巴涅利先生 116

Idiotismo・慣用語	(a) di anno in anno・(b) fra (/tra) i primi …・(c) i … più・(d) maggiore・(e) farsi sentire・(f) purtroppo・(g) speriamo; abbiamo・(h) tornare ad essere・(i) proprio	116
Grammatica・文法	1. 序數的表達：1 – 100・2. 不同級的比較	118
Appendice+・生活漫談	會晤	121
Vocabolario+・主題字彙	1. Parole del Mondo Economico e Finanziario 商界用語・2. Misura 度量衡	127
13 Gite 郊遊		**131**
Testo・短文		131
Conversazione・會話	Paolo, Giuseppe e Elena 保羅，約瑟夫和艾倫娜	131
Idiotismo・慣用語	(a) fare delle gite・(b) vicino a …・(c) recarsi・(d) fare delle passeggiate・(e) prendere il sole・(f) verso	132
Grammatica・文法	1. 不定形容詞：dei, degli, delle・2. 直述語氣未來式的動詞變化・3. 直述語氣未來式的運用	133
Appendice+・生活漫談	閒逛與旅遊	135
Vocabolario+・主題字彙	1. Parole utili in una stazione o in treno 鐵路用語・2. La Strada 公路運輸・3. Principali Città, Monumenti famosi e Località Italiane 義大利主要城市、名勝及地名・4. Accessori Fotografici 攝影配件	139
14 Festival del cinema 電影節		**145**
Testo・短文		145
Conversazione・會話	Maria, Paolo e Giacomo 瑪莉亞，保羅和賈克謨	145
Idiotismo・慣用語	(a) ogni anno・(b) si ha・(c) esso・(d) quale・(e) tanto	146
Grammatica・文法	1. 直接受詞代名詞：lo・2. 感嘆句的表達・3. 最高級的表達・4. 比較級與最高級的不規則型態	147
Vocabolario+・主題字彙	Festività 節日	152
15 Compere 購物		**153**
Testo・短文		153
Conversazione・會話	Maria, Elena ed una Commessa 瑪莉亞，艾倫娜和一名女店員	153

Idiotismo・慣用語 (a) andare a fare compere・(b) a me non piace・(c) (in che cosa) posso essere utile?・(d) ti stia・(e) provarlo (/-la)・(f) che misura porta?・(g) mamma mia!・(h) ci faccia …・(i) facciamo …・(l) resto 156

Grammatica・文法 1. 指示代名詞與指示形容詞：questo、codesto、quello・2. 基數的表達（II）：101 – 3.000.000・3. 條件語氣的動詞變化・4. 條件語氣的運用 159

Appendice+・生活漫談 購物 166

Vocabolario+・主題字彙 1. Vestiti 服裝・2. Articoli in Pelle 皮製品・3. Altri Articoli 其他物品 167

16 Lettera a un amico 致友人信 169

Testo・短文 169

Idiotismo・慣用語 (a) caro・(b) per il meglio・(c) raccontarci・(d) nell'attesa 170

Grammatica・文法 1. 假設語氣現在式的動詞變化・2. 假設語氣的使用・3. 不定詞過去式（過去不定詞）・4.「tutto」的運用・5. 日期的表示 170

Appendice+・生活漫談 寄信 175

Vocabolario+・主題字彙 1. Posta 郵政・2. Riferimenti di Tempo 時間用語 175

17 Una telefonata 打電話 177

Conversazione・會話 Maria, Felice e Signor Colombo 瑪莉亞、菲力契和哥倫布先生 177

Idiotismo・慣用語 (a) Un attimo!・(b) Grazie tante.・(c) Davvero?・(d) Che gentile!・(e) Passo a prenderti.・(f) subito・(g) Intesi!・(h) farsi aspettare・(i) Ciao, bella.・(l) a stasera 178

Grammatica・文法 1. 命令語氣的動詞變化・2. 命令句的表達 180

Appendice+・生活漫談 電話聯絡 183

Vocabolario+・主題字彙 Le Telefonate 電話 186

18 Dal medico 看醫生 187

Testo・短文 187

Conversazione・會話 Giuseppe e medico 約瑟夫和醫生 187

Idiotismo・慣用語	(a) alzarsi・(b) sentirsi bene・(c) per cui・(d) ci・(e) perdere・(f) che cosa・(g) Mah!・(h) Niente di serio・(i) è da …… che・(l) un po' di・(m) niente paura・(n) soltanto・(o) lo penso anch'io・(p) essere a posto・(q) essere in forma・(r) andare tranquillo・(s) Auguri・(t) Buon viaggio	189
Grammatica・文法	1. 表示時間的介係詞・2. 地方副詞：「ci」和「vi」・3. 不定形容詞與不定代名詞	191
Vocabolario+・主題字彙	1. Il Corpo Umano 人體・2. La Salute 健康	194

19 In ufficio 在辦公室裡 **197**

Conversazione・會話	Il signor Colombo e la sua segretaria 哥倫布先生和他的秘書	197
Idiotismo・慣用語	(a) di là・(b) cercare di・(c) dice che・(d) ricordarsi・(e) quale … di・(f) lo faccio entrare?・(g) prima	198
Grammatica・文法	1. 不定形容詞與不定代名詞：「un certo / una certa」、「certi(/-e)」・2. 不定詞作為名詞・3. 疑問代名詞：「chi?」、「che cosa?」、「quale(/-i)」・4. 疑問形容詞：「quale(/-i)」、「che」	199

20 Fine dell'anno accademico 學期末 **203**

Conversazione・會話	Franco, Vittorio e Carla 佛朗哥、維多利歐和卡娜	203
Idiotismo・慣用語	(a) sta per / stare per・(b) è ora!・(c) quanto・(d) invece・(e) fino a …・(f) farsi utilizzare	204
Grammatica・文法	1. 關係代名詞：quello che・2. 關係代名詞：cui・3. 關係代名詞：che・4. 同級的比較	205

L'Appendice 附錄 **209**

附錄 1	文法索引	209
附錄 2	動詞變化表	214

Il Lessico 總字彙 **247**

凡例說明	247
Vocabolario	251

0 INTRODUZIÒNE 導論

✻ FONOLOGIA・語音 ✻

1. 字母

義大利文所使用的字母共計有 21 個，除了沒有 J、K、W、X、Y 等 5 個字母，其餘字母的書寫方式皆與英文相同。儘管義大利文本身並不使用這 5 個字母，但我們還是能在外來語中看到它們的蹤影。

義大利文的字母發音並不難，為了有助於瞭解，以下將依義語、英語、及華語的發音方式來逐字謄寫，而不再另行採用萬國音標的標注。

字母[拼音]	英語發音	華語發音
A [a]	*ah*	如「阿姨」的「阿」
B [bi]	*bee*	如「逼近」的「逼」
C [ci]	*chee*	如「淒涼」的「淒」
D [di]	*dee*	如「點滴」的「滴」
E [e]	*eh*	如表示招呼的「欸」
F [effe]	*effeh*	如「欸費」,「公費」的「費」
G [gi]	*jee*	如「公雞」的「雞」
H [acca]	*ahk-kah*	如「阿咖」,「咖啡」的「咖」
I [i]	*ee*	如「衣服」的「衣」

L [elle] *elleh* 如「欸累」,「疲累」的「累」

M [emme] *em-meh* 如「欸妹」,「姊妹」的「妹」

N [enne] *en-neh* 如「欸內」,「內向」的「內」

O [o] *aw* 如「喔」

P [pi] *pee* 如「劈砍」的「劈」

Q [qu] *koo* 如「枯燥」的「枯」

R [erre] *erreh* 如「欸累」,但需要捲舌發「累」音

S [esse] *esseh* 如「欸誰」,把「誰」讀成輕音

T [ti] *tee* 如「梯子」的「梯」

U [u] *oo* 如「房屋」的「屋」

V [vi] *vee* 華語無此音,參考英文發音

Z [zeta] *dzeh-tah* 如「賊大」,「大小」的「大」,「賊」發入聲

2. 母音

義大利文共有以下 5 個母音:

母音	英文發音	華語發音	範例
A	*like in "father"*	如「阿姨」的「阿」	padre(父親 | *father*)
E	*like in "let"*	如表示招呼的「欸」	fede(信任 | *faith*)
I	*like in "meet"*	如「衣服」的「衣」	fine(結束 | *end*)
O	*like in "law"*	如「喔」	moto(摩托車 | *motorcycle*)
U	*like in "foot"*	如「房屋」的「屋」	uno(一 | *one*)

藉由這 5 個母音所發展的豐富變化，義大利文呈現出清脆、明晰且音樂性十足的風貌。在義大利文中，字面上的每個母音都必須被清楚地發出聲音。就此，可以比較「dare（[義]給 | *give*；[英]敢、膽敢）」、「mobile（[義/英]可移動的 | *mobile*）」等詞在義大利文與英文的發音差異：英文省去了字尾「-e」的發音，但由於義大利文沒有不發聲的無聲母音，因此就連字尾的「-e」也必須發聲。

在義大利文中，無論字母拼寫的樣態為何，每個字母所對應的母音發音都是固定的，也不會像英文那樣，存在有較弱且模糊的發音。例如英文的 *mortar*、*matter*、*mirth*、*motor*、*murmur* 及 *martyr* 等字，儘管拼字所呈現的母音不同，卻都可能會發成同一個模糊的音，這在義大利文中，是絕對不會存在的現象。

義大利文也沒有合併成一個長音的雙母音，因此當多個（相同或相異的）母音並列在一起時，仍須逐一清楚地發出音來。例如：paese [pa-e-se]（國家 | *country*）、abbaiare [ab-ba-i-a-re]（喊叫 | *bark, shout*）、uomo [u-o-mo]（人，人類 | *human*）。除非是在少數幾種雙元音的情況下（參見以下「子音」的說明），兩個並列在一起的母音才有可能壓縮發成一個短促的音。

最後，儘管某些羅曼語族語言會具有帶鼻音的母音（例如法文的 *ensemble*），但在義大利文中，並不存在有這類鼻母音的發音。

3. 子音

在義大利文中，子音「B」、「D」、「F」、「M」、「N」、「V」的發音與英文相同。以下僅就其他與英文發音有所差異的子音進行說明：

[1.] 子音「C」及子音組「CH」

義大利文的子音「C」有兩種不同的發音：當後接母音「A」、「O」、「U」時，則發 [k] 的音。例如：cane（狗 | *dog*）、come（如何 | *how*）、cuore（心 | *heart*）。當後接母音「E」、「I」時，則發 [ch] 的音，如同英文的 *check, cheek*。例如：cena（晚餐 | *dinner*）、cinema（電影、電影院 | *filming, cinema*）。

當子音「C」搭配不發音的子音「H」而構成子音組「CH」時，則無論後方接續何種母音，皆發 [k] 的音。例如：che（那 | *that*）、chi（誰 | *who*）。

[2.] 子音「G」及子音組「GH」

義大利文的子音「G」也具有兩種不同的發音：當後接母音「A」、

「O」、「U」時，則發 [g] 的音，如同英文的 *get*。例如：gatto（貓 | *cat*）、gola（咽喉 | *throat*）、gufo（貓頭鷹 | *owl*）。當後接母音「E」、「I」時，則發 [j] 的音，如同英文的 *gem, gipsy*。例如：gelo（寒；冰 | *bitter cold; ice*）、gita（郊遊 | *outing, excursion*）。

當子音「G」搭配不發音的子音「H」而構成子音組「GH」時，則無論後方接續何種母音，皆發 [g] 的音。例如：ringhiera（欄杆 | *rail, balusreade*）。

[3.] 子音組「CI」及子音組「GI」

當子音「C」在搭配非重讀的母音「I」後，再接母音「A」、「E」、「O」、「U」時，此時「CI」會構成一個子音組，發做 [ch] 音，並與之後的母音合音發出。在這種情況下，儘管拼字呈現為雙元音的樣態，但仍須發做一個音。例如：lancia（標槍 | *spear*）、specie（種、類 | *kind, type*）、bacio（吻 | *kiss*）、ciuffo（簇、束、叢 | *tuft*）。

子音「G」在搭配非重讀的母音「I」後，再接續母音「A」、「E」、「O」、「U」時，也會如前述般構成一個子音組，此時作為子音組的「GI」發做 [j] 音（如英文的 *jar, John, June*、或如華語的「賊」字發成入聲音），並且也須與之後的母音合音發出。例如：giardino（花園、庭園 | *garden*）、Giovanni（[男子名]約翰 | *John*）、giugno（六月 | *June*）、igiene（衛生 | *hygiene, cleanliness*）。

[4.] 子音組「GG」

子音組「GG」發做 [d] 加 [j] 的連音，如同英文的 *adjective*。例如：aggettivo（形容詞 | *adjective*）。

[5.] 子音組「GLI」

義大利文的子音組「GLI」是以舌尖置於下齒部來發類似 [ly] 的音，如英文的 *billiard*；當子音組「GLI」之後再接有母音時，儘管拼字呈現為雙元音的樣態，但仍須與後接的母音共同發做一個音。則須例如：bigliardo（撞球 | *billiards*）。

[6.] 子音組「GN」

子音組「GN」發做 [ny] 的音，如英文的 *canyon*，並須加上輕微的鼻音。例如：ogni（每一的、任何的 | *each, every*）。

[7.] 子音「H」

義大利文的子音「H」並不發音，當置於字首時，則直接從接續的母音開始發音；若置於子音「C」或「G」後構成子音組時，則用於標示此處的「C」、「G」須發做 [k]、[g] 的音，「H」本身仍不發音。例如：ho（我有 | *I have*）、chilo（公斤 | *kilogram*）、ghiro（睡鼠 | *dormouse*）。

[8.] 子音「L」

子音「L」的發音如同英文的 *let*，但較為清楚明脆。例如：libro（書 | *book*）。

[9.] 子音「P」

子音「P」的發音如同英文的 *pet*，但不帶氣音。例如：pane（麵包 | *bread*）。

[10.] 子音組「QU」

在義大利文中，子音「Q」必定會與母音「U」一起構成子音組「QU」，其發音如同英文的 *queen*。子音組「QU」在接續其他母音時，也會呈現雙元音的拼字樣態，但仍須共同發做一個音。例如：quadro（方形 | *square*）、questo（這個的 | *this*）、quindi（然後 | *then*）、liquore（利口酒 | *liqueur*）。

[11.] 子音「R」

義大利文的子音「R」，發做以舌尖在上顎捲舌的顫音。

[12.] 子音「S」

義大利文的子音「S」會因拼字位置的差異而有不同的發音。當「S」置於字首時，其發音如英文的 *set*。例如：sera（晚上 | *evening*）；若置於字中，則發音如英文的 *lazy*。例如：rosa（玫瑰 | *rose*）。

[13.] 子音組「SC」及子音組「SCH」

子音組「SC」有兩種不同的發音：當後接母音「A」、「O」、「U」時，

則發 [sk] 的音，如同英文的 *sky*。例如：scala（樓梯；次序、階級 | *staircase; scale*）、scolo（排水設備 | *drainage*）、scuola（學校 | *school*）。當後接母音「E」、「I」時，則發 [sh] 的音，如同英文的 *share*。例如：scena（幕，場景 | *scene*）、sci（滑雪 | *ski*）。

當子音組「SC」再搭配不發音的子音「H」而構成子音組「SCH」時，則無論後方接續何種母音，皆發 [sk] 的音。例如：scherno（輕蔑 | *scorn*）、schiena（背，背部 | *back*）。

[14.] 子音「T」

子音「T」的發音如英文中的 *tie*，但發音時舌尖須接觸上牙齦。

[15.] 子音「Z」及子音組「ZZ」

義大利文的子音「Z」也會因拼字位置的差異而有不同的發音。當「Z」置於字首時，其發音類同於 [dz] 的連音，如英文的 *fads*。例如：zucchero（糖 | *sugar*）；若置於字中，則發音類同於 [tz] 的連音，如英文的 *bets*。例如：colazione（早餐 | *breakfast*）。

子音組「ZZ」的發音則如同英文「*eat some*」或「*mad zeal*」中的 *T+S* 或 *D+Z* 連音。例如：pezzo（塊、片 | *piece*）、mezzo（半 | *half*）。

4. 重音

[1.] 區分音節

在義大利文中，母音是音節構成的基準，除非在字母拼寫出現雙元音的情況下，否則每個音節只會存在一個被書寫的母音。每個母音通常會搭配一個或多個子音共同構成一個音節，但若缺乏可供搭配的子音，母音便會單獨構成一個音節。

區分音節的內涵即在指出母音與子音應如何搭配構成音節，其原則如下：

① 若一個子音介於兩個母音之間，則此子音會與其後的母音合成一個音節，如：a-ni-ma-le（動物 | *animal*）。

② 若是兩個子音（無論相同與否）介於兩個母音之間，則通常會被拆分為兩個音節，而分別與前後兩個母音搭配，如：bel-lo（美麗的 | *beautiful*）、can-to（歌 | *song*）。

③ 若兩個子音是可以構成字首的雙子音組合，則會一併與後接的母音構成一音節，如：a-pri-le（四月｜*April*）、na-scon-der-si（躲藏｜*hide*）。

區分音節對於使用華語的外國人而言，確實是相對較為陌生且困難的概念。既然如此，不妨可以藉由自行練習、或與母語為義大利語的人士直接交流，以便從中加以掌握。

[2.] 重讀

儘管義大利文的所有音節都要清楚發音，但其中會有一個音節需要讀得比其他音節更重一些，其規則如下：

① 大部分的字要在倒數第二個音節重讀，如：fra-<u>tel</u>-lo（兄弟｜*brother*）、me-ra-vi-<u>glio</u>-so（奇妙的，驚人的｜*wonderful, marvelous*）。

② 有些字的重讀會落在倒數第三個音節，諸如動詞的第三人稱複數變化型，如：<u>par</u>-la-no（他/她/它說｜*he/she/it says*）、<u>ve</u>-do-no（他/她/它看｜*he/she/it sees*）；最高級的字尾 -issimo，如：bel-<u>lis</u>-si-mo（極漂亮的｜*very beautiful*）；以及其他字，如：<u>me</u>-di-co（醫生｜*doctor*）、<u>co</u>-mo-do（舒服的｜*comfortable*）。

③ 當作為字尾的母音標有重音符號時，則在最後一個音節重讀。例如：cit-<u>tà</u>（城市｜*city*）、gio-ven-<u>tù</u>（青春，青春期｜*youth, adolescence*）。

[3.] 重音符號

義大利文在下列 3 種情況中，須在母音之上書寫重音符號「`」：

① 在多音節的單字中，若其字尾母音為重讀音節時，則須書寫重音符號。（見前述重讀規則③）。

② 在雙母音所構成的單音節字中，當重音位於第二個母音時，則須書寫重音符號。如：già（已經｜*already*）、giù（向下｜*down*）、più（更、更加｜*more*）、può（他/她/它能｜*he/she/it can*）。

③ 為了區分拼音相同但意義不同的單字。如：e ＝ 和（*and*）、è ＝（他/她/它）是（*is*）[直述語氣現在式第三人稱單數]；si ＝他/她/它自身（*himself f/ herself / itself*）[反身代名詞的第三人稱]、sì ＝ 是（*yes*）[肯定副詞]；li ＝ 他/她/它們（*them*）[第三人稱複數受詞]、lì ＝ 那裡（*there*）。

✻ APPENDICE⁺・生活漫談 ✻

※ 手勢

廣義來說，語言表達的載體並不限於說話的聲音和書寫的文字，也會包括肢體動作所呈現得表情和手勢。從而，各種肢體動作也能傳達出的意義內涵也會根據國家與文化的差異而有所不同。

義大利是個保有豐富文化的國度，當然也存在有許多的身體語言。本書在此先初步介紹一些義大利人常用的手勢，讓讀者得以認識義大利「語言」在聲音文字之外的另一種面向。例如：

"Ho sete."
我渴了。*I'm thirsty.*

"Vorrei una sigaretta."
我想抽煙。*I would like to have a cigarette.*

"Stai attento."
[玩笑]你小心一點！*Be careful!*

"Va'a fa'in culo."
去你（媽）的！*Fuck you!*

"Ti do un pugno!"
我想打你一拳！（玩笑或很認真的）*I want to punch you! (Jokingly or seriously)*

"Ti strozzo!"
我掐死你！*I strangle you!*

"Ce l'hai fatta! Bravo!"
你做到了！（/你成功了！）好極了！*You made it! Good!*

"Perfetto!"
完美！*Perfect!*

"Silenzio!"
安靜（/肅靜）！*Silence!*

"Non me ne importa!" / "E chi sè ne importa?"
我不在乎！*I don't care!* / 管他的！*Who cares?*

"Sono furioso!"
我很生氣！*I am so angry!*

"Voglio andare a dormire!"
我想去睡覺了！*I want to go to sleep.*

"Che cosa?"
什麼（事）？*What?*

"Così piccolo!"
這麼小！*So small!*

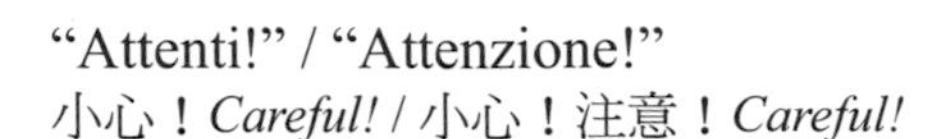

"Attenti!" / "Attenzione!"
小心！*Careful!* / 小心！注意！*Careful!*

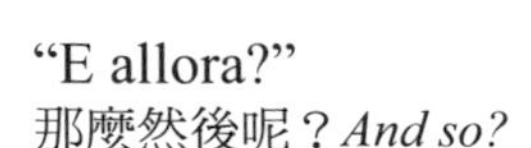

"E allora?"
那麼然後呢？*And so?*

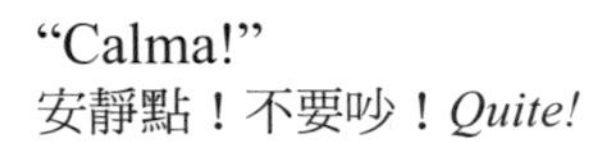

"Calma!"
安靜點！不要吵！*Quite!*

"No! Non così"
不，不要這樣子！*No! Not in this way!*

"Grazie. Sei un amico!"
謝謝，你真夠朋友！*Thanks. You are a real friend!*
"Sei stato di un aiuto molto prezioso!"
你真是幫了我一個大忙！*You gave me a very precious help!*

"Che barba!"
真無聊！*How boring!*
"Che noia."
好無聊！悶死人了！*How boring.*

"È adesso, come fare?"
那現在怎麼辦？*And now, what to do?*

“Ehi! Vieni un po’ quì”
喂，過來這裡一下！*Hey! Come over here.*

“Non so che pesci prendere!”
怎麼辦才好呢？（/不知道該怎麼辦？）*I am at a loss! (= I don’t know what fish to catch)*

有時候義大利人會在說話時加入手勢，用來強調話語所欲表達的情緒、情感或語氣，這些話語可能會是：

① 表示輕蔑與辱罵。例如：

“Idiota!” ＝ 白痴！*Idiot!*

“Stronzo!” ＝ 笨蛋！*Stupid!*

“È matto.” ＝ 他（是）神經病。*He is crazy.*

“Ci sputo sopra!” ＝ [表示輕蔑]我瞧不起這個！*I spit on this!*

“C’è qualcosa che non va.” ＝ 他腦筋有點問題。*There is something wrong.*

② 表示讚美與鼓勵。例如：

“È molto furbo!” ＝ 他很精！*He is very smart!*

“Ben fatto!” ＝ 做得不錯！幹得好！*Very good!*

③ 表示命令或請求。例如：

“Prendi!” ＝ 拿著！*Take it!*

“No. Non fare così.” ＝ 不要這麼做！*No. Don’t do in that way!*

④ 表示警告。例如：

“Attenzione! C’è qualcosa che non va!” ＝ 小心！有點不太對勁！*Take care! There is somethin wrong!*

“È un disonesto!” ＝ 他是個騙子！*He is a dishonest!*

⑤ 表示善意與招呼。例如：

"Ehi!" = [打招呼]嘿！嗨！*Hey!*

"Oh! Da quanto (tempo) non ci si vede!" = 噢！好久不見！*Oh! Long time no see!*

"Grazie ed arrivederci!" = 謝謝，那再見了！*Thanks and see you again!*

⑥ 表示情緒或情感。例如：

"Mamma mia!" = 噢，我的媽呀！*My God!*

"Sono stanco!" = 我累了！*I am tired!*

"Non lo sopporto!" = 我受不了！*I can't stand it!*

"Guarda questo qui!" = 你看這個（人）！*Look at this!*

⑦ 表示答覆（肯定或否定）。例如：

"E va bene!" = 好了！*O.K.! O.K.! /*

"Così va bene!" = 這樣就可以了！*Now it's O.K!*

"Non so!" = 我不知道！*I don't know!*

"Assolutamente no!" = 絕對沒有！決不是的！*Absolutely not!*

"Sono pronto!" = 我準備好了！*I am ready!*

⑧ 表示疑問與假設。例如：

"Perchè l'avra fatto?" = 他為什麼要這樣做？*Why did he do so?*

"Se …" = 要是…（如果…）*If …*

"Mah! Forse … " = 天知道！也許（/可能）… *Who knows! Maybe …*

⑨ 當義大利的男性在談論女性時，也時常會搭配動作或比劃女性身形的手勢，用以強調話語的意思。例如：

"Che corpo!" ＝ 好美的身材！（身材真棒！）*What a beautiful body!*

"È molto carina." ＝ 她很漂亮（/很可愛）。*She is very pretty.*

"È buona come il pane." ＝ 她秀色可餐。*She is as good as the bread.*

"È una ragazza in gamba." ＝ 她很能幹！*She is a capable girl.*

"Ha dei seni meravigliosi." ＝ 她的胸脯很美。*She has wonderful breasts.*

"Ragazzi, che roba." ＝ 大伙快看！何等的尤物！*Oh boy, what a beautiful thing!*

1 SALUTI 問候

Buon giorno	早安，您早、您好（*good morning*）
Buon pomeriggio	午安（*good afternoon*）
Buona sera	[晚上用] 晚安（*good evening*）
Buona notte	[深夜用] 晚安（*good night*）
Ciao	嗨 / 再見（*hi / bye-bye*）
Arrivederci	再見（*good-bye*）
A domani	明天見（*see you tomorrow*）
A fra poco	回頭見（*so long*）

✱ CONVERSAZIONE · 會話 ✱

Signor Colombo e Signor Panelli　　哥倫布先生與巴涅利先生

Colombo – Oh! Chi si vede![a] Buon giorno, signor Panelli.

哇！瞧我看見誰了！您早，巴涅利先生。*Oh! Look at this! Good morning, mister Panelli.*

Panelli – Buon giorno, signor Colombo. Come va?[b]

早安，哥倫布先生，您好嗎？*Good morning, mister Colombo. How are you?*

Colombo – Molto bene, grazie. E Lei?

非常好，謝謝，您呢？*Really fine, thank you. And you?*

Panelli – Bene anch'io, grazie.

我也很好，謝謝。*Me, too, thank you.*

Colombo – Tutto bene in famiglia?

府上一切安好嗎？*Is everything O.K. in your family?*

Panelli – Sì, certo, tutto bene.

是的，當然，都很好。*Yes, of course, everything is O.K.*

Colombo – Mi saluti sua moglie.

代我問候您的太太。*Give my regards to your wife.*

Panelli – Senz'altro, grazie.

一定，謝謝。*Certainly, thank you.*

Colombo – Di niente, arrivederci.

不客氣，再見。*Not at all, good-bye.*

Panelli – Arrivederci.

再見。*Good-bye.*

Giacomo e Luigi **賈克謨和路易**

Giacomo – Ciao[c], Luigi! Come stai?[d]

嗨，路易，你好嗎？*Hi, Luigi. How are you?*

Luigi – Io sto bene. E tu?

我很好，那你呢？*I'm fine. And you?*

Giacomo – Come stanno i tuoi?

你家人都好嗎？*How is your family?*

Luigi – Stanno bene, grazie.

都很好，謝謝。*Everyone is fine, thank you.*

Giacomo – Salutameli tutti.

代我問候他們。*Remember me to everybody.*

Luigi – D'accordo, grazie.

好，謝謝。*O.K., thank you.*

Giacomo – Scusa, ma adesso devo andare. Ci vediamo domani.

很抱歉，但我現在必須走了，明天見。*I'm sorry, but I have to go. See you tomorrow.*

Luigi – Va bene. A domani(e). Ciao.

好的，明天見，再見。*O.K. See you tomorrow. Bye-bye.*

＊ IDIOTISMO・慣用語＊

(a) Oh! Chi si vede! ＝ 噢，瞧我看見誰了！（*Oh, look at this!*）

此句用於表現與某人不期而遇、或是與某人久未見面而相遇時，所發出的驚歎。

(b) Come va? ＝ 你（您）好嗎？（*How are you?*）

此句可用作親暱或禮貌的表達，因為它在字面上的意思是「怎麼樣？」、「事情進行得如何了？」，從而它並非直接以人為主詞，而是以導致人覺得好或不好的「環境」來作為主詞。

(c) Ciao! ＝ 嗨！/ 再見！（*hi / bye-bye*）

這是和家庭成員或朋友間打招呼的用語，它同時包含了數種意思，譬如：嗨、哈囉，再見…等。

(d) Come stai? / Come sta? ＝ 你好嗎？/ 您好嗎？（*How are you?*）

前者為親暱用法，後者則為禮貌用法。

(e) A domani ＝ 明天見（*see you tomorrow*）

在義大利文中，當下次見面的時間被清楚地指出時，則可省略掉「arrivederci（再見）」。例如：

A domani ＝ 明天見（*see you tomorrow*）

A fra poco ＝ 回頭見（*so long*）

A stasera ＝ 今晚見（*see you tonight*）

✱ GRAMMATICA · 文法 ✱

1. 主格人稱代名詞

以下為義大利語的主格人稱代名詞：

	單數	複數
第一人稱	io ＝ 我（*I*）	noi ＝ 我們（*we*）
第二人稱	tu ＝ 你（*you*）	voi ＝ 你/妳們（*you*）
	Lei ＝ 您（*you*）[禮貌形式]	Loro ＝ 您們（*you*）[禮貌形式]
第三人稱	lui ＝ 他（*he*） lei ＝ 她（*she*）	loro ＝ 他/她們（*they*）
	egli ＝ 他（*he*） ella ＝ 她（*she*）	essi ＝ 他們（*they*） esse ＝ 她們（*they*）

※ 注意事項：

① 第三人稱的代名詞 lui 和 lei 實際上是受格人稱代名詞，但現在已被廣泛用作主格人稱代名詞。

② 在較不正式的言談場合中，禮貌形式的 Loro（您們）通常會被 Voi（您們）取代。

③ 第三人稱複數的 loro 同時可用於陽性及陰性。

在義大利語中，由於動詞的變化型態已具指出主詞的作用，因而主格人稱代名詞通常會被省略；只有在需要「強調」的情況下（譬如為了表達或暗示不同主詞的對比），才會具體地呈現主詞人稱代名詞。例如：

Sono italiano. = [我]是義大利人。*I'm Italian.*

Io sono italiano, mentre **lui** è inglese. = **我**是義大利人，至於**他**則是英國人。*I am Italian, whereas he is English.*

2. 親暱形式和禮貌形式

義大利文有兩種稱呼「你/妳」、「你/妳的」、「對你/妳」等第二人稱用語的表達形式：

① 親暱（/ 熟絡）的形式「tu」（即傳統的第二人稱代名詞型態）：主要用於家庭成員或親近的朋友之間。

② 禮貌（/ 客套）的形式「Lei」（使用第三人稱代名詞的型態）：用於較正式的場合。

在前面的兩則會話中，哥倫布先生和巴涅利先生使用的是禮貌的形式，而賈克謨和路易則使用親暱的形式。儘管現在的年輕人往往會在第一次見面時便相互使用親暱的形式，但我們在此強烈建議學習義大利語的外國人在與義大利人互動時，若不是非常熟悉這兩種表達形式的用法，則在對方改以親暱的形式應對之前，仍應選用禮貌的形式來進行互動。

* VOCABOLARIO+ · 主題字彙 *

SALUTI 問候

Piacere di conoscerLa. 真高興認識您，幸會。(*Nice to meet you.*)

Piacere mio. 我的榮幸。(*My pleasure.*)

Grazie. / Grazie tante. / Grazie molte. 謝謝 / 非常感謝（*Thanks / Thank you very much*）

Prego. / Di niente. / Non c'è di che. 不用客氣，不謝 / 沒什麼 / 不必掛在心上（*You're welcome. / Not at all. / Don't mention it.*）

sì. 是的（*yes.*）

no. 不（*no.*）

2 IDIOMI 語言

✻ CONVERSAZIONE・會話 ✻

Carla, Chiara, Franco e Vittorio **卡娜、奇亞娜、佛朗哥和維多利歐**

Franco – Ciao, Carla. Come va?

嗨，卡娜，妳好嗎？*Hi, Carla. How are you?*

Carla – Così-così.

還好啦。（馬馬虎虎）*So so.*

Franco – Come mai?[a]

怎麼了？*Why?*

Carla – Sono troppo occupata a studiare spagnolo.

我太忙於學習西班牙文。*I'm too busy with Spanish.*

Chiara – Come lo parli?

你的西班牙語說得如何？*How is your Spanish?*

Carla – Lo parlo molto poco. E tu, come va il tuo francese?

會說一點，妳呢，妳的法語怎樣了？*I speak it very little. And you, what about your French?*

Chiara – Non lo parlo per niente[b]. È troppo difficile.

我一點都不會說，太難了。*I can't speak it at all. It's too difficult.*

Vittorio – Non è vero, lo parli abbastanza, bene.

才不呢，你說得相當好。*That's not true. You can speak it quite well.*

Chiara – Grazie, molto gentile.

謝謝，你太誇獎了。*Thank you, it's very kind of you.*

Vittorio – Franco, e il tuo russo?

佛朗哥，那你的俄語呢？*Franco, (what about) your Russion?*

Franco – Faccio molta confusione con l'italiano.

我把它（俄文）和義大利語全混在一起了。*It's all mixed up with Italian.*

Vittorio – So che studi anche tedesco, inglese e giapponese.

我曉得你也學德文、英文和日文。*I understand that you are studying German, English and Japanese as well.*

Franco – Sì, ma con scarsi risultati.

是的，不過效果不好。*Yes, but with poor results.*

Carla – È utile il cinese nello studiare il giapponese?

中文對學習日文有幫助嗎？*Is Chinese useful for studying Japanese?*

Franco – Un po'[c]. L'associazione degli ideogrammi, però, è spesso diversa.

有一點。但是，漢字的組合方式通常是不一樣的。*A little. However, the way characters are combined is offten different.*

✱ IDIOTISMO・慣用語 ✱

(a) Come mai? ＝ 怎麼了？（*How comes? What's the metter?*）

這個句子用來表示對交談者所做的陳述感到訝異，其實際含意為「怎麼了？」、「怎麼會呢？」

(b) per niente ＝ 一點也不（*not at all*）

(c) un po' ＝ 一點點（*a little*）

✻ GRAMMATICA · 文法 ✻

1. 名詞的性別

義大利文的名詞具有陽性（maschile）及陰性（femminile）兩種性別。在單數的情況下，一般來說，以「-o」結尾的名詞會是陽性名詞，以「-a」結尾的則是陰性名詞；以「-e」結尾的則可能會是陽性或陰性的名詞。在學習名詞時，最好連同它的定冠詞一起記下。

2. 單數定冠詞

義大利文的單數定冠詞有以下幾種型態：

性別	單數定冠詞	範例
陽性	il	il maestro ＝ 男教師（*the (male) teacher*） il signore ＝ 先生（*the gentleman*）
	lo	lo studente ＝ 男（大）學生（*the (male) student*） lo zucchero ＝ 糖（*the sugar*） lo gnomo ＝ 侏儒（*the gnome*）
	l’	l’alunno ＝ 男（中、小）學生（*the (boy) pupil*） l’hotel ＝ 旅館，飯店（*the hotel*）
陰性	la	la maestra ＝ 女教師（*the (female) teacher*） la signora ＝ 女士（*the lady*） la gente ＝ 人們（*the people*）
	l’	l’alunna ＝ 女（中、小）學生（*the (girl) pupil*）

以上的範例大致已可呈現出單數定冠詞的使用規則，整理如下：

① 陰性的單數定冠詞只有「la」，當它接續以母音開頭的陰性名詞時，

則須以省略符號「’」替代字尾的「-a」，而以「l’」的型態呈現。例如：l’alunna ＝ 女（中、小）學生（*the (girl) pupil*）

② 陽性的單數定冠詞則有「il」跟「lo」兩種。原則上，「il」限用於開頭為單一子音的陽性名詞；除此之外的其他陽性單數名詞，包括開頭為母音、或「gn-」、「s＋子音」等雙子音的陽性名詞，都應使用「lo」。

③ 作為前項規則的例外，以「h-」和「z-」開頭的陽性名詞（通常為外來語）須使用「lo」作為單數定冠詞。例如：lo zucchero ＝ 糖（*the sugar*）。

④ 當陽性的單數定冠詞「lo」接續以母音開頭、或以「（不發音的）h＋母音」開頭的陽性名詞時，也須以省略符號「’」來替代字尾的「-o」，而同樣會以「l’」的型態呈現。例如：l’hotel ＝ 旅館，飯店（*the hotel*）。

3. 國籍和語文名稱的定冠詞使用

在義大利文中，人名與地名等專有名詞的開頭應以大寫字母呈現，但若是由專有名詞所衍生的名詞形式，例如源自國家名稱的國籍及語文名稱，則比照一般的名詞，開頭字母無需大寫。例如：

Egli capisce francese e russo. ＝ 他會法文和俄文。*He understands French and Russian.*

Ella parla bene il cinese. ＝ 她中文說得很好（/流利）。*She speaks Chinese very fluently.*

在語文名稱之前可以使用定冠詞，也可以省略不用。例如：

Parli (il) cinese? ＝ 你會說中文嗎？*Do you speak Chinese?*

原則上，國籍名稱之前無需使用定冠詞。只有在具體的上下文脈絡中，為了指稱特定的「那位某某國籍的人」時，才會加上定冠詞。例如：

Io sono italiano. ＝ 我是義大利人。*I am Italian.*

Sei tu il cinese che è arrivato ieri? ＝ 你是昨天抵達的那位中國人嗎？*Aren’t you the Chinese who arrived yesterday?*

4. 陳述與疑問時的字序

在進行陳述或表示疑問時，義大利文與中文或英文在字序的安排上有些基本上的差異。諸如：

① 否定副詞「no」、「non」，以及直接受詞代名詞「lo」、「la」，通常都會置於動詞之前。例如：

Non lo vedo. ＝ 我看不到他。*I can't see him.*

Non la sento. ＝ 我聽不到她。*I can't hear her.*

② 當主詞較長、或要加以強調時，則可置於動詞之後。例如：

Chi parla italiano quì? ＝ 這裡，誰會說義大利語？*Who can speak Italian here?*

Maria lo parla. ＝ 瑪莉亞會說（義大利語）。*Maria does.*

當要強調只有瑪莉亞會說義大利語時，字序的呈現則會是：

Lo parla Maria.＝ 瑪莉亞，她會說（義大利語）。*It's Maria who speaks it.*

③ 副詞可以置於動詞與作為受詞的名詞之間。例如：

Tutti parlano bene l'inglese. ＝ 他們英語都說得很好。*They all speak English very well.*

④ 在使用疑問詞來表現疑問時，無論疑問詞的類型為何（諸如：副詞、代名詞、形容詞、名詞、或片語…等），必定都要置於句子的最前面。例如：

Come va? ＝ 你好嗎？*How are you?*

Che lingue parli? ＝ 你會說哪些語言？*What languages do you speak?*

⑤ 在不使用疑問詞的情況下，陳述句無須互換主詞與動詞的位置，便可以直接改為疑問句。例如：

Tu parli francese? ＝ 你會說法語嗎？*Do you speak French?*

Carla parla spagnolo? ＝ 卡娜會說西班牙語嗎？*Does Carla speak Spanish?*

⑥ 在表現疑問的情況下，句中較長、或是要加以強調的部份，會被置於語句的最末。例如：

Parla italiano, Lei? ＝ 您會說義大利語嗎？*Do you speak Italian?* [強調主格人稱代名詞 Lei]

＊ VOCABOLARIO⁺・主題字彙＊

1. NOMI DI NAZIONI 國家名稱（僅列出與英文拼法相異者）

l'Arabia Saudita 沙烏地阿拉伯（*Saudi Arabia*）

l'Azerbaigian 亞塞拜然（*Azerbaijan*）

il Bahrein 巴林（*Bahrain*）

il Belgio 比利時（*Belgium*）

la Bielorussia 白俄羅斯（*Belarus*）

la Birmania 緬甸（*Myanmar*）

la Bosnia ed Erzegovina 波士尼亞赫塞哥維納（*Bosnia and Herzegovina*）

il Brasile 巴西（*Brazil*）

il Camerun 喀麥隆（*Cameroon*）

Capo Verde 維德角（*Cape Verde*）

la Repubblica Ceca 捷克共和國（*Czech Republic*）

la Repubblica Centrafricana 中非共和國（*Central African Republic*）

la Repubblica di Cina (Taiwan) 中華民國，台灣（*Republic of China, Taiwan*）

il Ciad 查德（*Chad*）

il Cile 智利（*Chile*）

la Cina (la Repubblica Popolare Cinese) 中國（中華人民共和國，*People's Republic of China*）

Cipro 賽普勒斯（*Cyprus*）

le Comore 科摩洛（*Comoros*）

la Corea del Nord 北韓（*North Korea*）

la Corea del Sud 韓國（*South Korea*）

la Costa d'Avorio 象牙海岸（*Côte d'Ivoire; Ivory Coast*）

la Croazia 克羅埃西亞（*Croatia*）

la Danimarca 丹麥（*Denmark*）

la Repubblica Dominicana 多明尼加共和國（*Dominican Republic*）

l'Egitto 埃及（*Egypt*）

gli Emirati Arabi Uniti 阿拉伯聯合大公國（*United Arab Emirates*）

l'Etiopia 衣索匹亞（*Ethiopia*）

le Figi 斐濟（*Fiji*）

le Filippine 菲律賓（*Philippines*）

la Finlandia 芬蘭（*Finland*）

la Francia 法國（*France*）

la Germania 德國（*Germany*）

la Giamaica 牙買加（*Jamaica*）

il Giappone 日本（*Japan*）

il Gibuti 吉布地（*Djibouti*）

la Giordania 約旦（*Jordan*）

la Grecia 希臘（*Greece*）

la Guinea Equatoriale 赤道幾內亞（*Equatorial Guinea*）

l'Irlanda 愛爾蘭（*Ireland*）

l'Islanda 冰島（*Iceland*）

le Isole Marshall 馬紹爾群島（*Marshall Islands*）

Israele 以色列（*Israel*）

l'Italia 義大利（*Italy*）

il Kazakistan 哈薩克（*Kazakhstan*）

il Kirghizistan 吉爾吉斯（*Kyrgystan*）

la Lettonia 拉脫維亞（*Latvia*）

il Libano 黎巴嫩（*Lebanon*）

la Libia 利比亞（*Libya*）

la Lituania 立陶宛（*Lithuania*）

il Lussemburgo 盧森堡（*Luxembourg*）

la Malesia 馬來西亞（*Malaysia*）

le Maldive 馬爾地夫（*Maldives*）

il Marocco 摩洛哥（*Morocco*）

il Messico 墨西哥（*Mexico*）

la Moldavia 摩爾多瓦（*Moldova*）

il Mozambico 莫三比克（*Mozambique*）

la Norvegia 挪威（*Norway*）

la Nuova Zelanda 紐西蘭（*New Zealand*）

i Paesi Bassi/ l'Olanda 荷蘭（*Netherland*）

la Palestina 巴勒斯坦（*Palestine*）

la Papua Nuova Guinea 巴布亞紐新幾內亞（*Papua New Guinea*）

il Perù 秘魯（*Peru*）

la Polonia 波蘭（*Poland*）

il Portogallo 葡萄牙（*Portugal*）

il Regno Unito (di Gran Bretagna e Irlanda del Nord)/ la Gran Bretagna/ l'Inghilterra 英國（*United Kingdom (of Great Britain and Northern Ireland)/ Great Britain/ England*）

il Ruanda 盧安達（*Rwanda*）

le Isole Salomone 索羅門群島（*Solomon Islands*）

Santa Lucia 聖露西亞（*Saint Lucia*）

la Siria 敘利亞（*Syria*）

la Slovacchia 斯洛伐克（*Slovakia*）

la Spagna 西班牙（*Spain*）

ghi Stati Uniti (d'America) 美國（*United States (of America)*）

il Sudafrica 南非（*South Africa*）

il Sudan del Sud 南蘇丹（*South Sudan*）

la Svezia 瑞典（*Sweden*）

la Svizzera 瑞士（Switzerland）

il Tagikistan 塔吉克（*Tajikistan*）

la Thailandia 泰國（*Thailand*）

Timor Est 東帝汶（*East Timor*）

la Turchia 土耳其（*Turkey*）

l'Ucraina 烏克蘭（*Ukraine*）

l'Ungheria 匈牙利（*Hungary*）

la Città del Vaticano 梵蒂岡（*The Vatican*）

2. Nomi di Città Importanti 重要城市之名稱（僅列出與英文拼法相異者）

Nuova York 紐約（*New York*）

Londra 倫敦（*London*）

Parigi 巴黎（*Paris*）

Pechino 北京（*Peking*）

Milano 米蘭（*Milan*）

Mosca 莫斯科（*Moscow*）

San Paolo 聖保羅（*Saint Paul*）

Francoforte sul Meno 法蘭克福（*Frankfurt*）

Città del Messico 墨西哥城（*Mexico City*）

Bruxelles 布魯塞爾（*Brusseis*）

Seul 首爾（*Seoul*）

Giacarta 雅加達（*Jakarta*）

Zurigo 蘇黎世（*Zurich*）

Versavia 華沙（*Warsaw*）

Nuova Delhi 新德里（*New Delhi*）

Barcellona 巴塞隆那（*Barcelona*）

Dublino 都柏林（*Dublin*）

Monaco di Baviera 慕尼黑（*Munich*）

Stoccolma 斯德哥爾摩（*Stockholm*）

Praga 布拉格（*Prague*）

Lisbona 里斯本（*Lisbon*）

Copenaghen 哥本哈根（*Copenhagen*）

Canton 廣州（*Guangzhou*）

Roma 羅馬（*Rome*）

Amburgo 漢堡（*Hamburg*）

Atene 雅典（*Athens*）

Filadelfia 費城（*Philadelphia*）

Berlino 柏林（*Berlin*）

Città del Capo 開普敦（*Cape Town*）

Lussemburgo 盧森堡（*Luxembourg City*）

Bucarest 布加勒斯特（*Bucharest*）

Riyad 利雅德（*Riyadh*）

Stoccarda 斯圖加特（*Stuttgart*）

Ginevra 日內瓦（*Geneva*）

Lione 里昂（*Lyon*）

Tunisi 突尼斯（*Tunis*）

Anversa 安特衛普（*Antwerp*）

Belgrado 貝爾格勒（*Belgrade*）

Edimburgo 愛丁堡（*Edinburgh*）

Basilea 巴塞爾（*Basle*）

Berna 伯恩（*Bern*）

Nanchino 南京（*Nanking*）

3. Nomi Geografici 地理名稱

il Polo Nord 北極（*North pole*）

il Polo Sud 南極（*South pole*）

l'Oceano Atlantico 大西洋（*Atlantic Ocean*）

l'Oceano Pacifico 太平洋（*Pacific Ocean*）

l'Oceano Indiano 印度洋（*Indian Ocean*）

l'Oceano Antartico 南冰洋（*Antarctic Ocean*）

l'Oceano Artico 北冰洋（*Arctic Ocean*）

l'Europa 歐洲（*Europe*）

l'Asia 亞洲（*Asia*）

l'Africa 非洲（*Africa*）

l'America del Nord 北美洲（*North-America*）

l'America del Sud 南美洲（*South-America*）

l'Australia 澳洲（*Australia*）

l'Oceania 大洋洲（*Oceania*）

l'Eurasia 歐亞大陸（*Eurasia*）

il Vicino Oriente 近東（*Near East*）

il Medio Oriente 中東（*Middle East*）

l'Estremo Oriente 遠東（*Far East*）

l'Asia Centrale 中亞細亞（*Central Asia*）

l'Asia Minore 小亞細亞（*Asia Minor*）

il Sud-Est Asiatico 東南亞（*South-Eastern Asia*）

il Sud-Ovest Asiatico 西南亞（*South-Western Asia*）

l'America Centrale 中美洲（*Central America*）

3 NAZIONALITÀ 國籍

＊ CONVERSAZIONE・會話＊

Michele, Giuseppe, Elena e Maria　　米契爾、約瑟夫、艾倫娜和瑪莉亞

Michele – Ci sono[a] molti[b] americani in questa università.

這所大學裡有許多美國人。*There are many Americans in this university.*

Guiseppe – Sì, parecchi[b]. Però anche i francesi non sono pochi.

是的，很多。不過，法國人也不少。*Yes, many. However, French people are quite a few, too.*

Elena – I francesi parlamo bene l'inglese, vero?[c]

那些法國人，英文講得很好，是嗎？*Those Frenches, they can speak English very well, can't they?*

Meria – Sì, lo parlano veramente bene, quasi senza accento.

是的，他們真的說得很好，幾乎沒有口音。*Yes, they speak it really well, aimost without accent.*

Michele – E com'è[d] il cinese degli americani?

還有，那些美國人中文說得如何？*And what about the Chinese spoken by those Americans?*

Maria – Abbastanza buono. Hanno un po' di[e] difficoltà con i toni.

相當好，在音調方面他們有些困難。*It's good enough. They have some troubles with the tones.*

Giuseppe – Ah! questo è un problema comune a tutti gli stranieri.

啊！這是所有外國人的共同難題。*Ah! this is a common problem for all the foreigners.*

Maria – Già! purtroppo.

很不幸的，正是如此。*Unfortunately it is, indeed.*

Michele – Edward è americano?

愛德華是美國人嗎？*Is Edward American?*

Giuseppe – No, è inglese.

不，他是英國人。*No, he isn't. He is English.*

Michele – È un ragazzo molto simpatico.

他是個很和善的青年。*He is a nice guy.*

Maria – Luigi è italiano, non è vero?(c)

路易是義大利人，不是嗎？*Louis is Italian, isn't he?*

Elena – Sì, è italiano.

是的，他是義大利人。*Yes, he is Italian.*

Giuseppe – Di dove sono(f) i signori Figueras?

費貴拉斯夫婦是從那兒來的？（費貴拉斯夫婦是那裡人？）*Were are Mr. and Mrs. Figueras from?*

Michele – Lui è messicano, lei è spagnola.

他（費貴拉斯先生）是墨西哥人，她（費貴拉斯太太）是西班牙人。*He is Mexican, she is Spanish.*

Giuseppe – Che cosa fanno?(g)

他們是做什麼的？（他們的職業是什麼？）*What are they doing?*

Maria – Il signor Figueras è professore di spagnolo. Insegna all'università.

費貴拉斯先生是西班牙文教授，在大學教書。*Mr. Figueras is professor of Spanish. He is teaching at the university.*

✱ IDIOTISMO・慣用語 ✱

(a) ci sono ＝ 有（*there are*）

與 ci sono 同義的單數形式是 c'è（有 | *there is*）。例如：

Ci sono molti americani quì. ＝這裡有許多美國人。*There are many American here.*

C'è un italiano quì. ＝ 這裡有一個義大利人。*There is an Italian here.*

(b) molti; parecchi ＝ 許多（*a lot, many*）

這兩個形容詞在不同性別及單、複數時的型態如下：

	單數	複數
陽性	molto; parecchio	molti; parecchi
陰性	molta; parecchia	molte; parecchie

單數型態的 molto(/-a); parecchio(/-ia)，在用法上與英文的「*a lot of*」相同。例如：

C'è molta confusione, stasera. ＝ 今天晚上的情形非常混亂。*There is a lot of confusion this evening.*

(c) vero? / non è vero? ＝ 真的嗎？難道不是嗎？

這兩個慣用語用於要求一個肯定或否定的答覆，以證實一個陳述。例如：

Tu parli inglese, vero? (/non è vero?) ＝ 你會說英文，是嗎？（/不是嗎？）*You do speak English, don't you?*

(d) Com'è? ＝ 如何？怎麼樣？（*How is…?*）

這是用來詢問某人、某事或情況如何。例如：

Com'è la tua amica? ＝ 你的朋友（長得）怎麼樣？（美、醜…等）*How is your friend?*

Com'è la tua amica? = 你的朋友是個怎樣的人？*What kind of person your friend is?*

(e) un po' di ... = 有些 ...，一點點 ...（*some ..., a little of ...*）

這個慣用語具有和英文的「*some*」一樣的意思。例如：

Ho un po' di problemi. = 我有些麻煩。*I have got some problems.*

(f) di dove sono…? = … 是從哪裡來的？（*where are ... from?*）

(g) Che cosa fanno? = 他們在做什麼？（*What are they doing?*）；他們從事何種職業？（*What job are they doing?*）

這個慣用語可以依照字面上意思，用於詢問「在做什麼事情」，但也可以用於詢問「從事什麼職業」。例如：

Che cosa fai? = 你在做什麼？*What are you doing?*

Che cosa fa Giuseppe? = 約瑟夫從事什麼職業？*What kind of job is Joseph.*

＊ GRAMMATICA・文法＊

1. 頭銜的定冠詞使用

當在談話中提及（交談對象之外的）旁人時，便須在其頭銜之前加上定冠詞。例如：

Il signor Figueras è messicano. = 費貴拉斯先生是墨西哥人。*Mr. Figueras is Mexican.* [交談對象並非費貴拉斯先生]

若是在直接稱呼某人的場合，則可省略其頭銜前的定冠詞。例如：

Buona sera, signor Figueras. Come sta? = 晚安，費貴拉斯先生，您好嗎？*Good evening Mr. Figueras. How are you?* [交談對象為費貴拉斯先生]

在一般的情況下，義大利文的頭銜僅需以小寫字母書寫；但若要以縮寫形式呈現，則其首字須採用大寫字母。例如：

Il signor Figueras. / Sig. Figueras. ＝ 費貴拉斯先生。*Mr. Figueras.*

2. 單數不定冠詞

義大利文的單數不定冠詞有以下幾種型態：

性別	單數不定冠詞	範例
陽性	un	un maestro ＝ 一位男教師（*one (male) teacher*） un alunno ＝ 一位男（中、小）學生（*one (boy) pupil*）
	uno	uno studente ＝ 一位男（大）學生（*one (male) student*） uno zucchero ＝ 一顆糖（*one sugar*）
陰性	una	una maestra ＝ 女教師（*one (female) teacher*）
	un’	un’alunna ＝ 一位女（中、小）學生（*one (girl) pupil*）

單數不定冠詞的使用規則如下：

① 陰性的單數不定冠詞只有「una」，當它接續以母音開頭的陰性名詞時，則須以省略符號「’」替代字尾的「-a」，而以「un’」的型態呈現。例如：un’alunna ＝ 一位女（中、小）學生（*one (girl) pupil*）

② 陽性的單數不定冠詞則有「un」跟「uno」兩種。原則上，「un」用於開頭為母音或單一子音的陽性名詞；除此之外的其他陽性單數名詞，包括開頭為「gn-」、「s＋子音」的陽性名詞），都應使用「uno」。

③ 作為前項規則的例外，以「z-」開頭的陽性名詞須使用「uno」作為單數定冠詞。例如：uno zucchero ＝ 糖（*one sugar*）。

3. 述語名詞的冠詞使用

當一個名詞構成主詞的述語（*predicate*）時，其功能在於陳述主詞的屬性（諸如國籍、職業、宗教…等），從而發揮類同於形容詞的作用。在此「形容詞化」的情況下，可以省略該述語名詞的冠詞。例如：

Il signor Figueras è professore. ＝ 費貴拉斯先生是一位教授。*Mr. Figureas is a professor.*

當述語名詞本身已受有其他形容詞的修飾時，便會排除前揭「形容詞化」的現象，在此情況下，述語名詞仍須使用冠詞。例如：

Il signor Figueras è un professore simpatico. ＝ 費貴拉斯先生是一位和藹可親的教授。*Mr. Figueras is a likable professor.*

4. 性質形容詞的擺放位置（I）

義大利文的形容詞可分為「性質形容詞（Aggettivi Qualificativi）」與「限定形容詞（Aggettivi Determinativi）」兩大類，前者用於描述被修飾對象的性質；後者則又包含「所有格形容詞」、「指示形容詞」、「不定形容詞」，「疑問形容詞」等種類，我們會在之後一一介紹這些限定形容詞。

在義大利文中，形容詞的擺放位置會隨著形容詞的種類、以及意思表達的強調與否而有所不同。一般來說，性質形容詞通常會置於它們所要修飾的名詞之後，用以彰顯該名詞的性質。例如：

L'italiano è una lingua difficile. ＝ 義大利文是種艱深的語言。*Italian is a difficult language.*

Giuseppe è un ragazzo simpatico. ＝ 約瑟夫是個和氣的男孩。*Joseph is a nice guy.*

5. 名詞的複數型態

義大利文的名詞可以透過字尾變化來表現單、複數，其規則如下：

① 以「-o」結尾的陽性單數名詞，其複數字尾為「-i」。例如：

il tavolo ＝ 桌子 [單數] *the table*；i tavoli ＝ 桌子 [複數] *the tables*

② 以「-a」結尾的陰性單數名詞，其複數字尾為「-e」。例如：

la donna ＝ 女人 *the woman*；le donne ＝ 女人們 *the women*

③ 以「-e」結尾的單數名詞（可能為陽性或陰性），其複數字尾為「-i」。例如：

il signore ＝ 男士 *the gentleman*；i signori ＝ 男士們 *the gentlemen*

④ 在義大利文中，有許多陽性的單數名詞會以「-a」結尾，其複數字尾仍會是「-i」。例如：

l'autista ＝ [男]司機 *the (male) driver*；gli autisti ＝ 司機們 *the drivers*

※ 當 l'autista 意指女司機（*the (female) driver*）時則為陰性名詞，複數為 le autisti（女司機們 | *the (female) drivers*）

6. 複數定冠詞

義大利文的複數定冠詞僅有三種形式，分別為：「i」、「gli」，及「le」，它們與單數定冠詞的對應關係如下：

性別	單數定冠詞	複數定冠詞	範例
陽性	il	i	il tavolo ＝ 桌子 [單數]（*the table*） i tavoli ＝ 桌子 [複數]（*the tables*）
	lo l'	gli	lo studente ＝ 男（大）學生（*the (male) student*） gli studenti ＝ 男（大）學生們（*the (male) students*）
陰性	la l'	le	la donna ＝ 女人（*the woman*） le donne ＝ 女人們（*the women*）

7. 形容詞的字尾變化

在義大利文中，形容詞的字尾會因應其修飾對象（名詞或代名詞）的性別及單複數而有所變化，其規則如下：

① 在一般情況下，一個形容詞會同時具備有下列四種字尾形式：字尾「-o」適用於修飾陽性單數名詞（/代名詞）；字尾「-a」適用於修飾陰性單數名詞（/代名詞）；字尾「-i」適用於修飾陽性複數名詞（/代名詞）；字尾「-e」適用於修飾陰性複數名詞（/代名詞）。

② 有些形容詞僅具兩種字尾形式，在使用上無需考量性別：字尾「-e」適用於修飾（陽性或陰性的）單數名詞（/代名詞）；字尾「-i」則適用於修飾（陽性或陰性的）複數名詞（/代名詞）。

無論形容詞具備幾種字尾型態，這些字尾的轉換僅在體現性別及單複數等文法概念的區分，而不會改變形容詞本身的實質意涵。例如：

un ragazzo simpatico. = 一位和氣的男孩。*a nice guy.*

una ragazza simpatica. = 一位和氣的女孩。*a nice girl.*

儘管形容詞的字尾變化類同於名詞，但形容詞與其修飾對象在性別及單複數上的一致，未必會等同於字尾形式上的一致。例如：

Egli è una persona piacevole. = 他是個討人喜歡的人。*He is a likable person.*

當要修飾的對象不僅一個，且同時兼具陽性及陰性時，則應視為陽性複數。例如：

Giuseppe è italiano. = 約瑟夫是義大利人。*Giuseppe is Italian.*

Maria è italiana. = 瑪莉亞是義大利人。*Maria is Italian.*

Giuseppe e Maria sono italiani. = 約瑟夫和瑪莉亞是義大利人。*Giuseppe and Maria are Italians.*

8. 直述語氣現在式的動詞變化

[1.] 規則動詞

在義大利文中，有三組規則變化的動詞，其字尾分別為：「-are」、「-ere」，以及「-ire」。以下為這三組規則變化動詞在直述語氣現在式（Indicativo Presente）的變化型態：

INDICATIVO	parlare 說（*to talk*）		vedere 看（*to see*）		sentire 聽（*to hear*）	
presente 現在式	parl-o parl-i parl-a	parl-iamo parl-ate parl-ano	ved-o ved-i ved-e	ved-iamo ved-ete ved-ono	sent-o sent-i sent-e	sent-iamo sent-ite sent-ono

※ 義大利文的動詞變化是以人稱及單複數的搭配作為基本單位。本書就此所採取的表列原則為：① 左方為單數人稱形式，右方則為複數人稱形式；② 由上而下依序分別為第一、第二、及第三人稱。

[2.] 不規則動詞

除了前揭三組規則變化的動詞以外，在義大利文中也存在有許多變化型態不規則的動詞。儘管有些不規則動詞的變化型態具有潛在的規則性，但對於初學者而言，要去理解這些潛在的規則毋寧更加困難。因此，現階段最好的學習辦法，便是一一牢記這些不規則動詞的變化型態。

INDICATIVO	essere 是（*to be*）		avere 有（*to have*）		andare 去（*to go*）	
presente 現在式	sono sei è	siamo siete sono	ho hai ha	abbiamo avete hanno	vad-o va-i va	and-iamo and-ate vanno

INDICATIVO	dovere 應該，必須（*must, to have to*）		fare 做（*to do, to make*）	
presente 現在式	dev-o dev-i dev-e	dobb-iamo dov-ete dev-ono	faccio fai fa	facc-iamo fate fanno

INDICATIVO	dire 說（*to say, to tell*）		finire 結束（*to finish*）	
presente 現在式	dic-o dic-i dic-e	dic-iamo dite dic-ono	fin-isco fin-isci fin-isce	fin-iamo fin-ite fin-iscono

4 LAVORO 工作

* TESTO · 短文 *

Quest'anno termino l'università. Mi laureo in francese. Oltre al francese ho studiato inglese, italiano e storia. L'inglese è abbastanza facile. L'italiano è un po' più difficile. Storia è una materia interessante anche sè complicata.

今年我將從大學畢業，拿到法文的學位。除了法文以外，我還修習了英文、義大利文和歷史。英文相當的簡單，義大利文稍微比較難。歷史雖說很複雜，卻是一門有意思的科目。*This year I will finish my university courses. I will get a degree in French. Beside French, I studied English, Italian and history. English is quite simple, Italian is a bit more difficult. History is a very interesting subject even though complicated.*

* CONVERSAZIONE · 會話 *

Franca e Paolo		**法蘭卡和保羅**
Franca	–	Che lavoro hai intenzione di[(a)] fare, finita l'università? 你大學畢業以後，打算從事哪種職業？*What kind of job are you wishing to take after university?*
Paolo	–	Spero di trovare un posto come ricercatore in una biblioteca. 我希望能找到一個圖書館研究員的職位。*I hope I can find a post as a researcher in a library.*
Franca	–	Mi sembra[(b)] un lavoro interessante. Quanto può essere il salario? 這好像是個很有意思的工作，薪水大概有多少呢？*It seems an interesting job. How much can the salary be?*

Paolo – Credo che lo stipendio iniziale sarà di mille euro al mese.

我想起薪大概每月 1,000 歐元左右。*I think that the initial salary will be around one thousand euro per month.*

Franca – Non è male[c].

不錯嘛！*Not too bad.*

Paolo – Sì, può andare[d], come inizio.

是啊，以起薪而言還可以。*Yes, it's enough for a start.*

E i tuoi studi, come vanno?

你的課業如何呢？*What about your studying?*

Franca – I miei studi? Meglio non parlanne!

我的課業？還是別提了。*My studying? Better not to talk about.*

✱ IDIOTISMO・慣用語 ✱

(a) avere intenzione di … ＝ 企圖，打算（*to intend to …*）。例如：

Ho intenzione di fare così. ＝ 我打算要這麼做。*I intend to do in this way.*

(b) mi sembra … ＝ 我認為…、我覺得…（*it seems to me …*）

動詞 sembrare 具有兩種不同的意思：

① 當它以一般的及物動詞形式呈現時，意指「看起來」。例如：

Egli sembra molto giovane. ＝ 他看起來非常的年輕。*He looks very young.*

② 當它以無人稱的形式呈現時，則意指「似乎、好像」。例如：

Gli sembra un lavoro ben fatto. ＝ 他覺得這工作做得很好。*It seems to him that this job has been properly done.*

在使用無人稱形式的情況下，只有受詞人稱代名詞會隨著指稱對象而變動，至於動詞本身則永遠會以第三人稱單數的型態呈現。例如：

	單數	複數
第一人稱	mi sembra 我覺得 *it seems to me*	ci sembra 我們覺得 *it seems to us*
第二人稱	ti sembra 你覺得 *it seems to you*	vi sembra 你們覺得 *it seems to you*
第三人稱	[陽性] gli sembra 他覺得 *it seems to him* [陰性] le sembra 她覺得 *it seems to her*	sembra a loro 他們覺得 *it seems to them* sembra a loro 她們覺得 *it seems to them*

(c) non è male = 不錯（*it's not bad*）

(d) può andare = 還可以，還過得去（*it's O.K.*）

＊ GRAMMATICA・文法＊

1. 一般名詞的定冠詞使用

在義大利文中，無論是指稱一般事物的普通名詞、或是表達抽象意義的抽象名詞，在其前方通常都會搭配有定冠詞的使用。例如：

L'inglese è abbastanza facile. = 英文是相當簡單的。*English is quite simple.*

L'italiano è un po' più difficile. = 義大利文比較難一點。*Italian is a bit more difficult.*

當名詞用於表列，或作為表示「部分」意思的「表分詞（*partitive*）」時（通常會接續在動詞「studiare（學習）」，介係詞「di（...的）」或「in（在）」之後），則不使用冠詞。例如：

Ho studiato inglese, italiano e storia. = 我學過英文，義大利文和歷史。*I studied English, Italian and history.*

Mi laureo in francese. = 我得到法文學位。*I get a degree in French.*

2. 所有格形容詞與所有格代名詞

在義大利文中，所有格形容詞（或稱物主形容詞）與所有格代名詞（或稱物主代名詞）具有相同的型態。亦即：

所有格形容詞 / 所有格代名詞	修飾 / 代稱對象的性別及單複數			
	單數陽性	單數陰性	複數陽性	複數陰性
我的	mio	mia	miei	mie
你/你的	tuo	tua	tuoi	tue
他/她的	suo	sua	suoi	sue
我們的	nostro	nostra	nostri	nostre
你/妳們的	vostro	vostra	vostri	vostre
他/她們的	loro	loro	loro	loro

在所有格形容詞與所有格代名詞的前方，會搭配有定冠詞或不定冠詞的使用。例如：

Il mio professore. = 我的教授。*My professor.*

所有格形容詞應置於其所修飾的名詞之前，且須與其所修飾名詞的性別及單複數一致。例如：

La mia classe. = 我的班級。*My class.*

Le mie classi. = 我的班級 [複數]。*My classes.*

Il suo professore. = 他的教授。*His professor.*

I suoi professori. = 他的教授們。*His professors.*

3. 無詞形變化的代名詞：ne

代名詞「ne」並不具詞形變化，它用於代稱先前已經提過的某件事，意指「關於這個，這個的（*about this, of this*）」或「關於那個，那個的（*about that, of that*）」。例如：

Meglio non parlarne. = 最好不要提起（那件事）。*Better not to talk about it.*

4. 直述語氣現在完成式

義大利文動詞的直述語氣現在完成式（Indicativo Passato Prossimo）為複合式型態，它的構成規則如下：

[1.] 及物動詞：助動詞「avere（有｜*to have*）」的直述語氣現在式＋動詞的過去分詞/分詞過去式。例如：

Ieri ho parlato con il mio amico. = 昨天我與我的朋友談話。*Yesterday I talked to my friend.*

[2.] 不及物動詞與被動語態動詞：助動詞「essere（是｜*to be*）」的直述語氣現在式＋動詞的過去分詞/分詞過去式。例如：

Ieri sono andato al cinema. = 昨天我去看電影了。*Yesterday I went to see a movie.*

Secondo quanto mi è stato detto. = 根據人家告訴我的。*According to what I have been told.*

5. 過去分詞（分詞過去式）

義大利文動詞的過去分詞/分詞過去式（Participio Passato）變化型態如下：

[1.] 規則動詞

PARTICIPIO	-are		-ere		-ire	
	parlare 說（*to talk*）		**vedere** 看（*to see*）		**sentire** 聽（*to hear*）	
passato 過去式	**-ato**	parl-ato	**-uto**	ved-uto	**-ito**	sent-ito

[2.] 不規則動詞

PARTICIPIO	**essere** 是（*to be*）	**dire** 說（*to say, to tell*）
passato 過去式	stato	detto

5 AMICI 朋友

✱ CONVERSAZIONE・會話 ✱

Mariella, Felice, Luisa e Franco 瑪莉耶娜、菲力契、露易莎和佛朗哥

Mariella – Ciao, Felice.
嗨，菲力契。*Hi, Felice.*

Felice – Ciao, Mariella. Devo parlarti.
嗨，瑪莉耶娜，我必須和妳談一談。*Hi, Mariella. I have to talk to you.*

Mariella – Bene. Eccomi qua[(a)].
好，講吧。*O.K. Here I am.*

Felice – Conosci il professor Colombo?
妳認識哥倫布教授嗎？*Do you know professor Colombo?*

Luisa – Lo conosco io. Non è per caso[(b)] un signore basso, di mezza età?
我認識他，他是不是個矮小的中年男士？*I do know him. Isn't he a short, middle-aged gentleman?*

Felice – Sì, è lui.
是的，就是他。*Yes, it's him.*

Mariella – Perchè lo chiedi?
你問這個幹什麼？*What are you asking for?*

Felice – Perchè ci[(c)] tiene a[(d)] conoscerti.
因為他想見見你。*Because he wants to meet you.*

Mariella – Va bene. Quando possiamo andare a trovarlo?

好啊，我們什麼時候可以去找他？*O.K. When can we go and meet him?*

Felice – Anche subito, se hai tempo[e].

如果妳有空的話，我們馬上就去。*Even now, if you have free time.*

Luisa – Allora[f] vengo anch'io.

那麼，我也要去。*Well then, I want to come, too.*

Felice – Va bene. Ci andiamo con la macchina di Franco.

好啊，我們搭佛朗哥的車子去。*All right. We can go with Franco's car.*

Franco – Vado a prenderla. È quì vicino.

我去（把車子）開來，就在附近。*I go and bring it, it's nearby.*

Felice – È meglio andare con Franco. Il professor Colombo è un suo buon amico.

跟佛朗哥一起去更好，哥倫布教授是他的一個好朋友。*It is better to go with Franco. Professor Colombo is a good friend of his.*

Franco – Allora, siamo pronti[g]? Andiamo!

好了嗎？我們走吧！*Well, are we ready? Let's go!*

* IDIOTISMO・慣用語 *

(a) eccomi, eccomi quì, eccomi qua = 我就在這兒（*Here I am*）

(b) per caso = 偶然，碰巧，意外（*by chance*）

non è per caso…? = 該不會是他/她/它吧？（*isn't he/ she/ it?*）

這種說法的使用目的在於期待得到一個肯定的答覆。

(c) ci ＝ 那裡（*there*）。例如：

Domani vai a Taipei? ＝ 明天你要去台北嗎？*Will you go to Taipei tomorrow?*

Sì, ci vado. ＝ 是的，我要去那裡。*Yes, I will go (there).*

(d) tenerci a … ＝ 關心（某人或某事），想做（某事）（*to care about (something or someone)*）

-ci 在此作「那裡」解釋；tenerci 表面上的字義是「使某物留在那兒」，進而衍生作「關心…、想要….」之意。

(e) avere tempo ＝ 有空、有時間（*to have free time*）。例如：

Hai tempo per ascoltarmi? ＝ 你有沒有時間聽我說話？*Do you have time to listen to me?*

(f) allora ＝ 那麼；就；好（*then, well then*）

「allora」是表現語氣轉折的副詞，它會用來強調前面說過的話或做過的事將會有何種結果，從而其意涵將隨個別的使用情境而定。例如：

Allora, che cosa dobbiamo fare? ＝好， 那麼我們該怎麼辦呢？*Well then, what should we do?*

(g) essere pronto(/-a/-i/-e) ＝ 準備好（*to be ready*）

✻ GRAMMATICA・文法 ✻

1. 性質形容詞的擺放位置（II）

在不強調形容詞情況下，也就是當要凸顯的是名詞本身，而非名詞的性質時，性質形容詞會置於所修飾名詞的前方。例如：

Luisa è una bella ragazza. ＝ 露易莎是個漂亮的女孩。*Louise is a beautiful girl.*

2. 形容詞字尾的脫落

有些形容詞在置於（陽性單數）名詞之前的情況下，其陽性單數形態的字尾「-o」會發生脫落的現象。例如：

Giovanni è un mio buon amico. ＝ 約翰是我的一個好朋友。*John is a good friend of mine*

3. 受詞人稱代名詞

受詞人稱代名詞又可分為直接受詞與間接受詞，其型態詳見後表。

[1.] 直接受詞

在非強調的一般使用中，義大利文的直接受詞代名詞會置於動詞之前，但在使用命令語氣動詞或動詞原型（不定詞現在式）的情況下，（一般形式的）直接受詞代名詞會直接銜接在動詞之後。例如：

Mi vedi? ＝ 你看得到我嗎？*Can you see me?*

Ci tiene a conoscerti. ＝ 他想要認識你。*He wants to know you.*

Non guardarmi. ＝ 別看我。*Don't look at me.*

Guardami! ＝ 看著我！*Look at me!*

Se hai bisogno di aiuto, chiamaci. ＝ 如果你需要幫助的話，叫我們。*If you need help, call us.*

在表現強調情況下，直接受詞代名詞應置於動詞之後，並須使用強調形式。例如：

Non guardare me, guarda lui. ＝ 不要看我，看他。*Don't look at me, look at him.*

Se hai bisogno di aiuto, chiama noi.＝ 如果你需要幫助的話，叫我們。*If you need help, call us.* [意指除了我們之外，不要叫其他人]

Osserva lei. ＝ 他（/她）正看著她。*He (/She) is looking her.*

Osserva ciò. ＝ 他（/她）正看著這個。*He (/She) is looking this.*

	直接受詞				間接受詞	
	一般形式		強調形式[1]		一般形式	
	單數	複數	單數	複數	單數	複數
第一人稱	mi 我	ci 我們	me 我	noi 我們	mi 對我	ci 對我們
第二人稱	ti 你/妳 La 您	vi 你/妳們	te 你/妳 Lei 您	voi 你/妳們	ti 對你/妳 Le 對您	vi 對你/妳們
第三人稱	lo 他；它[2] la 她	li 他們 le 她們	lui 他 lei 她	loro 他們 loro 她們	gli 對他 le 對她	loro 對他們 loro 對她們
說明	[1] 強調形式同時適用於直接受詞及間接受詞。 [2]「它（*it*）」的直接受詞強調形式為「ciò」或「questo」。					

[2.] 間接受詞

義大利文的間接受詞代名詞適用於一切需藉助介係詞「a」來接續受詞的動詞。它的使用原則與直接受詞類同：在非強調的一般使用時，間接受詞會置於動詞之前，且動詞之後無須再使用介係詞「a」；但在使用命令語氣動詞或動詞原型（不定詞現在式）的情況下，（一般形式的）間接受詞代名詞會直接銜接在動詞之後。至於在表現強調的情況下，間接受詞代名詞須以介係詞「a」＋強調形式的型態，直接接續在動詞之後。例如：

Voglio parlargli. ＝ 我想要跟他談話。*I want to talk to him.* [一般形式]

Voglio parlare a lui. ＝ 我想要跟他談話。*I want to talk to him.* [強調形式，意指只有要跟他談話]

[3.] 介係詞受詞

凡是介係詞之後所接續的受詞代名詞，皆屬於介係詞受詞的範疇。介係詞受詞的型態即前表所呈現的強調形式。其中，只有以介係詞「a」所接續的情況才會另行構成前項間接受詞的適用。例如：

Vuole andare al cinema con te. ＝ 他（/她）想要和你一起去看電影。
He (/She) wants to go and see a movie with you.

4. 不規則動詞的變化型態：直述語氣現在式

Indicativo	tenere 保存（*to keep*）		potere 能（*to be able to*）	
presente 現在式	teng-o tien-i tien-e	ten-iamo ten-ete teng-ono	poss-o puo-i pu-ò	poss-iam pot-ete poss-ono

Indicativo	venire 來（*to come*）		volere 想要（*want, to desire*）	
presente 現在式	veng-o vien-i vien-e	ven-iamo ven-ite veng-ono	vogli-o vuo-i vuol-e	vogl-iamo vol-ete vogli-ono

6 FAMIGLIA 家庭

* TESTO・短文 *

Nella mia famiglia siamo in[(a)] cinque: i miei genitori[(b)], mio fratello[(c)] mia sorella[(c)] ed io. Mio fratello[(d)] è maggiore[(d)] di me, mia sorella[(e)] è minore[(e)]. Mio fratello ha ventun anni. Si chiama Giuseppe.

Mia sorella ha diciotto anni. Si chiama Elena. Mio padre, che è avvocato, ha cinquant'anni. Mia madre ne ha quarantacinque.

Ho altri parenti[(f)] che vivono nella mia città: due nonni[(c)], tre zii[(c)] e cinque cugini[(c)].

我的家中有 5 個人：我的父母親，我的哥哥，我的妹妹和我。哥哥比我年長，妹妹比我年幼。我哥哥 21 歲，名叫約瑟夫。*There are five of us in my family: my parents, my brother, my sister and I. My brother is older than me, my sister is younger. My brother is twentyone years old. His name is Giuseppe.*

我妹 18 歲，她叫艾倫娜。我的父親是位律師，今年 50 歲。我的母親 45 歲。*My sister is eighteen years old. Her name is Elena. My father, who is a lawyer, is fifty years old. My mother is fortyfive years old.*

我還有其他的親戚住在這個城市：祖父母，3 個叔伯（或舅舅），和 5 個堂（表）兄弟。*I have other relatives living in my city: two grandparents, three uncles and five cousins.*

* CONVERSAZIONE・會話 *

Luisa e Carla		**露易莎和卡娜**
Luisa	–	Tu, quanti[(g)] fratelli hai? 妳有幾個兄弟姐妹？*How many brothers and sisters do you have?*

Carla – Non ho fratelli. Sono figlia unica.

我沒有兄弟姊妹，我是獨生女。*I have no brothers. I am the only child.*

Luisa – Hai dei parenti?

妳有沒有親戚？*Do you have any relatives?*

Carla – Sì, uno zio scapolo[h], fratello di mia madre, una zia sposata con due figli, una zia zitella[i], una cugina nubile[l] ed un cugino celibe[m].

有，我有個單身的舅舅，他是我媽媽的兄弟，一個已婚、有兩個小孩的姑姑（/阿姨），一個未婚的姑姑（/阿姨），一個未婚的堂（/表）兄弟，和一個未婚的堂（/表）姊妹。*Yes, I have a uncle who is bachelor. He is my mother's brother. I have also an aunt, married with two sons, an aunt who is an old-maid, a female unmarried cousin and a male unmarried cousin.*

Luisa – Come si chiama tuo zio, il marito di tua zia?

妳的姑丈（/姨丈）、你姑姑（/阿姨）的丈夫叫什麼名字？*What's the name of your uncle, your aunt's husband?*

Carla – Si chiama Paolo. È ingegnere.

他名叫保羅，是個工程師。*His name is Paolo. He is engineer.*

Luisa – Che età[n] hanno i tuoi cugini?

你的堂（/表）兄弟姐妹都幾歲了？*How old your cousins are?*

Carla – Il più grande ha diciotto anni; mia cugina, sedici.

最大的有 18 歲了，我的堂（/表）妹 16 歲。*My elder cousin is eighteen years old; my younger cousin is sixteen years old.*

* IDIOTISMO · 慣用語 *

(a) essere in …… = 有（*there are …… of*）

這個慣用語用於表示數量。例如：

Nella mia famiglia siamo in cinque. = 我的家中有五口人。*There are five of us in my family.*

(b) genitori = 父母親（*parents*）

(c) fratello; sorella; nonni; zii; cugini = 兄/弟；姐/妹；祖父；叔伯（/舅）；堂（/表）兄弟（*brother; sister; grandfathers; uncles; cousins*）

由於義大利文並沒有像華語般詳細區分親屬關係的位階與等級，這也造成義大利文中的親屬稱謂很難精確且具體地被譯成華語。因此在學習這些親屬稱謂時，不妨可以借助英文來加以解釋。例如：

fratello = *brother*；sorella = *sister*；nonno = *grangfather*；

nonna = *grandmother*；zio = *uncle*；zia = *aunt*；

cugino 及 cugina = *cousin*。

如果在對話中需要明確地指出長幼的區分，則可再搭配形容詞 maggiore（較年長的｜*older, elder*）或 minore（較年幼的｜*younger*）。例如：fratello maggiore = 哥哥；fratello minore = 弟弟。

(d) fratello maggiore = 哥哥，兄長（*elder brother*）

(e) sorella minore = 妹妹（*younger sister*）

(f) parenti = 親戚（*relatives*）

在此須特別留意切勿因相似的拼字而將義大利文的「parenti」與英文的「*parents*」搞混。如前項所示，義大利文的「父母親」為 genitori，至於 parenti 則意指「親戚」。

(g) quanti? ＝ [可數的]多少？（*how many?*）

(h) scapolo ＝ 未婚的（男性）（*unmarried (man)*）

這個字用於形容已屆適婚年齡但未婚的男性，或用於形容年紀太大以致於難以成婚的男性（具有貶義）。

(i) zitella ＝ 未婚的（女性）（*unmarried (woman)*）

這個字則對應於 scapolo，用於形容已屆適婚年齡但未婚的女性，或用於形容年紀太大以致於難以成婚的女性（具有貶義）。

(l) nubile ＝ 未婚的（女士）（*unmarried (girl)*）

這個字則對應於 celibe，用於形容就社會通念而言，理應處於未婚狀態的未婚女性（通常是指未達適婚年齡的年輕女性）。由於它所指稱的未婚，同樣是一種不具貶義的正常狀態，因而在官方文書中，無論年齡長幼，一律會以這個字來指稱女性的未婚者。

(m) celibe ＝ 未婚的（男士）（*unmarried (boy)*）

這個字用於形容就社會通念而言，理應處於未婚狀態的未婚男性（通常是指未達適婚年齡的年輕男性）。由於它所指稱的未婚，是一種不具貶義的正常狀態，因而在官方文書中，無論年齡長幼，一律會以這個字來指稱男性的未婚者。

(n) età ＝ 年齡（*age*）。例如：

Che età ha tuo padre? ＝ Quanti anni ha tuo padre? ＝ 你父親今年幾歲了？*How old is your father?*

※ 注意：以「-enta」或「-anta」結尾的數字之後若接續以母音起頭的名詞（如：「anni（年｜*years*）」），則須略去字尾的母音，並以省略符號來進行連結。例如：

Ho trent'anni. ＝ 我 30 歲。*I'm thirty years old.*

Mia madre ha quarant'anni. ＝ 我母親 40 歲。*My mother is forty years old.*

* GRAMMATICA · 文法 *

1. 無需使用不定冠詞的受詞名詞

在義大利文中，特別是在表示否定或疑問的句子結構下，當要強調的是名詞的種類而非個體數量時，則無需在名詞之前使用不定冠詞。例如：

Non ho fratelli. = 我没有兄弟。*I have no brothers.*

2. 基數的表達（I）：1 - 100

以下為義大利文 1 至 100 的基數（Numeri Cardinali）說法：

0	zero	1	uno	2	due
3	tre	4	quattro	5	cinque
6	sei	7	sette	8	otto
9	nove	10	dieci	11	undici
12	dodici	13	tredici	14	quattordici
15	quindici	16	sedici	17	diciassette
18	diciotto	19	diciannove	20	venti
21	ventuno	22	ventidue	23	ventitrè
24	ventiquattro	25	venticinque	26	ventisei
27	ventisette	28	ventotto	29	ventinove
30	trenta	31	trentuno	32	trentadue
33	trentatrè	34	trentaquattro	35	trentacinque
36	trentasei	37	trentasette	38	trentotto
39	trentanove	40	quaranta	41	quarantuno

42	quarantadue	43	quarantatrè	44	quarantaquattro
45	quarantacinque	46	quarantasei	47	quarantasette
48	quarantotto	49	quarantanove	50	cinquanta
51	cinquantuno	52	cinquantadue	53	cinquantatrè
54	cinquantaquattro	55	cinquantacinque	56	cinquantasei
57	cinquantasette	58	cinquantotto	59	cinquantanove
60	sessanta	61	sessantuno	62	sessantadue
63	sessantatrè	64	sessantaquattro	65	sessantacinque
66	sessantasei	67	sessantasette	68	sessantotto
69	sessantanove	70	settanta	71	settantuno
72	settantadue	73	settantatrè	74	settantaquattro
75	settantacinque	76	settantasei	77	settantasette
78	settantotto	79	settantanove	80	ottanta
81	ottantuno	82	ottantadue	83	ottantatrè
84	ottantaquattro	85	ottantacinque	86	ottantasei
87	ottantasette	88	ottantotto	89	ottantanove
90	novanta	91	novantuno	92	novantadue
93	novantatrè	94	novantaquattro	95	novantacinque
96	novantasei	97	novantasette	98	novantotto
99	novantanove	100	cento		

關於基數拼寫的一些說明：

① 21、28、31、38......等數字都是縮寫形式。以「ventuno（*21*）」為例，其中「venti（*20*）」的字尾「-i」已被略去，其餘數字亦然。

② 21、31、41......等數字置於名詞之前時，可再縮寫為「ventun（*21*）」、「trentun（*31*）」、「quarantun（*41*）」......等。例如：

Ho ventun anni. = 我 21 歲。*I am twentyone years old.*

3. 反身代名詞

義大利文的反身代名詞如後表列。其一般形式同時適用於直接受詞與間接受詞，使用時置於動詞前方；強調形式同時適用於介係詞受詞，使用時則置於動詞後方。例如：

Come ti chiami? = 你叫什麼名字？*What's your name?*

Come vi chiamate? = 你們叫什麼名字？*What's your name?*

Io mi chiamo… = 我叫做… *My name is…*

Tu ti conosci bene. = 你很瞭解你自己。*You know yourself very well.*

Lei come si chiama? = 您尊姓大名？*What's your name?* [禮貌形式]

Loro dove si dirigono? = 他們要去哪兒？*Where are they going?*

	一般形式		強調形式	
	單數	複數	單數	複數
第一人稱	mi 我自身	ci 我們自身	me (stesso/-a) 我自身	noi (stessi/-e) 我們自身
第二人稱	ti 你/妳自身 si 您自身	vi 你/妳們自身	te (stesso/-a) 你/妳自身 sè (stesso/-a) 您自身	voi (stessi/-e) 你/妳們自身
第三人稱	si 他/她自身	si 他/她們自身	sè (stresso/-a) 他/她自身	sè (stessi/-e) 他/她們自身

強調形式的反身代名詞之後可再接續形容詞「stesso/-a/-i/-e（相同的｜*same*）」來加強意思，此時「stesso/-a/-i/-e」須配合代稱受詞的性別及單複數進行字尾變化。例如：

Giovanni parla spesso di sè stesso. ＝ 約翰經常談到他自己。*John is often talking about himself.*

Hanno fatto ciò da sè stessi. ＝ 他們自己獨力做這件事。*They did this by themselves.*

No pensa che a sè. ＝ 他只想到他自己。（＝他從不為他人著想）*He thinks of no one but himself.*

Conosci te stesso. ＝ 認清你自己。*Know yourself!*

Fatelo da voi stessi. ＝ 你們自個兒去做（那件事）。*Do it yourselves.*

一般形式的複數反身代名詞，根據上下文的脈絡，有時也用以表示「彼此、互相（*each other, one another*）」的意思。例如：

Noi tutti ci conosciamo molto bene. ＝ 我們全都非常瞭解彼此。*We all know one another very well.*

Noi ci conosciamo. ＝ 我們瞭解我們自己。*We know ourselves.*

＝ 我們彼此瞭解。（二人）*We know each other.*

＝ 我們互相瞭解。（三人）*We know one another.*

4. 反身動詞：chiamarsi

反身動詞「chiamarsi」之後若接續姓氏或名字時，則意指「姓…」、「名為…」；若未接續姓名時，則意指「彼此相互呼叫（*to call each other (/one another)*）」。例如：

Loro si chiamano ad alta voce. ＝ 他們彼此高聲呼叫對方。*They call each other loudly.*

Loro si chiamano Colombo. ＝ 他們姓哥倫布。*Their family name is Colombo.*

✻ VOCABOLARIO+ · 主題字彙 ✻

FAMIGLIA E PARENTELA 親屬稱謂

la famiglia 家人（*family*）

i genitori 父母，雙親（*parents*）

i bambini 孩子們（*children*）

i gemelli / le gemelle 男/女雙胞胎（*twins*）

il padre / il papà 父親，爸爸（*father*）

la madre / la mamma 母親，媽媽（*mother (mamie)*）

il figlio 兒子（*son*）

la figlia 女兒（*daughter*）

il fratello 兄弟（*brother*）

la sorella 姊妹（*sister*）

il / la parente 親戚（*relative*）

l'antenato/a [男/女]祖先（*ancestor / ancestress*）

i nonni 祖父母，外祖父母（*grandparents*）

il nonno / la nonna 祖父，外祖父 / 祖母，外祖母（*grandfather / grandmother*）

il marito 丈夫（*husband*）

la moglie 妻子（*wife*）

la nuora 媳婦（*daughter-in-law*）

il genero 女婿（*son-in-law*）

il suocero 岳父/公公（*father-in-law*）

la suocera 岳母/婆婆（*mother-in-law*）

il cognato 連襟/姊夫/妹夫/大伯/小叔（*brother-in-law*）

la cognata 妯娌/姑嫂/大姨子/小姨子（*sister-in-law*）

lo zio 伯父/叔父/舅父/姑丈/姨丈（*uncle*）

la zia 姨母/姑母/舅母/嬸母（*aunt*）

il/la nipote 姪子/女，外甥/女（*nephew / niece*）

il/la nipote 孫子/女（*grandson*）

il cugino / la cugina 表兄弟/姊妹，堂兄弟/姊妹（*cousin*）

7 IERI 昨天

✻ TESTO · 短文 ✻

Ieri mi sono alzato alle sette. Ho fatto colazione[a] alle sette e mezza. Ho preso l'autobus alle otto e un quarto e sono arrivato all'università un po' prima delle nove. Ho avuto lezione per tutta la mattina.

Ho pranzato[b] all'una. Nel pomeriggio ho studiato. Sono tornato a casa[c] alle sei. La sera ho fatto visita ad[d] alcuni amici. Abbiamo chiacchierato un po' ed abbiamo bevuto del[e] caffè. Sono tornato a casa alle dieci e sono andato a dormire alle undici.

昨天我七點起床。七點半吃早餐。我隨即在八點一刻搭上公車，快到九點時到了大學，我整個上午都有課。*Yesterday I got up at seven o'clock. I had my breakfast at half past seven. Soon I took the bus at a quarter past eight and I arrived to the university shortly before nine o'clock. I had my classes all the morning.*

一點的時候用了中餐。下午讀書。六點時我回家去。晚上我拜訪了幾位朋友。我們一起喝咖啡並聊了一會兒。我十點回家，十一點上床睡覺。*At one o'clock I had my lunch. In the afternoon I studied. I went back home at six o'clock. In the evening I paid a visit to some friends. We chatted for a while and we drank some coffee. I was back at home at ten o'clock and at eleven o'clock I went to sleep.*

✻ CONVERSAZIONE · 會話 ✻

Paolo e Giacomo **保羅和賈克謨**

Paolo – Buon giorno, Giacomo. Che cosa hai fatto ieri? Non ti abbiamo visto a lezione.

早安，賈克謨。你昨天做什麼去了？我們在課堂上沒看到你。
Good morning, Giacomo. What did you do yesterday? We didn't see you at the classes.

Giacomo – Sono rimasto a casa per colpa di questo maledetto raffreddore[f]. E pensare che il tempo[g] è così bello.

由於這場該死的感冒，我留在家裡。你想想看天氣是那麼的好。*I stayed at home because of this damned cold. With such a wonderful weather.*

Paolo – Oh, ti sei raffreddato[h]? Mi dispiace[i].

噢，你感冒了？真遺憾。*Oh, did you catch a cold? I'm sorry.*

Giacomo – Non fa niente[l]. Grazie.

沒關係，謝謝你。*It's O.K. Thank you.*

Paolo – Allora ieri hai studiato tutto il giorno.

這麼說來，昨天一整天你都在唸書。*Then, yesterday you did study all the day.*

Giacomo – No, solo un po'.

不，只唸了一點。*No, just a little.*

Paolo – E che cosa hai fatto d'altro?

那你還做了些什麼事？*And what else did you do?*

Giacomo – Ho ascoltato la radio. I programmi erano così-così. Poì, ho guardato la television.

我聽收音機。節目普普通通。然後，我看了電視。*I listened to the radio. The programs were so-so. Then, I watched TV.*

Paolo – Ed i programmi sono stati ancora peggio[m].

而電視的節目還更差。*And the programs were even worse.*

Giacomo – Veramente! Dopo dieci minuti ho spento il televisore e sono andato a dormire.

一點也沒錯！十分鐘後我就關掉電視睡覺去了。*Really! Ten minutes later I switched TV off and I went to sleep.*

Paolo – Che ora è adesso?

現在幾點了？*What time is it now?*

Giacomo – La una e mezza(n).

一點半。*Half past one.*

Paolo – Mi sento(o) un po' stanca oggi. Mi sono alzata molto presto stamattina.

我今天覺得有點累，早上太早起床了。*I feel a little tired, today. I got up very eariy this mornung.*

Giacomo – Figuriamoci(p), ti sei alzata alle otto!

什麼話！（差得遠呢！）你八點才起床呢！*Fancy that! You got up at eight o'clock!*

✱ IDIOTISMO・慣用語 ✱

(a) fare colazione ＝ 吃早餐（*to have breakfast*）

(b) pranzare ＝ 吃午餐（*to have lunch*）

(c) casa ＝ 房子，家（*house, home*）

當用於介係詞片語中的 casa 不加冠詞時，則意指「家」。例如：

Vado a casa. ＝ 我回家。*I go home.*

Torno a casa mia. ＝ 我回（到）家。*I go back home.*

※ 註：在義大利文中，tornare a casa 同時可以解作「回家」或「回房屋」，須視上下文的脈絡而定。

「casa」與「casa mia」都可用來指稱「家」，但「casa mia」具有特別強調這是「我自己的家」的意思。凡是在特別強調「所屬」的情況下，所有格形容詞會置於其所修飾的名詞之後。例如：

Vado a casa mia! ＝ 我回（我自己的）家。*I go home!*

「la mia casa」意指「我的房子」，並且必須搭配冠詞的使用；「casa mia」則意指「我的家」，而無需再使用冠詞。

(d) fare visita a … ＝ 拜訪某人（*to visit someone*）

(e) bere del … ＝ 喝一點 …（*to drink some ...*）

介係詞「di」＋單數定冠詞「il, lo, la」所構成的「del, dello, della」，當它作為不定形容詞時，意指「一些（*some*）」，用於表示一些不確定數量的「人」或「物」。它通常會置於動詞後方，並且銜接直接受詞。例如：

Vuoi del vino? ＝ 你要（喝）點酒嗎？*Would you like some wine?*

C'è della gente. ＝ 有些人。*There are some people.*

「del, dello, della」的複數型態為「dei, degli, delle」，同樣也意指「一些（*some*）」。它除具有不定形容詞的作用，同時也會是不定冠詞「un, uno, una」的複數型態。例如：

Ieri ho visto un amico. ＝ 昨天我遇見一位朋友。*Yesterday I met a friend.*

Ieri ho visto degli amici. ＝ 昨天我遇見幾個朋友。*Yesterday I met some friends.*

delle persone mi hanno detto … ＝ 有些人告訴我… *some people told me...*

(f) raffreddore ＝ 感冒（*cold*）

(g) tempo ＝ 時間；天氣（*time; weather*）。例如：

Il tempo è così bello. ＝ 天氣是這麼的好。*The weather is so fine.*

È tempo di andare. ＝ 該是走的時候了。*It's time to go.*

(h) raffreddarsi ＝ 感冒，變冷，使冷（涼）（*to catch a cold, to become cool, to cool*）。例如：

Mi sono raffreddato. ＝ 我感冒了。*I catched a cold.*

Il caffè si è raffreddato. = 咖啡涼了。*The coffee is cool.*

(i) dispiacersi = 遺憾，難過，抱歉（*to regret, to be sorry*）。例如：

Gli è dispiaciuto di non essere venuto. = 他很遺憾他不能夠來。*He regretted he couldn't come.*

Gli dispiace molto. = 他真的很難過。*He's really sorry.*

當動詞「dispiacersi」用於銜接一個附屬字句時，則只會以「無人稱結構」的句型來呈現，此時，動詞會以第三人稱的型態呈現，並使用介係詞「a」接續間接受詞，而這個間接受詞就是對附屬子句所描述的事情感到遺憾的主體。在沒有特別要強調的情況下，間接受詞會被置於動詞的前方。例如：

Mi dispiace che …… = 對 …… 我覺得很遺憾。

Ti dispiace che …… = 對 …… 你覺得很遺憾。

Gli dispiace che …… = 對 …… 他覺得很遺憾。

Le dispiace che …… = 對 …… 她覺得很遺憾。

Ci dispiace che …… = 對 …… 我們覺得很遺憾。

Vi dispiace che …… = 對 …… 你們覺得很遺憾。

Dispiace a loro che …… = 對 …… 他們覺得很遺憾。

A Luigi dispiace che …… = 對 …… 路易覺得很遺憾。

(l) non fa niente = 沒關係，沒問題（*it doesn't matter, it's O.K., it's all right*）

(m) peggio = 更糟，更差（*worse*）

(n) mezza / mezzo = 一半（*half*）

mezzo 跟 mezza 都可以用來表達時間，且須以單數形式呈現。例如：

La una e mezza. = 一點半。*Half past one.*

Le due e mezzo. = 二點半。*Half past two.*

(o) sentirsi = 感覺（*to feel*）

(p) figurarsi = 癡人說夢！差得遠呢！（*think of it, fancy that!*）

這個說法是用來表達不相信對方所說的話，且須使用命令語氣來呈現。例如：

Figurati! = 我不相信！*I don't believe it!*

✻ GRAMMATICA · 文法 ✻

1. 時刻的表達

[1.] 時與分

在義大利文中，「ora（小時｜*hour*）」這個字只會用在詢問時刻的疑問句中，當要描述時刻時，則會省略不提。需要注意的是，一點鐘以後的時間必須使用複數型態。例如：

Che ora è? / Che ore sono? = 現在幾點？*What time is it?*

È l'una. = 一點鐘。*It's one o'clock.*

Sono le due. = 兩點鐘。*It's two o'clock.*

在描述時刻時，通常也會省略掉「minuti（分鐘｜*minutes*）」這個字。原則上「分」、「刻」的敘述會以加法的方式來呈現，但若已超過半小時，通常就會改以減法的方式來表現。例如：

È l'una e dieci (minuti). = 一點十分。*It's one ten. (It's ten past one.)*

È l'una e un quarto. / È l'una e quindici. = 一點一刻。/ 一點十五分。
It's a quarter past one. / It's one fifteen.

Sono le due e venti. = 兩點二十分。*It's two twenty.*

È l'una e mezza. = 一點半。*It's half past one.*

Sono le due e mezza. = 兩點半。*It's half past two.*

Sono le due meno venti. / Manca venti alle due. (È l'una e quaranta.) = 差二十分兩點。（一點四十分。）*It's two less twenty. (It's one forty.)*

[2.] 上午與下午

若要呈現一個確定的時刻位於上午或下午，則在時刻之後以介係詞「di」來銜接「mattino / mattina（上午｜*morning*）」或「pomeriggio（下午｜*afternoon*）」。例如：

Alle dieci di mattina. = 上午十點。*At ten o'clock in the morning.*

Alle cinque di pomeriggio. = 下午五點。*At five o'clock in the afternoon.*

[3.] 指示時刻的介係詞

在義大利文中，若要表達「在…時刻（*at what time*）」，則會使用介係詞「a」＋定冠詞。例如：

All'una. = 在一點時。*At one o'clock.*

Alle due. = 在兩點時。*At two o'clock.*

詢問「在…時刻」的問句則會是：

A che ora? = 在什麼時候？*At what time?*

若要表達「大約…時刻」，則會使用介係詞「verso（大概，約莫｜*about, around*）」＋定冠詞。例如：

Verso le tre. = 大約三點時。*At about three o'clock.*

2. 介係詞與定冠詞的連寫

義大利文共有 9 個主要的介係詞，即「di（…的 | *of*）」、「a（在，對 | *at, to*）」、「da（從、自、由 | *from, by*）」、「in（在 | *in*）」、「con（與、和、跟 | *with*）」、「su（在…之上 | *on*）」、「per（為了 | *for*）」，以及「tra / fra（介於…之間 | *between, among*）」。其中，「di」、「a」、「da」、「in」、「su」、「con」等 6 個介係詞在銜接定冠詞時，會發生連寫變體的現象。亦即：

介係詞	定冠詞					
	il	**lo**	**la**	**i**	**gli**	**le**
di	del	dello	della	dei	degli	delle
a	al	allo	alla	ai	agli	alle
da	dal	dallo	dalla	dai	dagli	dalle
in	nel	nello	nella	nei	negli	nelle
su	sul	sullo	sulla	sui	sugli	sulle
con	col	collo	colla	coi	cogli	colle

介係詞「con」在銜接定冠詞時，可採用連寫（如上表）、也可分開書寫；目前普遍不傾向連寫，有些連寫型態（如 collo）甚至已十分罕用。

3. 直述語氣現在完成式：過去分詞與主詞的一致

我們已在第四課介紹過直述語氣現在完成式（Indicativo Passato Prossimo）的構成，亦即「助動詞 avere 或 essere 的現在式＋動詞的過去分詞」。在此尚需補充一項要點：當直述語氣的現在完成式的助動詞為 essere 時，其後所接續的動詞過去分詞必須和主詞的性別及單複數一致。例如：

Ieri egli non è venuto. ＝ 昨天他沒來。*Yesterday he didn't come.*

Ieri ella non è venuta. ＝ 昨天她沒來。*Yesterday she didn't come.*

Essi non sono partiti. ＝ 他們並未離開。*They didn't leave.*

Esse non sono partite. ＝ 她們並未離開。*They didn't leave.*

以下為目前我們已介紹過的幾類直述語氣複合時式：

[1.] 及物動詞的現在完成式：（助動詞為 avere）

INDICATIVO	助動詞		**parlare 說** (*to talk*)		**credere 相信** (*to believe*)		**dormire 睡** (*to sleep*)	
passato prossimo 現在完成式	ho hai ha	abbiamo avete hanno	parlato parlato parlato	parlato parlato parlato	creduto creduto creduto	creduto creduto creduto	dormito dormito dormito	dormito dormito dormito

[2.] 不及物動詞的現在完成式：（助動詞為 essere）

INDICATIVO	助動詞		**andare 去** (*to go*)		**cadere 掉落** (*to fall*)		**partire 出發** (*to leave*)	
passato prossimo 現在完成式	sono sei è	siamo siete sono	andat-o/a andat-o/a andat-o/a	andat-i/e andat-i/e andat-i/e	cadut-o/a caduto-/a caduto-/a	caduti/-e caduti/-e caduti/-e	partit-o/a partit-o/a partit-o/a	partit-i/e partit-i/e partit-i/e

[3.] 被動語態動詞的現在式：（助動詞為 essere）

INDICATIVO	助動詞 [被-] (*to be ...*)		**amat-o/a/i/e 愛** (*loved*)		**credut-o/a/i/e 相信** (*believed*)		**colpit-o/a/i/e 攻擊** (*hit*)	
presente 現在式	sono sei è	siamo siete sono	amat-o/a amat-o/a amat-o/a	amat-i/e amat-i/e amat-i/e	credut-o/a credut-o/a credut-o/a	credut-i/e credut-i/e credut-i/e	colpit-o/a colpit-o/a colpit-o/a	colpit-i/e colpit-i/e colpit-i/e

[4.] 反身動詞的現在完成式：（助動詞為 essere）

INDICATIVO	**ricredersi 改變主意** (*to change idea*)					
passato prossimo 現在完成式	mi ti si	sono sei è	ricredut-o/a ricreduto-/a ricreduto-/a	ci vi si	siamo siete sono	ricreduti/-e ricreduti/-e ricreduti/-e

INDICATIVO	助動詞				alzarsi 升高 (*to raise*)		ferirsi 受傷 (*to hurt*)	
passato prossimo 現在完成式	mi ti si	sono sei è	ci vi si	siamo siete sono	alzat-o/a alzat-o/a alzat-o/a	alzat-i/e alzat-i/e alzat-i/e	ferit-o/a ferit-o/a ferit-o/a	ferit-i/e ferit-i/e ferit-i/e

✻ VOCABOLARIO⁺・主題字彙 ✻

PERIODI E GIORNATE 時與日

mattino, mattina 早上（*morning*）

stamattina, questa mattina 今天早上（*this morning*）

mezzogiorno 中午（*noon*）

a mezzogiorno 在中午（*at noon*）

pomeriggio 下午（*afternoon*）

questo pomeriggio 今天下午（*this afternoon*）

è tardi [時間] 很晚了（*it's late*）

sera 傍晚，晚上（*evening*）

questa sera, stasera 今天晚上（*this evening*）

notte 夜（*night*）

stanotte, questa notte 今夜（*tonight*）

tre giorni fa 三天前，大前天（*three days ago*）

l'altro ieri 前天（*the day before yesterday*）

ieri 昨天（*yesterday*）

oggi 今天（*today*）

domani 明天（*tomorrow*）

dopodomani 後天（*the day after tomorrow*）

fra tre giorni 在三天之內，三天後（*within three days*）

8 IL TEMPO 天氣

✻ TESTO · 短文 ✻

Oggi il tempo è buono[a]. Non fa nè caldo[b] nè freddo[b]. C'è il sole. Non piove[c]. È um tempo molto gradevole.

A volte[d], però, il tempo qui è abbastanza brutto[e]. Piove molto e nevica[c] molto. D'inverno[f] fa molto freddo e d'estate[f] fa molto caldo. Il tempo è invece buono in primavera[f] ed in autunno[f].

今天天氣很好。既不熱也不冷。有陽光。沒有雨。是個非常怡人的天氣。*Today the weather is fine. It is neither hot nor cold. It's a sunny day. It's not raining. It's a very pleasant weather.*

然而，這裡的氣候有時相當惡劣。多雨又多雪。冬天非常冷，而夏天非常熱。相反的，春秋二季的氣候很好。*However, sometimes the weather is rather bad, here. It's raining and snowing a lot. In wintertime it's very cold and in summertime it's very hot. On the contrary, the weather is fine in springtime and in autumn.*

✻ CONVERSAZIONE · 會話 ✻

Luisa, Carla e Giuseppe **露易莎，卡娜和約瑟夫**

Luisa – Che tempo fa, oggi?

今天的天氣如何？*How is the weather today?*

Giuseppe – Non lo so[g].

我不知道。*I don't know.*

Carla – Fa freddo, è nuvoloso e c'è molta umidità.

很冷，多雲而且很潮濕。*It's cold, cloudy and damp.*

Giuseppe – Ogni volta che il tempo è brutto mi prendo un raffreddore(h).

每當天氣不好時，我都會得感冒。*Every time the weather is bad I catch a cold.*

Carla – Poverino!

可憐的人！*Poor man!*

Luisa – A marzo è normale che il tempo sia(i) ancora brutto.

三月的時候天氣不好是很正常的。*In March it's normal that the weather isn't fine, yet.*

Carla – Certo(l), da aprile in poì il tempo sarà(m) senz'altro migliore.

當然，從四月起天氣必然會逐漸轉好。*Of course, from April on the weather will certainly be better.*

Giuseppe – Non è detto(n). In aprile tira vento(c) ed a maggio piove molto.

也不盡然，在四月裡會刮風而五月多雨。*That not sure. In April it's windy and in May it's raining a lot.*

✻ IDIOTISMO・慣用語 ✻

(a) tempo buono ＝ 好天氣（*good weather*）

它的相反詞是：tempo cattivo ＝ 壞天氣（*bad weather*）

(b) fare caldo ＝ （變）暖、（變）熱（*to be warm, to be hot*）

fare freddo ＝ （變）冷（*to be cold*）

這些用語都以無人稱結構的型態呈現。例如：

Fa caldo. ＝ （天氣）熱。*It's hot.*

Fa freddo. ＝ （天氣）冷。*It's cold.*

若要表示個人感覺的冷或熱時，則使用動詞「avere（有）」或「sentire（感覺）」。例如：

Ho caldo. ＝ 我覺得熱。*I feel hot.*

Sento freddo. ＝ 我感到冷。*I feel cold.*

(c) piovere; nevicare; tirare vento ＝ 下雨；下雪；颳風（*to rain; to snow; to be windy*）

任何關於氣象的動詞都要採用無人稱結構的句型。例如：

Tuona. ＝ 打雷了。*It's thundering.*

(d) a volte ＝ 有時候（*sometimes*）

(e) tempo brutto ＝ 惡劣的天氣（*bad weather*）

它的相反詞是：tempo bello ＝ 怡人的天氣（*fine (/beautiful) weather*）

(f) in primavera ＝ 在春天時（*during springtime*）

d'estate ＝ 在夏天時（*during summertime*）

in autunno ＝ 在秋天時（*in autumn*）；

d'inverno ＝ 在冬天時（*during wintertime*）

季節（le stagioni）名稱除了春季為陰性名詞，其餘皆為陽性名詞。(即「la primavera（春季）」、「l'estate（夏季）」、「l'autunno（秋季）」、「l'inverno（冬季）」)

(g) non lo so ＝ 我不知道（*I don't know*）

動詞「sapere（知道 | *to know*）」在使用時，通常會伴隨一個已提過的受詞。例如：

Lo sai questo? ＝ 你知道這件事嗎？*Do you know this?*

No, non lo so. ＝ 不，我不知道。*No, I don't.*

(h) prendersi un reffreddore ＝ 著涼，染上感冒（*to catch a cold*）

(i) sia

這是動詞「essere」的假設語氣（虛擬語氣）現在式型態，我們之後會再加以討論。

(l) certo ＝ 當然（*of course, sure*）

(m) sarà

這是動詞「essere」的直述語氣未來式型態，我們之後會再加以討論。

(n) non è detto ＝ 不盡然，不一定，說不準（*it's not certain*）

✻ GRAMMATICA · 文法 ✻

1. 月份名稱

義大利文的月份名稱都是陽性，不必大寫，使用時也不加冠詞。各個月份的名稱依序為：

MESI	月份	MESI	月份
gennaio	一月（*January*）	febbraio	二月（*February*）
marzo	三月（*March*）	aprile	四月（*April*）
maggio	五月（*May*）	giugno	六月（*June*）
luglio	七月（*July*）	agosto	八月（*August*）
settembre	九月（*September*）	ottobre	十月（*October*）
novembre	十一月（*November*）	dicembre	十二月（*December*）

2. 不規則動詞的直述語氣現在式變化：sapere

IDICATIVO	sapere 知道（*to know*）	
presente **現在式**	so sai sa	sappiamo sapete sanno

＊ VOCABOLARIO+・主題字彙＊

1. IL TEMPO 氣候

l'onda 氣流（*wave*）

l'alta pressione 高氣壓（*high pressure*）

la bassa pressione 低氣壓（*low pressure*）

il vento 風（*wind*）

i monsoni 季風（*monsoon*）

il tifone 颱風（*typhoon*）

la pioggia 雨（*rain*）

il temporale 暴風雨（*storm*）

il tuono 雷（*thunder*）

il fulmine 閃電（*lightning*）

la grandine 冰雹（*hailstones*）

la neve 雪（*snow*）

la nebbia 霧（*fog*）

l'umidità 濕度（*humidity*）

fa caldo 天氣炎熱（*it's hot*）

fa freddo 天氣寒冷（*it's cold*）

fa fresco 天氣涼爽（*it's cool*）

è umido 潮濕天（*it's humid*）

è nuvoloso 陰天多雲（*it's cloudy*）

c'è il sole 晴天（*it's sunny*）

c'è temporale 暴風雨天（*it's stormy*）

c'è (/tira) vento 刮風天（*it's windy*）

si sta bene 好天氣（*it's fine*）

piove 下雨（*it rains*）

nevica 下雪（*it's snowing*）

2. La Terra 地球

il globo terrestre 地球（*the Earth, globe*）

l'emisfero 半球（*hemisphere*）

l'asse 地軸（*axis*）

l'orbita 運行軌道（*orbit*）

la rotazione 自轉（*rotation*）

la rivoluzione 公轉（*revolution*）

la forza centrifuga 離心力（*centrifugal force*）

la forza centripeta 向心力（*centripetal force*）

la longitudine 經度（*longitude*）

la latitudine 緯度（*latitude*）

l'equatore 赤道（*equator*）

i tropici 回歸線（*tropics*）

i poli 地極（*poles*）

il circolo artico 北極圈（*Arctic circle*）

il circolo antartico 南極圈（*Antarctic circle*）

il meridiano 子午線，經線（*meridian*）

il parallelo 緯線（*parallel*）

Linea Cambio Data 國際換日線（*International Date Line*）

l'aria 空氣（*the air*）

i mari 海（*the seas*）

gli oceani 大洋（*the oceans*）

il continente 大陸（*continent*）

l'isola 島（*island*）

la penisola 半島（*peninsula*）

il canale 海峽；運河（*canal*）

la costa 海岸（*coast*）

la spiaggia 海灘（*beach*）

il fiume 江、河（*river*）

il ghiacciaio 冰河（*glacier*）

il lago 湖泊（*lake*）

la diga 壩（*dam*）

l'oasi 綠洲（*oasis*）

il deserto 沙漠（*desert*）

la foresta 森林（*forest*）

la pianura 平原（*plain*）

il bacino 盆地（*basin*）

la collina 丘陵（*hill*）

la gola 峽谷（*gorge*）

la vallata 山谷（*valley*）

la grotta 洞穴（*cave*）

il canyon （有河流）的峽谷（*canyon*）

la montagna 山（*mountain*）

l'iceberg 冰山（*iceberg*）

il vulcano 火山（*volcano*）

il cratere 火山口（*crater*）

la valanga 雪崩（*avalanche*）

il terremoto 地震（*earthquake*）

l'alluvione 水災、洪水（*flood*）

l'eruzione （火山）爆發（*eruption*）

la roccia 岩（*rock*）

la lava 熔岩（*lava*）

la pietra 石頭（*stone*）

il marmo 大理石（*marble*）

il fango 泥（*mud*）

la sabbia 沙（*sand*）

la polvere 塵（*dust*）

il petrolio 石油（*petroleum*）

il nord 北（*North*）

il sud 南（*South*）

l'est 東（*East*）

l'ovest 西（*West*）

3 L'Universo 宇宙

il sole 太陽（*the sun*）

la luna 月亮（*the moon*）

le stelle 星星（*the stars*）

il cielo 天空（*the sky*）

lo spazio 太空（*the space*）

i satelliti 衛星（*the satellites*）

Mercurio 水星（*Mercury*）

Venere 金星（*Venus*）

Marte 火星（*Mars*）

Giove 木星（*Jupiter*）

Saturno 土星（*Saturn*）

Urano 天王星（*Uranus*）

Plutone 冥王星（*Pluto*）

Nettuno 海王星（*Neptune*）

la Stella Polare 北極星（*Polaris*）

la costellazione 星座（*constellation*）

la cometa 彗星（*comet*）

La Via Lattea 銀河（天河）（*Milky Way*）

9 PASSATEMPI 消遣娛樂

✻ TESTO · 短文 ✻

I miei passatempi favoriti sono il cinema, la televisione, le partite di calcio ed il tennis. Il tennis lo gioco un po'. Non gioco a[(a)] pallone, ma vado a quasi tutte le partite. Al cinema vado perlopiù[(b)] il sabato o la domenica. Negli altri giorni della settimana preferisco[(c)] rimanere in casa a guardare la televisione. Qualche volta, però, esco con degli amici. Andiamo insieme a cenare[(d)] in qualche ristorante, oppure ci rechiamo al[(e)] bar a giocare a biliardo od a carte.

我喜愛的消遣活動為看電影、看電視、看足球賽和打網球。我會打一點網球。我不踢足球，但幾乎每場足球賽都趕到。我通常在週六或週日去看電影。其它的日子，我較喜歡留在家裡看電視。然而，有些時候我也和朋友出去。我們一起去餐廳用晚餐，或者，到酒吧間去打撞球或玩紙牌。*My favorite pastimes are movies, TV, football games and tennis, I can play a little tennis, I can't play football but I go and see almost every game. I go to movies mostly on Saturdays and on Sundays. During the other days of the week I prefer to stay at home watching TV. However, sometimes I'm going out with some friends. We go together to have dinner in some restaurants, or to play billiards or cards in some bars.*

✻ CONVERSAZIONE · 會話 ✻

Paolo, Maria e Giacomo 保羅，瑪莉亞和賈克謨

Paolo – Domenica prossima andiamo al cinema?

下禮拜天我們去看電影好嗎？*Can we go and see a movie on next Sunday?*

Maria – Quale film?

什麼片子？*Which one?*

Paolo – Non lo so. Possiamo guardare i giornali.

我不知道，我們可以看看報紙。*I don't know. We can have a look at newspapers.*

Maria – Perchè non ci andiamo sabato? Preferisco.

我們為什麼不禮拜六去？我喜歡那天去。*Why don't we go on Saturday? I like it better.*

Giacomo – Va bene. Non c'è problema[f].

好啊，沒問題。*O.K., no problem.*

Paolo – A che ora ci troviamo[g]?

我們什麼時候見？*At what time can we meet one another?*

Giacomo – Ci possiamo trovare alle otto di sera, sabato.

我們可以在週六晚上八點鐘碰面。*We can meet at eight o'clock p.m., on Saturday.*

Maria – Bene. Allora, a sabato, alle otto. Ciao a tutti.

好的，那麼，週六見了，八點鐘。大家再見！*All right. Then, see both of you on Saturday, eight o'clock. Bye-bye, everybody!*

✱ IDIOTISMO・慣用語 ✱

(a) giocare a … ＝ 玩（某種遊戲）（*to play (a game)*）

在義大利文中，樂器的演奏會使用動詞「suonare」。例如：

Sai suonare il piano? ＝ 你會彈鋼琴嗎？*Can you play piano?*

(b) perlopiù ＝ 大部分、通常（*mostly*）的情況下

(c) preferire ＝ 寧可，較喜歡（*to prefer, to like better*）

(d) cenare ＝ 吃晚餐（*to have dinner*）

(e) recarsi a … ＝ 去，到，前往（*to go to*）

(f) non c'è problema / non ci sono problemi ＝ 沒問題（*no problems*）

(g) trovarsi ＝ ①（與人）碰面（*to meet each other (/one another)*）；② [用於單數形] 發現，察覺（*to find oneself*）。例如：

Mi trovo in una situazione difficile. ＝ 我發現自己的處境很艱難。*I find myself in a difficult situation*

＊ GRAMMATICA・文法＊

1. 星期名稱

義大利文的星期名稱，除了星期日是陰性以外，其餘均為陽性：

GIORNI DELLA SETTIMANA	星期（*DAYS OF THE WEEK*）
lunedì (il)	星期一（*Monday*）
martedì (il)	星期二（*Tuesday*）
mercoledì (il)	星期三（*Wednesday*）
giovedì (il)	星期四（*Thursday*）
venerdì (il)	星期五（*Friday*）
sabato (il)	星期六（*Saturday*）
domenica (la)	星期日（*Sunday*）

在書寫星期名稱時無需大寫，但使用時應搭配定冠詞；加上定冠詞的星期名稱也會意味著某件事情或行動是規律性地發生或重複。例如：

Di solito, la domenica andiamo a vedere un film. = 我們經常在禮拜天去看電影。*Usually, on Sunday we go and see a movie.*

La domenica è festa = （每個）星期日是假日。*(Every) Sunday is a holiday.*

在以下兩種情況下，星期名稱之前不須加定冠詞：

① 接續在動詞 essere（是）之後。例如：

Oggi è sabato. = 今天是星期六。*Today is Saturday.*

② 當所指稱的日子已可確定時（通常是指最先到來的那一個星期幾），則在星期名稱之前便不必加定冠詞。例如：

Domenica prossima è festa nazionale. = 下星期日是國定假日。*Next Sunday is a national holiday.*

Ti telefonò mercoledì. = 我星期三打電話給你。*I will call you on Wednesday.*

2. 不規則動詞的直述語氣現在式變化：preferire、uscire

IDICATIVO	preferire 比較喜歡（*to prefer*）		uscire 出去（*to go out*）	
presente 現在式	prefer-isco prefer-isci prefer-isce	prefer-iamo prefer-ite prefer-iscono	esc-o esc-i esc-e	usc-iamo usc-ite esc-ono

3. 規則動詞的直述語氣現在式變化：-care、-gare

凡是字尾為「-care」或「-gare」的動詞，在遇有以母音「-i-」、「-e-」開頭的動詞變化字尾時（如：直述語氣現在式第二人稱單數的「-i」、以及第一人稱複數的「-iamo」），其字根最末的「-c-」、「-g-」須再加上一個「h」，改以「-ch-」、「-gh-」的型態來接續這些字尾。例如：

IDICATIVO	**recarsi** 去（*to go*）		**pagare** 付（*to pay*）		**cercare** 尋找（*to look for*）	
presente 現在式	mi re-co ti re-chi si re-ca	ci re-chiamo vi re-cate si re-cano	pa-go pa-ghi pa-ga	pa-ghiamo pa-gate pa-gano	cer-co cer-chi cer-ca	cer-chiamo cer-cate cer-cano

＊ APPENDICE+・生活漫談＊

※ 入境與出境

不管是觀光客或是貿易商到了那一個國家，他必須過的第一關是入境管制處，用義大利文說就是「Controllo Passaporti」。通常檢查人員與旅客的對話是這樣的：

A – Passaporto, prego.

對不起，護照。*Passport, please.*

B – Ecco.

在這裡。*Here it is.*

A – Va bene.

好。*It's O.K.*

B – Grazie.

謝謝。*Thank you.*

A – Prego.

不謝（不必客氣）。*You're welcome.*

從台灣到義大利的人，他的簽證效力會與其他歐盟國家的停留日數合併計算，每6個月期間內總計至多90天，因此檢查人員很可能會問：

A – È in Italia per affari o per turismo?

您到義大利是做生意還是觀光？*Are you in Italy for business or tourism?*

B – Per affari (/ Per turismo).

做生意（/ 觀光）。*For business (/ For tourism).*

A – Quanto tempo pensa di rimanere?

準備停留多久？*How long do you plan to stay?*

B – Solo pochi giorni.

幾天而已。*A few days only.*

由於您只能合法地在義大利停留一段短時間，所以您最好用上述的話來回答（除非您可以確定何時離開）。通過入境管制處之後，接著便是提取行李。任何機場的標誌和指示都有英文，因此沒什麼問題。不過，要是您的行李或是私人用品弄丟了，那可就有問題了！這時您會需要前往機場內的失物招領處（Ufficio Oggetti Smarriti），在那裡您會需要用到的對話如下：

A – Da dove viene?

您從哪裡來的？*Where did you come from?*

B – Da Taiwan (/Formosa).

台灣。*From Taiwan.*

A – Numero di volo?

那一航次？*Flight number?*

B – ……

A – Può descrivere forma, colore e contenuto dei bagagli?

您能描述一下行李的形狀、顏色和裝的東西嗎？*Can you describe shape, color and content of the baggages?*

B – Valigia (/Borsa) bianca. (/rossa, nera, marrone, verde, gialla, crema, blu, azzurra ...)

白色（/ 紅、黑、棕、綠、黃、乳白、藍、淡藍等色）的箱子（/ 袋子）。*Case (/ Bag) white. (/ red, black, brown, green, yellow, cream, blue, light-blue ...)*

A – In che albergo sta?

您住在那一家飯店（/旅館）？*At which Hotel will you stay?*

B – *Albergo ...*

... 飯店。*Hotel ...*

A – Bene. Le faremo sapere al più presto.

好，我們會儘快通知您。*O.K. We'll inform you as soon as possible.*

B – Grazie.

謝謝！*Thank you.*

A – Non c'è di che.

不必客氣。*Don't mention It.*

B – Arrivederci.

再見。*Bye-bye.*

A – Arrivederci.

再見。*Bye.*

希望上述的情況很少發生。您提取行李之後還必須到海關去。海關的義大利文是「Dogana」，可能的對話是這樣子的：

A – Qualcosa da dichiarare?

有東西要申報嗎？*Anything to declare?*

B – Niente.

没有。*Nothing.*

A – Da dove viene?

（您）從哪裡來的？*Where are you coming from?*

B – Da Taiwan (/Formosa).

台灣。*From Taiwan.*

A – Apra, per favore.

麻煩您打開。*Open, please.*

B – Subito.

馬上。*Immediately.*

A – Va bene. Può andare.

好，您可以通過了。*O.K. You can pass.*

要是海關人員說「Non va bene（不行，有問題）」，您就必須付關稅，他會問說：

A – Quant'è il valore della merce?

這貨品值多少錢？*How much is the value of the goods?*

B – …… dollari.

…… 塊錢。…… *dollars.*

A – Allora, deve pagare …… euro. Può cambiare i dollari in banca.

那麼，您必須付 …… 歐元，您可以在銀行換錢。*In such a case, you have to pay …… euro. You can change your dollars at the bank.*

B – Va bene, vado subito.

好，我馬上去換。*O.K., I'll go at once.*

付完稅，您就可以前往目的地了，這可以搭巴士或計程車，若要從機場搭巴士到市區的終點站，您要先買票。票的義大利文是「biglietto」；售票處是「biglietteria」。因為機場裡也賣其他的票（如飛機票），所以最好問清楚：

A – Scusi, per favore, dov'è la Biglietteria Autobus?

對不起，請問哪裡可以買到公共汽車票？*I beg your pardon, where is the Bus Ticket Counter?*

B – Vada diritto (/a destra, a sinistra).

一直走（/右轉、左轉）。*Go straight (/turn right, left).*

A – Grazie.

謝謝。*Thank you.*

B – Di niente.

不客氣（沒什麼）。*Not at all.*

當您找到售票處之後：

A – Per favore, un biglietto per il terminal.

麻煩您，一張到終點站的車票。*A ticket to the terminal, please.*

B – Ecco.

拿去。*Here it is.*

A – Quanto costa?

多少錢？*How much?*

B – Tre euro.

3 歐元。*Three euro.*

A – Ecco cinque (euro)

這裡是 5 塊（歐元）。*I give you five.*

B – Allora, sono due di resto.

那我要找您 2 歐元。*Then, I owe you two euro change.*

若要搭計程車，不管是從機場或是終點站，計程車司機都會問：

A　–　Dove va?

到哪裡？*Where are you going?*

B　–　All'Hotel ……

……飯店。*…… Hotel.*

因為所有的東方人對西方人而言，長得都差不多（反之亦然），所以要是碰上喜歡聊天的司機，他很可能會問您：

A　–　Giapponese?

（您是）日本人嗎？*(Are you) Japanese?*

B　–　No, sono Taiwanese.

不是，我是台灣人。*No, I am Taiwanese.*

A　–　Di dove?

從哪裡來的？*Where from?*

B　–　Di Formosa (/Taiwan).

台灣。*From Formosa (/Taiwan).*

若是司機要進一步攀談，在您還在學義大利文的階段，最好告訴他：

Scusi, non parlo italiano. ＝ 對不起，我不會講義大利文。*I'm sorry, I do not speak Italian.*

藉著雙方的微笑，或許便可以結束您與他的對話。

等到您的旅程來到尾聲，最後剩下的事就是叫部計程車，並告訴司機「all'aeroporto, per favore（請到飛機場）」就行了。

＊ VOCABOLARIO⁺・主題字彙＊

L'AEROPORTO 機場

義大利的國際機場一樓是「Arrivi（入境）」，二樓是「Partenze（出境）」，雖然您已經懂得許多常見的標誌，在此我們將再提供您一些有用的字彙，並且祝您能夠「felice ritorno a casa!（快快樂樂的回家！）」。

l'eccedenza bagaglio 行李超重（*overweight*）

lo sciopero 罷工（*strike*）

l'hostess 女空服員（*hostess*）

l'impiegato / l'impiegata （男/女）職員（*employee*）

il Responsabile della Compagnia Aerea 航空公司機場經理（*Airline Officer*）

la sala d'attesa 候機室（*lounge*）

l'aereo, aereoplano 飛機（*plane, airplane*）

la velocità 速度（*speed*）

la torre di controllo 控制塔台（*control tower*）

le luci pista 跑道燈（*runway light*）

la finestra 窗戶（*window*）

il corridoio 走道（*aisle*）

la cuffia 耳機（*ear-phone*）

la maschera d'ossigeno 氧氣罩（*oxygen mask*）

il salvagente 救生衣（*life vest*）

il posto 座位（*seat*）

il pilota （飛機）駕駛員（*pilot*）

lo steward 隨機服務員（*steward*）

il decollo 起飛（*take-off*）

l'atterraggio 降落，著陸（*landing*）

le condizioni del tempo 天候狀況（*weather conditions*）

il volo 飛行（*flight*）

un volo intercontinentale 越洋飛行，國際線航班（*cross-continental flight*）

un volo interno 國內飛行，國內線航班（*domestic flight*）

la linea aerea 航空公司（*airline*）

l'agenzia di viaggi 旅行社（*travel agency*）

la prenotazione 預約（*booking*）

una prenotazione confermata 確定訂位（*reservation confirmed*）

una prenotazione annullata 取消訂位（*reservation cancelled*）

il transito 轉機（*transit*）

10 IL PASSATO 往事

* TESTO・短文 *

A volte[a] ricordo quello che[b] ho fatto l'anno scorso. I corsi erano più facili ed avevo maggior tempo per divertirmi[c]. Giocavo al tennis quasi tutti i giorni.

La sera guardavo la televisione od uscivo con i miei amici a ballare, a bere qualcosa[d] o a vedere un film. Quest'anno devo lavorare di più[e]. Ho meno[f] tempo per divertirmi.

有時，我回憶去年所做過的事情。那時我的課比較輕鬆，有較多的時間供我娛樂。我幾乎每天都去打網球。*Sometimes I remember everything I did last year. My courses were easier and I had more time to enjoy myself. I was playing tennis almost every day.*

晚上的時候，我看看電視或跟朋友一起出去跳舞，喝點東西或看電影。今年我有較多的工作要做,可供娛樂的時間也較少了。*In the evening I used to watch TV or to go out with some friends of mine to dance, have a drink or see a movie. This year I am busier. I have less time to enjoy myself.*

* CONVERSAZIONE・會話 *

Franco, Carla e Chiara **佛朗哥，卡娜和奇亞娜**

Franco – Avete preparato l'esame d'italiano?

你們義大利文考試準備好了沒？*Did you prepare for the examination of Italian?*

Carla – Ancora no[g]. Siamo stufe di[h] studiare.

還沒有，我們已經唸得很煩了。*Not yet. We are tired of studying.*

Chiara – Veramente(i). L'anno scorso non eravamo così occupate.

沒錯，去年我們並沒有這麼忙。*It's true. Last year we weren't so busy.*

Franco – Ci credo(l). Eravate sempre in giro(m), a spasso(n).

我相信，妳們總是四處閒逛。*I think so. You were always wandering around.*

Carla – Sempre, è un po' troppo(o). Ma è vero che avevamo più tempo libero.

「總是」有點言過其實了。不過，空閒時間較多倒是真的。
Always, it's a little too much. But, it's true that we had more free time.

✻ IDIOTISMO・慣用語 ✻

(a) a volte ＝ 有時（*sometimes*）

(b) quello che ＝ …的事情，什麼（*(the thing) that..., what*）

這是一個關係代名詞，我們會在之後的單元中再予說明。

(c) divertirsi ＝ 消遣，娛樂（*to enjoy oneself*）

(d) bere qualcosa ＝ 喝點東西，喝點酒（*to dring (something), to have a drink*）。例如：

Bevi qualcosa! ＝ 來一杯！（*Have a drink!*）

(e) di più ＝ 較多（*more*）

(f) meno ＝ 較少（*less*）

(g) ancora no ＝ 尚未，還沒（*not yet*）

(h) essere stufo(/-i/-a/-e) di ... ＝ 對…厭煩，受不了…（*to be tired of, not to stand anymore...*）

(i) veramente ＝ 的確，沒錯（*really, true*）

(l) ci credo ＝ 我想也是，我認為如此（*I think so*）

(m) essere in giro ＝ 到處遊蕩，閒逛（*to be wandering around*）

(n) a spasso ＝ 散步（*(to have) a walk*）

(o) un po' troppo ＝ 有點言過其實（/有點過分）（*a little too much*）

＊ GRAMMATICA・文法＊

1. 直述語氣未完成式

直述語氣的未完成式（Indicativo Imperfetto）屬於一種描述性的過去時態，它會用於說明「當時的情況如何」，諸如：「當時還在發生的事」、「過去經常發生的事」，或「人或事物在過去的情狀」。例如：

Giocavo al tennis quasi tutti i giorni. ＝ 在過去，我幾乎每天打網球。*I was playing tennis almost every day.*

La sera guardavo la televisione. ＝ 當時，晚上我都在看電視。*In the evening I used to watch TV.*

2. 直述語氣過去式（/完成式）

直述語氣的過去式（Indicativo Passato Remoto，或稱「完成式」）則屬於一種敘事體裁的過去時態，它用於敘述在某一情境已然發生的事件，在意涵上等同於現在完成式，並為義大利南部所慣用的時態（北部則慣用現在完成式）。例如：

Partii per Taiwan. 我已前往台灣。*I left for Taiwan.*

Dormii dieci ore. ＝ 我睡了 10 個小時。*I slept ten hours.*

Gli parlai a lungo. ＝ 我與他談了許久。*I talked to him very long.*

※注意

由於未完成式所描述的情狀（*situation*）與過去式所呈現的事件（*event*）容有性質上的差異，從而導致某些動詞的未完成式與過去式會呈現出不同意涵。例如：

① preferivo ＝ 我較喜歡（*I preferred*）；preferii ＝ 我選擇，我決定（*I chose, I decided*）。例如：

Di solito preferivo andare al cinema. ＝ 通常我比較喜歡去看場電影。*Usually, I preferred to go and see a movie.*

Quando lo vidi, preferii non dire niente. ＝ 當我看到他時，我決定什麼都不說了。*When I saw him, I decided not to say anything.*

② sapevo ＝ 我知道（*I knew*）；seppi ＝ 我發現，我獲知（*I found out, I learned*）。例如：

Sapevo che egli non era in casa. ＝ 我知道他不在家。*I knew he wasn't at home.*

Seppi che egli era già partito. ＝ 我發現他已經走了。*I found out that he had already left.*

3. 規則動詞的變化型態：直述語氣的未完成式及過去式

規則動詞在直述語氣的未完成式及過去式（/完成式）的動詞變化型態分別如下表所示：

INDICATIVO	parlare 說（*to talk*）		vedere 看（*o tsee*）		dormire 睡（*to sleep*）	
imperfetto 未完成式	parl-avo parl-avi parl-ava	parl-avamo parl-avate parl-avano	ved-evo ved-evi ved-eva	ved-evamo ved-evate ved-evano	dorm-ivo dorm-ivi dorm-iva	dorm-ivamo dorm-ivate dorm-ivanno
passato remoto 過去式[/完成式]	parl-ai parl-asti parl-ò	parl-ammo parl-aste parl-arono	cred-etti cred-esti cred-ette	cred-emmo cred-este cred-ettero	dorm-ii dorm-isti dorm-ì	dorm-immo dorm-iste dorm-irono

✽ APPENDICE+・生活漫談 ✽

※ 住宿

當您前往義大利旅遊時，雖然在飯店中的人多少也懂得一點英文，但要是您能用義大利文表達意思的話，會是很有幫助的。

進了飯店，門房拿走您的行李後，接待人員會問候您說：

A – Buon giorno, signore (/signora, signorina). Desidera?

先生（/女士、小姐）您早，有事要我效勞嗎？*Good morning, sir (/madam, miss). May I help you?*

B – Ho una prenotazione per … notti.

我訂了一間 … 個晚上的房間。*I have a reservation for …. nights.*

A – Va bene. Posso avere il Suo passaporto?

好的，您把護照給我一下好嗎？*O.K. May I have your passport?*

B – Sicuro. Eccolo.

沒問題，在這裡。*Sure. Here it is.*

A – Può riempire questo formulario?

您能填一下這張表嗎？*Can you fill this form?*

B – Certo.

當然可以。*Of course.*

A – Il prezzo è di … euro per notte, colazione inclusa (/esclusa).

房價一個晚上是 … 歐元，包括（/不包括）早餐。*The price is … euro per night, breakfast included (/excluded).*

B – D'accordo.

好的。*O.K.*

A – Questa è la chiave. Stanza numero … Segua il portabagagli, prego.

這是鑰匙 … 號房，請跟門房走。*This is the key. Room number … Follow the porter, please.*

B – Grazie ed arrivederci.

謝謝，再見。*Thank you. See you.*

A – Arrivederci, signore (/signora, signorina). Buon soggiorno.

先生（/女士、小姐），再見。祝您愉快。*Good-bye, sir (/madam, miss). Have a nice stay.*

要是沒訂房間，您可以這樣問：

A – Buon giorno. Ha una stanza libera per … notti?

您早，還有 … 個晚上的空房間嗎？*Good morning. Do you have a free room for ... nights?*

B – Un attimo, signore (/signora, signorina), che controllo. Sì, l'abbiamo (no, non l'abbiamo).

您稍待，我查查看。是的，有空房間。（/ 沒有了，我們沒有空房間）*Just a moment, sir(/madam, miss), I check. Yes we do (no, we do not).*

A – Quant'è, per notte?

一個晚上多少錢？*How much, per night?*

B – … euro.

… 歐元。*... euro.*

A – Va bene, la prendo.

好，我要一個房間。*O.K., I'll take it.*

B – Paga in contanti o con carta di credito?

您付現金還是用信用卡？*Will you pay cash or by credit card?*

A – In contanti. / Con carta di credito.

現金。/ 用信用卡。*Cash. / By credit card).*

B – D'accordo.

好的。*O.K.*

A – C'è un ristorante quì?

這裡面有餐廳嗎？*Do you have a restaurant, here?*

B – Sì, signore (/signora, signorina), al pianterreno (/al primo piano).

當然有，就在一樓（/二樓）。*Yes, sir (/madam, miss), we do. On the ground-floor (/first floor).*

註一：義大利文跟英文一樣，「primo piano（第一層樓）」等於是中文的二樓，也就是說談到樓數時，必須注意減掉一層。

註二：無論什麼時候，在義大利最好不要在飯店中的餐廳吃飯，因為價格不但貴，而且通常菜都不怎麼樣。

在飯店中還要用到義大利文的情況，可能是當您與服務生或接線生交談的時候。男服務生的義大利文是「Cameriere」，女服務生是「Cameriera」，接線生是「Operatore」，要是女接線生則是「Operatrice」。不過在稱呼上，最好用「signore（先生）」或是「signora（女士）」，「signorina（小姐）」來稱呼他/她們。

A – Può, per favore, rifarmi la stanza?

麻煩你幫我整理一下房間好嗎？*Could you make up my room, please?*

B – Sì, va bene. Vengo subito (può aspettare qualche minuto?)

好，我馬上來。（您稍待，好嗎？）*O.K. I'll come immediately (could you wait for a few minutes, please?)*

A – Certo. Faccia pure.

好的，慢慢來，不用急。*Of course. Take your time.*

A – Posso avere un caffè? (/un tè, una birra, dell'acqua minerale, un bicchiere di vino, un succo di frutta … ?)

我可以要杯咖啡嗎？（/茶、啤酒、礦泉水、葡萄酒、果汁？）*May I have a coffee? (/a tea, a beer, some mineral water, a glass of wine, a fruitjuice?)*

B – Va bene, signore (/signora, signorina). Deve, però, aspettare cinque minuti.

好的，先生（/女士，小姐），不過要等 5 分鐘。*O.K., sir (/madam, milady). However, you have to wait. five minutes.*

註：在義大利「5 分鐘」通常是表示一小段時間，可能比 5 分鐘長，也可能比 5 分鐘短，但都是說某個動作馬上會完成的意思。

打電話給櫃台的時候，接線生可能會問您：

A – Buon giorno (/Buona sera). Desidera?

早安（/晚安），需要我幫忙嗎？*Good morning (good evening). May I help you?*

B – Vorrei chiamare Milano.

我想撥個電話到米蘭。*I would like to call Milan.*

A – Bene. Che numero?

好，幾號？*O.K. What's the number?*

B – ……

A – Chiuda. La richiamo.

請您掛斷，我會再打給您。*Hang up, please. I'll call you back.*

B – Grazie.

謝謝。*Thank you.*

A – Di niente, arrivederLa.

不客氣，再見。*Not at all. Bye-bye.*

若您要叫計程車，應該向接待處洽詢：

A – Può chiamarmi un tassì, per favore?

您能幫我叫部計程車嗎？*Could you call me a taxi, please?*

B – Subito. Per quando lo vuole?

馬上就來，您什麼時候要？*Right the way. When do you need it?*

A – Per le dieci.

十點。*At ten o'clock.*

B – Va bene. Quando arriva, La chiamo io.

好的，車子來了，我再叫您。*O.K. When it will be here, I'll call you.*

A – Grazie, molto gentile.

謝謝，您真週到。*Thanks, it's kind of you.*

B – Il suo tassì è arrivato.

您的車子來了。*The taxi is here.*

A – Grazie. Esco subito.

謝謝，我馬上出來。*Thank you. I'll go out immediately.*

B – Buon viaggio.

祝您旅途愉快。*Have a nice trip.*

＊ VOCABOLARIO+・主題字彙＊

ALL'ALBERGO 在旅館

la porta 門（*door*）

il portiere 門房（*door-man*）

la lobby (la) 前廳（*lobby*）

la hall 大廳（*hall*）

il/la centralinista （男/女）總機，接線員（*operator*）

il conto 帳單（*check, bill*）

la fattura 發票（*invoice*）

la ricevuta 收據（*voucher*）

la stanza 房間（*room*）

il letto 床（*bed*）

il comodino 床頭櫃（*night table*）

le coperte 床單（*bed-sheets*）

le lenzuola 毛毯，被單（*blankets*）

la lampada 燈（*lamp*）

la sveglia 鬧鐘（*alarm clock*）

il telefono 電話（機）（*telephone*）

la televisione, TV 電視（機）（*TV*）

la radio 收音機（*radio*）

la tenda 窗簾（*curtain*）

il bagno 淋浴；浴室（*bath, bathroom*）

lo specchio 鏡子（*mirror*）

l'asciugacapelli 吹風機（*hair drier*）

l'asciugamano 毛巾（*towel*）

la salvietta 手巾（*towel*）

il bide 浴盆（*bidet*）il rubinetto 水龍頭（*faucet*）

il rubinetto acqua calda 熱水龍頭（*hot-water faucet*）

il rubinetto acqua fredda 冷水龍頭（*cold-water faucet*）

la doccia 淋浴（*shower*）

il dentifricio 牙膏（*tooth-paste*）

lo spazzolino da denti 牙刷（*tooth-brush*）

la spazzola 刷子（*brush*）

il sapone 肥皂（*soap*）

le ciabatte 拖鞋（*slippers*）

il servizio 服務（*service*）

la consegna in giornata 快洗（當日交件）（*same day service*）

la lavanderia 洗衣店（*laundry*）il lavaggio a secco 乾洗（*dry cleaning*）

11 Pasti 餐

＊ Testo・短文＊

Faccio tre pasti[a] al giorno: colazione[b], pranzo[c] e cena[d]. Mi piace fare una buona colazione: succo di arancia, uova, caffè con latte. A mezzogiorno[e], di solito, faccio un pranzo leggero[f]: un sandwich, insalata, dolce e caffè. Di sera ho maggior appetito[g] ed ho quasi sempre una cena abbondante: brodo, carne, legumi, pane, dolce e caffè.

我一天吃三餐：早餐，午餐和晚餐。我喜歡吃一頓很好的早餐：柳橙汁、蛋、咖啡牛奶。中午，我通常吃簡便的午餐：一份三明治、沙拉、甜點和咖啡。晚上，我的胃口較好，所以大部分的時候我享用一頓豐盛的晚餐：湯、肉、豆子、麵包、甜點和咖啡。
I eat three times a day: breakfast, lunch and dinner. I like to have a good breakfast: orange juice, eggs, coffee with milk. At noontime I usually have a light meal: a sandwich, a salad, a dessert and a coffee. In the evening I have more appetite and almost always I have a rich dinner: a soup, a meat, legume, bread, a dessert and a coffee.

＊ Conversazione・會話＊

Paolo, Giacomo e Elena	**保羅，賈克謨和艾倫娜**
(A mezzogiorno, in un ristorante)	（中午，在一家餐廳）

Paolo – Ecco il menù. Che cosa volete mangiare?

菜單在這兒，你們想吃什麼？*Here is the menu. What would you like to eat?*

Giacomo – Io prendo il menù a prezzo fisso, da 10 euro.

我要一份定價十塊歐元的大餐。*I'd have the 10 euro, fixed-price menu.*

Elena – Io preferisco invece stare leggera[h]. Prendo solo un po' di formaggio con insalata e caffè.

相反的，我較喜歡簡便的午餐。我只要一點乳酪，沙拉和咖啡。*I would rather prefer to have a light mean. I'll take cheese with salad and coffee only.*

Paolo – Niente dolce?

不要甜點？*No dessert?*

Elena – No, meglio di no[i].

不，最好不要。*No, it's better not.*

Giacomo – Mi passi dell'acqua, per favore?

請你把開水遞給我，好嗎？*Would you give me some water, please?*

Paolo – Subito[l].

馬上。*Right away.*

Elena – Cameriere, per favore[m], vogliamo ordinare.

侍者，請過來一下，我們想要點菜了。*Waiter, please, we would like to order.*

Cameriere – Arrivo subito.

馬上就來。*I will come right away.*

✻ IDIOTISMO · 慣用語 ✻

(a) fare un pasto ＝ 吃飯，用餐（*to have a meal*）

(b) colazione (la) ＝ 早餐（*breakfast*）

fare colazione ＝ 吃（/用）早餐（*to have breakfast*）

(c) pranzo (il) ＝ 午餐（*lunch*）

pranzare ＝ 吃（/用）午餐（*to have lunch*）

(d) cena (la) ＝ 晚餐（*dinner*）

cenare ＝ 吃（/用）晚餐（*to have dinner*）

(e) mezzogiorno ＝ 中午，正午（*noon, noontime*）

(f) (pasto) leggero ＝ 輕食，簡便的一餐（*a light meal*）

(g) avere appetito / avere fame ＝ 有胃口，覺得餓（*to be hungry*）

(h) stare leggero(/-i/-a/-e) ＝ 享用輕食，不要吃太多（*not to eat too much*）

(i) meglio di no ＝ 最好不要（*better not*）

(l) subito ＝ 立刻，馬上（*right away, immediately, at once*）

(m) per favore ＝ 請（*please*）

✻ GRAMMATICA・文法 ✻

1. 餐點名稱與定冠詞

當餐點名稱之前未使用定冠詞時，則會帶有特定的意味，用以指稱一道特定的料理，或是菜單上所陳列的特定菜名。例如：

Voglio bistecca e insalata. ＝ 我要一份牛排與生菜沙拉。*I want a steak with salad.*

但若只是要指稱一般意義的餐點種類或菜式，則須在餐點名稱之前加上定冠詞。例如：

La bistecca è buona? ＝ 牛排好吃嗎？*Is the steak good?*

2. 表示未來時間的現在式

當要表現時間上的接近、或要表達「確定（會做）」與「決定（要做）」的意味時，則可用現在式來表示未來時間。例如：

Ci vediamo domani. ＝ 我們明天見。*See you tomorrow.*

Domani vengo a trovarti. ＝ 明天我去找你。*Tomorrow I will come and see you.*

Prendo solo un po' di formaggio. ＝ 我只要一點乳酪。*I will take only some cheese.*

3. 動詞的不規則變化型態：直述語氣的未完成式及過去式

有些動詞的直述語氣未完成式及過去式（/完成式）皆為不規則變化，例如：

INDICATIVO	essere 是（*to be*）		fare 做（*to do*）		bere 喝（*to drink*）	
imperfetto 未完成式	ero eri era	eravamo eravate erano	facevo facevi faceva	facevamo facevate facevano	bevevo bevevi beveva	bevevamo bevevate bevevano
passato remoto 過去式 / 完成式	fui fosti fù	fummo foste furono	feci facesti fece	facemmo faceste fecero	bevvi bevesti bevve	bevemmo beveste bevvero

有些動詞的直述語氣未完成式為規則變化，但在過去式（/完成式）則具有不規則的變化，例如：

INDICATIVO	avere 有（*to have*）		tenere 拿，持有（*to take, to keep*）		venire 來（*to come*）	
imperfetto 未完成式	av-evo av-evi av-eva	av-evamo av-evate av-evanno	ten-evo ten-evi ten-eva	ten-evamo ten-evate ten-evano	ven-ivo ven-ivi ven-iva	ven-ivamo ven-ivate ven-ivanno
passato remoto 過去式 / 完成式	ebbi avesti ebbe	avemmo aveste ebbero	tenn-i ten-esti tenn-e	ten-emmo ten-este tenn-ero	venn-i ven-isti venn-e	ven-immo ven-iste venn-ero

INDICATIVO	volere 想要（*want, to desire*）		conoscere 認識（*to know*）	
imperfetto 未完成式	vol-evo vol-evi vol-eva	vol-evamo vol-evate vol-evano	conosc-evo conosc-evi conosc-eva	conosc-evamo conosc-evate conosc-evano
passato remoto 過去式 / 完成式	voll-i vol-esti voll-e	vol-emmo vol-este voll-ero	conobb-i conosc-esti conobb-e	conosc-emmo conosc-este conobb-ero

＊ APPENDICE+・生活漫談 ＊

※ 用餐

義大利到處都有餐廳，即是小村子也是一樣。許多大城市裡的餐廳會把他們附有價目表的菜單掛在窗外，您必須仔細地看一看，因為其中有很多都是很貴的。「Pizzeria（披薩店）」或是「Trattoria（飯館）」通常是比較經濟實惠的。有些「Trattoria」有固定價錢的菜單，這種價錢一般都很合理。

若您選擇前往好一點的餐廳，便可能會需要使用以下的對話：

A – Prego, signore (/signora, signorina), si accomodi.

請進，先生（/女士、小姐），請坐。*Come in, sir (/madam, miss), have a seat, please.*

B – Grazie.

謝謝。*Thanks.*

A – Prego, si figuri. Che cosa desidera mangiare?

不必客氣，您想吃些什麼東西？*Don't mention it, my pleasure. What would you like to eat?*

B – Mi dà il menù, per favore?

請把菜單給我，好嗎？*Could you give me the menu, please?*

A – Eccolo.

菜單在這裡。*Here it is.*

B – Bene. Lei che cosa mi consiglia?

好，您建議我點些什麼菜？*Good. What would you suggest?*

A – Di primo, consiglierei spaghetti con olio, aglio e peperoncino.

第一道菜我建議您用義大利麵，佐油、蒜頭和小辣椒。*As a first course, I would suggest spaghetti with-oil, garlic and small peppers.*

Di secondo, costata alla fiorentina con contorno di patate arrosto.

其次是佛羅倫斯風味牛肋排，附烤馬鈴薯。*As a second course, a T-bone steak, Florence style, with fried potatoes.*

Per finire, frutta fresca, gelato e caffè.

最後是新鮮水果、冰淇淋和咖啡。*And then fresh fruit, ice-cream and coffee.*

B – Molto bene. Mi fido di Lei.

很好，我相信您。*Very good. I trust you.*

A – Grazie, signore (/signora, signorina).

謝謝，先生（/女士、小姐）。*Thank you, sir (/madam, miss).*

B – Di niente.

應該的。*Not at all.*

A – Gradisce anche del vino?

您也要點葡萄酒嗎？*Would you like some wine, too?*

B – Sì, mi dia del vino bianco (/rosso /secco /frizzante).

要，給我一點白（/紅/澀的/氣泡的）葡萄酒。*Yes, give me some white (/red /dry /sparking) wine, please.*

………

B – Ho mangiato veramente bene. Grazie. Mi fa' il conto?

真的很好吃，謝謝。可以給我帳單嗎？*I did eat really well, thank you. Can you give me the check?*

A – Subito, Ecco, in totale sono … euro.

馬上來。在這兒。 一共是…歐元。*At once. Here it is. The total makes ... euro.*

B – Ecco. Tenga pure il resto.

拿去，不用找了。*O.K. You can keep the change.*

A – Grazie mille. Buon giorno (/Buona sera), arrivederLa.

非常謝謝，祝您愉快（/早安、晚安）。再見。*Thank you so much. Have a nice day (/ good evening), good-bye.*

B – Arrivederci, tornerò ancora.

再見，我會再來。*Good-bye, I will come back again.*

A – Sempre benvenuto/a.

隨時歡迎。*Always welcome.*

此外，在用餐時的問候則是：

Buon appetito. ＝ 請慢用，祝您有好胃口。*Enjoy your meal.*

✻ VOCABOLARIO+・主題字彙✻

1. VINO O ALTRE BEVANDE 酒或其他飲品

[A] 進餐前

l'aperitivo （餐前）開胃酒（*aperitif*）

un Campari 金巴利酒（*a Campari*）

un Martini secco 澀馬丁尼酒（*a dry Martini*）

un analcolico 無酒精飲料（*a soft drink*）

[B] 進餐時

la birra 啤酒（*beer*）

il vino 葡萄酒（*wine*）

vino bianco (/rosso) 白（/紅）葡萄酒（*white (/red) wine*）

lo champagne 香檳酒（*champagne*）

l'acqua minerale 礦泉水（*mineral water*）

[C] 進餐後

un amaro 苦酒（*bitters*）

una grappa 渣釀白蘭地（*a grappa*）

un cognac 干邑白蘭地（*a cognac*）

un whisky 威士忌（*a whisky*）

[D] 用餐後

un caffè 咖啡（*a coffee*）

un tè 茶（*a tea*）

2. La Colazione 早餐

le uova 蛋（*eggs*）

uova saltate 水煎蛋（*scrambled eggs*）

uova bollite 煮蛋（*boiled eggs*）

la brioche 法式甜點麵包，布莉歐（*brioche*）

il pane 麵包（*bread*）

un panino imbottito 義式三明治，帕尼尼（*sandwich*）

il caffè latte 咖啡牛奶（*coffee with milk*）

il tè 茶（*tea*）

un succo di frutta 果汁（*juice*）

un succo di arancia 柳橙汁（*orange juice*）

un succo di papaia 木瓜汁（*papaya juice*）

un succo di pomodoro 蕃茄汁（*tomato juice*）

un succo di ananas 鳳梨汁（*pineapple juice*）

3. Il Pranzo e La Cena 午餐與晚餐

[A] Antipasti 冷盤；前菜

salmone affumicato 燻鮭魚（*smoked salmon*）

prosciutto e melone 火腿香瓜（*ham with melon*）

salami assortiti 什錦香腸（*assorted salami*）

[B] PRIMO PIATTO 第一道主菜

spaghetti 義大利麵（*spaghetti*）

zuppa del giorno 當日供應的湯（*soup of the day*）

zuppa di asparagi 奶油蘆筍湯（*cream of paragus soup*）

zuppa di funghi 奶油鮮菇湯（*cream of mushroom soup*）

il minestrone 義大利雜菜湯（*minestrone*）

i maccheroni 義大利通心麵（*macaroni*）

il risotto 義大利燉飯（*risotto*）

i ravioli 義大利餃子（*ravioli*）

le lasagne 義大利千層麵（*lasagne*）

le fettuccine 義大利寬麵（*fettuccine*）

[C] SECONDO PIATTO 第二道主菜

CARNE 肉（*MEAT*）

il pollo 雞肉（*chicken*）

la cotoletta 煎肉排，炸肉排（*cutlet*）

il brasato 燉牛肉（*braised beef*）

il filetto 菲力牛排（*fillet*）

il manzo 牛肉（*beef*）

la trippa 牛胃（*tripe*）

le costolette di maiale 豬排（*sparibs*）

la costata 牛肋排（*entrecote*）

la lingua di maiale 豬舌（*pig's tongue*）

PESCE E FRUTTI DI MARE 魚與海產（*FISH AND SEAFOOD*）

il caviale 魚子醬（*caviar*）

le acciughe 鯷魚（*anchovies*）

gli scampi 挪威海螯蝦，小龍蝦（*scampi*）

i calamari 魷魚（*calamari*）

le aragoste 龍蝦（*lobsters*）

i granchi 蟹（*crabs*）

i gamberi 蝦（*prawns*）

le ostriche 牡蠣（*oysters*）

SPECIALI 特產（*SPECIALTIES*）

le lumache 蝸牛（*escargots*）

le rane 蛙（*frogs*）

gli uccelli 鳥（*birds*）

la polenta 玉米粥（*polenta*）

[D] ALTRO PIATTO 其他餐點

FORMAGGI 乳酪（*CHEESES*）

il Gorgonzola 義大利 Gorgonzola 產的上等羊乳乾酪（*Gorgonzola cheese*）

il Groviera 瑞士 Gruyère 產的乾酪（*Gruyere cheese*）

il Taleggio 一種倫巴底產的乾酪（*a kind of Lombard cheese*）

il Pecorino 羊乳乾酪（*sheep's milk cheese*）

la Mozzarella 莫札瑞拉起司（*Mozzarella cheese*）

DESSERT 甜點（*DESSERT*）

il budino 布丁（*pudding*）

un budino di vaniglia 香草布丁（*vanilla pudding*）

un budino al cioccolato 巧克力布丁（*chocolate pudding*）

la torta 蛋糕（*cake*）

una torta alla crema 奶油蛋糕（*cream cake*）

una torta al cioccolato 巧克力蛋糕（*chocolate cake*）

una torta gelato 冰淇淋蛋糕（*ice-cream cake*）

il gelato 冰淇淋（*ice-cream*）

un gelato alla menta 薄荷冰淇淋（*mint ice-cream*）

un gelato al cioccolato 巧克力冰淇淋（*chocolate ice-cream*）

un gelato alla fragola 草莓冰淇淋（*strawberry ice-cream*）

CONTORNI 配菜（*SIDE DISHES*）

l'insalata verde 生菜沙拉（*green salad*）

i pomodori 番茄（*tomatoes*）

le patate 馬鈴薯（*potatoes*）

i funghi 菇類（*mushrooms*）

i piselli 豌豆（*peas*）

i fagiolini 菜豆（*green beans*）

CONDIMENTI 調味料（*CONDIMENTS, DRESSINGS*）

l'olio 油（*oil*）

l'aceto 醋（*vinegar*）

il sale 鹽（*salt*）

il pepe 胡椒粉（*pepper*）

lo zucchero 糖（*sugar*）

la maionese 美奶滋（*mayonnaise*）

la marmellata 果醬（*marmalade*）

il ragù 以番茄及肉末製成的調味醬汁（*ragu*）

la cipolla 洋蔥（*onion*）

l'aglio 蒜頭（*garlic*）

il prezzemolo 香芹，巴西里（*parsley*）

4. Al Bar 在酒吧

[A] Bevande 飲料

l'aranciata 現搾柳橙汁（*orange squash*）

la limonata 檸檬水（*lemonade*）

una birra alla spina 麥根沙士（*root beer*）

un tè al latte 奶茶（*tea with milk*）

un tè al limone 檸檬茶（*tea with lemon*）

un'acqua ghiacciata 冰開水（*ice water*）

dei cubetti di ghiaccio 冰塊（*ice-cubes, rocks*）

[B] Frutta 水果

l'arancia 柳橙（*orange*）

le ciliegie 櫻桃（*cherries*）

l'anguria 西瓜（*water-melon*）

il melone 香瓜（*melon*）

le albicocche 杏仁（*apricots*）

la mela 蘋果（*apple*）

la pera 梨（*pear*）

la prugna 李子（*plum*）

il mandarino 小橘子（*(small, sweet) orange*）

la frutta secca 乾果（*dry fruit*）

l'ananas 鳳梨（*pineapple*）

il cocco 椰子（*coconut*）

le noci 胡桃（*walnuts*）

le castagne 栗子（*chestnuts*）

l'uva 葡萄（*grape*）

la banana 香蕉（*banana*）

le fragole 草莓（*strawberries*）

5. Il Conto 帳單

il coperto 服務費（*service charge*）

il cibo 食物（*food*）

vino o altre bevande 酒或其他飲料（*wine or other beverages*）

le tasse 稅（*taxes*）

l'imposta sul valore aggiunto, l'IVA 增值稅，加值型營業稅（*Value-Added Tax; VAT*）

12 AFFARI 商務

✻ TESTO · 短文 ✻

Il volume di affari tra i nostri due paesi aumenta di anno in anno[a].

L'Italia è adesso fra i primi[b] importatori europei di prodotti elettronici ed una gran parte di essi vengono comprati a Taiwan. I tipi di articoli più[c] importati sono i computer ed i telefonini.

Gli articoli più esportati, invece, sono i prodotti della moda (vestiti, scarpe, borse), ed anche il marmo di Carrara, che viene molto usato per la decorazione degli edifici.

我們兩國的商業交易逐年增加。*The volume of business between our two countries is increasing year by year.*

義大利現在是歐洲最大電子產品的進口國之一，且大部份是從台灣進口的。最重要的進口項目是電腦和手機。*Italy is now among the first European importers of electronic items, and the majority of them is bought in Taiwan. The items most imported are the computers and the cell-phones.*

而最主要的出口項目則是時尚產品（服飾、鞋子、皮包），還有常用做大樓裝潢材料的 Carrara 大理石。*The most exported items, instead, are fashion products (dresses, shoes, bags), and the Carrara marble as well, which is frequently used as decorative element in buildings.*

✻ Conversazione・會話 ✻

Signor Colombo e Signor Panelli　　哥倫布先生和巴涅利先生

Colombo – Come vanno gli affari quest'anno?

今年的生意怎麼樣？*How is business going this year?*

Panelli – Non c'è male, ma meno bene dell'anno scorso. Il maggior[d] valore dell'euro si fa sentire[e].

還不錯，但比去年稍差一點。歐元的較高價格讓人有所感覺。*No bad, but less well than last year. It's felling the higher value of the euro.*

Colombo – Già, purtroppo[f]. Io, al momento, sto comprando più in Europa che in Asia ed evito il cambio tra l'Euro e le altre monete.

確實如此，真是不幸。目前我從歐洲買的東西比亞洲買的多，以避免歐元和其他貨幣的兌換。*Indeed, unfortunately. At the moment, I'm buying more from Europe than from Asia to avoid the change between Euro and other currencies.*

Panelli – Speriamo[g] che l'economia italiana torni ad essere[h] più forte.

希望義大利的經濟能再度變得更強盛。*Let us hope that Italian economy can be again stronger.*

Colombo – Speriamolo proprio[i].

我們就是這麼希望。*Let us really hope it.*

✻ Idiotismo・慣用語 ✻

(a) di anno in anno ＝ 年復一年（*year by year*）

(b) fra (/tra) i primi … ＝ 在最重要之中的一個（*among the first (/most important)*）

(c) i … più = 最（多/大）的…（*the most …*）。例如：

Gli articoli più importati. = 最大的進口項目。*The most imported items.*

(d) maggiore = 比較大，比較高，等…（*greater, higher, etc.*）

(e) farsi sentire = 使（某人）有感覺（*to keep (someone)to feel*）

(f) purtroppo = 不幸地（*unfortunately*）

(g) speriamo; abbiamo = 希望（*let's hope*）；有（*there are…*）

在義大利文中，通常會以動詞的第一人稱複數型態來表現無人稱的意思。例如：

Speriamolo! = 希望如此！*Let's hope it!*

Al secondo posto, abbiamo gli ombrelli. = 其次，有雨傘。*At a second place, there are umbrellas.*

(h) tornare ad essere = 再度成為，再次變回（*to become again*）

È tornato ad essere quello di prima. = 他又變得跟以前一樣。*He became again the same as he was before*

(i) proprio = 的確、正是（*really*）；剛好、恰好就是（*just*）

"Quella persona parla troppo." = 那個人話太多了。*That person is talking too much.*

"Proprio " = 真的！（/就是嘛！）*Really! (/I really think so!)*

＊ GRAMMATICA・文法＊

1. 序數的表達：1 – 100

序數（Numeri Ordinali）在使用上通常會置於所修飾的名詞之前，並須配合該名詞的性別及單、複數來變化字尾。以下為義大利文序數的「第一」到「第十」：

1°	primo, -a, -i, -e	6°	sesto, -a, -i, -e
2°	secondo, -a, -i, -e	7°	settimo, -a, -i, -e
3°	terzo, -a, -i, -e	8°	ottavo, -a, -i, -e
4°	quarto, -a, -i, -e	9°	nono, -a, -i, -e
5°	quinto, -a, -i, -e	10°	decimo, -a, -i, -e

自「第十一」起的序數構成具有一定的規則，亦即：移去基數的字尾，並置換成「-esimo, -a, -i, -e」。例如：

	基數	序數
11°	undici	undicesimo, -a, -i, -e 或 decimoprimo, -a, -i, -e
12°	dodici	dodicesimo, -a, -i, -e 或 duodecimo, -a, -i, -e
13°	tredici	tredicesimo, -a, -i, -e
14°	quattordici	quattordicesimo, -a, -i, -e
15°	quindici	quindicesimo, -a, -i, -e
16°	sedici	sedicesimo, -a, -i, -e
17°	diciassette	diciassettesimo, -a, -i, -e
18°	diciotto	diciottesimo, -a, -i, -e

19°	diciannove	diciannovesimo, -a, -i, -e
20°	venti	ventesimo, -a, -i, -e
21°	ventuno	ventunesimo, -a, -i, -e
22°	ventidue	ventiduesimo, -a, -i, -e
23°	ventitrè	ventitreesimo, -a, -i, -e
24°	ventiquattro	ventiquattresimo, -a, -i, -e
25°	venticinque	venticinquesimo, -a, -i, -e
26°	ventisei	ventiseiesimo, -a, -i, -e
27°	ventisette	ventisettesimo, -a, -i, -e
28°	ventotto	ventottesimo, -a, -i, -e
29°	ventinove	ventinovesimo, -a, -i, -e
30°	trenta	trentesimo, -a, -i, -e
31°	trentuno	trentunesimo, -a, -i, -e
32°	trentadue	trentaduesimo, -a, -i, -e
33°	trentatrè	trentatreesimo, -a, -i, -e
		……
38°	trentotto	trentottesimo, -a, -i, -e
		……
40°	quaranta	quarantesimo, -a, -i, -e
41°	quarantuno	quarantunesimo, -a, -i, -e
42°	quarantadue	quarantaduesimo, -a, -i, -e
		……

48°	quarantotto	quarantottesimo, -a, -i, -e
		……
50°	cinquanta	cinquantesimo, -a, -i, -e
51°	cinquantuno	cinquantunesimo, -a, -i, -e
52°	cinquantadue	cinquantaduesimo, -a, -i, -e
		……
60°	sessanta	sessantesimo, -a, -i, -e
61°	sessantuno	sessantunesimo, -a, -i, -e
		……
70°	settanta	settantesimo, -a, -i, -e
		……
80°	ottanta	ottantesimo, -a, -i, -e
		……
90°	novanta	novantesimo, -a, -i, -e
		……
100°	cento	centesimo, -a, -i, -e

2. 不同級的比較

不同級的比較（優級比較與劣級比較）通常會借助副詞「più（較多｜*more*）」及「meno（較少｜*less*）」搭配介係詞「di（*than*）」或連接詞「che（*than*）」來構成。其運用原則如下：

① 當相互比較的主體為兩組名詞或代名詞，且其以形容詞或副詞作為比較基準時，須使用「più / meno ＋ 形容詞或副詞 ＋ di」的句式來表現優級或劣級的比較。例如：

Roma è più bella di Milano. = 羅馬比米蘭漂亮。*Rome is more beautiful than Milano.*

Egli è più intelligente di me. = 他比我聰明。*He is more intelligent than I.*

Gli affari quest'anno vanno meno bene dell'anno scorso. = 今年的生意比去年的差。*This year business is less well than last year.*

② 當互相比較的是兩組形容詞、動詞，或是兩組受詞時，則須使用「più / meno + A + che + B」的句式來表現優級或劣級的比較。例如：

Lei è più bella che intelligente. = 她的美麗勝過她的智慧。*She is more beautiful than intelligent.*

Quest'anno compro più in Europa che in Asia. = 今年我向歐洲買的比亞洲多。*This year I'm buying more in Europe than in Asia.*

Mi piace di più lavorare che studiare. = 我喜歡工作勝於讀書。*I prefer working to studying.*

✻ APPENDICE+・生活漫談 ✻

※ 會晤

義大利人是很熱情好客的，但在約會的時候，卻不很準時。所以，必須有耐心，然後期望您的客人或是朋友能儘快趕到。

A – Scusi il ritardo.

對不起，我遲到了。*Sorry, I'm late.*

B – Non fa niente. Buon giorno. Come va?

沒關係，早安，您好嗎？*It doesn't matter. Good morning. How are you?*

A – Bene, grazie. Il traffico, quì, è terribile.

很好，謝謝。這裡的交通真亂。*Well, thank you. The traffic is terrible, here.*

B – Anche a Taiwan.

台灣也一樣。*In Taiwan also.*

A – Bene. Vogliamo andare in ditta?

那現在我們去（我）公司？*O.K. Shall we go to (my) company?*

B – Con piacere. Andiamo.

好啊！我們走。*I am glad to. Let's go.*

A – La mia macchina è quì vicino.

我的車子就在附近。*My car is nearby.*

B – Che macchina ha?

您的車子是什麼牌子的？*What (kind of) car do you have?*

A – Una BMW [bi-emme-vu].

BMW. *A BMW.*

B – Bella macchina.

很棒的車子。*Beautiful car.*

A – Sì, non c'è male!

還不錯啦！*Yes, not bad.*

B – Allora, che c'è di nuovo?

近來怎麼樣？*So, anything new?*

A – Tutto come prima. Si lavora.

跟以前一樣，就是工作嘛。*All is the same as before, just working.*

B – Meglio così. Lavorare fa bene.

這樣比較好，能工作就好。*It's better this way. To work is good.*

A – Come vanno le cose a Taiwan?

台灣那邊都好嗎？*How are things going in Taiwan?*

B – L'anno scorso, così-così; ma quest'anno va meglio.

去年馬馬虎虎，但是今年好一點了。*Last year it was so-so; but this year it's going better.*

A – Anche in Italia sembra che vada un po' meglio

義大利也一樣，事情好像逐漸好轉了。*In Italy, too, things seem to be going better.*

B – Quando verrà a Taiwan?

您什麼時候去台灣？*When will you come to Taiwan?*

A – Ancora non lo so. Penso il mese di ottobre.

我還不知道，可能是十月份吧。*I don't know, yet. In October, I think.*

B – Me lo faccia sapere per tempo.

到時候，通知我一下。*Let me know it earlier.*

A – Senz'altro. Ecco, siamo arrivati.

一定會的。到了，我們到了。*Sure. Here we are, we are arrived.*

B – Quante persone lavorano nella sua ditta?

您公司裡有多少人（工作）？*How many people work in your Company?*

（……）

B – Oh. Abbastanza grande!

喔，相當多啦！*Oh. Rather big!*

A – Non molto, ma abbiamo un buon giro d'affari.

哪裡的話，不過是生意好一點罷了。*Not that big, but we do have a good turnover.*

B – Ha ricevuto l'ultima spedizione?

上次的貨收到了嗎？*Did you receive the last shipment?*

A – Ancora no; ma sarà quì a giorni.

還沒有，但是這幾天就會到了。*Not yet, but it will be here within a few days.*

B – La qualità della merce è buona. Non ci sono problemi.

這批貨的品質很好，沒問題。*The quality of the merchandise is good. No problems.*

A – Lo spero.

希望如此。*I hope so.*

B – Ho quì dei campioni nuovi. Li vuole vedere?

（我）這裡有些新的樣品，您要不要看一看？*I got some new samples, here. Do you want to see them?*

A – Certo. Questo, quanto costa?

當然要看。這個多少錢？*Sure. How much is this one?*

B – …… dollari la dozzina.

一打 …… 塊錢。*…… dollars per dozen.*

A – È abbastanza caro!

好貴！*It's rather expensive!*

B – Non direi, è a buon mercato.

我看不會吧！是很便宜的。*I wouldn't say so; it's cheap.*

A – Se confermo l'ordine oggi, quando può spedire?

如果我今天下訂單，您什麼時候可以出貨？*If I confirm the order today, when can you ship?*

B – Entro un mese (/un mese e mezzo, due mesi).

一個月內（/一個半月、兩個月）。*Within one month (/one and half month, two months).*

A – Va bene. Ma non oltre.

好，但是不能再晚了。*It's O.K., but not later.*

B – Non si preoccupi.

不用擔心。*Don't worry.*

A – Può spedire in D/P (documenti contro pagamento), questa volta?

這一次可以用 D/P（付款後交單匯票）交貨嗎？*Can you ship by D/P, this time?*

B – Vorrei, ma i pagamenti impiegano molto ad arrivare dall'Italia. Non me lo posso permettere.

可以是可以，不過義大利的匯款要很久才會到，我沒辦法負擔。*I would like to, but the payments take a long time to arrive from Italy. I can't afford it.*

A – Sì, che può. Lei ha molti soldi, è ricco.

您一定可以的，您有那麼多錢，您是個有錢人。*Of course you can. You have a lot of money; you are rich.*

B – Dove! Lei è ricco, io sono povero.

哪裡！您才是有錢人，我很窮的。*Where! You are rich, I'm poor.*

A – Ah! Lei è molto furbo O.K. Facciamo con L/C (lettera di credito).

啊！您很精明，好吧，我們就用 L/C（信用狀）。*Ah! You are very smart. O.K. Let's do it by L/C.*

B – Grazie, Lei è molto gentile.

謝謝，您很能體諒別人。*Thank you. It's so kind of you.*

A – Bene, è ora di pranzo. Telefonò a mia moglie che venga con noi al ristorante.

好了，該吃午飯了。我打個電話給我太太，叫她跟我們一起去餐廳。*Well, it's lunch time. I'll call my wife (and tell her) to come and join us.*

B – Mi dispiace di dare tanto disturbo.

真不好意思如此打擾您。*I'm sorry to bother you so much.*

A – Si figuri.

不用客氣。*Don't mention it.*

(……)

A – Signor (/signora, signorina) …… Le presento mia moglie.

……先生（/女士、小姐）這是我太太。*Mister (/Missis, Miss) …… I (would like to) introduce my wife.*

B – Piacere, signora.

幸會！夫人。*Glad to meet you, madam.*

C – Piacere mio. Come sta?

我也一樣，您好嗎？*My pleasure. How do you do?*

B – Bene, grazie. E Lei?

很好，謝謝。那您呢？*Very well. thank you. And you?*

C – Bene anch'io, grazie. Si accomodi, prego.

我也很好，謝謝，請坐。*I'm fine, too, thank you. Have a seat, please.*

(……)

B – Bene. Ho disturbato abbastanza. È tempo di rientrare in albergo.

好了・我打擾太久了。我該回飯店了。*Well. I (already) bothered (both of you) enough. It's about the time to go back to my hotel.*

C – Nessun disturbo. È stato un piacere.

哪裡的話，這是我們的榮幸。*No trouble at all. It has been a pleasure.*

B – Anche per me.

也是我的榮幸。*To me, too.*

A – Bene. Grazie per la visita. Ci rivedremo in ottobre.

好吧，謝謝您的賞光，我們十月份再見。*Well. Thanks for your visit. We will see each other again in October.*

B – Grazie a Lei per l'invito. Lei sarà mio ospite a Taiwan.

謝謝您的邀請，到台灣我再請客。*I thank you for your invitation. You will be my guest in Taiwan.*

A – D’accordo. Bene, arrivederci di nuovo e buon viaggio!

好，那麼再見了，並祝您旅途愉快！*O.K. Well, see you again and have a nice journey.*

B – Grazie, arrivederci. ArrivederLa, signora.

謝謝，再見。夫人。*Thank you. Good-bye. Good-bye, Madam.*

A – Arrivederci.

C

再見。*Good-bye.*

✻ VOCABOLARIO+・主題字彙✻

1. PAROLE DEL MONDO ECONOMICO E FINANZIARIO 商界用語

la lettera di credito, L/C 信用狀（*letter of credit, L/C*）

L/C revocabile 可撤銷信用狀（*revocable L/C*）

L/C irrevocabile 不可撤銷信用狀（*irrevocable L/C*）

l’apertura L/C 信用狀開狀（*L/C issued*）

l’estensione L/C 信用狀延期（*extension of L/C*）

credito aperto 公開授信（*open credit*）

il beneficiario 受益人（*beneficiary*）

lo trasferimento telegrafico, TT 電匯（*telegraphic transfer, TT*）

i documenti contro accettazione, DA 承兌後交單匯票（*documents against acceptance bill, DA*）

i documenti contro pagamento, DP 付款後交單匯票（*documents against payment bill, DP*）

l’ordine di pagamento 付款單（*payment order*）

la perdita parziale 局部損失（*partial loss*）

la perdita totale 全部損失（*total loss*）

il reclamo 索賠（*claim*）

la rottura 破損（*breakage*）

il conto 帳戶（*account*）

il conto corrente 活期帳戶（*current account*）

i documenti spedizione 裝運單據（*shipping documents*）

i documenti d'imbarco, B/L 提單（*bill of lading*）

il nolo prepagato 運費預付（/已付）（*freight prepaid*）

la lista d'imballo 裝箱單（*packing list*）

il certificato d'origine 原產地證明（*certificate of origin*）

la polizza d'assicurazione 保險憑證（*insurance certificate*）

il premio assicurazione 保險費（*insurance premium*）

il costo e nolo, C & F 貨價及運費（*cost & freight, C & F*）

il costo ed assicurazione, C & I 貨價及保險（*cost and insurance, C & I*）

costo, assicurazione e nolo, CIF 貨價、保險及運費（*cost, insurance and freight, CIF*）

franco bordo, FOB 離岸價格（船上交貨）（*free on board, FOB*）

il peso lordo 毛重（*gross weight*）

il peso netto 淨重（*net weight*）

la tara 皮重（*tare*）

il cartone 硬紙板盒（*carton*）

la cassa 條板箱（*crate*）

il commercio internazionale 國際貿易（*international trade*）

l'esportazione 出口（*export*）

l'importazione 進口（*import*）

la quota 配額（*quota*）

l'importatore 進口商（*importer*）

l'esportatore 出口商（*exporter*）

un distributore in esclusiva 獨家經銷商，總經銷商（*exclusive distributor*）

un agente in esclusiva 獨家代理商，總代理商（*exclusive agent*）

il venditore 賣主（*vendor*）

la vendita 出售（*sale*）

l'acquirente 買主（*buyer*）

il fabbricante 製造商（*manufacturer*）

la fabbrica 工廠（*factory*）

la licenza d'importazione 輸入許可證（*import license*）

la licenza d'esportazione 輸出許可證（*export license*）

fragile 易碎的，當心破碎（*fragile*）

non capovolgere 不可倒置（*do not turn over*）

il cliente 顧客（*client, customer*）

la clientela 顧客[集合詞]（*clientele*）

la dogana 海關（*custom*）

i diritti di dogana 關稅（*custom duty*）

importazione ammessa 准予進口（*import allowed*）

importazione non ammessa 禁止進口（*import not allowed*）

la corte 法院（*court*）

il notaio 公證官（*notary*）

le spese notarili 公證費（*notarial fees*）

il giudice 法官（*judge*）

la causa 訴訟（*lawsuit*）

intentare causa 提起訴訟（*to file a suit*）

intentare causa civile 提起民事訴訟（*to file a civil suit*）

intentare causa penale 提起刑事訴訟（*to file a criminal suit*）

il giudizio 裁決（*judgment*）

il verdetto 評判，評議（*verdict*）

l'appello 上訴（*appeal*）

la multa 罰鍰（*fine*）

la legge internazionale 國際法（*international law*）

2. MISURA 度量衡

la misura 度量（*measure*）

la lunghezza 長度（*length*）

il chilometro, km. 公里（*kilometer, km.*）

l'ettometro, hm. 公引（*hectometer, hm.*）

il decametro, dam. 公丈（*decameter, dam.*）

il metro, m. 公尺（*meter, m.*）

il decimetro, dm. 公寸（*decimeter, dm.*）

il centimetro, cm. 公分（*centimeter, cm.*）

il millimetro, mm. 公釐（*millimeter, mm.*）

il miglio; le miglia 哩（英里）（*mile; miles*）

il piede 呎（英尺）（*foot, ft.*）

il pollice 吋（英寸）（*inch, in.*）

la capacità 容積（*capacity*）

il chilolitro, kl. 公秉（*kiloliter, kl.*）

l'ettolitro, hl. 公石（*hectoliter, hl.*）

il decalitro, dal. 公斗（*decaliter, dal.*）

il litro, l. 公升（*liter, l.*）

il decilitro, dl. 公合（*deciliter, dl.*）

il centilitro, cl. 公勺（*centiliter, cl.*）

il millilitro, ml. 公撮（*milliliter, ml.*）

la pinta, pt. 品脫（*pint, pt.*）

il gallone, gal. 加侖（*gallon, gal.*）

il peso 重量（*weight*）

la tonnellata metrica, mt. 公噸（*metricton, mt*）

il quintale, q. 公擔（*quintal, q.*）

il chilogrammo, kg. 公斤
（*kilogram, kg.*）

l'ettogrammo, hg. 公兩
（*hectogram, hg.*）

il decagrammo, dag. 公錢
（*decagram, dag.*）

il grammo, g. 公克（*gram, g.*）

il decigrammo, dg. 公銖
（*decigram, dg.*）

il centigrammo, cg. 公毫
（*centigram, cg.*）

il milligrammo, mg. 公絲
（*milligram, mg.*）

la superficie 面積（*area*）

il quadrato 平方（*square*）

il chilometro quadrato, km^2 平方公里（*square kilometer,* km^2）

il metro quadrato, m^2 平方公尺
（*square meter,* m^2）

l'ettaro, ha 公頃（*hectare, ha*）

il volume 體積（*volume*）

il cubo 立方（*cubic*）

il metro cubo, m^3 立方公尺
（*cubicmeter,* m^3）

il cerchio 圓周（*circle*）

il pezzo 件、個（*piece*）

il set 組（*set*）

la dozzina 打（*dozen*）

la grossa 籮（12打）（*gross*）

il minuto (') 分（*minute*）

il secondo ('') 秒（*second*）

il grado (°) 度（*degree*）

13 GITE 郊遊

✻ TESTO・短文 ✻

Mi piace fare delle gite[a]. Vicino alla[b] città ci sono località belle e interessanti. Domani pensiamo di recarci[c] in un luogo bellissimo, vicino ad un fiume e con molti alberi. Là trascorreremo delle ore piacevoli. Faremo delle passeggiate[d], prenderemo il sole[e], mangeremo e canteremo delle belle canzoni. È probabile che torneremo a casa verso[f] le dieci di sera.

我喜歡去郊遊。在市郊有許多既美麗又好玩的地方。明天我們想去一個很美麗的地方，在河濱附近有許多樹木。我們將在那兒度過美好的時光。散散步，作日光浴，吃東西和唱些優美的歌曲。大概在晚上十點左右我們才會回家。*I like excursions. Near our city there are some beautiful and interesting spots. Tomorrow we plan to go to a very beautiful place, near a river and with plenty of trees. There we will spend some pleasant time. We will walk, do sun-bathing, have a snack and sing some beautiful songs. We will probably go home at around ten o'clock in the evening.*

✻ CONVERSAZIONE・會話 ✻

Paolo, Giuseppe e Elena 保羅，約瑟夫和艾倫娜

Paolo – Domani andremo a fare una gita. Potete venire?

明天我們要去郊遊。你們能來嗎？*Tomorrow we will go to have an excursion. Can you both come?*

Giuseppe – Forse. Dove andate?

也許吧。你們要去哪裡呢？*Maybe, where are you planning to go?*

Paolo – Andremo al lago di Como. Partiremo verso le sei di mattina.

我們要去科莫湖，大約在清晨六點出發。*We will go to Como lake. We will leave at six o'clock in the morning.*

Elena – Va bene, vengo anch'io.

好！我也去。*All right, I will come too.*

Giuseppe – Bene, allora andiamo tutti insieme.

好，那麼我們大家一起去。*O.K., then we shall go all together.*

Paolo – Verrò a prendervi con la mia macchina.

我會開車去接你們倆。*I will pick up both of you with my car.*

Giuseppe – D'accordo. Arrivederci.

一言為定。再見。*O.K., bye-bye.*

✻ IDIOTISMO・慣用語 ✻

(a) fare delle gite ＝ 郊遊，遠足，野餐（*to make excursion, tour, picnic*）

(b) vicino a ... ＝ 靠近（*near*）

(c) recarsi ＝ 去，到（*to go, to take oneself to*）

(d) fare delle passeggiate ＝ 散步（*to take a walk*）

(e) prendere il sole ＝ 做日光浴（*do sun-bathing*）

(f) verso ＝ ① [用於表現時間] 大概，約莫（*about, around*）；② [用於指示方向] 朝，向（*towards*）。例如：

Verso le sei. ＝ 大約六點時。*At about six o'clock.*

Vado verso casa. ＝ 我正在回家的途中。*I am on my way home.*

✻ GRAMMATICA・文法✻

1. 不定形容詞：dei, degli, delle

由介係詞「di」＋定冠詞「i, gli, le」所構成的「dei, degli, delle」，除可作為表示「所屬（*possessive*）」的介係詞，也可作為不定形容詞，意指「一些，有些（*some*）」。例如：

Mi piace fare delle gite. ＝我喜歡郊遊。*I like excursions.*

Voglio comprare dei libri. ＝ 我想買一些書。*I want to buy some books.*

2. 直述語氣未來式的動詞變化

義大利文動詞的直述語氣未來式（Indicativo Futuro Semplice）變化如下：

[1.] 規則動詞

INDICATIVO	**parlare 說** （*to talk*）		**credere 相信** （*to believe*）		**partire 出發** （*to leave*）	
futuro semplice 未來式	parl-erò parl-erai parl-erà	parl-eremo parl-erete parl-eranno	cred-erò cred-erai cred-erà	cred-eremo cred-erete cred-eranno	part-irò part-irai part-irà	part-iremo part-irete part-iranno

[2.] 不規則動詞

INDICATIVO	essere 是（*to be*）		avere 有（*to have*）		vedere 看（*to see*）	
futuro semplice 未來式	sar-ò sar-ai sar-à	sa-remo sa-rete sa-ranno	avr-ò avr-ai avr-à	avr-emo avr-ete avr-anno	vedr-ò vedr-ai vedr-à	vedr-emo vedr-ete vedr-anno

INDICATIVO	andare 去（*to go*）		sapere 知道（*to know*）		volere 想要（*want*）	
futuro semplice 未來式	andr-ò andr-ai andr-à	andr-emo andr-ete andr-anno	sapr-ò sapr-ai sapr-à	sapr-emo sapr-ete sapr-anno	vorr-ò vorr-ai vorr-à	vorr-emo vorr-ete vorr-anno

3. 直述語氣未來式的運用

直述語氣未來式用於表示一個發生在未來時間的動作；或是藉由時間的轉變，用於表達一種「推測」或「不肯定」的感覺。例如：

Chi verrà domani? = 明天誰會來？*Who will come tomorrow?*

Chi sarà quella persona? = 那個人是誰？*Who is that person?*

Dove saranno? = 他們會在哪裡呢？（/他們可能在哪裡？）*Where will they be? (/Where can they be?)* [意指：我在想他們會在哪裡？]

相對地，當動作發生在緊接於當下的未來時間，則可使用現在式來代替未來式。例如：

Chi viene domani? = 明天誰會來？*Who will come tomorrow?*

* APPENDICE[+] · 生活漫談 *

※ 閒逛與旅遊

搭計程車到一個特定的地方是相當簡單的，您只要出示地址或是告訴司機是什麼路、幾號就可以了。義大利文中「Via（路，街）」這個字都是放在路名前面，但要是您在閒逛當中, 想要去某個特別的地方，那您就要向別人問路了。

A – Scusi, per favore, dove si trova la Via …?

對不起，請問…路在哪裡？*I beg your pardon, where is ... Road (Street)?*

B – Vada sempre diritto, giri a destra, poì a sinistra e poì ancora a destra.

您一直往前走，右轉後，左轉，然後再右轉。*Straight on, turn right, then left and then right again.*

若您要去的地方很遠，答話的人可能會建議您搭公共汽車或是地下鐵。例如：

B – Prenda l'autobus (/il tram) numero … e scenda alla … fermata.

您搭…路（號）公車（/電車），然後在…站下車。*Take the bus (/the tram) number ... and get off at the ... stop.*

或是：

B – Prenda il metro e scenda …

（您）搭地下鐵然後在 … 下車。*Take the underground and get off at ...*

當您閒逛的時候，有時候您會內急而想找廁所。義大利城市中的公廁不多，所以最好的方法是找一家酒吧，先叫一杯咖啡，然後再借用廁所，以免太丟面子。例如：

A – Un caffè, per favore.

請給我一杯咖啡。*A coffee, please.*

B – Subito, signore (/signora, signorina).

馬上來，先生（/女士、小姐）*At once, sir (/madam, milady).*

然後客氣地問道：

A – C'è un bagno (/un gabinetto, una toilette) quì, per favore?

請問這裡有化妝室（洗手間）嗎？*Is there a toilet here, please?*

B – Là, in fondo, a destra (/a sinistra).

那邊，在裡面，往右轉（/往左轉）。*Over there, on the right (/left) side.*

或是：

B – Esca in cortile, a destra (/a sinistra).

到院子後，右（/左）轉。*Go to the court-yard, on the right (/left).*

一到那裡後，要小心辨別「Signore（女士）」和「Signori（男士）」的標識文字，不然，您就必須找國際性的標識圖案。

當您想要前往距離較遠的地方旅遊時，如前所述，您可以在義大利用「il tram（電車）」、「l'autobus（公車），或是「il metro（地下鐵）」來遊城，並且可在分佈各處的報亭買到這些交通工具的票。

A – Un biglietto per il tram (/l'autobus, il metro), per favore.

請給我一張電車（/公車、地下鐵）票。*A ticket for the tram (/the bus, the underground), please.*

B – Ecco a Lei. Sono …… euro.

在這裡，……歐元。*Here you are …… euro.*

搭火車是一種很好的旅遊方式，義大利有相當廣泛的鐵路網，雖然服務不是都很周到，但票價相當便宜。要搭「il treno（火車）」就必須到「la stazione（火車站）」去。一些大城市中都有許多短程的火車站，其中最主要的車站名字叫做「Stazione Centrale（中央車站）」。如果您所在的位置離車站有段距離，不妨可以搭乘計程車前往。

A – [Al tassista] Stazione Centrale, per favore.

[對計程車司機] 請到中央車站。*[To the taxi driver.] Central station, please.*

B – Va bene, signore (/signora, signorina). Ha premura?

好的，先生（/女士、小姐），您趕時間嗎？*O.K., Sir (/madam, miss). Are you in a hurry?*

A – Abbastanza, Il mio treno parte fra un'ora.

可以這麼說，火車一個小時內就要開了。*Rather so. My train leaves within an hour.*

B – Dove va?

您要去哪裡？*Where are you going to?*

A – A Venezia.

去威尼斯。*To Venice.*

B – Bella città.

那個地方很漂亮。*Beautiful city*

A – Ho sentito dire.

聽說是很漂亮的。*I heard sot.*

B – Bene. Ci siamo.

好了，您到了。*Well. Here we are.*

到了火車站，首先要找「Biglietteria（售票處）」，義大利的每一種火車售票，可分頭等票和二等票，或者您可以買快車票。

A – Un biglietto per Venezia, per favore, prima classe.

請給我 1 張到威尼斯的頭等（車廂）票。*A first class ticket to Venice, please.*

B – Solo andata?

單程票？*One way only?*

A – No, mi scusi, andata e ritorno.

不，對不起，是來回票。*No, I beg your pardon, return ticket.*

B – Fanno … euro.

一共是…歐元。*That makes ... euro.*

買了票後，查一下大的時間表，看火車出發的時間和搭乘月台的位置，義大利文的月台是「binario」。此外，您必須隨時注意您的行李和私人物品，不然便會有不愉快的「驚喜」發生。每班列車的出發時間和搭乘的月台，通常會由擴音器廣播出來，大概是如此的：

Il treno per Venezia delle ore 7,50 è in partenza sul binario … ＝ 七點五十分往威尼斯的火車在第...月台，就要開了... *The 7,50 train bound to Venice is departing from the track number...*

若火車的終點站就是您要去的地方，那便沒有問題，因為還沒下車的乘客都會在那裡下車；如果不是您要去的地方，那就必須注意了，因為換站是不廣播的。

到了目的地，要是行李很多，您可以叫個「facchino（搬運工）」幫忙，搬一件行李的費用是一定的，小費則隨意。

若您跟此處的敘述一樣要到威尼斯，在那裡是沒有電車、公車或是地下鐵的。可用的交通工具除了兩條腿外，就只靠「vaporetto（汽船）」了，威尼斯的汽船就跟普通的公車一樣，價錢也差不多。

* VOCABOLARIO+ · 主題字彙 *

1. PAROLE UTILI IN UNA STAZIONE O IN TRENO 鐵路用語

il treno locale 普通車（*local train*）

l'espresso 快車（*express*）

il rapido (1^a classe) 特快車（*super-express (1st class)*）

il TAV (treno ad alta velocità) 高速鐵路（*High-speed rail*）

il sottopassaggio 地下鐵（*subway*）

la galleria 隧道（*tunnel*）

il passaggio a livello 平交道（*level crossing*）

la biglietteria 售票處（*ticket office*）

il biglietto 票（*ticket*）

la cuccetta 臥舖（*berth*）

lo scompartimento 車廂（小房間）（*compartment*）

il carro merci 貨車（火車）（*freight train*）

il vagone ristorante 餐車（*dining car*）

la stazione ferroviaria 火車站（*railroad station*）

un biglietto di sola andata 單程票（*one-way ticket*）

un biglietto di andata e ritorno 來回票（*round-trip ticket*）

il biglietto studenti 學生票（*student ticket*）

il biglietto turistico 遊覽票（*excursion ticket*）

un biglietto di prima classe 頭等票（*first class ticket*）

un biglietto di seconda classe 二等票（*second class ticket*）

la partenza 啟程，出發（*departure*）

l'arrivo 到達（*arrival*）

in orario 準時（到站）（*on time*）

in ritardo 誤點（*delayed*）

perdere il treno 沒趕上火車（*to miss the train*）

il passeggero 乘客（*passenger*）

il conduttore 查票員，列車長（*conductor*）

il capostazione 站長（*station-master*）

l'entrata 入口（*entry*）

l'uscita 出口（*exit*）

il deposito bagagli 行李寄放處（*baggage -room*）

il ritiro bagagli 提取行李（*baggage withdrawal*）

prendere il treno 趕上火車（*to catch the train*）

la locomotiva 火車頭（*locomotive*）

2. La Strada 公路運輸

l'autostrada 高速公路（*freeway*）

il viale 林蔭大道（*avenue*）

la via 街，路（*street*）

l'incrocio 十字路口（*cross road*）
l'incrocio stradale 道路交岔點（*road junction*）

la curva a destra (/a sinistra) 右（/左）轉（*right (/left) curve*）

l'inversione a U 迴轉（*U turn*）

vietata l'entrata 禁止入內（*no entry*）

vietata l'uscita 禁止通行（*no passing*）

senso unico 單行道（*one way*）

zona del silenzio 寧靜區域（*silence zone*）

la scuola 學校區域（*school zone*）

l'ospedale, H 醫院（*hospital*）

la linea gialla 黃線（*yellow line*）

attraversare la strada 穿越馬路（*to cross the road*）

il limite di velocità 速度限制（*speed limit*）

moderare la velocità 減速慢駛（*slow down*）

girare a sinistra (/a destra) 左（/右）轉（*turn left (/right)*）

tenere la destra 右行（*keep right*）

corsia veicoli lenti 慢車道（*slow lane*）

corsia veicoli veloci 快車道（*quick lane*）

il passaggio pedonale 斑馬線（*zebra crossing*）

lavori in corso 前面道路施工中（*road works ahead*）

pericolo 前方危險（*dangerous ahead*）

curva pericolosa 危險彎路（*dangerous curve*）

l'entrata 入口（*entry*）

l'uscita 出口（*exit*）

il sottopassaggio 地下道（*underpass, subway*）

il tunnel / la galleria 隧道（*tunnel*）

il parcheggio 停車場（*parking lot*）

vietato il parcheggio 禁止停車（*no parking*）

il casello autostradale 收費站（*toll station*）

il semaforo 紅綠燈（*traffic light*）

il semaforo verde 綠燈（*green light*）

il semaforo rosso 紅燈（*red light*）

il semaforo giallo 黃燈（*yellow light*）

la polizia stradale 交通警察（*traffic cop*）

l'auto, automobile 汽車（*car*）

il coupé 雙門跑車型轎車（*coupé*）

la spider 雙座敞篷車（*convertible car*）

il camion 卡車（*truck*）

l'autobus 公共汽車（*bus*）

il furgone 大貨車（*van*）

il camper 露營車（*camper*）

la jeep 吉普車（*jeep*）

l'ambulanza 救護車（*ambulance*）

la roulotte 篷車，旅行車（*caravan*）

noleggiare una macchina 租一輛汽車（*to rent a car*）

la benzina 汽油（*gasoline, gas*）

la benzina normale 普通汽油（*regular gas*）

la benzina super 特級汽油（*super gasoline*）

il litro 公升（*liter*）

l'olio 油（*oil*）

l'avviamento 啟動（*start*）

spegnere il motore 關熄引擎（*turn off engine*）

il tubo di scarico 排氣管（*exhaust pipe*）

la marcia 變速檔（*gear*）

la retromarcia 倒車檔（*reverse*）

le luci 光線（*lights*）

il freno 煞車（*brake*）

i sedili 座位（*seats*）

3. Principali Città, Monumenti famosi e Località Italiane 義大利主要城市、名勝及地名

Roma 羅馬（*Rome*）

il Colosseo 羅馬競技場（*the Coliseum*）

l'Arco di Costantino 君士坦丁凱旋門（*the arch of Constantine*）

il Campidoglio 卡比托利歐山丘（*the Capitol*）

la Fontana di Trevi 特雷維噴泉（*Trevi's fountain*）

Piazza Navona 納渥納廣場（*Navona square*）

la Via Appia Antica 亞壁古道（*the ancient Via Appia*）

le Catacombe 地下墓穴（*the Catacombs*）

le Fosse Ardeatine 阿德亞提內墳場（*the Ardeatine Caves*）

i Fori Imperiali 帝國議事廣場（*the*

Imperial Forum）

Ostia Antica 奧斯提亞安提卡遺跡（*Ostia Antica*）

Castel Sant'Angelo 聖天使城堡（*St. Angel's Castle*）

MILANO 米蘭（*MILAN*）

il Duomo 米蘭大教堂（*the Cathedral*）

la Galleria 畫廊（*the Gallery*）

La Scala 斯卡拉大劇院（*the Scala*）

il Castello Sforzesco 斯福爾扎城堡（*the Sforza's castle*）

l'Ultima Cena di Leonardo [畫作] 達文西最後的晚餐（*the Last Supper from Leonardo*）

TORINO 杜林（*TURIN*）

la Mole Antonelliana 安托內利尖塔（*the Antonelli's tower*）

la Reggia 杜林皇宮（*the Royal Palace*）

GENOVA 熱那亞（*GENOA*）

NAPOLI 那不勒斯/拿坡里（*NAPLES*）

la Reggia di Capodimonte 卡波迪蒙特美術館（*the Capodimonte Royal Palace*）

il Maschio Angioino 安茹城堡 / 新堡（*The Angio's castle*）

Santa Lucia [民謠] 散塔露其亞（*Santa Lucia*）

Posillipo 波西利波區（*Posillipo*）

Pompei 龐貝城（*Pompei*）

VENEZIA 威尼斯（*VENICE*）

il Ponte dei Sospiri 嘆息橋（*the Bridge of Sighs*）

il Ponte di Rialto 里阿爾托橋（*the Bridge of Rialto*）

il Palazzo Ducale 總督宮（*the Palace of the Doges*）

FIRENZE 佛羅倫斯/翡冷翠（*FLORENCE*）

la Galleria dell'Accademia 學院美術館（*the Gallery of the Academy*）

il Ponte Vecchio 老橋（*the Old Bridge*）

il Fiume Arno 阿諾河（*the Arno river*）

il Campanile di Giotto 喬托鐘樓（*the Giotto's tower*）

San Miniato al Monte 聖米尼亞托大殿（*St. Minias on the mountain*）

Piazza Michelangelo 米開朗基羅廣場（*Michelangelo Square*）

le sculture di Michelangelo 米開朗基羅的雕像群（*Michelangelo's sculptures*）

PALERMO 巴勒摩（*PALERMO*）

PISA 比薩（*PISA*）

la torre pendente 比薩斜塔（*the leaning tower*）

il Battistero 聖若望洗禮堂（*the baptistery*）

VERONA 威洛那（*VERONA*）

l'Arena di Verona 威洛那圓形競技場（*the Arena*）

VICENZA 維泉札（*VICENZA*）

PADOVA 帕多瓦（*PADUA*）

la Basilica di S. Antonio 聖安東尼大教堂（*the basilica of St. Antonius*）

PERUGIA 佩魯賈（*PERUGIA*）

ASSISI 阿西西（*ASSISI*）

la Basilica di S. Francesco 聖方濟各聖殿（*the basilica of St. Francis*）

SPOLETO 斯波利多（*SPOLETO*）

il Festival dei Due Mondi 兩個世界藝術節（*The festival of the two worlds*）

SIENA 夕葉娜/錫耶納（*SIENA*）

il Palio di Siena 錫耶納賽馬節（*Palio di Siena*）

Piazza del Campo 田野廣場（*Piazza del Campo*）

la Torre del Mangia 曼吉亞塔樓（*Torre del Mangia*）

il Duomo di Siena 錫耶納主教座堂（*Siena Cathedral*）

la Casa di Santa Caterina 聖加大利納之家（*the house of Saint Catherine in Siena*）

il Museo Civico 市立博物館（*Civic Museum*）

AREZZO 阿瑞佐（*AREZZO*）

CITTÀ DEL VATICANO 梵蒂岡城（*VATICAN CITY*）

la Basilica di S. Pietro 聖伯多祿大教堂（*the basilica of St. Peter*）

il Colonnato del Bernini 聖伯多祿廣場（*the colonnade of Bernini*）

la Cappella Sistina 西斯汀禮拜堂（*The Sistine Chapel*）

il Giudizio Universale [畫作] 最後的審判（*The last judgement*）

il Papa 教宗（*the Pope*）

SAN MARINO 聖馬利諾（*SAN MARINO*）

la Rocca 瓜依塔要塞（*Fortress of Guaita*）

4. ACCESSORI FOTOGRAFICI 攝影配件

il film 膠卷，底片，軟片（*film*）

la foto 照片，相片（*photo*）

un film in bianco e nero 黑白軟片（*black and white film*）

un film a colori 彩色軟片（*colour film*）

la macchina fotografica 照相機（*camera*）

la cinepresa 攝影機（*camera*）

il filtro 濾光鏡（*filter*）

a fuoco 焦距準確（*in focus*）

sfocato 焦距不準（*out of focus*）

l'esposimetro 測光表（*exposure meter*）

l'otturatore 快門（*shutter*）

14 FESTIVAL DEL CINEMA 電影節

✻ TESTO・短文 ✻

Ogni anno[a], in Italia, si ha[b] il festival del cinema. Esso[c] è una rassegna dei più importanti films prodotti durante l'anno ed è anche un'ottima occasione di pubblicità per gli attori cinematorgrafici.

每年，在義大利都有個電影節。這是該年出品之重要影片的觀摩展，也是個替電影演員作宣傳的最佳機會。*Every year in Italy there is a movie festival. It represents a review of the most important movies produced during the year and it is also an excellent opportunity for movie actors to advertise.*

✻ CONVERSAZIONE・會話 ✻

Maria, Paolo e Giacomo **瑪莉亞，保羅和賈克謨**

Maria – Avete visto il film di ieri sera?

你們倆看了昨晚的電影沒？*Did you both see yesterday night movie?*

Paolo – Sì, l'ho trovato eccellente.

看了，我覺得它很棒。*Yes, I found it excellent.*

Giacomo – La rassegna di quest'anno mi sembra migliore di quella dell'anno scorso.

我覺得今年的觀摩展比去年的好。*This year review seems to me better than the one of last year.*

Maria – Quale[d] dei films ti è piaciuto di più?

你最喜歡那一部片子？*Which movie did you like most?*

Paolo – Il primo è stato il migliore di tutti.

所有的片子中以第一部的最好。*The first one has been the best.*

Giacomo – Lo so perchè ti è piaciuto tanto[e]. Perchè c'era la tua attrice preferita.

我知道你為什麼最喜歡它。因為裡面有你最喜歡的女演員。*I know why you liked it so much. Because there was your favourite actress.*

Paolo – Vero. Che bella ragazza!

沒錯。她真是漂亮！*True, what a beautiful girl!*

Giacomo – Bellissima. E recita molto bene.

漂亮極了，而且演得很好。*Really beautiful. Moreover, she can act very well.*

Maria – L'attore protagonista ha recitato meglio, anche se l'attrice è piaciuta di più.

雖然說那位女演員是最受歡迎的，但男主角演得更好。*The protagonist acted better, even though the actress was the favourite one.*

✻ IDIOTISMO・慣用語 ✻

(a) ogni anno ＝ 每年（*every year*）

(b) si ha ＝ 有（*there is*）

(c) esso ＝ 它（*it*）

(d) quale ＝ 那個（*which*）

(e) tanto ＝ 如此地（多）（*so much*）

✻ GRAMMATICA・文法 ✻

1. 直接受詞代名詞：lo

直接受詞代名詞「lo」也可表示非人的「它（*it*）」，用以代稱一個先前提過的名詞、形容詞、或子句所表達的想法或意念。此時它的強調形式則為「ciò」或「questo」。例如：

Io l'ho trovato eccellente. = 我覺得它很棒。*I found it excellent.*

2. 感嘆句的表達

義大利文的感嘆句是由形容詞「che（*what a, how*）」接續名詞或形容詞所構成。例如：

Che bella ragazza! = 好美的女孩！*What a beautiful girl!*

Che uomo! = 什麼人嘛！*What a man!*

Che interessante! = 好（/多麼）有意思呀！*How interesting!*

當要針對動詞所呈現的動作或狀態來表達感嘆時，則必須以副詞「come」或、「quanto」來構成感嘆句。例如：

Come sei pigro!= 你好懶喔！*How lazy you are!*

3. 最高級的表達

義大利文的最高級具有兩種表現型態，分別是「絕對最高級（superlativo assoluto）」與「相對最高級（superlativo relativo）」。

[1.] 絕對最高級

絕對最高級是由形容詞或副詞的字根加上字尾「-issimo / -a / -i / -e」所構成，用以表達「非常（*very*）」、「十分（*quite*）」、「極（*extremely*）」等程度或等級上的強調意味。例如：

Quell'attrice è bellissima. = 那位女演員美極了。*That actress is extremely beautiful.*

在義大利文中，有些副詞是由形容詞的陰性單數型態接續字尾「-mente」所構成，從而，這類副詞的絕對最高級也須由形容詞的最高級陰性單數型態接續字尾「-mente」所構成。例如：

	形容詞字源	派生副詞構詞原則	派生副詞
原級	vero 真實的（*true*）	形容詞陰性單數 + 字尾「mente」	veramente 真實地（*really*）
最高級	verissimo 極真實的（*the truest*）		verissimamente 極真實地（*the realliest*）

[2.] 相對最高級

相對最高級是以定冠詞「il / la / i（*the*）」搭配副詞「più（較多｜*more*）」（或「meno（較少｜*less*）」）再加上原級的形容詞或副詞所構成，用於表現某一預設範圍內的最高級。例如：

Egli è il più intelligente (di tutti). = 他是最聰明的（在所有人中）。*He is the most intelligent (of all).*

Questi libri sono i più difficili. = 這些書是最難懂的（/最艱澀的）。*Those books are the most difficult.*

當用以比較的基準為動詞時，則會在句尾使用「di più（最多）」。例如：

Giuseppe è quello che mangia di più. = 約瑟夫是吃得最多的人。*Giuseppe is the one who is eating most.*

4. 比較級與最高級的不規則型態

在義大利文中，尚有一些形容詞與副詞的比較級與最高級為不規則的變化型態。例如：

[1.] 形容詞（僅列出陽性單數型態）

原級	比較級	絕對最高級	相對最高級
buono 好的（*good*）	migliore 更好的（*better*）	ottimo 非常好的（*very good*）	il migliore 最好的（*the best*）
cattivo 壞的（*bad*）	peggiore 更壞，更差的（*worse*）	pessimo 非常差的（*very bad*）	il peggiore 最壞（/糟）的（*the worst*）
grande 大的（*great, big*）	maggiore 更大的（*greater*）	grandissimo [規則變化] 非常大的（*very great, very big*）	massimo 最大的（*the greatest,the largest*）
piccolo 小的（*small*）	minore 更小的（*smaller*）	piccolissimo [規則變化] 非常小的（*very small*）	minimo 最小的（*the smallest*）

[2.] 副詞

原級	比較級	絕對最高級	相對最高級
bene 好（*good, well*）	meglio 更好（*better*）	benissimo [規則變化] 非常好（*very good, very well*）	al meglio 最好（*at the best*）
male 壞，糟，差（*bad*）	peggio 更壞，更糟，更差（*worse*）	malissimo [規則變化] 非常壞，非常糟，非常差（*very bad*）	al peggio 最壞，最糟，最差（*at the worst*）

原級	比較級	絕對最高級	相對最高級
grandemente 多，大 （*greatly*）	maggiormente 更多，更大 （*more*）	grandissimamente [規則變化] 非常多，極大地（*extremely*）	massimamente 主要地，特別地 （*chiefly, especially*）
poco 少（*a little*）	meno 更少（*less*）	pochissimo [規則變化] 非常少地 （*very few*）	minimamente 最少地（*in the least*）
molto 非常多（*very, a lot*）	più 更（多） （*more*）	moltissimo [規則變化] 非常多 （*a lot*）	di più 最多（*the most*）

在上揭比較級與最高級的不規則型態中，有些字同時兼具有多種意涵及變化型態，例如：

① 形容詞：grande

形容詞「grande」的不規則型態比較級「maggiore」用於尺寸時，意指「較大的（*greater*）」；用於年齡則意指「較年長的（*older*）」；用於面積則為「較寬廣的（*larger*）」之意；用於價值時，則意指「更高的（*higher*）」。例如：

Mio fratello è maggiore di me. ＝ 我的哥哥比我年長。*My brother is older than me.*

Agisci con maggior prudenza. ＝ 行動時，須更加小心。*Act with greater care.*

Questa superficie è maggiore di quella. ＝ 這個的面積比那個寬廣。*This surface is larger than that one.*

Ho dovuto pagare una somma maggiore. ＝ 我必須償付更高的價格。*I had to pay a higher sum.*

當要表達「更大的（*bigger*）」之意時，則會使用規則的比較級型態「più grande」來呈現。例如：

Questo albero è più grande di quello. ＝ 這棵樹比那棵（樹）更大。*This tree is bigger than that one.*

形容詞「grande」的最高級「massimo」具有「最偉大的（*greatest*）」和「最大的（*largest*）」，以及「最高的（*highest*）」等意思。例如：

Il nostro massimo poeta, Dante. = 我們最偉大的詩人，但丁。*Our greatest poet, Dante.*

Questa è la misura massima. = 這是最大的尺寸。*This is the largest size.*

Il massimo prezzo. = 最高的價格。*The highest price.*

若要表達「最老的、最年長的（*oldest*）」之意時，則會使用「il maggiore」的相對最高級型態。例如：

Chi è il maggiore? = 誰是最老的？*Who is the oldest one?*

若要表達「最大的（*biggest*）」之意時，則會使用規則的相對最高級型態「il più grande」。例如：

Questa è la stanza più grande. 這是最大的房間。*This is the biggest room.*

② 形容詞：piccolo

形容詞「piccolo」的比較級「minore」用於年齡時，具有「較年幼的（*younger*）」之意。例如：

Mia sorella minore. = 我較小的姐妹（/我的妹妹）。*My younger sister.*

若要表達「較小的（*smaller*）」之意時，則使用規則的比較級型態「più piccolo」。例如：

Questa casa è più piccola. = 這棟房子比較小。*This house is smaller.*

③ 副詞比較級：maggiormente

副詞比較級「maggiormente」具有「更多（*more*）」」、「還要多（*even more*）」等意思。

④ **副詞最高級：di più**

副詞最高級「di più」具有「最多（*most*）」、「此外（*furthermore*）」等意思。例如：

Questa è la città che mi piace di più. = 這是我最喜歡的城市。*This is the city I like the most.*

…… di più, quando sarai tornato a casa, …… = …… 此外，你什麼時候回家…… ……*furthermore, when you will back home……*

✻ VOCABOLARIO⁺・主題字彙 ✻

FESTIVITÀ 節日

l'Anno Nuovo 新年（*New Year*）

San Valentino 情人節（*Valentino's day*）

la Pasqua 復活節（*Easter*）

il (Santo) Natale 聖誕節，耶誕節（*Christmas*）

la Festa Nazionale 開國紀念日，國定假日（*National day, national holiday*）

il Giorno dei Morti 清明節（*Tomb-sweeping Festival*）

il Festival di Primavera 春節（*Spring Festival*）

il Festival del Drago 端午節（*Dragon Festival*）

il Festival degli Spiriti 中元節（*Ghost Festival*）

la Nascita di Confucio 教師節，孔子誕辰（*Confucius' Birthday*）

la Festa delle Donne 婦女節（*Women's day*）

il Pesce d'Aprile 愚人節（*April Fool's day*）

la Festa del Lavoro 勞工節（*Labor day*）

la Festa della Mamma 母親節（*Mother's day*）

la Festa del Papà 父親節（*Father's day*）

15 COMPERE 購物

* TESTO · 短文 *

Questo pomeriggio andrò a fare compere[a] con mia sorella. Andremo in un grande magazzino. A me non piace[b] fare acquisti, ma a mia sorella sì. Per lei è un divertimento girare per negozi, osservare gli articoli, comperarsi una camicetta, un paio di scarpe, una borsetta o una gonna.

今天下午，我將和我的姊（妹）去購物。我們將到一家百貨公司。我不喜歡購物，但是我姊（妹）喜歡。對她來說，那是一種消遣娛樂：逛逛商店，觀察貨物，買件女用襯衫、一雙鞋、一個手提包，或一條裙子。*This afternoon I will go shopping with my sister. We will go to a department store. I don't like shopping, but my sister does. It's a recreation to her to stroll shops, observe items and buy a blouse, a pair of shoes, a bag or a skirt.*

* CONVERSAZIONE · 會話 *

Maria, Elena ed una Commessa **瑪莉亞，艾倫娜和一名女店員**

Commessa – Buona sera, signorine. In che cosa posso essere utile?[c]

晚安，小姐們。妳們需要些什麼？*Good evening, madams. May I help you?*

Maria – Vorrei comprare una gonna ed una camicetta.

我想要買一條裙子和一件女用襯衫。*I would like to buy a skirt and a blouse.*

Commessa – Ne abbiamo di tutti i tipi. Prego, s'accomodi. Che colore preferisce?

我們有各種樣式（的裙子和女用襯衫）。請坐，您較喜歡什麼顏色？*We have any sort of them. Please, help yourself! What color do you prefer?*

Maria – Quella gonna grigia mi piace molto.

我非常喜歡那條灰色的裙子。*I like very much that gray skirt.*

Elena – Anche a me. Penso ti stia[d] molto bene.

我也是。我認為它非常適合妳。*I do, too. I think it suits you very well.*

Commessa – Vuole provarla?

您要試穿嗎？*Do you want to try it on?*

Maria – Sì, ma voglio prima scegliere anche una camicetta. Così le provo[e] insieme.

好，但是我還要先選擇一件女用襯衫。這樣子的話，我就兩件一起試穿。*Yes, but first I want to choose a blouse, too. So I can try them on together.*

Elena – Questa verde, come ti sembra?

妳覺得這件綠色的如何？*How do you like this green one?*

Maria – Non mi piace molto. Preferisco quella nera.

我不會很喜歡，我比較喜歡那件黑色的。*I don't like it too much. I would rather choose the black one.*

Commessa – Che misura porta?[f]

您穿幾號？*What's your size?*

Maria – Quella media. (Indossa gonna e camicetta). Come mi stanno?

中號。（她試穿裙子和女用襯衫）我看起來如何？*Medium size. (She tries skirt and blouse on). Hou do they suit me?*

Elena – Perfettamente. Sei molto bella.

非常好，很好看。*Perfectly. You are very beautiful.*

Maria – Allora le compro. Quant'è?

那麼我買這兩件。多少錢？*Well then, I'll buy them. How much?*

Commessa – La gonna costa 100 e la camicetta 60 euro.

裙子 100 歐元，女用襯衫 60 歐元。*The skirt is 100 euro and the blouse 60 euro.*

Maria – Mamma mia![g] Carissime!

我的天哪！那麼貴！*My goodness! So expensive!*

Commessa – No, signorina, è roba di prima qualità. Puro cotone, niente sintetico.

不，小姐，這是一等品質的貨物。純棉的，不是合成的。*No, madam, it isn't. This is first choice merchandise, Pure cotton, no synthetic.*

Elena – Ci faccia[h] almeno un po' di sconto, per favore.

至少，請您打一點折扣吧！*At least give us some discount, please.*

Commessa – D'accordo. Facciamo[i] 5% (per cento).

沒問題，打九五折。*O.K. Let's make 5%.*

Maria – Ecco, questi sono 200 euro.

哪！這是 200 歐元。*Now, here there are 200 euro.*

Commessa – Eccole il resto[l].

這是找您的零錢。*Here is your change.*

Maria, Elena – Grazie, arrivederci.

謝謝！再見。*Thank you, bye-bye.*

Commessa – Grazie a voi, arrivederci, buona sera.

謝謝兩位！再見！晚安！*I thank both of you. Good evening, bye-bye.*

＊ IDIOTISMO・慣用語＊

(a) andare a fare compere ＝ 去購物（*to go shopping*）

(b) a me non piace ＝ 我不喜歡（*I don't like*）

動詞「piacere（喜歡｜*like*）」除適用於一般的「人稱結構」句型，尚有「無人稱結構」句型的用法。當它使用無人稱結構的句型時，動詞永遠會以第三人稱（單數或複數）型態呈現，此時表達喜歡或討厭的主體會以間接受詞呈現，至於被喜歡或討厭的對象（人或物）則會成為主詞。這種無人稱結構的句型只限用於該表達喜歡或討厭的主體為代名詞，而被喜歡或討厭的對象並非代名詞的情況。例如：

Quella gonna grigia mi piace molto. ＝ 我非常喜歡那件灰裙。*I like very much that gray skirt.*

Ti piace veramente sciare. ＝ 你真的喜歡滑雪。*You really like skiing.*

若表達喜歡或討厭的主體及其喜歡或討厭的對象皆為代名詞時，則須使用一般的「人稱結構」，此時動詞變化的型態須與主詞（即被喜歡或討厭的對象）一致，表達喜歡或討厭的主體仍以間接受詞呈現。例如：

Io gli piaccio. ＝ 他喜歡我。*He likes me.*

Egli mi piace. ＝ 我喜歡他。*I like him.*

Tu mi piaci. ＝ 我喜歡你。*I like you.*

(c) (in che cosa) posso essere utile? ＝ 你需要什麼？我能幫什麼忙嗎？（*may I help you?*）

(d) ti stia ＝ 它適合你（*it suits you*）

「stia」是動詞「stare（是，在）」的假設語氣現在式變化型態，我們會在下一課加以介紹。

當假設語氣現在式的 stare 前方搭配間接受詞的人稱代名詞時，意指「適合（間接受詞所表示的）某人」。例如：

Penso che questo vestito ti stia molto bene. = 我認為這件衣服非常適合你。*I think this dress suits you very well.*

同樣的句式若改以直述語氣現在式呈現，則具有「某人理應為某事付出（負面）代價」的意味，意指「某人活該」。例如：

Ti sta bene. = 你活該。*You deserve it.*

Gli è stato molto bene. = 他活該。*He deserved it.*

※ 比較用法：

(quì) si sta bene. = （這裡）好天氣 / 很舒適。*(Here) it is fine.*

(e) provarlo(/-la) = 試（*try it*）

動詞「provare」意指「試（*to try*）」，當代名詞「lo / la / li / le」伴隨其一同使用時，則可以有以下多種意思，諸如：

① 提及服裝時，意指「試穿（*try it (/them) on*）」。例如：

Voglio provarmi questo cappello. = 我要試戴這頂帽子。*I want to kry this hat on.*

② 提及食物時，意指「嚐（*to taste it (/them)*）」。例如：

L'hai provata questa bistecca? = 你嚐過這塊牛排沒？*Did you taste this steak?*

③ 提及車輛時，意指「駕駛、試車（*to drive it (/them), to test*）」。例如：

L'avete provata questa macchina? = 你們試過這輛車沒？*Did you drive this car?*

(f) che misura porta? = 您穿幾號？（*what's your size?*）

在提及服裝時，「portare una (certa) misura（取某種尺寸 | *to have a (certain) size*）」即意指「穿幾號」。

(g) mamma mia! ＝ 我的天啊！（*my goodness, my God!*）

(h) ci faccia … ＝ 請您給我們…（*give us ...*）

這是命令語氣的表現形式，我們會在稍後的課程中進行說明。

(i) facciamo … ＝ 讓我們做…（*let's make ...*）

這也是命令語氣的表現形式，容後再予以說明。

(l) resto ＝ 剩餘（*remainder*）

在提及錢的對話脈絡中，「resto」會用於表達「找零錢」的意思。

＊ GRAMMATICA・文法＊

1. 指示代名詞和指示形容詞：questo、codesto、quello

在義大利文中，有三個指示代名詞和指示形容詞，分別為：questo（這個｜*this*）、codesto（[現已不常用] 這個；那個｜*this; that*），以及 quello（那個｜*that*）。它們的性別及單複數變化型態如下：

	陽性	陰性	陽性	陰性	陽性	陰性
單數	questo	questa	codesto	codesta	quello	quella
複數	questi	queate	codesti	codeste	quelli	quelle

[1.] 作為指示代名詞使用

當它們作為指示代名詞時，則須與其所代稱的名詞在性別及單複數等方面一致。在一般的情況下，作為主詞的指示代名詞會置於動詞之前，而在強調的情況下，則會置於動詞後方。例如：

Quelli sono i miei amici. ＝ 那些是我的朋友。*Those are my friends.*

I miei amici sono quelli. ＝ 我的朋友是那些人。*Those are the ones who are my friends.* [強調用法]

[2.] 作為指示形容詞使用

當它們作為指示形容詞時，須置於其所修飾的名詞之前，並須在性別及單複數等方面與該名詞一致。例如：

Questa camicetta è molto bella. ＝ 這件女用襯衫非常好看。*This blouse is very beautiful.*

Quello studente è un mio amico. ＝ 那位學生是我的一個朋友。*That student is a friend of mine.*

單數型態的指示形容詞「questo / questa」、「codesto / codesta」、「quello / quella」在接續以母音開頭的名詞時，須以省略符號「'」取代字尾的母音「-o / -a」。例如：

Quest'uomo. = 這個（男）人。*This man.*

Quell'automobile. = 那輛車。*That car.*

在作為指示形容詞時，「quello」的字尾變化會比照定冠詞的使用規則。在修飾陽性名詞的情況下，「quello」的字尾變化會異於前表所呈現的代名詞型態，並會根據修飾名詞所應使用的陽性定冠詞型態，而分別有以下幾種陽性字尾變化：

修飾名詞所應使用的陽性定冠詞		quello 的陽性字尾變化型態	範例
單數	il	quel	Quel bambino. = 那個小孩。*That kid.*
	lo	quello	Quello straniero. = 那個外國人。*That stranger.*
	l'	quell'	Quell'uomo. = 那個（男）人。*That man.*
複數	i	quei	Quei bambini. = 那些小孩。*Those kids.*
	gli	quegli	Quegli uomini. = 那些（男）人。*Those men.* Quegli stranieri. = 那些外國人。*Those strangers.*

2. 基數的表達（II）：101 – 3.000.000.000

以下為義大利文自一百零一（*101*）至三十億（*3,000,000,000*）的基數說法：

基數		基數	
101	centouno		……
102	centodue	1.200	milleduecento
103	centotrè		……
	……	1.999	millenovecentonovantanove
200	duecento	2.000	duemila
201	duecentouno	2.001	duemila e uno
	……	2.002	duemila e due
300	trecento		……
	……	2.099	duemila e novantanove
400	quattrocento	2.100	duemilacento
	……		……
1.000	mille	3.000	tremila
1.001	mille e uno		……
1.002	mille e due	4.000	quattromila
	……		……
1.099	mille e novantanove	1.000.000	un milione
1.100	millecento	1.000.001	un milione e uno
1.101	millecentouno	1.000.002	un milione e due

		基數
……	1.100.000	un milione centomila
……	1.200.000	un milione duecentomila
……	2.000.000	due milioni
……	3.000.000	tre milioni
……	1.000.000.000	un miliardo
……	2.000.000.000	due miliardi
……	3.000.000.000	tre miliardi

有關大額基數的幾點注意事項：

① 「mille（千）」的複數型態為「mila」。例如：

seimila euro. ＝ 六千歐元。*6,000 euro.*

② 「milione / milioni（百萬）」須搭配介係詞「di」，才能再接續名詞。例如：

Quattro milioni di persone. ＝ 四百萬人。*Four million people.*

③ 義大利文與英文在數字標示符號「.」及「,」的用法正好相反：義大利文是以「.」作為千分位符號，以「,」作為小數點符號。例如：

Lo stipendio di mio padre è di 2.000 (duemila) euro. ＝ 我父親的薪水是 2,000 歐元。*My father's salary is 2,000 (two thousand) euro.*

3. 條件語氣的動詞變化

義大利文動詞的條件語氣有兩種時態，分別為「現在式（Condizionale Presente）」（或稱「簡單式（Codizionale Semplice）」），以及「過去式（Condizionale Passato）」（或稱「複合式（Codizionale Composto）」）。

條件語氣現在式的動詞字尾皆屬規則變化，不規則動詞則會依其直述語氣未來式的字根，來與這些動詞字尾搭配。條件語氣過去式則會由助動詞「essere」或「avere」的條件語氣現在式搭配動詞的過去分詞來構成。

[1.] 不規則動詞的變化型態：

essere 是（*to be*）		
INDICATIVO		
futuro semplice **未來式**	sar-ò sar-ai sar-à	sar-emo sar-ete sar-anno
CONDIZIONALE		
presente / semplice **現在[/簡單]式**	sar-ei sar-esti sar-ebbe	sar-emmo sar-este sar-ebbero
passato / composto **過去[/複合]式**	sar-ei stato(/-a) sar-esti stato(/-a) sar-ebbe stato(/-a)	sar-emmo stati(/-e) sar-este stati(/-e) sar-ebbero stati(-/e)

avere 有（*to have*）		
INDICATIVO		
futuro semplice **未來式**	avr-ò avr-ai avr-à	avr-emo avr-ete avr-anno
CONDIZIONALE		
presente / semplice **現在[/簡單]式**	avr-ei avr-esti avr-ebbe	avr-emmo avr-este avr-ebbero
passato / composto **過去[/複合]式**	avr-ei avuto avr-esti avuto avr-ebbe avuto	avr-emmo avuto avr-este avuto avr-ebbero avuto

[2.] 規則動詞的變化型態：

CONDIZIONALE	**parlare 說**（*to talk*）	
presente / semplice 現在[/簡單]式	parl-erei parl-eresti parl-erebbe	parl-eremmo parl-ereste parl-erebbero
passato / composto 過去[/複合]式	avr-ei parlato avr-esti parlato avr-ebbe parlato	avr-emmo parlato avr-este parlato avr-ebbero parlato

CONDIZIONALE	**credere 相信**（*to believe*）	
presente / semplice 現在[/簡單]式	cred-erei cred-eresti cred-erebbe	cred-eremmo cred-ereste cred-erebbero
passato / composto 過去[/複合]式	avr-ei creduto avr-esti creduto avr-ebbe creduto	avr-emmo creduto avr-este creduto avr-ebbero creduto

CONDIZIONALE	**partire 離開**（*to leave*）	
presente / semplice 現在[/簡單]式	part-irei part-iresti part-irebbe	part-iremmo part-ireste part-irebbero
passato / composto 過去[/複合]式	sar-ei partito(/-a) sar-esti partito(/-a) sar-ebbe partito(/-a)	sar-emmo partiti(/-e) sar-este partiti(/-e) sar-ebbero partiti(-/e)

4. 條件語氣的運用

義大利文的條件語氣會用於以下幾種狀況：

① 用來表示過去時態裡的未來時間。例如：

Mi dice che verrà a trovarmi. ＝ 他告訴我他將會來找我。*He tells me that he will come and see me.* [直述語氣現在式＋未來式]

Mi disse che sarebbe venuto a trovarmi. ＝ 他那時候告訴我說他會來找我。*He told me that he would come and see me.* [直述語氣過去式＋條件語氣現在式]

② 用來描述一個假定的結果。例如：

Mi piacerebbe molto viaggiare. ＝ [如果可能的話] 我蠻喜歡旅行的。*I really would like to travel (if possible).*

※ 在義大利文中，假定的內容通常會以連接詞「se（若｜*if*）」所引導的子句（須使用假設語氣）來表現，在不強調假定內容的情況下，可以省略掉該連接詞「se」所引導的子句。

③ 條件語氣也會用於表達「徵求同意」或「請求允許」的意思，從而廣泛地被援用作為提出詢問的禮貌形式。例如：

Vorrei comperare una camicetta. ＝ [如果店員同意的話] 我想要買一件女用襯衫。*I would like to buy a blouse.*

Potrei farti una domanda? ＝ [若你同意的話] 我可以向你請教一個問題嗎？*May I ask you a question?*

✻ APPENDICE⁺・生活漫談 ✻

※ 購物

當您前往義大利旅行時，所需要的購物行動可分為兩種：第一種是買日常用品；第二種是買禮物或是紀念品。以買香煙來說，義大利的香菸是由持有專賣執照的文具店及酒吧出售的，通常在這些店外都有一個大「T」標誌，表示是「tabacchi（菸）」的意思。此外，他們也兼賣郵票（francobolli），一般用「Valori bollati」來表示。

A – Buon giorno. Vorrei comprare un pacchetto di sigarette.

您早，我要買一包菸。*Good morning. I would like to buy a packet of cigarettes.*

B – Che marca?

什麼牌子的？*What brand?*

A – Faccia Lei. Vorrei provare delle sigarette italiane.

隨便（您），只要是義大利菸就可以。*Up to you. I would like to try some Italian cigarettes.*

B – Le dò delle MS [EMME-ESSE].

那我給您 MS 好了。*I give you some MS.*

A – Mi dia anche dei francobolli, per favore.

麻煩再給我一些郵票。*Give me some stamps, too, please.*

B – Per dove?

寄到哪裡去的？*Where to?*

A – Alcuni per l'Italia, posta normale, ed altri per Taiwan, via aerea.

一些義大利用的平信郵票，另一些是寄到台灣的航空郵票。*Some for Italy, by surface mail; and others for Taiwan, by air mail.*

✻ VOCABOLARIO+ · 主題字彙 ✻

1. VESTITI 服裝

i jeans 牛仔衣褲（*jeans*）

il due pezzi 兩件式套裝（*two-piece suit*）

il costume da bagno 浴衣（*bathing suit*）

le mutande 內褲（*underpants*）

il pigiama 睡衣褲（*pajama*）

i pantaloni 長褲（*trousers*）

la gonna 裙子（*skirt*）

la camicetta (da donna) 女用襯衫（*shirt (for women), blouse*）

la camicia (da uomo) 男用襯衫（*shirt (for men)*）

la minigonna 迷你裙（*miniskirt*）

la maglietta T 恤（*t-shirt*）

la canottiera [男用] 汗衫（*undershirt*）

la giacca di pelle 皮夾克（*leather jacket*）

la giacca di camoscio 羚羊皮夾克（*chamois skin jacket*）

il grembiule 圍裙（*apron*）

il fazzoletto 手帕（*handkerchief*）

le calze (da uomo) [男用] 短襪（*socks*）

le calze (da donna) [女用] 長襪（*stockings*）

il pullover 套頭毛衣（*pullover*）

la tuta da lavoro 工作褲（*work pants*）

la sciarpa 肩巾（*scarf*）

i guanti 手套（*gloves*）

il cappello 帽子（*hat*）

le scarpe (un paio di … / due paia di …) 鞋子（一雙… / 兩雙）（*shoes (a pair of ... / two pairs of ...)*）

i sandali 涼鞋（*sandals*）

le ciabatte 拖鞋（*slippers*）

i mocassini 鹿皮鞋（*moccasins*）

le scarpe con tacco alto 高跟鞋（*high heels*）

le scarpe con tacco basso 平底女鞋（*low heels*）

l'impermeabile 雨衣（*raincoat*）

il cappotto 厚大衣（*coat*）

la cravatta 領帶（*necktie*）

le bretelle [西裝]背帶（*suspenders*）

2. Articoli in Pelle 皮製品

la borsa 皮包（*bag*）

la borsetta [女用]手提包（*hand-bag*）

il borsellino 錢包（*purse*）

il portafoglio [男用]皮夾（*wallet*）

la valigia 手提箱（*case*）

la cintura 腰帶（*belt*）

3. Altri Articoli 其他物品

il sacco a pelo 睡袋（*sleeping bag*）

il cuscino 枕頭（*pillow*）

l'ombrello 雨傘（*umbrella*）

la borsa da viaggio 旅行袋（*travelling bag*）

i souvenir 紀念品（*souvenirs*）

le cartoline postali 明信片（*postcards*）

le guide illustrate 附圖的旅遊指南（*guides with photos*）

le sigarette 香菸（*cigarettes*）

i fiammiferi 火柴（*matches*）

l'accendino 打火機（*lighter*）

16 LETTERA A UN AMICO 致友人信

✻ TESTO · 短文 ✻

Caro[(a)] Vittorio

Ho ricevuto la tua lettera e ti ringrazio per avermi scritto. Sono contento che tu stia bene e che tutto vada per il meglio[(b)]. Anch'io sto bene e sto passando delle ottime vacanze. Il 10 settembre tornerò a Taipei ed allora potremo raccontarci[(c)] le nostre vicende e chiacchierare un po'.

Nell'attesa[(d)], ti saluto caramente. Ciao.

Franco

親愛的維多利歐：*My dear Vittorio*

你的信已經收到了，謝謝你的來信。很高興你過得愉快，並且事事如意。我現在也很好，正有個很棒的假期；九月十日我將回台北，屆時我們可以聊聊天彼此交換心得。*I received your letter and I thank you for writing me. I'm happy you're well and everything is going for the best. I'm well, too, and I'm spending a really good holiday. I will be back to Taipei on September 10 and then we'll tell each other our ups and downs and chat for a while.*

同時真誠地祝福你。再會。*In the meantime, I give you my dearest regards. See you.*

佛朗哥 *Franco*

＊ IDIOTISMO・慣用語＊

(a) caro ＝ 親愛的（*(my) dear*）

在寫給朋友的書信中，會以「caro」作為書信起頭的標準形式。至於較為正式的信函，則會以「egregio（卓越的）」或「illustre（顯赫的）」來作為開頭。例如：

Egregio(/-a) Signore(/-a) … / Illustre(/-i) Signore(/-a) … ＝ 高貴的先生（/女士）…… *Dear Sir (/Madam)*

(b) per il meglio ＝ 再好不過（*for the best*）

(c) raccontarci ＝ 彼此告訴對方（*to tell each other*）

(d) nell'attesa ＝ 同時（*in the meantime*）

※其字面上的意義為「等候（*waiting for*）」

＊ GRAMMATICA・文法＊

1. 假設語氣現在式的動詞變化

義大利文動詞的假設語氣（Congiuntivo，或稱虛擬語氣）具有四種時態變化型態，亦即「現在式（Presente）」、「未完成式（Imperfetto）」、「過去式（Passato）」，以及「過去完成式（Trapassato）」。本書作為義大利語的基礎教材，在此僅先介紹假設語氣現在式的動詞變化及相關用法。

[1.] 規則動詞的假設語氣現在式變化如下：

CONGIUNTIVO	parlare 說 (*to talk*)		credere 相信 (*to believe*)		partire 出發 (*to leave*)	
presente 現在式	parl-i parl-i parl-i	parl-iamo parl-iate parl-ino	cred-a cred-a cred-a	cred-iamo cred-iate cred-ano	part-a part-a part-a	part-iamo part-iate part-ano

[2.] 不規則動詞的假設語氣現在式變化如下：

CONGIUNTIVO	essere 是 (*to be*)		avere 有 (*to have*)		andare 去 (*to go*)		stare 是，在 (*to be; to stay*)	
presente 現在式	sia sia sia	siamo siate siano	abbia abbia abbia	abbiamo abbiate abbiano	vad-a vad-a vad-a	and-iamo and-iate vad-ano	stia stia stia	stiamo stiate stiano

2. 假設語氣的使用

[1.] 假設語氣的基本使用概念

在義大利文中，假設語氣（/虛擬語氣）會用於表達情感（愉快、遺憾…等）、意志（希望、要求、偏好…等）、必須性（責任…等）或不確定性（假設、祈使、懷疑…等）的子句中。換言之，凡是帶有非現實或可能性意味的附屬子句，其動詞便應使用假設語氣。例如：

Sono contento che tu stia bene. = 很高興你過得很愉快。*I'm happy you're well.* [表達情感]

Credo che questo vestito ti stia bene. = 我覺得這套衣服適合你。*I think this dress suits you.* [表達不確定]

Mi dispiace che tu vada via. = 我很遺憾你離開。*I'm sorry you are going away.* [表達情感]

È necessario che tu studi. = 你唸書這是應該的（/你應該唸書）。*It is necessary for you to study.* [表達必須性]

Non so se questo sia possibile o no. = 我不知道這是可能的或是不可能的。*I don't know whether this is possible or not.* [表達懷疑]

[2.] 假設語氣的構句原則

在義大利文中，假設語氣的使用尚須考量主要子句與附屬子句的主詞是否一致：當附屬子句的主詞與主要子句不同時，附屬子句便會使用假設語氣動詞。例如：

Voglio che tu vada…… ＝ 我要你去…… *I want you to go…….*

當附屬子句的主詞與主要子句相同時，則會使用不定詞。例如：

Voglio andare…… ＝ 我要去…… *I want to go……*

當主要子句為無人稱形式、且附屬子句也未指定主詞時，則使用不定詞；若附屬子句已特定了主詞，則會使用假設語氣動詞。例如：

È necessario andare. ＝ 必須去。*It's necessary to go.* [沒有指定主詞]

È necessario che io vada. ＝ 我必須去。*I have to go.* [有指定主詞]

[3.] 假設語氣現在式的其他作用

① 替代直述語氣未來式：根據上下文的脈絡，有時候假設語氣現在式會具有未來時態的意涵。例如：

Credo che egli venga domani. ＝ 我認為他明天會來。*I think he will come tomorrow.*

È possibile che piova. ＝ 可能會下雨。*It may rain.*

② 構成命令句或祈使句：假設語氣現在式的第三人稱（單數或複數）型態也會用於表現命令句或祈使句的禮貌形式。例如：

Prego, si accomodi! ＝ 請坐！*Have a seat, please!*

Prego, vengano! ＝ 請過來一下！*Come, please.*

Mi faccia provare questo vestito! ＝ 請讓我試穿這件衣服！*Let me try this dress on (please)!*

3. 不定詞過去式（過去不定詞）

在義大利文中，不定詞過去式（過去不定詞）是由助動詞「essere」或「avere」的動詞原型（不定詞現在式）搭配個別動詞的過去分詞所構成。其組合原則為：及物動詞使用助動詞「avere」的動詞原型；不及物動詞、被動語態動詞，以及反身動詞則使用助動詞「essere」的動詞原型。例如：

[及物動詞] avere mangiato. = 吃了。*to have eaten.*

[不及物動詞] essere andato. = 去了。*to have gone.*

[被動語態動詞] essere visto. = 被看見。*to be seen.*

[反身動詞] essersi vestito. = 穿好衣服。*to have dressed.*

4.「tutto」的運用

在義大利文中，「tutto」一詞可作為代名詞、形容詞，或副詞來使用。

[1.] 作為代名詞的「tutto」

單數型態的代名詞「tutto」意指「每一件事物（*everything*）」。例如：

Sono contento che tutto vada per il meglio. = 我很高興事事如意。*I'm happy everything is going for the best.*

複數型態的「tutti」則意指「每一個人（*everyone*）」。例如：

Tutti dicono che egli è molto intelligente. = 所有的人都說他非常聰明。*Everyone says he's very smart.*

[2.] 作為形容詞的「tutto」

形容詞「tutto」無論以單數或複數型態呈現，皆意指「全部（*all*）」。例如：

Tutto il mondo. = 全世界。*All the world.*

Tutti gli amici. =所有的朋友。*All the friends.*

[3.] 作為副詞的「tutto」

副詞「tutto」意指「完全地（*completely*）」。儘管作為副詞，但仍保有性別與單複數的字尾變化型態，從而在使用時須與其所相關的形容詞或名詞，於性別及單複數上有所一致。例如：

Sono tutto bagnato. ＝ 我全濕透了。*I'm completely wet.*

Sei tutta bagnata. ＝ 妳全濕透了。*You are completely wet.*

5. 日期的表示

在義大利文中，完整的日期表示方法依序為「日期」、「月份」、「年份」。在書信中所標註的日期無需使用冠詞，除此之外的其他情況都需在日期之前加上冠詞。例如：

Oggi è il 5 dicermbre. ＝ 今天是 12 月 5 日。*Today is december 5th.*

[書信] Milano, 8 agosto 2011. ＝ 2011 年 8 月 8 日於米蘭。*Milan, August 8, 2011.*

義大利文在表示日期時，除了每月的 1 日會使用序數外，其餘日期都使用基數。例如：

Oggi è il cinque dicembre. ＝ 今天是 12 月 5 日。*Today is december 5th*

Ieri era il primo marzo. ＝ 昨天是 3 月 1 日。*Yesterday was first of march.*

當論及某世紀或是某朝代的紀年時，則使用序數表示。例如：

Nel terzo secolo dopo Cristo (d.C.). ＝ 在西元 3 世紀。*In the third century A. D.*

Nel quinto anno di K'ang-hsi. ＝ 在康熙 5 年。*In the fifth year of Kang-hsi.*

✱ APPENDICE+・生活漫談 ✱

※ 寄信

若您在義大利想去郵局（I' Ufficio Postale）寄掛號信（la raccomandata）或是快遞信件（l'espresso），別忘了在下午四點鐘之前一定要到達，因為義大利的郵局四點鐘就關門了。

✱ VOCABOLARIO+・主題字彙 ✱

1. POSTA 郵政

la Posta Centrale 郵政總局（*general post office*）

l'ufficio postale 郵局（*post office*）

la casella postale 郵政信箱（*pob (post office box)*）

la lettera assicurata 報值郵件（*insured letter*）

il pacchetto postale 郵政包裹（*parcel post*）

la lettera 信件（*letter*）

le stampe 印刷品（*printed matter*）

la cartolina 明信片（*post-card*）

la posta ordinaria 平信（*ordinary mail*）

l'espresso 快信（*express*）

la via aerea 航空信件（*by airmail*）

la via mare 海運郵件（*sea mail*）

la raccomandata 掛號信件（*registered letter*）

la raccomandata con ricevuta di ritorno 雙掛號（*registered letter with a.r.*）

il mittente 寄件人（*sender*）

il destinatario 收件人（*adressee*）

il francobollo 郵票（*stamp*）

2. Riferimenti di Tempo 時間用語

a.C. (avanti Cristo) 紀元前（*b.C. (before Christ)*）

d.C (dopo Cristo) 紀元後（*a.C. (after Christ)*）

il fine settimana 週末（*week-end*）

il secolo 世紀（*century*）

la generazione 世代（*generation*）

il centenario 一百週年紀念（*centenary*）

il bicentenario 二百週年紀念（*bicentenary*）

il tricentenario 三百週年紀念（*tricentenary*）

17 UNA TELEFONATA 打電話

* CONVERSAZIONE・會話 *

Maria, Felice e Signor Colombo		瑪莉亞、菲力契和哥倫布先生
Felice	–	Pronto! Signor Colombo? Buona sera! C'è per favore la signorina Maria? Sono un suo amico, Felice. 喂！哥倫布先生嗎？晚安！請問瑪莉亞小姐在嗎？我是菲力契，她的一個朋友。*Hello! Mister Colombo? Good evening! Is Miss Mary at home, please? I'm Felice, a friend of her.*
Colombo	–	Sì, c'è. Un attimo[a] che la chiamo. 是的，她在。稍等，我叫她。*Yes, she is there (/she is at home). Just a moment. I'll call her.*
Felice	–	Grazie tante.[b] 非常謝謝你。*Thank you very much.*
Maria	–	Pronto? Sono io, Maria. Ciao, Felice! Come mai questa telefonata? 喂？我是瑪莉亞。你好，菲力契。有什麼事嗎？*Hello? It's me, Mary. Hi, Felice! Why this phone call?*
Felice	–	Stasera voglio invitarti a cena. 今晚我想請妳吃飯。*I want to invite you to have dinner, tonight.*
Maria	–	Davvero?[c] Che gentile![d] Dove? 真的嗎？你真好！在哪？*Really? How kind of you! Where?*
Felice	–	Al ristorante cinese. Ti va? 在一家中國餐館，好吧？*At a chinese restaurant. Is it O.K. to you?*

Maria – Benissimo. A che ora?

真棒！幾點？*Really fine, (at) What time?*

Felice – Alle sette. Passo a prenderti.(e)

七點。我過來接妳。*At seven o'clock. I'll come and pick you up.*

Maria – Va bene. Non salire. Aspettami in strada. Suona il campanello e scenderò subito(f).

好！不用上來。就在街上等我。只要按門鈴，我就馬上下來。*O.K. Don't come up. Wait for me on the street. Just ring the bell and I'll come down in a minute.*

Felice – Intesi!(g) Ma non farmi aspettare(h)!

好的！但是不要讓我久等！*O.K. But don't keep me waiting!*

Maria – Sì, va bene! Noioso!

好啦！好啦！真煩人！*O.K., O.K. How boring!*

Felice – Ciao, bella!(i) A stasera.(l)

再見，（甜心），今晚見。*Bye-bye! See you tonight.*

✻ IDIOTISMO・慣用語 ✻

(a) Un attimo! ＝ 等一下！稍等！（*Just a moment!*）

(b) Grazie tante. ＝ 非常謝謝。（*Thank you very much.*）

(c) Davvero? ＝ 真的？（*Really?*）

(d) Che gentile! ＝ 這麼客氣！你真好！（*How kind of you!*）

當「che」之後銜接形容詞或名詞時，意指「多麼…！（*how...! what a ...!*）」，用於表達驚嘆之意。例如：

Che bravo! ＝ 多麼聰明啊！*How clever!*

Che gioranta! ＝ 多棒（/多可怕）的一天！*What a day!*

(e) Passo a prenderti. ＝ 我將會過來接你。（*I will come and pick you up.*）

當動詞「prendere（拿，取）」以人為受詞時，則意指「接某人」。例如：

Verrò a prenderti all'aeroporto. ＝ 我會到機場接你。*I will come and meet you at the airport.*

(f) subito ＝ 立刻，馬上（*at once*）

(g) Intesi! ＝ 好的！（*O.K. (I agree)*）

(h) farsi aspettare ＝ 使（某人）久候（*keep someone waiting*）

(i) Ciao, bella. ＝ 再見（*Bye-bye*）

形容詞「bello / bella」意指「漂亮的」，當它用於親近熟絡的交談時，則僅在表達對人的友誼與好感。

(l) a stasera ＝ 今晚見（*See you tonight*）

✻ GRAMMATICA・文法 ✻

1. 命令語氣的動詞變化

義大利文動詞的命令語氣只有一種時態，亦即「命令語氣現在式（Imperativo Presente）」，其動詞變化如下：

[1.] 規則動詞

IMPERATIVO	presente 現在式	
parlare 說 （*to talk*）	– **(tu) parl-a** (lei) parl-i	(noi) parl-iamo **(voi) parl-ate** (loro) parl-ino
vedere 看 （*to see*）	– **(tu) ved-i** (lei) ved-a	(noi) ved-iamo **(voi) ved-ete** (loro) ved-ano
sentire 聽 （*to hear*）	– **(tu) sent-i** (lei) sent-a	(noi) sent-iamo **(voi) sent-ite** (loro) sent-ano

命令語氣現在式的動詞型態與直述語氣現在式多有相同之處，尤其是在「-ere」與「-ire」動詞的部份，在使用時應多加留意分辨。例如：

命令語氣現在式	**直述語氣現在式**
Parla! ＝ [你/妳] 說！*Speak!*	(Tu) parli. ＝ 你/妳說。*You speak.*
Vedi! ＝ [你/妳] 看！*Look!*	(Tu) vedi. ＝ 你/妳看。*You see.*
Senti! ＝ [你/妳] 聽！*Listen!*	(Tu) senti. ＝ 你/妳聽。*You hear.*

[2.] 不規則動詞

IMPERATIVO	presente 現在式	
essere 是 (*to be*)	– **(tu) sii** (lei) sia	(noi) siamo **(voi) siate** (loro) siano
avere 有 (*to have*)	– **(tu) abbi** (lei) abbia	(noi) abbiamo **(voi) abbiate** (loro) abbiano
stare 是 / 在 (*to be; to stay*)	– **(tu) stai** (lei) stia	(noi) stiamo **(voi) state** (loro) stiano
dire 說 (*to say, to tell*)	– **di'** dica	diciamo **dite** dicano
fare 做 (*to do, to make*)	– **fai** faccia	facciamo **fate** facciano

2. 命令句的表達

在義大利文中，用來表現命令或勸告的命令語句，具有親暱形式與禮貌形式等兩種表達方式：

[1.] 親暱形式的命令句

親暱形式的命令句即以動詞的命令語氣現在式第二人稱（單或複數：tu ＝ 你/妳，voi ＝ 你/妳們）所構成的命令句，用於表現肯定意思的命令；若搭配有受詞代名詞時，則受詞代名詞須直接附加在動詞之後。例如：

Aspettami in strada. ＝ 在街上等我！*Wait for me on the street!*

Suona il campanello. ＝ 按門鈴！*Ring the bell!*

Aspettate! ＝ 等一會兒！*Wait!*

否定意思的命令句則會使用不定詞的現在式（即動詞原型）來表現，在搭配受詞代名詞的情況下，受詞代名詞也須直接附加在動詞原型之後。例如：

Non **salire**. ＝ 不要上來。*Don't come up.*

Non **farmi** aspettare. ＝ 不要讓我久等。*Don't keep me waiting.*

Non **aspettarmi**. ＝ 不用等我。*Don't wait for me.*

[2.] 禮貌形式的命令句

無論是要表達肯定或否定的意思，禮貌形式的命令句通常會使用動詞的假設語氣現在式（Congiuntivo Presente）第三人稱型態（單或複數：Lei ＝ 您，Loro ＝ 您們）來表示。其所搭配的受詞代名詞仍採一般用法，無須附加在動詞之後。例如：

Mi **telefoni** stasera. ＝ 今晚，請[您]打電話給我。*(Please) Call me tonight.*

Si **accomodi**. ＝ [您]請坐。*Have a seat (please).*

Si **accomodino**. ＝ [您們]請坐。*Have a seat (please).*

當命令的內容涉及第三者時，為了避免人稱上的混淆，此時會以「che ＋假設語氣現在式」的句型來表現該名第三者的「他（lui）」或「她（lei）」所涉及的動作。例如：

Che lo **faccia** lui questo lavoro! ＝讓他做這個工作！*Let' him do this job!*

Che telefoni più tardi! ＝ 告訴他等一會兒打電話來！*Tell him to call later!*

✻ APPENDICE+・生活漫談 ✻

※ 電話聯絡

您若要與一個客人或是朋友見面，事先便要打電話。若是打公用電話「il telefono pubblico」，您還要備妥電話用的硬幣。這種硬幣可以在路邊的書報攤「l'edicola」買到。一般而言，電話線上的對談情況如下：

A – Pronto!

喂！*Hallo!*

B – Pronto. Buon giorno (/Buona sera).

喂！早安（/晚安）。*Hallo. Good morning (/good evening).*

A – Buon giorno (/Buona sera). Mi dica.

早安（/晚安），有何貴幹？*Good morning (/good evening). May I help you?*

B – Sono …… C'è il signor (/la signora, la signorina) ……?

我是 ……，請問 …… 先生（/女士、小姐）在嗎？*My name is …… Is mister (/missis, miss) …… over there?*

A – Mi dispiace, non c'è.

對不起，他（/她）不在。*I'm sorry, he (/she) is not here.*

B – A che ora ritorna, più o meno?

他（/她）大概幾點會回去？*(at) What time will he (she) be back, more or less?*

A – Credo stasera, per l'ora di cena.

我想是今晚的晚餐時分。*I think (it will be) this evening, dinner time.*

B – Va bene. Allora richiamo stasera.

好，那麼我今天晚上再打電話。*O.K. I will call back this evening, then.*

A – D'accordo. Riferirò.

好的，我會轉告他（/她）。*All right. (I) will tell him (/her).*

B – Grazie e scusi per il disturbo.

謝謝您，那麻煩您了。*Thanks and sorry to give you trouble.*

A – Nessun disturbo.

一點也不會麻煩。*No trouble at all.*

若您運氣不錯，一下便找到人，那對話會是這樣的：

A – Sì, c'è. Un attimo che lo (/la) chiamo.

在，（您）等一下，我去叫他（/她）。*Yes, he (/she) is. Just a moment, please, I'll call him (/her).*

B – Grazie.

謝謝。*Thanks.*

A – Prego. Attenda.

不謝，請不要掛斷。*You're welcome. Hold the line, please.*

C – Pronto!

喂！*Hello!*

B – Pronto. Signor (/signora, signorina) ……? Buon giorno (/Buona sera).

喂，是 …… 先生（/女士、小姐）嗎？早安（/晚安）。*Hello. Mister (/missis, miss) ……? Good morning (/good evening).*

C – Oh, Buon giorno (/Buona sera) signor (/signora, signorina) …… Che piacere risentirLa. Come va?

噢，……先生（/女士、小姐）早安（/晚安），真高興接到您的電話，您好嗎？*Oh, Good morning (/good evening) Mister (/missis, miss) …… How pleased to hear from you again. How are you?*

B – Bene, grazie. E Lei?

好，謝謝，您呢？*Fine, thank you. And you?*

C – Molto bene, grazie. Quando è arrivato?

很好，謝謝，您什麼時候到的？*Very well, thank you. When did you arrive?*

B – Sono arrivato ieri (/oggi, l'altro ieri).

我昨天（/今天、前天）到的。*I arrived yesterday (/today, the day before yesterday).*

C – Benissimo. Quando possiamo vederci?

好極了，我們什麼時候可以見面？*Very well. When can we see each other?*

B – Quando vuole. Quando ha tempo?

隨您便，您什麼時候有空？*Up to you (as you like). When do you have (free) time?*

C – Domani, per me, andrebbe benissimo.

最好是明天。*Tomorrow it would be very fine to me.*

B – Va bene anche per me.

我也一樣。*It's fine to me, too.*

C – Allora ci vediamo domani. A che ora?

那麼我們明天見，幾點鐘？*See you tomorrow, then. At what time?*

B – Va bene alle dieci?

10 點好嗎？*Ten o'clock would it be O.K.?*

C – Sarebbe meglio alle undici.

11 點會比較好一些。*Eleven o'clock it would be better.*

B – Non c'è problema.

沒問題。*No problem.*

C – Allora, a domani alle undici. La vengo a prendere io in albergo.

那明天 11 點見了，我會到飯店來接您。*See you tomorrow at eleven o'clock, then. I will come to your Hotel and pick you up.*

B – Grazie, a domanil.

謝謝，明天見。*Thank you. See you tomorrow.*

C – Arrivederci, Ciao.

再見，再見。*See you. Ciao.*

B – Ciao.

再見。*Bye-bye. Ciao.*

✻ VOCABOLARIO+・主題字彙✻

LE TELEFONATE 電話

il telefono pubblico 公用電話（*public telephone*）

telefonata (la) 一通電話（*telephone call*）

intercontinentale 國際長途電話（*long distance (call)*）

interurbana 國內長途電話（*intercity (call)*）

il numero di telefono 電話號碼（*telephone number*）

il prefisso 區域號碼（*area code*）

la cabina telefonica 電話亭（*telephone booth*）

la scheda telefonica 電話卡（*phonecard*）

inserire i gettoni 投入硬幣（*to deposit the coins*）

il ricevitore 電話聽筒（*receiver*）

la bolletta telefonica 電話繳費單（*telephone bill*）

in linea 電話接通，已上線（*on the line*）

non risponde 無人接聽（*nobody answers*）

linea occupata 佔線中（*busy signal*）

18 DAL MEDICO 看醫生

* TESTO・短文 *

Oggi mi sono alzato[(a)] con un gran mal di testa. È da alcuni giorni che non mi sento bene[(b)], per cui[(c)] ho deciso di andare dal medico.

L'ambulatorio del medico non è lontano dall'università, per cui se ci[(d)] vado abbastanza per tempo non perdo[(e)] le lezioni di oggi.

今早起床頭好痛。我覺得不舒服已有幾天了。因此我決定去看醫生。*I got up with a big headache. Since a few days, I don't feel well, thus I decided to go to see a doctor.*

醫生的診所離大學不遠，如果儘早去，就不會耽誤今天的上課。*The ambulatory is not far from the university, so if I will go there early I will not miss today's classes.*

* CONVERSAZIONE・會話 *

Giuseppe e medico **約瑟夫和醫生**

Giuseppe – Buon giorno, dottore!

早安！醫生。*Good morning, doctor.*

Medico – Buon giorno, che cosa[(f)] c'è che non va?

早！有什麼不對勁嗎？*Good morning, What's wrong?*

Giuseppe – Mah![(g)] Niente di serio[(h)], penso. Però è da alcuni giorni che[(i)] non mi sento bene.

誰知道！我想不太嚴重的。不過，我覺得不舒服已有幾天了。*Who knows! Nothing serious, I think. However, since a few days I don't feel well.*

Medico – Che cosa si sente?

您覺得那兒不對勁？*What symptoms do you have?*

Giuseppe – Mal di testa al mattino, un po' di[l] debolezza e brividi di freddo.

早上頭痛，有點虛弱和冷顫。*Headache in the morning, a little weakness and shivering.*

Medico – Nessuna mancanza di appetito?

胃口不好嗎？*Any loss of appetite?*

Giuseppe – Sì, un po'.

是的，有一點點。*Yes, a little bit.*

Medico – Niente paura[m], è soltanto[n] un po' d'influenza.

不用擔心，只是輕微感冒罷了。*Don't worry, it's just a slight influenza.*

Giuseppe – Sì, lo penso anch'io[o]. Devo prendere qualche medicina?

是的，我也這麼想。我該吃點藥嗎？*Yes, I do think so, too. Should I take some medicine?*

Medico – Un po' di antibiotici, uno sciroppo ed in un paio di giorni lei sarà a posto[p].

只要吃點抗生素、糖漿，過兩天就會好的。*A little of antibiotics, a syrup and in a couple of days you will be O.K.*

Giuseppe – Grazie, dottore. Ci tengo a essere in forma[q] perchè fra alcuni giorni partirò per la montagna.

謝謝，醫生。我希望身體健康，因為過幾天我要到山上去。*Thank you, doctor. I want to be in very good shape because in a few days I will leave for the mountains.*

Medico – Può andare tranquillo[r]. Auguri[s] e buon viaggio[t]!

您大可放心。祝您早日康復，旅途愉快！*You can go as you wish. Best wishes and have a nice trip!*

✻ IDIOTISMO・慣用語 ✻

(a) alzarsi ＝ 起床（*to get up*）

(b) sentirsi bene ＝ 覺得舒服（*to feel well*）

non sentirsi bene ＝ 覺得不舒服（*to feel ill*）

sentirsi male ＝ 覺得不舒服（*to feel ill*）

(c) per cui ＝ 因此，所以（*so*）；等同於 **perciò** ＝ 因此，所以（*so*）

(d) ci ＝ 那裡（*there*）

(e) perdere ＝ 遺失（*to lose, to miss*）。例如：

Ho perso le chiavi. ＝ 我掉了鑰匙。*I lost (my) keys.*

Ho perso le lezioni, oggi. ＝ 我沒趕上今天的課。*I missed my classes, today.*

(f) che cosa ＝ 什麼？（*what?*）

che cosa c'è che non va? ＝ 有什麼不對勁之處？（*what's wrong?*）

(g) Mah! ＝ 誰知道！（*Who knows!*）

(h) Niente di serio ＝ 沒什麼嚴重（*Nothing serious*）

(i) è da …… che ＝ 從……時候開始（*it is …… since*）

當介係詞「da」用於表達時間時，若其銜接在動詞「essere」之後，則在「da」所引導的名詞之後尚須接續連接詞「che」。例如：

È da alcuni giorni che non mi sento bene. = Da alcuni giorni non mi sento bene. = 我覺得不舒服已有好幾天了。*Since a few days I don't feel well.*

(l) un po' di = 一點點（*a little bit of*）

(m) niente paura = 不要擔心，別怕（*don 't worry, don't be afraid*）

(n) soltanto = 只有（*only*）

(o) lo penso anch'io = 我也這麼想 / 我同意（*I do think so, too / I agree*）

(p) essere a posto = 一切就緒（*to be O.K.*）

tutto a posto? = [問候] 一切安好嗎？（*Everything all right?*）

(q) essere in forma = 身體健康（*to be in good shape*）

(r) andare tranquillo = 沒問題，用不著擔心（*to have no problem, to have nothing to worry about*）。例如：

Vai tranquillo! = 不要擔心！*Don't worry! (/No problem!)*

(s) Auguri = 祝好運，祝一切順利（*Best wishes*）

(t) Buon viaggio = [祝]旅途愉快（*Have a nice trip (/journey)*）

＊ GRAMMATICA・文法＊

1. 表示時間的介係詞

當義大利文的介係詞「da」用於表示時間時，其意涵便等同於英文的「*since*」，意指「從它所指出的那時開始，一直持續到現在」。例如：

Da alcuni giorni non mi sento bene. ＝ 我覺得不舒服已有幾天。*I don't feel well since a few days.*

Da quando sai parlare italiano? ＝ 你從哪時候開始會說義大利文的？*Since when can you speak Italian?*

在這種情況下，則會根據上下文的脈絡，來決定動詞要使用現在時態或是過去時態。例如：

Da quando Giuseppe è partito, Maria è molto triste. ＝ 自從約瑟夫離開後，瑪莉亞便一直很傷心。*Since Joseph left, Mary is very sad.*

若要表示未來的時間，則會使用介係詞「fra / tra（*within, in*）」。在這種情況下，動詞可以使用現在時態或未來時態。例如：

Parto fra alcuni giorni. ＝ 幾天後，我將離開。*I'll leave in a few days.*

Partirò fra alcuni giorni. ＝ 幾天後，我將離開。*I'll leave in a few days.*

當動作所指涉的時間已經完全過去，則可使用副詞「fa（～之前，～以前 | *ago*）」來搭配動詞的過去時態。例如：

Ho studiato cinese otto anni fa. ＝ 我八年前學過中文。*I studied Chinese eight years ago.*

2. 地方副詞：「ci」和「vi」

表示地方的副詞「ci」和「vi」相當於英文的「*there*」之意。（從而「c'è」、「v'è」遂等同於英文的「*there is*」;「ci sono」、「vi sono」則等同於英文的「*there are*」）

Vi sono alcune persone…… = 有一些人…… *There are some people ……*

Da molto tempo pensavo di andare a Milano, per cui ieri ci sono andato. = 我老早就想去米蘭了，所以昨天我去了那裡。*Since long I was thinking to go to Milan, so yesterday I went there.*

3. 不定形容詞與不定代名詞

[1.] 不定形容詞（/代名詞）：alcuni / alcune

不定形容詞「alcuni(/-e)」意指「一些（*some*）」，它用於指稱複數的場合，並須配合所指名詞的性別；此外，它也可以作為不定代名詞，意指「某些人（*someone*）」。例如：

Alcuni bambini. = 一些小孩。*Some children.*

Alcune donne. = 一些女人。*Some women.*

Alcuni dicono… = 有人說… *Someone says…*

Alcune dicono… = 有人說… *Someone says…*

[2.] 不定形容詞：qualche

不定形容詞「qualche」同樣意指「一些（*some*）」，它沒有詞形的變化，只會用於單數的場合，並且不能作為代名詞使用。例如：

Qualche bambino. = 一些小孩。*Some children.*

Qualche donna. = 一些女人。*Some women.*

作為不定形容詞的「alcuni / alcune」及「qualche」皆可以「dei, degli, delle」來取代。例如：

Alcune persone. = Qualche persona. = Delle persone. = 一些人。*Some people.*

[3.] 不定代名詞：qualcuno

相應於不定形容詞「qualche」的不定代名詞為「qualcuno」，意指「某（些）人（*someone*）」。它也沒有詞形的變化，並且只會用於單數的場合。例如：

Qualcuno dice… = 有人說… *Someone says…*

[4.] 不定形容詞：alcuno / alcuna

單數型態的不定形容詞「alcuno / alcuna」用於否定句時，意指「毫無（*not any*）」，例如：

Non c'è alcuna persona, qui. = 這裡，沒有任何人。*There is no one, here.*

Non hai alcun diritto di dire ciò. = 你沒有權利這麼說。*You have no right to say that.*

Senza alcun dubbio. = 毫無疑慮。*Without any doubt.*

[5.] 不定代名詞：nessuno

相應於不定形容詞「alcuno / alcuna」的不定代名詞為「nessuno」，它不具詞形變化，意指「無，沒有人（*none, no one*）」。例如：

Non c'è nessuno, qui. = 這裡，沒有任何人。*There is nobody here.*

[6.] 不定形容詞：nessuno / nessuna

當「nessuno」作為不定形容詞使用，此時，它的字尾詞形會配合被修飾名詞的性別與單複數而產生變化。例如：

Non c'è nessuna persona, qui. = 這裡，沒有任何人。*There is no one, here.*

[7.] 不定代名詞（/形容詞）：niente

不定代名詞「niente」意指「無物，無一不（*nothing, anything*）」。例如：

Non ne so niente. = 我一點都不知道這件事。*I don't know anything about it.*

然而，「niente」在口語使用上也可作為不定形容詞，用以替代不定形容詞「nesuno / nesuna」。例如：

Nessuna paura! ＝ Niente paura! ＝ 不要怕！不要擔心！*Don't be afraid! (/Don't worry!)*

＊ VOCABOLARIO+ · 主題字彙＊

1. IL CORPO UMANO 人體

la testa 頭，頭部（*head*）
il cervello 腦，大腦（*brain*）
la fronte 前額，額頭（*forehead*）
le tempie 太陽穴，顳顬（*temples*）
la guancia 臉頰（*cheek*）
la fossetta 酒窩（*dimple*）
il mento 下巴（*chin*）
la mascella 頜，顎（*jaw*）
la faccia 臉（*face*）
gli occhi 眼睛（*eyes*）
le palpebre 眼瞼（*eyelids*）
le pupille 瞳孔（*pupils*）
le orecchie 耳朵（*ears*）
il naso 鼻子（*nose*）
le narici 鼻孔（*nostrils*）
la bocca 嘴（*mouth*）
le labbra 唇（*lips*）
i denti 牙齒（*teeth*）
le gengive 牙齦，牙床（*gums*）
la lingua 舌頭（*tongue*）
la gola 喉嚨，咽喉（*throat*）
le corde vocali 聲帶（*vocal cords*）
le tonsille 扁桃腺（*tonsils*）
l'esofago 食道（*esophagus*）
i peli 毛髮（*body hairs*）
i capelli 頭髮（*hairs*）
le sopracciglia 眉毛（*eyebrows*）
le ciglia 睫毛（*eyelashes*）
la barba 鬍鬚（*beard*）
i baffi 髭（*mustaches*）
la carne 肉體（*flesh*）
la pelle 皮膚（*skin*）
il muscolo 肌肉（*muscle*）
i tendini 腱（*tendons*）
il nervo 神經（*nerve*）
il sangue 血，血液（*blood*）

il vaso sanguigno 血管（*blood vessel*）

l'arteria 動脈（*artery*）

la vena 靜脈（*vein*）

la pressione del sangue 血壓（*blood pressure*）

il gruppo sanguigno 血型（*blood group*）

l'osso, le ossa 骨（*bone*）

l'ossatura 骨架，骨骼（*frame*）

lo scheletro 骨骼，骨架（*skeleton*）

il cranio 腦殼，頭蓋骨（*skull*）

gli zigomi 頰骨，顴骨（*cheekbones*）

la mascella 顎，頜骨（*jaw, jawbone*）

la colonna vertebrale 脊柱（*spine*）

la spina dorsale 脊柱（*spine*）

le scapole 肩胛骨（*shoulder blades*）

le costole 肋骨（*ribs*）

l'osso pelvico 骨盆（*pelvis*）

ghi stinchi 脛，脛骨（*shins, tibias*）

l'articolazione 關節（*joint*）

il collo 頸（*neck*）

la nuca 後頸（*nape*）

gli arti 肢（*limbs*）

le braccia 手臂（*arms*）

le ascelle 腋窩（*armpits*）

il gomito 肘（*elbow*）

gli avambracci 前臂（*forearms*）

il polso 腕（*wrist*）

il pugno 拳頭（*fist*）

la mano 手（*hand*）

la palma 手心（*palm*）

le dita 手指，腳趾（*fingers, toe*）

il pollice 拇指（*thumb*）

l'indice 食指（*index-finger*）

il medio 中指（*middle-finger*）

l'anulare 無名指（*ring-finger*）

il mignolo 小指（*little-finger*）

le unghie 指甲（*nails*）

le gambe 腿（*legs*）

le cosce 大腿（*thighs*）

il ginocchio 膝（*knee*）

i polpacci 小腿，小腿肚（*calfs*）

la caviglia 腳踝（*ankle*）

il tallone di Achille 阿基里斯腱（*Achilles tendon*）

il tallone 腳後跟（*heel*）

i piedi 腳（*feet*）

la pianta del piede 腳掌，腳底（*sole*）

l'alluce 腳拇趾（*hallux*）

il corpo 身體（*body*）

le spalle 肩膀（*shoulders*）

il torace 胸部（*chest*）

i seni 乳房（*breasts*）

i capezzoli 乳頭（*nipples*）

la schiena 背，背部（back）

la vita 腰部（*waist*）

il ventre 腹部（*belly*）

la pancia 肚子（*belly*）

l'ombelico 肚臍（*bellybutton*）

l'anca 臀部，髖部（*hip*）

il sedere 屁股（*bottom*）

l'ano 肛門（*anus*）

i genitali 生殖器（*genitalia*）

il pene 陰莖（*penis*）

la vagina 陰道（*vagina*）

la vulva 陰戶（*vulva*）

le mestruazioni 月經（*menses*）

l'organo 器官（*organ*）

il cuore 心臟（*heart*）

i polmoni 肺（*lungs*）

le trachee 氣管（*windpipes*）

lo stomaco 胃（*stomach*）

l'intestino 腸（*intestine*）

il fegato 肝（*liver*）

la cistifellea 膽囊（*gall bladder*）

la milza 脾臟（*spleen*）

il pancreas 胰臟（*pancreas*）

i reni 腎，腎臟（*kidneys*）

la vescica 膀胱（*bladder*）

2. La Salute 健康

la salute 健康（*health*）

la malattia 病症（*illness*）

la fatica 疲乏（*fatigue*）

sano 健康的（*healthy*）

malato 生病的（*sick*）

fare male (a…) 傷害，致痛（*hurt*）

sentirsi male 感覺不適（*feel bad*）

sentirsi bene 感覺舒服（*feel well*）

avere freddo 覺得冷（*be cold*）

avere caldo 覺得熱（*be hot*）

avere fame 覺得餓（*be hungry*）

avere sete 覺得渴（*be thirsty*）

avere sonno 覺得睏（*be sleepy*）

essere stanco, chi / a, che 覺得累（*be tired*）

riposarsi 休息，放鬆（*rest, relax*）

19 In Ufficio 在辦公室裡

✻ Conversazione · 會話 ✻

Il signor Colombo e la sua segretaria 哥倫布先生和他的秘書

Segretaria – Signor Colombo, c'è di là[a] un certo signor Corti che cerca di[b] lei.

哥倫布先生，那邊有某一位寇迪先生要找您。*Mr. Colombo, a certain Mr. Corti is over there looking for you.*

Colombo – Chi?

誰？*Who?*

Segretaria – Signor Corti. Dice che[c] lei lo conosce.

寇迪先生，他說您認識他。*Mr. Corti. He says you know him.*

Colombo – Ah, sì! Ora mi ricordo[d]! Però io conosco due Corti; quale sarà dei[e] due?

啊！對！現在我記起來了。但是我認識兩個寇迪先生；他是兩人中的那一個呢？*Ah, yes! I remember, now! However, I know two Corti(s); which of them is him?*

Segretaria – Non lo so. Lo faccio entrare?[f]

我不知道。我該讓他進來嗎？*I don't know. Should I let him in?*

Colombo – Certo! Prima[g], però, gli chieda se è quel signor Corti nostro cliente, oppure quello che ho conosciuto l'anno scorso in Germania.

當然！但是先問他是我們的客戶那位寇迪先生，或是我去年在德國認識的那位寇迪先生。*Sure! But, first, please ask him whether he is that Mr. Corti who is our customer or the one I knew last year in Germany.*

Segretaria – Va bene. Il chiedere non costa nulla.

好！問一問又無傷。*O.K. Asking doesn't cost anything.*

✱ IDIOTISMO・慣用語 ✱

(a) di là ＝ （在）那邊（*over there*）。例如：

Dov'è il signor Colombo? ＝ 哥倫布先生在哪兒？*Where is Mr. Colombo?*

Di là! ＝ 在那邊。*Over there.*

(b) cercare di ＝ 找（*to look for; to try*）

(c) dice che ＝ 他說（*he/she says that*）

當「che」作為連接詞時，則意指英文的「*that*」。

(d) ricordarsi ＝ 記得（*to remember*）

也可使用及物動詞型態的 ricordare 來表現「記得」的意思。例如：

Ah, sì! Ora ricordo. ＝ 啊！對！我現在記起來了。*Ah, yes! I remember, now.*

(e) quale … di ＝ …之中的…（*which … of*）

(f) lo faccio entrare? ＝ 我該讓他進來嗎？（*(should I) let him in?*）

(g) prima ＝ 首先（*first*）

※ 注意：prima di ＝ 在…之前（*before*）。例如：

prima di andare a casa … ＝ 在回家之前… *before going home…*

＊ GRAMMATICA・文法＊

1. 不定形容詞與不定代名詞：「un certo / una certa」、「certi(/-e)」

不定形容詞「un certo / una certa」意指「某（一）個（*a certain*）」，它只有單數的形式，用於指稱單數的人或物，並須配合其指稱對象的性別。例如：

un certo signor Colombo. = 某一位哥倫布先生。*a certain Mr. Colombo. (/one Mr. Colombo).*

una certa signorina Maria. = 某一位瑪莉亞小姐。*a certain miss Maria.*

複數型態的不定形容詞「certi / certe」也可作為（不定）代名詞，它與先前介紹過的不定形容詞（/代名詞）「alcuni (/-e)」相同，都意指「某（一）些（*some, someone*）」，用於指稱複數的人或物，在使用時也須配合其指稱對象的性別。例如：

certe persone = alcune persone. = 某些人（/一些人）。*some people.*

certi dicono… = 有（些）人說…*someone says…*

2. 不定詞作為名詞

義大利文動詞的不定詞有時也會轉化作為陽性單數的名詞，用以表示抽象的動作概念，它在作用上就如同英文的「動名詞（*gerund, V-ing form*）」。使用上為了避免詞類上的混淆，通常會在作為名詞使用的不定詞之前加上定冠詞。例如：

Il parlare non costa nulla. = 說說話又無傷。*Talking doesn't cost anything.*

Il bere fa male alla salute. = 飲酒有害健康。*Drinking can harm your health.*

3. 疑問代名詞：「chi?」、「che cosa?」、「quale(/-i)?」

[1.] 疑問代名詞：chi?

疑問代名詞「chi」僅用於指稱人，意指「誰？（*who?*）」；它沒有詞形上的變化，可用於表示直接問句或間接問句。例如：

Chi è quel giovanotto? ＝ 那個年輕人是誰？*Who is that young man?*

Chi lavora vive contento. ＝ 工作的人生活地很快樂。*He who works lives happily.*

Di chi è questo libro? ＝ 這本書是誰的？*Whose book is this?*

[2.] 疑問代名詞：che cosa?

疑問代名詞「che cosa」則用於指稱事物，意指「什麼？（*what?*）」；它也不具有詞形上的變化，但只能用於表示直接問句。例如：

Che cosa stai dicendo? ＝ 你正在說些什麼？*What are you saying?*

Che cosa vuoi? ＝ 你想要什麼？*What do you want?*

[3.] 疑問代名詞：quale(/-i)?

疑問代名詞「quale, quali」可用於指稱人或事物，意指「什麼？哪個？哪些？（*what? which one? which?* ）」；它具有性別及單複數的詞形變化，單數形式為「il (/la) quale」，複數形式則為「i (/le) quali」；若置於第三人稱單數的助動詞「è」之前，則須略去詞尾，以「qual'」的形式呈現。例如：

Qual'è il tuo libro? ＝ 那一本是你的書？*Which is your book?*

Quali sono i tuoi amici? ＝ 那些人是你的朋友？*Which are your friends?*

4. 疑問形容詞：「quale(/-i)」、「che」

當「quale, quali」作為疑問形容詞使用時，意指「什麼，哪個，哪些（*what, which*）」，其詞形變化及用法如同前揭的疑問代名詞。例如：

Quali amici verranno da te domani? ＝ 明天有那些朋友會到你家？*What friends will come to see you tomorrow?*

Quale macchina ti piace di più? = 你最喜歡那一輛車？*Which car do you like most?*

當「che」作為疑問形容詞時，意指「什麼，哪個，哪些（*what, which*）」；它仍不具詞形變化，並可取代疑問形容詞「quale, quali」的使用。例如：

Che amici verranno da te domani? = 明天有那些朋友會到你家？*What friends will come to see you tomorrow?*

Che macchina preferisce? = 他比較喜歡那種（/那輛）車？*What car does he like better?*

20 FINE DELL'ANNO ACCADEMICO 學期末

* CONVERSAZIONE・會話 *

Franco, Vittorio e Carla **佛朗哥、維多利歐和卡娜**

Franco – Finalmente, l'anno accademico sta per[a] finire.

終於，學期要結束了。*The academic year is going to end, finally!*

Vittorio – Già, è ora![b] Quello che mi dispiace, però, è che anche la nostra vita di studenti sta per finire.

真的，是時候了！然而遺憾的是我們的學生生涯也快要結束了。*True, it is high time! However, what I regret is that our life as students is going to end, too.*

Carla – Certo. Ora dovremo cercarci un lavoro.

是呀，現在我們應該開始找工作。*Sure. Now, we will have to look for a job.*

Franco – La vita da impiegati non sarà così facile come quella da studenti.

職場生活不會像學生生活那麼容易過。*The employee's life won't be as easy as that of student's life.*

Carla – Comunque, potremo utilizzare quanto[c] abbiamo appreso all'università. Ho intenzione di cercarmi un lavoro in cui possa utilizzare lo spagnolo.

無論如何，我們可以將大學裡所學的學以致用。我打算找一個能用西班牙文的工作。*Anyway, we will be able to use what we learned at the university. I have a mind to look for a job which will allow me to use Spanish.*

Vittorio – Buona idea. Io, invece[d], rimando ogni decisione fino a[e] dopo il servizio militare.

好主意，而我必須暫緩所有計畫直到我服完兵役。*Good idea. On the contrary, I will postopone every decision till after my military service.*

Franco – Io spero di trovare un posto di lavoro che mi faccia utilizzare[(f)] l'italiano.

我希望能找到一個能讓我運用義大利文的工作。*I hope to find a job that could let me to use Italian.*

✻ IDIOTISMO・慣用語 ✻

(a) sta per / stare per ＝ 即將要做一些事情（*to be going (or about) to do something; to be on the point of doing something*）

(b) è ora! ＝ 終於！總算！（*it is high time!*）

(c) quanto ＝ 那個（人/事物）（*who, what*）

關係代名詞「quanto」等同於「quello che」，兩者可以交替使用。例如：

Quanto tu dici è vero. ＝ 你說的是真的。*What you say is true.*

Quello che tu dici è vero. ＝ 你說的是真的。*What you say is true.*

(d) invece ＝ 相反地（*on the contrary*）

(e) fino a … ＝ 直到（*till, until*）

(f) farsi utilizzare ＝ 讓（某人）用（*to let (someone) use*）

動詞 fare 搭配上另外一個動詞的不定詞，則會有許多不同的意思。例如：

farsi aspettare ＝ 使（某人）等待（*to keep (someone) waiting*）

farsi dire ＝ 使（某人）說（*to make (someone) to say*）

farsi venire ＝ 使（某人）來（*to get (someone) to come*）

farsi fare ＝ 使（某人）做（*to let (someone) to do*）

✻ GRAMMATICA・文法 ✻

1. 關係代名詞：quello che

在義大利文中，由指示代名詞「quello」搭配關係代名詞「che」所構成的詞組「quello che」會被視為是一個關係代名詞，用於指稱人或事物，意義相當於英文的「*who*」或「*what*」之意。在使用時須在性別與單複數上配合它所指涉的名詞。例如：

Quello che tu dici non è vero. ＝ 你說的不是真的。*What you say is not true.*

Quelli che tu vedi sono miei amici. ＝ 你看到的那些人是我的朋友。*Those whom you see are friends of mine.*

2. 關係代名詞：cui

關係代名詞「cui」可以用於指稱「人」，也可以指稱「動物」及「事」。它不具詞形變化，且只用作介係詞受詞。例如：

La persona a cui tu stai parlando. ＝ 你所交談的那個人。*The person whom you are talking to.*

La macchina di cui ti parlavo ieri. ＝ 昨天我對你談到的那部車子。*The car about I was talking to you yesterday.*

關係代名詞「il (/la) quale; i (/le) quali」在意義上等同於「cui」，兩者可以相互替代。但須留意「il (/la) quale; i (/le) quali」的使用須配合其所指涉名詞的性別及單複數。例如：

La persona alla quale stai parlando. = 你所交談的那個人。*The person whom you are talking to.*

La macchina della quale ti parlavo ieri. = 昨天我對你談到的那部車子。*The car about I was talking to you yesterday.*

Le macchine delle quali …… = ……的那些車子。*The cars about which……*

尚需留意的是，關係代名詞「cui」及「il (/la) quale; i (/le) quali」都須直接接續在介係詞之後：「cui」沒有再搭配定冠詞的餘地，至於「il (/la) quale; i (/le) quali」的定冠詞則不可省略。

3. 關係代名詞：che

關係代名詞「che」相當於英文的「*which*」、「*what*」或「*whom*」，它並不具詞形的變化，且僅能作為直接受詞使用。例如：

La persona che ho visto ieri. = 昨天我見過的那個人。*The person (whom) I saw yesterday.*

Le persone che ho visto ieri. = 昨天我見過的那些人。*The people (whom) I saw yesterday.*

4. 同級的比較

同級的比較可以透過以下幾種句型來表達：

[1.]「così＋形容詞＋come」。例如：

Non sarà così facile come…… = 並未同……一樣簡單。*It won't be as easy as……*

[2.]「tanto＋形容詞＋quanto」。例如：

Egli è tanto intelligente quanto te. = 他與你一樣聰明。*He is as much intelligent as you are.*

[3.] 「動詞＋tanto quanto」。例如：

Io lavoro tanto quanto te. ＝ 我同你一般地工作。*I work as much as you do.*

附帶一提的是，句型「tanto＋名詞 A＋quanto＋名詞 B」並未具有比較的意思，而是指「A 和 B（都）…」(*both A and B...*)。例如：

Tanto gli uomini quanto le donne…… ＝ 男人和女人（都）……*Both men and women…....*

但若呈現為複數型態的句型「tanti quanti / tante quante」或「tanti(/-e) … quanti(/-e)」時，則意指「一樣多」。例如：

Ci sono tante donne quanti uomini. ＝ 有一樣多的男人和女人。*There are as many women as men.*

Le donne sono tante quante gli uomini. ＝ 女人和男人一樣多。*Women are as many as men.*

Gli uomini sono tanti quanti le donne. ＝ 男人和女人一樣多。*Men are as many as women.*

L'APPENDICE
附錄

附錄 1 文法索引

文法項目（加框線部分為本書未介紹之文法項目）	章節段落標題
LA FONOLOGIA 語音論	[參見以下各項目]
L'ALFABETO 字母	0-1. 字母
LE VOCALI 母音	0-2. 母音
LE CONSONANTI 子音	0-3. 子音
L'ACCENTO 重音	[參見以下各項目]
La Sillaba 音節	0-4. 重音
L'Accento Tonico 重讀	0-4. 重音
L'Accento Grave 重音符號	0-4. 重音
LA LINGUA PRAMMATICA 語言使用	1-2. 親暱形式和禮貌形式・2-4. 陳述與疑問時的字序・7-1. 時刻的表達・8-1. 月份名稱・9-1. 星期名稱・14-2. 感嘆句的表達・16-5. 日期的表示
COMPARATIVO 比較的表達	12-2. 不同級的比較・14-3. 最高級的表達・14-4. 比較級與最高級的不規則型態・20-4. 同級的比較
L'ARTICOLO 冠詞	3-3. 述語名詞的冠詞使用

L'ARTICOLO DETERMINATIVO 定冠詞	2-2. 單數定冠詞・2-3. 國籍和語文名稱的定冠詞使用・3-1. 頭銜的定冠詞使用・3-6. 複數定冠詞・4-1. 一般名詞的定冠詞使用・7-2. 介係詞與定冠詞的連寫・11-1. 餐點名稱與定冠詞・16-5. 日期的表示
L'ARTICOLO INDETERMINATIVO 不定冠詞	3-2. 單數不定冠詞・6-1. 無需使用不定冠詞的受詞名詞
IL NOME (IL SOSTANTIVO) 名詞	2-1. 名詞的性別・3-5. 名詞的複數型態・4-1. 一般名詞的定冠詞使用・7-1. 時刻的表達・8-1. 月份名稱・9-1. 星期名稱
L'AGGETTIVO 形容詞	3-7. 形容詞的字尾變化・5-2. 形容詞字尾的脫落・16-4.「tutto」的運用
AGGETTIVI QUALIFICATIVI 性質形容詞	3-4. 性質形容詞的擺放位置（I）・5-1. 性質形容詞的擺放位置（II）
AGGETTIVI DETERMINATIVI 限定形容詞	[參見以下各項目]
Aggettivi Possessivi 所有格形容詞 / 物主形容詞	4-2. 所有格形容詞與所有格代名詞
Aggettivi Dimostrativi 指示形容詞	15-1. 指示代名詞與指示形容詞：questo、codesto、quel / quello
Aggettivi Indefiniti 不定形容詞	13-1. 不定形容詞：dei, degli, delle・18-3. 不定形容詞與不定代名詞・19-1. 不定形容詞與不定代名詞：「un certo / una certa」、「certi(/-e)」
Aggettivi Interrogativi 疑問形容詞	19-4. 疑問形容詞：「quale(/-i)」、「che」
NUMERALI 數詞	[參見以下各項目]
Numerali Cardinali 基數	6-2. 基數的表達（I）：1 – 100・15-2. 基數的表達（II）：101 – 3.000.000
Numerali Ordinali 序數	12-1. 序數的表達：1 – 100

IL PRONOME 代名詞	[參見以下各項目]
PRONOMI PERSONALI 人稱代名詞	1-1. 主格人稱代名詞・1-2. 親暱形式和禮貌形式・5-3. 受詞人稱代名詞・4-3. 無詞形變化的代名詞：ne
PRONOMI RIFLESSIVI 反身代名詞	4-3. 反身代名詞
PRONOMI POSSESSIVI 所有格代名詞（/物主代名詞）	4-2. 所有格形容詞與所有格代名詞
PRONOMI DIMOSTRATIVI 指示代名詞	4-3. 無詞形變化的代名詞：ne・14-1. 直接受詞代名詞：lo・15-1. 指示代名詞與指示形容詞：questo、codesto、quel / quello
PRONOMI INDEFINITI 不定代名詞	16-4. 「tutto」的運用・18-3. 不定形容詞與不定代名詞・19-1. 不定形容詞與不定代名詞：「un certo / una certa」、「certi(/-e)」
PRONOMI RELATIVI 關係代名詞	20-1. 關係代名詞：quello che・20-2. 關係代名詞：cui・20-3. 關係代名詞：che
PRONOMI INTERROGATIVI 疑問代名詞	19-3. 疑問代名詞：「che?」、「che cosa?」、「quale(/-i)」
IL VERBO 動詞	6-4. 反身動詞：chiamarsi
VOCE PASSIVA 被動語態	4-4 直述語氣現在完成式・7-3 直述語氣現在完成式：過去分詞與主詞的一致・16-3 不定詞過去式（過去不定詞）
INDICATIVO 直述語氣	[參見以下各項目]

Presente 現在式	3-8. 直述語氣現在式的動詞變化・5-4. 不規則動詞的變化型態：直述語氣現在式・8-2. 不規則動詞的直述語氣現在式變化：sapere・9-2. 不規則動詞的直述語氣現在式變化：preferire、uscire・9-3. 規則動詞的直述語氣現在式變化：-care、-gare・11-2. 表示未來時間的現在式
Passato Prossimo 現在完成式	4-4. 直述語氣現在完成式・7-3. 直述語氣現在完成式：過去分詞與主詞的一致
Imperfetto 未完成式	10-1. 直述語氣未完成式・10-3. 規則動詞的變化型態：直述語氣的未完成式及過去式・11-3. 動詞的不規則變化型態：直述語氣的未完成式及過去式
Trapassato Prossimo 過去未完成式	--
Passato Remoto 過去式（/完成式）	10-2. 直述語氣過去式（/完成式）・10-3. 規則動詞的變化型態：直述語氣的未完成式及過去式・11-3. 動詞的不規則變化型態：直述語氣的未完成式及過去式
Trapassato Remoto 過去完成式	--
Futuro Semplice 未來式	13-2. 直述語氣未來式的動詞變化・13-3. 直述語氣未來式的運用
Futuro Anteriore 未來完成式	--
CONGIUNTIVO 假設語氣（/虛擬語氣）	16-2. 假設語氣的使用・17-2. 命令句的表達
Presente 現在式	16-1. 假設語氣現在式的動詞變化
Passato 過去式	--
Imperfetto 未完成式	--
Trapassato 過去完成式	--

CONDIZIONALE 條件語氣	15-4. 條件語氣的運用
Presente / Semplice 現在式 / 簡單式	15-3. 條件語氣的動詞變化
Passato / Composto 過去式 / 複合式	15-3. 條件語氣的動詞變化
IMPERATIVO 命令語氣	17-2. 命令句的表達
Presente 現在式	17-1. 命令語氣的動詞變化
INFINITO 不定詞	[參見以下各項目]
Presente 現在式	17-2. 命令句的表達・19-2. 不定詞作為名詞
Passato 過去式	16-3. 不定詞過去式（過去不定詞）
PARTICIPIO 分詞	[參見以下各項目]
Presente 現在式	--
Passato 過去式	4-5. 過去分詞（分詞過去式）
GERUNDIO 動名詞	--
L'AVVERBIO 副詞	16-4. 「tutto」的運用・18-2. 地方副詞：「ci」和「vi」
LA PREPOSIZIONE 介係詞	7-2. 介係詞與定冠詞的連寫・18-1. 表示時間的介係詞

附錄 2 動詞變化表

表　次

1. Avere 有 *to have*
2. Essere 是，在 *to be*
3. Parlare 說 *to talk, to say*
4. Credere 相信 *to believe*
5. Partire 出發，離開 *to leave*
6. Finire 結束 *to finish*
7. Trovarsi 覺得 *to find oneself*
8. Andare 去，走 *to go*
9. Dare 給 *to give*
10. Fare 做 *to do*
11. Stare 是；在 *to be; to stay*
12. Bere 喝 *to drink*
13. Cadere 掉落 *to fall*
14. Dovere 必須 *must, to have to*
15. Piacere 喜歡 *to like*
16. Potere 能 *can, to be able*
17. Produrre 生產，產生 *to produce*
18. Rimanere 逗留 *to remain*
19. Sapere 知道 *to know*
20. Scegliere 選擇，挑選 *to select*
21: Spegnere 關掉 *to switch off*
22. Tenere 拿；保留 *to take; to keep*
23. Vedere 看，看見 *to see*
24. Vivere 生活，過活 *to live*
25. Volere 想要，渴望 *want, to desire*
26. Dire 告訴，說 *to say, to tell*
27. Uscire 出去；離開 *to exit; to leave*
28. Venire 來 *to come*

A. 助動詞：「avere」及「essere」

義大利文有兩個助動詞 avere 及 essere 會個別運用在所有動詞的變化之中，儘管它們各自具有獨立的詞義，但在作為動詞變化的助動詞時，便不再具有實質上的詞義，而僅具備構成複合式、限定動詞的人稱、時態、語態、語氣等功能。

1. avere（有 | *to have*）

avere 本身為不規則變化的動詞，並以 avere 作為其動詞變化的助動詞（參見表【1. Avere】）；此外，avere 也作為所有及物動詞與少數不及物動詞的動詞變化助動詞。

2. essere（是，在 | *to be*）

essere 本身也是不規則變化的動詞，並以 essere 作為助動詞（參見表【2. Essere】）；此外，及物動詞的被動語態、反身動詞，以及大部分的不及物動詞皆須以 essere 作為動詞變化的助動詞。

有些動詞同時具有及物動詞與不及物動詞的作用及意涵，當其作為及物動詞時，便須以 avere 作為動詞變化的助動詞；當其作為不及物動詞時，則可能以 avere 或 essere 來作為動詞變化的助動詞。就結果而論，這類動詞有可能是：① 純粹只會以 avere 作為動詞變化的助動詞；或者 ② 依其及物與不及物的作用及意涵來決定其動詞變化的助動詞：作為及物動詞時的助動詞為 avere，作為不及物動詞時的助動詞為 essere。

B. 動詞的規則變化：「-are」、「-ere」及「-ire」

義大利文的動詞原型主要具有「-are」、「-ere」，及「-ire」這三組字尾形式，從而動詞的規則變化也會以這三組字尾進行類型區分。

1. 第一組規則變化

凡是動詞原型字尾為「-are」者，其規則變化的字尾形態皆比照 parlare（說 | *to talk, to say*）的字尾變化型態。（參見表【3. Parlare】）

某些第一組規則變化的動詞會有字根局部變化的現象，這些動詞包括：

① 在字根結尾為「-c」、「-g」的情況下，亦即動詞原型字尾為「-care」、「-gare」者，在遇有以母音「i-」、「e-」開頭的字尾變化型態時，其字根須再加上「h」作為結尾，亦即「-c」變為「-ch」、「-g」變為「-gh」。

② 在字根結尾為「-i」的情況下，亦即動詞原型字尾為「-iare」者，在遇有以母音「i-」開頭的字尾變化型態時，該字根結尾的「-i」便須刪減，而僅保留字尾開頭的「i-」。

③ 在字根結尾為「-gn」的情況下，亦即動詞原型字尾為「-gnare」者，在遇有以母音「i-」開頭的字尾變化型態時，該字尾開頭的「i-」可得簡略。

2. 第二組規則變化

凡是動詞原型字尾為「-ere」者，其規則變化的字尾型態皆比照 credere（相信 | *to believe*）的字尾變化型態。（參見表【4. Credere】）

有些適用此組規則變化的動詞在直述語氣過去式的第一人稱單數、第三人稱單數、第三人稱複數，以及過去分詞會呈現不規則的變

化型態。（參見表【4-1】）

3. 第三組規則變化

凡是動詞原型字尾為「-ire」者，其可能會分別再適用於兩類規則變化的字尾型態，亦即比照 partire（出發 | *to leave*）或 finire（結束 | *to finish*）的字尾變化型態。（參見表【5. Partire】及表【6. Finire】）

C. 反身動詞的變化型態

反身動詞的變化型態將比照其相對應的動詞，但須搭配反身代名詞，並以 essere 作為助動詞。反身代名詞、動詞與助動詞的搭配位置參見表【7. Trovarsi】。

D. 不規則動詞

當動詞變化的型態未按照前揭三組規則變化的標準時，即可歸類為不規則動詞。不規則動詞的變化型態未必全然毫無規則可言，在後揭的動詞變化表中，我們也將逐一表列出現在本書的不規則動詞。

1. 動詞原型以「-are」結尾的不規則動詞

參見表【8. Andare】、表【9. Dare】、表【10. Fare】、表【11. Stare】。

2. 動詞原型以「-ere」結尾的不規則動詞

參見表【12. Bere】、表【13. Cadere】、表【14. Dovere】、表【15. Piacere】、表【16. Potere】、表【17. Produrre】、表【18. Rimanere】、表【19. Sapere】、表【20. Scegliere】、表【21. Spegnere】、表【22. Tenere】、表【23. Vedere】、表【24. Vivere】、表【25. Volere】。

3. 動詞原型以「-ire」結尾的不規則動詞

參見表【26. Dire】、表【27. Uscire】、表【28. Venire】。

1. AVERE

有（*to have*）

[及物動詞：avere]

INDICATIVO 直述語氣					
presente 現在式	ho hai ha	abbiamo avete haono	passato prossimo 現在完成式	ho avuto hai avuto ha avuto	abbiamo avuto avete avuto haono avuto
imperfetto 未完成式	avevo avevi aveva	avevamo avevate avevano	trapassato prossimo 過去未完成式	avevo avuto avevi avuto aveva avuto	avevamo avuto avevate avuto avevano avuto
passato remoto 過去[/完成]式	ebbi avesti ebbe	avemmo aveste ebbero	trapassato remoto 過去完成式	ebbi avuto avesti avuto ebbe avuto	avemmo avuto aveste avuto ebbero avuto
futuro semplice 未來式	avrò avrai avrà	avremo avrete avranno	futuro anteriore 未來完成式	avrò avuto avrai avuto avrà avuto	avremo avuto avrete avuto avranno avuto

CONGIUNTIVO 假設（/虛擬）語氣					
presente 現在式	abbia abbia abbia	abbiamo abbiate abbiano	passato 過去式	abbia avuto abbia avuto abbia avuto	abbiamo avuto abbiate avuto abbiano avuto
imperfetto 未完成式	avessi avessi avesse	avessimo aveste avessero	trapassato 過去完成式	avessi avuto avessi avuto avesse avuto	avessimo avuto aveste avuto avessero avuto

CONDIZIONALE 條件語氣					
presente / semplice 現在[/簡單]式	avrei avresti avrebbe	avremmo avreste avrebbero	passato / composto 過去[/複合]式	avrei avuto avresti avuto avrebbe avuto	avremmo avuto avreste avuto avrebbero avuto

IMPERATIVO 命令語氣		
presente 現在式	-- abbi abbia	abbiamo abbiate abbiano

PARTICIPIO 分詞	
presente 現在式	passato 過去式
avente/i	**avuto/a/i/e**

INFINITO 不定詞	
presente 現在式	passato 過去式
avere	avere avuto

GERUNDIO 動名詞	
presente 現在式	passato 過去式
avendo	avendo avuto

2. ESSERE

是，在（*to be*）

[不及物動詞：essere]

INDICATIVO 直述語氣					
presente 現在式	sono sei è	siamo siete sono	passato prossimo 現在完成式	sono stato/a sei stato/a è stato/a	siamo stati/e siete stati/e sono stati/e
imperfetto 未完成式	ero eri era	eravamo eravate erano	trapassato prossimo 過去未完成式	ero stato/a eri stato/a era stato/a	eravamo stati/e eravate stati/e erano stati/e
passato remoto 過去[/完成]式	fui fosti fu	fummo foste furono	trapassato remoto 過去完成式	fui stato/a fosti stato/a fu stato/a	fummo stati/e foste stati/e furono stati/e
futuro semplice 未來式	sarò sarai sarà	saremo sarete saranno	futuro anteriore 未來完成式	sarò stato/a sarai stato/a sarà stato/a	saremo stati/e sarete stati/e saranno stati/e
CONGIUNTIVO 假設（/虛擬）語氣					
presente 現在式	sia sia sia	siamo siate siano	passato 過去式	sia stato/a sia stato/a sia stato/a	siamo stati/e siate stati/e siano stati/e
imperfetto 未完成式	fossi fossi fosse	fossimo foste fossero	trapassato 過去完成式	fossi stato/a fossi stato/a fosse stato/a	fossimo stati/e foste stati/e fossero stati/e
CONDIZIONALE 條件語氣					
presente / semplice 現在[/簡單]式	sarei saresti sarebbe	saremmo sareste sarebbero	passato / composto 過去[/複合]式	sarei stato/a saresti stato/a sarebbe stato/a	saremmo stati/e sareste stati/e sarebbero stati/e

IMPERATIVO 命令語氣		
presente 現在式	-- sii sia	siamo siate siano

PARTICIPIO 分詞	
presente 現在式	passato 過去式
--	**ststo/a/i/e**

INFINITO 不定詞	
presente 現在式	passato 過去式
essere	essere stato/a/i/e

GERUNDIO 動名詞	
presente 現在式	passato 過去式
essendo	essendo stato/a/i/e

3. PARLARE

說（*to talk, to say*）

[及物/不及物動詞：avere]

INDICATIVO 直述語氣					
presente 現在式	parl-o parl-i parl-a	parl-iamo parl-ate parl-ano	passato prossimo 現在完成式	ho parlato hai parlato ha parlato	abbiamo parlato avete parlato haono parlato
imperfetto 未完成式	parl-avo parl-avi parl-ava	parl-avamo parl-avate parl-avano	trapassato prossimo 過去未完成式	avevo parlato avevi parlato aveva parlato	avevamo parlato avevate parlato avevano parlato
passato remoto 過去[/完成]式	parl-ai parl-asti parl-ò	parl-ammo parl-aste parl-arono	trapassato remoto 過去完成式	ebbi parlato avesti parlato ebbe parlato	avemmo parlato aveste parlato ebbero parlato
futuro semplice 未來式	parl-erò parl-erai parl-erà	parl-eremo parl-erete parl-eranno	futuro anteriore 未來完成式	avrò parlato avrai parlato avrà parlato	avremo parlato avrete parlato avranno parlato
CONGIUNTIVO 假設（/虛擬）語氣					
presente 現在式	parl-i parl-i parl-i	parliamo parl-iate parl-ino	passato 過去式	abbia parlato abbia parlato abbia parlato	abbiamo parlato abbiate parlato abbiano parlato
imperfetto 未完成式	parl-assi parl-assi parl-asse	parl-assimo parl-aste parl-assero	trapassato 過去完成式	avessi parlato avessi parlato avesse parlato	avessimo parlato aveste parlato avessero parlato
CONDIZIONALE 條件語氣					
presente / semplice 現在[/簡單]式	parl-erei parl-eresti parl-erebbe	parl-eremmo parl-ereste parl-erebbero	passato / composto 過去[/複合]式	avrei parlato avresti parlato avrebbe parlato	avremmo parlato avreste parlato avrebbero parlato

IMPERATIVO 命令語氣		
presente 現在式	-- parl-a parl-i	parl-iamo parl-ate parl-ino

PARTICIPIO 分詞	
presente 現在式	passato 過去式
parl-ante/i	**parl-ato/a/i/e**

INFINITO 不定詞	
presente 現在式	passato 過去式
parl-are	avere parlato

GERUNDIO 動名詞	
presente 現在式	passato 過去式
parl-ando	avendo parlato

※ 出現在本書中，適用此組動詞變化的動詞尚有：accomodarsi, alzarsi, amare, arrivare, ascoltare, aspettare, attraversare, aumentare, ballare, calmare, cantare, cenare, chiacchierare, chiamare, chiamarsi, comperare, comprare, confermare, costare, desiderare, dichiarare, disturbare, entrare, esportare, evitare, fidarsi, figurare, girare, guardare, importare, indossare, intentare, invitare, laurearsi, lavorare, moderare, ordinare, osservare, passare, pensare, portare, pranzare, preoccupare, preparare, presentare, provare, raccontare, raffreddarsi, recitare, richiamare, ricordare, ricordarsi, rientrare, rimandare, riposarsi, ritornare, saltare, salutare, sciare, scusare, sembrare, sopportare, sperare, sputare, strozzare, suonare (sonare), telefonare, terminare, tirare, tornare, trovare, trovarsi, usare, utilizzare；字根產生局部變化的此組動詞則有：**[-care]** cercare, giocare, mancare, nevicare, recarsi; **[-gare]** impiegare, pagare; **[-iare]** abbaiare, consigliare, mangiare, noleggiare, ringraziare, studiare, viaggiare; **[-gnare]** insegnare.

4. CREDERE

相信（*to believe*）

[及物/不及物動詞：avere]

INDICATIVO 直述語氣					
presente 現在式	cred-o cred-i cred-e	cred-iamo cred-ete cred-ono	passato prossimo 現在完成式	ho creduto hai creduto ha creduto	abbiamo creduto avete creduto haono creduto
imperfetto 未完成式	cred-evo cred-evi cred-eva	cred-evamo cred-evate cred-evano	trapassato prossimo 過去未完成式	avevo creduto avevi creduto aveva creduto	avevamo creduto avevate creduto avevano creduto
passato remoto 過去[/完成]式	cred-etti/-ei cred-esti cred-ette/-è	cred-emmo cred-este cred-ettero/-erono	trapassato remoto 過去完成式	ebbi creduto avesti creduto ebbe creduto	avemmo creduto aveste creduto ebbero creduto
futuro semplice 未來式	cred-erò cred-erai cred-erà	cred-eremo cred-erete cred-eranno	futuro anteriore 未來完成式	avrò creduto avrai creduto avrà creduto	avremo creduto avrete creduto avranno creduto
CONGIUNTIVO 假設（/虛擬）語氣					
presente 現在式	cred-a cred-a cred-a	cred-iamo cred-iate cred-ano	passato 過去式	abbia creduto abbia creduto abbia creduto	abbiamo creduto abbiate creduto abbiano creduto
imperfetto 未完成式	cred-essi cred-essi cred-esse	cred-essimo cred-este cred-essero	trapassato 過去完成式	avessi creduto avessi creduto avesse creduto	avessimo creduto aveste creduto avessero creduto
CONDIZIONALE 條件語氣					
presente / semplice 現在[/簡單]式	cred-erei cred-eresti cred-erebbe	cred-eremmo cred-ereste cred-erebbero	passato / composto 過去[/複合]式	avrei creduto avresti creduto avrebbe creduto	avremmo creduto avreste creduto avrebbero creduto

IMPERATIVO 命令語氣		
presente 現在式	-- cred-i cred-a	cred-iamo cred-ete cred-ano

PARTICIPIO 分詞	
presente 現在式	passato 過去式
cred-ente/i	**cred-uto/a/i/e**

INFINITO 不定詞	
presente 現在式	passato 過去式
cred-ere	avere creduto

GERUNDIO 動名詞	
presente 現在式	passato 過去式
cred-endo	avendo creduto

※ 出現在本書中，適用此組動詞變化的動詞尚有：ricevere, ricredersi.

※ 有些動詞雖適用此組動詞變化，但其直述語氣過去式的第一人稱單數、第三人稱單數、第三人稱複數，以及過去分詞皆會呈現不規則的變化型態。出現在本書中的此類動詞有：**[-dere]** chiedere, chiudere, decidere, perdere; **[-endere]** attendere, apprendere, prendere, prendersi, scendere; **[-ondere]** nascondersi, rispondere; **[-gere]** capovolgere, dirigersi; **[-rere]** trascorrere; **[-tere]** permettere; **[-scere]** conoscere, conoscersi; **[-vere]** descrivere, piovere, scrivere。各動詞所呈現的局部不規則型態則參見下頁表【4-1】。

4-1：第二組規則變化中的局部不規則型態

VERBI 動詞	PARTICIPIO 分詞 passato 過去式	INDICATIVO 直述語氣 passato remoto 過去[/完成]式		
		[1° sing.]	[3° sing.]	[3° pl.]
chiedere	chie-sto	chie-si	chie-se	chie-sero
chiudere	chiu-so	chiu-si	chiu-se	chiu-sero
decidere	deci-so	deci-si	deci-se	deci-sero
perdere	per-so	per-si	per-se	per-sero
attendere	atte-so	atte-si	atte-se	atte-sero
apprendere	appre-so	appre-si	appre-se	appre-sero
prendere	pre-so	pre-si	pre-se	pre-sero
prendersi	pre-sosi, isi / asi, esi	mi pre-si	si pre-se	si pre-sero
scendere	sce-so, i / a, e	sce-si	sce-se	sce-sero
nascondersi	nasco-sto	nasco-si	nasco-se	nasco-sero
rispondere	rispo-sto	rispo-si	rispo-se	rispo-sero
capovolgere	capovol-to	capovol-si	capovol-se	capovol-sero
dirigersi	dir-ettosi, isi / asi, esi	mi dir-essi	si dir-esse	si dir-essero
trascorrere	trascor-so	trascor-si	trascor-se	trascor-sero
permettere	perme-sso	perm-isi	perm-ise	perm-isero
conoscere	conosc-iuto	cono-bbi	cono-bbe	cono-bbero
conoscersi	conosc-iutosi, isi / asi, esi	mi cono-bbi	si cono-bbe	si cono-bbero
descrivere	descri-tto	descri-ssi	descri-sse	descri-ssero
piovere	piov-uto	--	piov-ve	--
scrivere	scri-tto	scri-ssi	scri-sse	scri-ssero

5. PARTIRE

出發，離開（*to leave*）

[不及物動詞：essere]

INDICATIVO 直述語氣					
presente 現在式	part-o part-i part-e	part-iamo part-ite part-ono	passato prossimo 現在完成式	sono partito/a sei partito/a è partito/a	siamo partiti/e siete partiti/e sono partiti/e
imperfetto 未完成式	part-ivo part-ivi part-iva	part-ivamo part-ivate part-ivano	trapassato prossimo 過去未完成式	ero partito/a eri partito/a era partito/a	eravamo partiti/e eravate partiti/e erano partiti/e
passato remoto 過去[/完成]式	part-ii part-isti part-i	part-immo part-iste part-irono	trapassato remoto 過去完成式	fui partito/a fosti partito/a fu partito/a	fummo partiti/e foste partiti/e furono partiti/e
futuro semplice 未來式	part-irò part-irai part-irà	part-iremo part-irete part-iranno	futuro anteriore 未來完成式	sarò partito/a sarai partito/a sarà partito/a	saremo partiti/e sarete partiti/e saranno partiti/e
CONGIUNTIVO 假設（/虛擬）語氣					
presente 現在式	part-a part-a part-a	part-iamo part-iate part-ano	passato 過去式	sia partito/a sia partito/a sia partito/a	siamo partiti/e siate partiti/e siano partiti/e
imperfetto 未完成式	part-issi part-issi part-isse	part-issimo part-iste part-issero	trapassato 過去完成式	fossi partito/a fossi partito/a fosse partito/a	fossimo partiti/e foste partiti/e fossero partiti/e
CONDIZIONALE 條件語氣					
presente / semplice 現在[/簡單]式	part-irei part-iresti part-irebbe	part-iremmo part-ireste part-irebbero	passato / composto 過去[/複合]式	sarei partito/a saresti partito/a sarebbe partito/a	saremmo partiti/e sareste partiti/e sarebbero partiti/e

IMPERATIVO 命令語氣		
presente 現在式	-- part-i part-a	part-iamo part-ite part-ano

PARTICIPIO 分詞	
presente 現在式	passato 過去式
part-ente/i	**part-ito/a/i/e**

INFINITO 不定詞	
presente 現在式	passato 過去式
part-ire	essere partito/a/i/e

GERUNDIO 動名詞	
presente 現在式	passato 過去式
part-endo	essendo partito/a/i/e

※ 出現在本書中，適用此組動詞變化的動詞尚有：divertirsi, dormire, riempire, risentire, seguire, sentire, sentirsi, vestire.

※ 出現在本書的動詞 aprire 也適用於此組動詞變化，但其過去分詞為不規則型態的 aperto；此外，其直述語氣的過去式除有規則變化的型態外，另有[1° sing.] apersi、[3° sing.] aperse、[3° pl.] apersero 等不規則型態。

※ 出現在本書的動詞 salire 也適用於此組動詞變化，但在直述語氣現在式的第一人稱單數及第三人稱複數、假設語氣現在式所有人稱的單數及第三人稱複數，其字根須改為「salg-」。

6. FINIRE

結束（*to end, to finish*）

[及物動詞：avere / 不及物動詞：essere]

INDICATIVO 直述語氣					
presente 現在式	fin-isco fin-isci fin-isce	fin-iamo fin-ite fin-iscono	passato prossimo 現在完成式	ho finito hai finito ha finito	abbiamo finito avete finito hanno finito
imperfetto 未完成式	fin-ivo fin-ivi fin-iva	fin-ivamo fin-ivate fin-ivano	trapassato prossimo 過去未完成式	avevo finito avevi finito aveva finito	avevamo finito avevate finito avevano finito
passato remoto 過去[/完成]式	fin-ii fin-isti fin-ì	fin-immo fin-iste fin-irono	trapassato remoto 過去完成式	ebbi finito avesti finito ebbe finito	avemmo finito aveste finito ebbero finito
futuro semplice 未來式	fin-irò fin-irai fin-irà	fin-iremo fin-irete fin-iranno	futuro anteriore 未來完成式	avrò finito avrai finito avrà finito	avremo finito avrete finito avranno finito

CONGIUNTIVO 假設（/虛擬）語氣					
presente 現在式	fin-isca fin-isca fin-isca	fin-iamo fin-iate fin-iscano	passato 過去式	abbia finito abbia finito abbia finito	abbiamo finito abbiate finito abbiano finito
imperfetto 未完成式	fin-issi fin-issi fin-isse	fin-issimo fin-iste fin-issero	trapassato 過去完成式	avessi finito avessi finito avesse finito	avessimo finito aveste finito avessero finito

CONDIZIONALE 條件語氣					
presente / semplice 現在[/簡單]式	fin-irei fin-iresti fin-irebbe	fin-iremmo fin-ireste fin-irebbero	passato / composto 過去[/複合]式	avrei finito avresti finito avrebbe finito	avremmo finito avreste finito avrebbero finito

IMPERATIVO 命令語氣		
presente 現在式	-- fin-isci fin-isca	fin-iamo fin-ite fin-iscano

PARTICIPIO 分詞	
presente 現在式	passato 過去式
fin-ente/i	**fin-ito/a/i/e**

INFINITO 不定詞	
presente 現在式	passato 過去式
fin-ire	avere finito

GERUNDIO 動名詞	
presente 現在式	passato 過去式
fin-endo	avendo finito

※ 出現在本書中，適用此組動詞變化的動詞尚有：agire, capire, colpire, ferirsi, gradire, inserire, preferire, riferire, spedire.

7. TROVARSI

覺得（*to find oneself*）

[反身動詞：essere]

INDICATIVO 直述語氣					
presente 現在式	mi trov-o ti trov-i si trov-a	ci trov-iamo vi trov-ate si trov-ano	passato prossimo 現在完成式	mi sono trovato/a ti sei trovato/a si è trovato/a	ci siamo trovati/e vi siete trovati/e si sono trovati/e
imperfetto 未完成式	mi trov-avo ti trov-avi si trov-ava	ci trov-avamo vi trov-avate si trov-avano	trapassato prossimo 過去未完成式	mi ero trovato/a ti eri trovato/a si era trovato/a	ci eravamo trovati/e vi eravate trovati/e si erano trovati/e
passato remoto 過去[/完成]式	mi trov-ai ti trov-asti si trov-ò	ci trov-ammo vi trov-aste si trov-arono	trapassato remoto 過去完成式	mi fui trovato/a ti fosti trovato/a si fu trovato/a	ci fummo trovati/e vi foste trovati/e si furono trovati/e
futuro semplice 未來式	mi trov-erò ti trov-erai si trov-erà	ci trov-eremo vi trov-erete si trov-eranno	futuro anteriore 未來完成式	mi sarò trovato/a ti sarai trovato/a si sarà trovato/a	ci saremo trovati/e vi sarete trovati/e si saranno trovati/e

CONGIUNTIVO 假設（/虛擬）語氣					
presente 現在式	mi trovi ti trovi si trovi	ci troviamo vi troviate si trovino	passato 過去式	mi sia trovato/a ti sia trovato/a si sia trovato/a	ci siamo trovati/e vi siate trovati/e si siano trovati/e
imperfetto 未完成式	mi trovassi ti trovassi si trovasse	ci trovassimo vi trovaste si trovassero	trapassato 過去完成式	mi fossi trovato/a ti fossi trovato/a si fosse trovato/a	ci fossimo trovati/e vi foste trovati/e si fossero trovati/e

CONDIZIONALE 條件語氣					
presente / semplice 現在[/簡單]式	mi trov-erei ti trov-eresti si trov-erebbe	ci trov-eremmo vi trov-ereste si trov-erebbero	passato / composto 過去[/複合]式	mi sarei trovato/a ti saresti trovato/a si sarebbe trovato/a	ci saremmo trovati/e vi sareste trovati/e si sarebbero trovati/e

IMPERATIVO 命令語氣		
presente 現在式	-- trov-ati si trov-i	trov-iamoci trov-atevi si trov-ino

PARTICIPIO 分詞	
presente 現在式	passato 過去式
trov-ante/i-si	**trov-ato/a/i/e-si**

INFINITO 不定詞	
presente 現在式	passato 過去式
trov-arsi	essersi trovato/a/i/e

GERUNDIO 動名詞	
presente 現在式	passato 過去式
trov-andosi	essendosi trovato/a/i/e

8. ANDARE

去，走（*to go*）

[不及物動詞：essere]

INDICATIVO 直述語氣					
presente 現在式	vado vai va	and-iamo and-ate vanno	passato prossimo 現在完成式	sono andato/a sei andato/a è andato/a	siamo andati/e siete andati/e sono andati/e
imperfetto 未完成式	and-avo and-avi and-ava	and-avamo and-avate and-avano	trapassato prossimo 過去未完成式	ero andato/a eri andato/a era andato/a	eravamo andati/e eravate andati/e erano andati/e
passato remoto 過去[/完成]式	and-ai and-asti and-ò	and-ammo and-aste and-arono	trapassato remoto 過去完成式	fui andato/a fosti andato/a fu andato/a	fummo andati/e foste andati/e furono andati/e
futuro semplice 未來式	and-rò and-rai and-rà	and-remo and-rete and-ranno	futuro anteriore 未來完成式	sarò andato/a sarai andato/a sarà andato/a	saremo andati/e sarete andati/e saranno andati/e

CONGIUNTIVO 假設（/虛擬）語氣					
presente 現在式	vada vada vada	and-iamo and-iate vadano	passato 過去式	sia andato/a sia andato/a sia andato/a	siamo andati/e siate andati/e siano andati/e
imperfetto 未完成式	and-assi and-assi and-asse	and-assimo and-aste and-assero	trapassato 過去完成式	fossi andato/a fossi andato/a fosse andato/a	fossimo andati/e foste andati/e fossero andati/e

CONDIZIONALE 條件語氣					
presente / semplice 現在[/簡單]式	and-rei and-resti and-rebbe	and-remmo and-reste and-rebbero	passato / composto 過去[/複合]式	sarei andato/a saresti andato/a sarebbe andato/a	saremmo andati/e sareste andati/e sarebbero andati/e

IMPERATIVO 命令語氣		
presente 現在式	-- vai, va' vada	and-iamo and-ate vadano

PARTICIPIO 分詞	
presente 現在式	passato 過去式
and-ante/i	**and-ato/a/i/e**

INFINITO 不定詞	
presente 現在式	passato 過去式
and-are	essere andato/a/i/e

GERUNDIO 動名詞	
presente 現在式	passato 過去式
and-ando	essando andato/a/i/e

9. DARE

給（*to give*）

[及物動詞：avere]

INDICATIVO 直述語氣					
presente 現在式	dò dai dà	diamo date danno	passato prossimo 現在完成式	ho dato hai dato ha dato	abbiamo dato avete dato hanno dato
imperfetto 未完成式	da-vo da-vi da-va	da-vamo da-vate da-vano	trapassato prossimo 過去未完成式	avevo dato avevi dato aveva dato	avevamo dato avevate dato avevano dato
passato remoto 過去[/完成]式	diedi, detti desti diede, dette	demmo deste diedero, dettero	trapassato remoto 過去完成式	ebbi dato avesti dato ebbe dato	avemmo dato aveste dato ebbero dato
futuro semplice 未來式	dar-ò dar-ai dar-à	dar-emo dar-ete dar-anno	futuro anteriore 未來完成式	avrò dato avrai dato avrà dato	avremo dato avrete dato avranno dato

CONGIUNTIVO 假設（/虛擬）語氣					
presente 現在式	dia dia dia	diamo diate diano	passato 過去式	abbia dato abbia dato abbia dato	abbiamo dato abbiate dato abbiano dato
imperfetto 未完成式	dessi dessi desse	dessimo deste dessero	trapassato 過去完成式	avessi dato avessi dato avesse dato	avessimo dato aveste dato avessero dato

CONDIZIONALE 條件語氣					
presente / semplice 現在[/簡單]式	dar-ei dar-esti dar-ebbe	dar-emmo dar-este dar-ebbero	passato / composto 過去[/複合]式	avrei dato avresti dato avrebbe dato	avremmo dato avreste dato avrebbero dato

IMPERATIVO 命令語氣		
presente 現在式	-- dai, da', dà dia	diamo date diano

PARTICIPIO 分詞	
presente 現在式	passato 過去式
dante/i	**dato/a/i/e**

INFINITO 不定詞	
presente 現在式	passato 過去式
dare	avere dato

GERUNDIO 動名詞	
presente 現在式	passato 過去式
dando	avendo dato

10. FARE

做（*to do*）

[及物/不及物動詞：avere]

INDICATIVO 直述語氣					
presente 現在式	faccio fai fa	fac-ciamo fate fanno	passato prossimo 現在完成式	ho fatto hai fatto ha fatto	abbiamo fatto avete fatto hanno fatto
imperfetto 未完成式	facevo facevi faceva	facevamo facevate facevano	trapassato prossimo 過去未完成式	avevo fatto avevi fatto aveva fatto	avevamo fatto avevate fatto avevano fatto
passato remoto 過去[/完成]式	feci facesti fece	facemmo faceste fecero	trapassato remoto 過去完成式	ebbi fatto avesti fatto ebbe fatto	avemmo fatto aveste fatto ebbero fatto
futuro semplice 未來式	farò farai farà	far-emo far-ete far-anno	futuro anteriore 未來完成式	avrò fatto avrai fatto avrà fatto	avremo fatto avrete fatto avranno fatto
CONGIUNTIVO 假設（/虛擬）語氣					
presente 現在式	fac-cia fac-cia fac-cia	fac-ciamo fac-ciate fac-ciano	passato 過去式	abbia fatto abbia fatto abbia fatto	abbiamo fatto abbiate fatto abbiano fatto
imperfetto 未完成式	fac-essi fac-essi fac-esse	fac-essimo fac-este fac-essero	trapassato 過去完成式	avessi fatto avessi fatto avesse fatto	avessimo fatto aveste fatto avessero fatto
CONDIZIONALE 條件語氣					
presente / semplice 現在[/簡單]式	far-ei far-esti far-ebbe	far-emmo far-este far-ebbero	passato / composto 過去[/複合]式	avrei fatto avresti fatto avrebbe fatto	avremmo fatto avreste fatto avrebbero fatto

IMPERATIVO 命令語氣		
presente 現在式	-- fai, fa' fac-cia	fac-ciamo fate fac-ciano

PARTICIPIO 分詞	
presente 現在式	passato 過去式
fac-ente/i	**fatto/a/i/e**

INFINITO 不定詞	
presente 現在式	passato 過去式
fare	avere fatto

GERUNDIO 動名詞	
presente 現在式	passato 過去式
fac-endo	avendo fatto

※ 出現在本書中，適用此組動詞變化的動詞尚有：rifare.

11. STARE

是；在（*to be; to stay*）

[不及物動詞：essere]

INDICATIVO 直述語氣					
presente 現在式	st-o st-ai st-à	st-iamo st-ate st-anno	passato prossimo 現在完成式	sono stato/a sei stato/a è stato/a	siamo stati/e siete stati/e sono stati/e
imperfetto 未完成式	st-avo st-avi st-ava	st-avamo st-avate st-avano	trapassato prossimo 過去未完成式	ero stato/a eri stato/a era stato/a	eravamo stati/e eravate stati/e erano stati/e
passato remoto 過去[/完成]式	st-etti st-esti st-ette	st-emmo st-este st-ettero	trapassato remoto 過去完成式	ui stato/a fosti stato/a fu stato/a	fummo stati/e foste stati/e furono stati/e
futuro semplice 未來式	st-arò st-arai st-arà	st-aremo st-arete st-aranno	futuro anteriore 未來完成式	sarò stato/a sarai stato/a sarà stato/a	saremo stati/e sarete stati/e saranno stati/e

CONGIUNTIVO 假設（/虛擬）語氣					
presente 現在式	st-ia st-ia st-ia	st-iamo st-iate st-iano	passato 過去式	sia stato/a sia stato/a sia stato/a	siamo stati/e siate stati/e siano stati/e
imperfetto 未完成式	st-essi st-essi st-esse	st-essimo st-este st-essero	trapassato 過去完成式	fossi stato/a fossi stato/a fosse stato/a	fossimo stati/e foste stati/e fossero stati/e

CONDIZIONALE 條件語氣					
presente / semplice 現在[/簡單]式	st-arei st-aresti st-arebbe	st-aremmo st-areste st-arebbero	passato / composto 過去[/複合]式	sarei stato/a saresti stato/a sarebbe stato/a	saremmo stati/e sareste stati/e sarebbero stati/e

IMPERATIVO 命令語氣		
presente 現在式	-- st-ai, sta' st-ia	st-iamo st-ate st-iano

PARTICIPIO 分詞	
presente 現在式	passato 過去式
st-ante/i	**st-ato/a/i/e**

INFINITO 不定詞	
presente 現在式	passato 過去式
st-are	essere stato/a/i/e

GERUNDIO 動名詞	
presente 現在式	passato 過去式
st-ando	essendo stato/a/i/e

12. Bere

喝（*to drink*）

[及物動詞：avere]

Indicativo 直述語氣					
presente 現在式	bev-o bev-i bev-e	bev-iamo bev-ete bev-ono	passato prossimo 現在完成式	ho bevuto hai bevuto ha bevuto	abbiamo bevuto avete bevuto hanno bevuto
imperfetto 未完成式	bev-evo bev-evi bev-eva	bev-evamo bev-evate bev-evano	trapassato prossimo 過去未完成式	avevo bevuto avevi bevuto aveva bevuto	avevamo bevuto avevate bevuto avevano bevuto
passato remoto 過去[/完成]式	bev-vi bev-esti bev-ve	bev-emmo bev-este bev-vero	trapassato remoto 過去完成式	ebbi bevuto avesti bevuto ebbe bevuto	avemmo bevuto aveste bevuto ebbero bevuto
futuro semplice 未來式	ber-rò ber-rai ber-rà	ber-remo ber-rete ber-ranno	futuro anteriore 未來完成式	avrò bevuto avrai bevuto avrà bevuto	avremo bevuto avrete bevuto avranno bevuto
Congiuntivo 假設（/虛擬）語氣					
presente 現在式	bev-a bev-a bev-a	bev-iamo bev-iate bev-ano	passato 過去式	abbia bevuto abbia bevuto abbia bevuto	abbiamo bevuto abbiate bevuto abbiano bevuto
imperfetto 未完成式	bev-essi bev-essi bev-esse	bev-essimo bev-este bev-essero	trapassato 過去完成式	avessi bevuto avessi bevuto avesse bevuto	avessimo bevuto aveste bevuto avessero bevuto
Condizionale 條件語氣					
presente / semplice 現在[/簡單]式	ber-rei ber-resti ber-rebbe	ber-remmo ber-reste ber-rebbero	passato / composto 過去[/複合]式	avrei bevuto avresti bevuto avrebbe bevuto	avremmo bevuto avreste bevuto avrebbero bevuto

Imperativo 命令語氣		
presente 現在式	-- bev-i bev-a	bev-iamo bev-ete bev-ano

Participio 分詞	
presente 現在式	passato 過去式
bev-ente/i	**bev-uto/a/i/e**

Infinito 不定詞	
presente 現在式	passato 過去式
bere	avere bevuto

Gerundio 動名詞	
presente 現在式	passato 過去式
bev-endo	avendo bevuto

13. Cadere

掉落（*to fall*）

[不及物動詞：essere]

Indicativo 直述語氣					
presente 現在式	cad-o cad-i cad-e	cad-iamo cad-ete cad-ono	passato prossimo 現在完成式	sono caduto/a sei caduto/a è caduto/a	siamo caduti/e siete caduti/e sono caduti/e
imperfetto 未完成式	cad-evo cad-evi cad-eva	cad-evamo cad-evate cad-evano	trapassato prossimo 過去未完成式	ero caduto/a eri caduto/a era caduto/a	eravamo caduti/e eravate caduti/e erano caduti/e
passato remoto 過去[/完成]式	cad-di cad-esti cad-de	cad-emmo cad-este cad-dero	trapassato remoto 過去完成式	ui caduto/a fosti caduto/a fu caduto/a	fummo caduti/e foste caduti/e furono caduti/e
futuro semplice 未來式	cad-rò cad-rai cad-rà	cad-remo cad-rete cad-ranno	futuro anteriore 未來完成式	sarò caduto/a sarai caduto/a sarà caduto/a	saremo caduti/e sarete caduti/e saranno caduti/e

Congiuntivo 假設（/虛擬）語氣					
presente 現在式	cad-a cad-a cad-a	cad-iamo cad-iate cad-ano	passato 過去式	sia caduto/a sia caduto/a sia caduto/a	siamo caduti/e siate caduti/e siano caduti/e
imperfetto 未完成式	cad-essi cad-essi cad-esse	cad-essimo cad-este cad-essero	trapassato 過去完成式	fossi caduto/a fossi caduto/a fosse caduto/a	fossimo caduti/e foste caduti/e fossero caduti/e

Condizionale 條件語氣					
presente / semplice 現在[/簡單]式	cad-rei cad-resti cad-rebbe	cad-remmo cad-reste cad-rebbero	passato / composto 過去[/複合]式	sarei caduto/a saresti caduto/a sarebbe caduto/a	saremmo caduti/e sareste caduti/e sarebbero caduti/e

Imperativo 命令語氣		
presente 現在式	-- cad-i cad-a	cad-iamo cad-ete cad-ano

Participio 分詞	
presente 現在式	passato 過去式
cad-ente/i	**cad-uto/a/i/e**

Infinito 不定詞	
presente 現在式	passato 過去式
cad-ere	essere caduto/a/i/e

Gerundio 動名詞	
presente 現在式	passato 過去式
cad-endo	essendo caduto/a/i/e

14. DOVERE

必須（*must, to have to*）

[及物動詞：avere]

INDICATIVO 直述語氣					
presente 現在式	dev-o, deb-bo dev-i dev-e	dob-biamo dov-ete dev-ono, deb-bono	passato prossimo 現在完成式	ho dovuto hai dovuto ha dovuto	abbiamo dovuto avete dovuto hanno dovuto
imperfetto 未完成式	dov-evo dov-evi dov-eva	dov-evamo dov-evate dov-evano	trapassato prossimo 過去未完成式	avevo dovuto avevi dovuto aveva dovuto	avevamo dovuto avevate dovuto avevano dovuto
passato remoto 過去[/完成]式	dov-ei/-etti dov-esti dov-é/-ette	dov-emmo dov-este dov-erono	trapassato remoto 過去完成式	ebbi dovuto avesti dovuto ebbe dovuto	avemmo dovuto aveste dovuto ebbero dovuto
futuro semplice 未來式	dov-rò dov-rai dov-rà	dov-remo dov-rete dov-ranno	futuro anteriore 未來完成式	avrò dovuto avrai dovuto avrà dovuto	avremo dovuto avrete dovuto avranno dovuto
CONGIUNTIVO 假設（/虛擬）語氣					
presente 現在式	dev-a, deb-ba dev-a, deb-ba dev-a, deb-ba	dob-biamo dob-biate dev-ano, deb-bano	passato 過去式	abbia dovuto abbia dovuto abbia dovuto	abbiamo dovuto abbiate dovuto abbiano dovuto
imperfetto 未完成式	dov-essi dov-essi dov-esse	dov-essimo dov-este dov-essero	trapassato 過去完成式	avessi dovuto avessi dovuto avesse dovuto	avessimo dovuto aveste dovuto avessero dovuto
CONDIZIONALE 條件語氣					
presente / semplice 現在[/簡單]式	dov-rei dov-resti dov-rebbe	dov-remmo dov-reste dov-rebbero	passato / composto 過去[/複合]式	avrei dovuto avresti dovuto avrebbe dovuto	avremmo dovuto avreste dovuto avrebbero dovuto

IMPERATIVO 命令語氣		
presente 現在式	-- -- --	-- -- --

PARTICIPIO 分詞	
presente 現在式	passato 過去式
--	**dov-uto/a/i/e**

INFINITO 不定詞	
presente 現在式	passato 過去式
dov-ere	avere dovuto

GERUNDIO 動名詞	
presente 現在式	passato 過去式
dov-endo	avendo dovuto

15. PIACERE

喜歡（*to like*）

[不及物動詞：essere]

INDICATIVO 直述語氣					
presente 現在式	piac-cio piac-i piac-e	piac-ciamo piac-ete piac-ciono	passato prossimo 現在完成式	sono piaciuto/a sei piaciuto/a è piaciuto/a	siamo piaciuti/e siete piaciuti/e sono piaciuti/e
imperfetto 未完成式	piac-evo piac-evi piac-eva	piac-evamo piac-evate piac-evano	trapassato prossimo 過去未完成式	ero piaciuto/a eri piaciuto/a era piaciuto/a	eravamo piaciuti/e eravate piaciuti/e erano piaciuti/e
passato remoto 過去[/完成]式	piac-qui piac-esti piac-que	piac-emmo piac-este piac-quero	trapassato remoto 過去完成式	fui piaciuto/a fosti piaciuto/a fu piaciuto/a	fummo piaciuti/e foste piaciuti/e furono piaciuti/e
futuro semplice 未來式	piac-erò piac-erai piac-erà	piac-eremo piac-erete piac-eranno	futuro anteriore 未來完成式	sarò piaciuto/a sarai piaciuto/a sarà piaciuto/a	saremo piaciuti/e sarete piaciuti/e saranno piaciuti/e

CONGIUNTIVO 假設（/虛擬）語氣					
presente 現在式	piac-cia piac-cia piac-cia	piac-ciamo piac-ciate piac-ciano	passato 過去式	sia piaciuto/a sia piaciuto/a sia piaciuto/a	siamo piaciuti/e siate piaciuti/e siano piaciuti/e
imperfetto 未完成式	piac-essi piac-essi piac-esse	piac-essimo piac-este piac-essero	trapassato 過去完成式	fossi piaciuto/a fossi piaciuto/a fosse piaciuto/a	fossimo piaciuti/e foste piaciuti/e fossero piaciuti/e

CONDIZIONALE 條件語氣					
presente / semplice 現在[/簡單]式	piac-erei piac-eresti piac-erebbe	piac-eremmo piac-ereste piac-erebbero	passato / composto 過去[/複合]式	sarei piaciuto/a saresti piaciuto/a sarebbe piaciuto/a	saremmo piaciuti/e sareste piaciuti/e sarebbero piaciuti/e

IMPERATIVO 命令語氣		
presente 現在式	-- piac-i piac-cia	piac-ciamo piac-ete piac-ciano

PARTICIPIO 分詞	
presente 現在式	passato 過去式
piacente/i	**piac-iuto/a/a/i/e**

INFINITO 不定詞	
presente 現在式	passato 過去式
piac-ere	essere piaciuto/a/i/e

GERUNDIO 動名詞	
presente 現在式	passato 過去式
piac-endo	essendo piaciuto/a/i/e

※ 出現在本書中，適用此組動詞變化的動詞尚有：dispiacersi.

16. POTERE

能（*can, to be able*）

[不及物動詞：avere]

INDICATIVO 直述語氣					
presente 現在式	posso puoi può	pos-siamo pot-ete pos-sono	passato prossimo 現在完成式	ho potuto hai potuto ha potuto	abbiamo potuto avete potuto hanno potuto
imperfetto 未完成式	pot-evo pot-evi pot-eva	pot-evamo pot-evate pot-evano	trapassato prossimo 過去未完成式	avevo potuto avevi potuto aveva potuto	avevamo potuto avevate potuto avevano potuto
passato remoto 過去[/完成]式	pot-ei/-etti pot-esti pot-è/-ette	pot-emmo pot-este pot-erono/-ettero	trapassato remoto 過去完成式	ebbi potuto avesti potuto ebbe potuto	avemmo potuto aveste potuto ebbero potuto
futuro semplice 未來式	pot-rò pot-rai pot-rà	pot-remo pot-rete pot-ranno	futuro anteriore 未來完成式	avrò potuto avrai potuto avrà potuto	avremo potuto avrete potuto avranno potuto

CONGIUNTIVO 假設（/虛擬）語氣					
presente 現在式	pos-sa pos-sa pos-sa	pos-siamo pos-siate pos-sano	passato 過去式	abbia potuto abbia potuto abbia potuto	abbiamo potuto abbiate potuto abbiano potuto
imperfetto 未完成式	pot-essi pot-essi pot-esse	pot-essimo pot-este pot-essero	trapassato 過去完成式	avessi potuto avessi potuto avesse potuto	avessimo potuto aveste potuto avessero potuto

CONDIZIONALE 條件語氣					
presente / semplice 現在[/簡單]式	pot-rei pot-resti pot-rebbe	pot-remmo pot-reste pot-rebbero	passato / composto 過去[/複合]式	avrei potuto avresti potuto avrebbe potuto	avremmo potuto avreste potuto avrebbero potuto

IMPERATIVO 命令語氣		
presente 現在式	-- -- --	-- -- --

PARTICIPIO 分詞	
presente 現在式	passato 過去式
pot-ente/i	**pot-uto/a/i/e**

INFINITO 不定詞	
presente 現在式	passato 過去式
pot-ere	avere potuto

GERUNDIO 動名詞	
presente 現在式	passato 過去式
pot-endo	avendo potuto

17. PRODURRE

生產，產生（*to produce*）

[及物動詞：avere]

INDICATIVO 直述語氣					
presente 現在式	produc-o produc-i produc-e	produc-iamo produc-ete produc-ono	passato prossimo 現在完成式	ho prodotto hai prodotto ha prodotto	abbiamo prodotto avete prodotto hanno prodotto
imperfetto 未完成式	produc-evo produc-evi produc-eva	produc-evamo produc-evate produc-evano	trapassato prossimo 過去未完成式	avevo prodotto avevi prodotto aveva prodotto	avevamo prodotto avevate prodotto avevano prodotto
passato remoto 過去[/完成]式	produ-ssi produc-esti produ-sse	produc-emmo produc-este produ-ssero	trapassato remoto 過去完成式	ebbi prodotto avesti prodotto ebbe prodotto	avemmo prodotto aveste prodotto ebbero prodotto
futuro semplice 未來式	produ-rrò produ-rrai produ-rrà	produ-rremo produ-rrete produ-rranno	futuro anteriore 未來完成式	avrò prodotto avrai prodotto avrà prodotto	avremo prodotto avrete prodotto avranno prodotto
CONGIUNTIVO 假設（/虛擬）語氣					
presente 現在式	produc-a produc-a produc-a	produc-iamo produc-iate produc-ano	passato 過去式	abbia prodotto abbia prodotto abbia prodotto	abbiamo prodotto abbiate prodotto abbiano prodotto
imperfetto 未完成式	produc-essi produc-essi produc-esse	produc-essimo produc-este produc-essero	trapassato 過去完成式	avessi prodotto avessi prodotto avesse prodotto	avessimo prodotto aveste prodotto avessero prodotto
CONDIZIONALE 條件語氣					
presente / semplice 現在[/簡單]式	produ-rrei produ-rresti produ-rrebbe	produ-rremmo produ-rreste produ-rrebbero	passato / composto 過去[/複合]式	avrei prodotto avresti prodotto avrebbe prodotto	avremmo prodotto avreste prodotto avrebbero prodotto

IMPERATIVO 命令語氣		
presente 現在式	-- produc-i produc-a	produc-iamo produc-ete produc-ano

PARTICIPIO 分詞	
presente 現在式	passato 過去式
produc-ente/i	**prodotto/a/i/e**

INFINITO 不定詞	
presente 現在式	passato 過去式
produ-rre	avere prodotto

GERUNDIO 動名詞	
presente 現在式	passato 過去式
produc-endo	avendo prodotto

18. RIMANERE

逗留（*to stay, to remain*）
[不及物動詞：essere]

INDICATIVO 直述語氣					
presente 現在式	riman-go riman-i riman-e	riman-iamo riman-ete rimang-ono	passato prossimo 現在完成式	sono rimasto/a sei rimasto/a è rimasto/a	siamo rimasti/e siete rimasti/e sono rimasti/e
imperfetto 未完成式	riman-evo riman-evi riman-eva	riman-evamo riman-evate riman-evano	trapassato prossimo 過去未完成式	ero rimasto/a eri rimasto/a era rimasto/a	eravamo rimasti/e eravate rimasti/e erano rimasti/e
passato remoto 過去[/完成]式	rima-si riman-esti rima-se	riman-emmo riman-este rima-sero	trapassato remoto 過去完成式	fui rimasto/a fosti rimasto/a fu rimasto/a	fummo rimasti/e foste rimasti/e furono rimasti/e
futuro semplice 未來式	rimar-rò rimar-rai rimar-rà	rimar-remo rimar-rete rimar-ranno	futuro anteriore 未來完成式	sarò rimasto/a sarai rimasto/a sarà rimasto/a	saremo rimasti/e sarete rimasti/e saranno rimasti/e
CONGIUNTIVO 假設（/虛擬）語氣					
presente 現在式	rimang-a rimang-a rimang-a	riman-iamo riman-iate rimang-ano	passato 過去式	sia rimasto/a sia rimasto/a sia rimasto/a	siamo rimasti/e siate rimasti/e siano rimasti/e
imperfetto 未完成式	riman-essi riman-essi riman-esse	riman-essimo riman-este riman-essero	trapassato 過去完成式	fossi rimasto/a fossi rimasto/a fosse rimasto/a	fossimo rimasti/e foste rimasti/e fossero rimasti/e
CONDIZIONALE 條件語氣					
presente / semplice 現在[/簡單]式	rimar-rei rimar-resti rimar-rebbe	rimar-remmo rimar-reste rimar-rebbero	passato / composto 過去[/複合]式	sarei rimasto/a saresti rimasto/a sarebbe rimasto/a	saremmo rimasti/e sareste rimasti/e sarebbero rimasti/e

IMPERATIVO 命令語氣		
presente 現在式	-- riman-i rimang-a	riman-iamo riman-ete rimang-ano

PARTICIPIO 分詞	
presente 現在式	passato 過去式
riman-ente/i	**rima-sto/a/i/e**

INFINITO 不定詞	
presente 現在式	passato 過去式
riman-ere	essere rimasto/a/i/e

GERUNDIO 動名詞	
presente 現在式	passato 過去式
riman-endo	essendo rimasto/a/i/e

19. SAPERE

知道（*to know*）

[及物/不及物動詞：avere]

INDICATIVO 直述語氣					
presente 現在式	so sai sa	sap-piamo sap-ete sanno	passato prossimo 現在完成式	ho saputo hai saputo ha saputo	abbiamo saputo avete saputo hanno saputo
imperfetto 未完成式	sap-evo sap-evi sap-eva	sap-evamo sap-evate sap-evano	trapassato prossimo 過去未完成式	avevo saputo avevi saputo aveva saputo	avevamo saputo avevate saputo avevano saputo
passato remoto 過去[/完成]式	sep-pi sap-esti sep-pe	sap-emmo sap-este sep-pero	trapassato remoto 過去完成式	ebbi saputo avesti saputo ebbe saputo	avemmo saputo aveste saputo ebbero saputo
futuro semplice 未來式	sap-rò sap-rai sap-rà	sap-remo sap-rete sap-ranno	futuro anteriore 未來完成式	avrò saputo avrai saputo avrà saputo	avremo saputo avrete saputo avranno saputo

CONGIUNTIVO 假設（/虛擬）語氣					
presente 現在式	sap-pia sap-pia sap-pia	sap-piamo sap-piate sap-piano	passato 過去式	abbia saputo abbia saputo abbia saputo	abbiamo saputo abbiate saputo abbiano saputo
imperfetto 未完成式	sap-essi sap-essi sap-esse	sap-essimo sap-este sap-essero	trapassato 過去完成式	avessi saputo avessi saputo avesse saputo	avessimo saputo aveste saputo avessero saputo

CONDIZIONALE 條件語氣					
presente / semplice 現在[/簡單]式	sap-rei sap-resti sap-rebbe	sap-remmo sap-reste sap-rebbero	passato / composto 過去[/複合]式	avrei saputo avresti saputo avrebbe saputo	avremmo saputo avreste saputo avrebbero saputo

IMPERATIVO 命令語氣		
presente 現在式	-- sap-pi sap-pia	sap-piamo sap-piate sap-piano

PARTICIPIO 分詞	
presente 現在式	passato 過去式
–	**sap-uto/a/i/e**

INFINITO 不定詞	
presente 現在式	passato 過去式
sap-ere	avere saputo

GERUNDIO 動名詞	
presente 現在式	passato 過去式
sap-endo	avendo saputo

20. SCEGLIERE

選擇，挑選（*to select*）

[及物動詞：avere]

INDICATIVO 直述語氣					
presente 現在式	scelg-o scegl-i scegli-e	scegl-iamo scegli-ete scelg-ono	passato prossimo 現在完成式	ho scelto hai scelto ha scelto	abbiamo scelto avete scelto hanno scelto
imperfetto 未完成式	scegli-evo scegli-evi scegli-eva	scegli-evamo scegli-evate scegli-evano	trapassato prossimo 過去未完成式	avevo scelto avevi scelto aveva scelto	avevamo scelto avevate scelto avevano scelto
passato remoto 過去[/完成]式	scel-si scegli-esti scel-se	scegli-emmo scegli-este scel-sero	trapassato remoto 過去完成式	ebbi scelto avesti scelto ebbe scelto	avemmo scelto aveste scelto ebbero scelto
futuro semplice 未來式	scegli-erò scegli-erai scegli-erà	scegli-eremo scegli-erete scegli-eranno	futuro anteriore 未來完成式	avrò scelto avrai scelto avrà scelto	avremo scelto avrete scelto avranno scelto

CONGIUNTIVO 假設（/虛擬）語氣					
presente 現在式	scelg-a scelg-a scelg-a	scegl-iamo scegl-iate scelg-ano	passato 過去式	abbia scelto abbia scelto abbia scelto	abbiamo scelto abbiate scelto abbiano scelto
imperfetto 未完成式	scegli-essi scegli-essi scegli-esse	scegli-essimo scegli-este scegli-essero	trapassato 過去完成式	avessi scelto avessi scelto avesse scelto	avessimo scelto aveste scelto avessero scelto

CONDIZIONALE 條件語氣					
presente / semplice 現在[/簡單]式	scegli-erei scegli-eresti scegli-erebbe	scegli-eremmo scegli-ereste scegli-erebbero	passato / composto 過去[/複合]式	avrei scelto avresti scelto avrebbe scelto	avremmo scelto avreste scelto avrebbero scelto

IMPERATIVO 命令語氣		
presente 現在式	-- scegl-i scelg-a	scegl-iamo scegli-ete scelg-ano

PARTICIPIO 分詞	
presente 現在式	passato 過去式
scegli-ente/i	**scel-to/a/i/e**

INFINITO 不定詞	
presente 現在式	passato 過去式
scegli-ere	avere scelto

GERUNDIO 動名詞	
presente 現在式	passato 過去式
scegli-endo	avendo scelto

21. SPEGNERE

關掉（*to switch off*）

[及物動詞：avere]

INDICATIVO 直述語氣					
presente 現在式	speng-o spegn-i spegn-e	spegn-iamo spegn-ete speng-ono	passato prossimo 現在完成式	ho spento hai spento ha spento	abbiamo spento avete spento hanno spento
imperfetto 未完成式	spegn-evo spegn-evi spegn-eva	spegn-evamo spegn-evate spegn-evano	trapassato prossimo 過去未完成式	avevo spento avevi spento aveva spento	avevamo spento avevate spento avevano spento
passato remoto 過去[/完成]式	spen-si spegn-esti spen-se	spegn-emmo spegn-este spen-sero	trapassato remoto 過去完成式	ebbi spento avesti spento ebbe spento	avemmo spento aveste spento ebbero spento
futuro semplice 未來式	spegn-erò spegn-erai spegn-erà	spegn-eremo spegn-erete spegn-eranno	futuro anteriore 未來完成式	avrò spento avrai spento avrà spento	avremo spento avrete spento avranno spento

CONGIUNTIVO 假設（/虛擬）語氣					
presente 現在式	speng-a speng-a speng-a	spegn-iamo spegn-iate speng-ano	passato 過去式	abbia spento abbia spento abbia spento	abbiamo spento abbiate spento abbiano spento
imperfetto 未完成式	spegn-essi spegn-essi spegn-esse	spegn-essimo spegn-este spegn-essero	trapassato 過去完成式	avessi spento avessi spento avesse spento	avessimo spento aveste spento avessero spento

CONDIZIONALE 條件語氣					
presente / semplice 現在[/簡單]式	spegn-erei spegn-eresti spegn-erebbe	spegn-eremmo spegn-ereste spegn-erebbero	passato / composto 過去[/複合]式	avrei spento avresti spento avrebbe spento	avremmo spento avreste spento avrebbero spento

IMPERATIVO 命令語氣		
presente 現在式	-- spegn-i speng-a	spegn-iamo spegn-ete speng-ano

PARTICIPIO 分詞	
presente 現在式	passato 過去式
spegn-ente/i	**spen-to/a/i/e**

INFINITO 不定詞	
presente 現在式	passato 過去式
spegn-ere	avere spento

GERUNDIO 動名詞	
presente 現在式	passato 過去式
spegn-endo	avendo spento

22. Tenere

拿；保留（*to take; to keep*）

[及物/不及物動詞：avere]

Indicativo 直述語氣					
presente 現在式	ten-go tien-i tien-e	ten-iamo ten-ete teng-ono	passato prossimo 現在完成式	ho tenuto hai tenuto ha tenuto	abbiamo tenuto avete tenuto hanno tenuto
imperfetto 未完成式	ten-evo ten-evi ten-eva	ten-evamo ten-evate ten-evano	trapassato prossimo 過去未完成式	avevo tenuto avevi tenuto aveva tenuto	avevamo tenuto avevate tenuto avevano tenuto
passato remoto 過去[/完成]式	ten-ni ten-esti ten-ne	ten-emmo ten-este ten-nero	trapassato remoto 過去完成式	ebbi tenuto avesti tenuto ebbe tenuto	avemmo tenuto aveste tenuto ebbero tenuto
futuro semplice 未來式	ter-rò ter-rai ter-rà	ter-remo ter-rete ter-ranno	futuro anteriore 未來完成式	avrò tenuto avrai tenuto avrà tenuto	avremo tenuto avrete tenuto avranno tenuto
Congiuntivo 假設（/虛擬）語氣					
presente 現在式	teng-a teng-a teng-a	ten-iamo ten-iate teng-ano	passato 過去式	abbia tenuto abbia tenuto abbia tenuto	abbiamo tenuto abbiate tenuto abbiano tenuto
imperfetto 未完成式	ten-essi ten-essi ten-esse	ten-essimo ten-este ten-essero	trapassato 過去完成式	avessi tenuto avessi tenuto avesse tenuto	avessimo tenuto aveste tenuto avessero tenuto
Condizionale 條件語氣					
presente / semplice 現在[/簡單]式	ter-rei ter-resti ter-rebbe	ter-remmo ter-reste ter-rebbero	passato / composto 過去[/複合]式	avrei tenuto avresti tenuto avrebbe tenuto	avremmo tenuto avreste tenuto avrebbero tenuto

Imperativo 命令語氣		
presente 現在式	-- tien-i teng-a	ten-iamo ten-ete teng-ano

Participio 分詞	
presente 現在式	passato 過去式
ten-ente/i	**ten-uto/a/i/e**

Infinito 不定詞	
presente 現在式	passato 過去式
ten-ere	avere tenuto

Gerundio 動名詞	
presente 現在式	passato 過去式
ten-endo	avendo tenuto

23. VEDERE

看，看見（*to see*）

[及物動詞：avere]

INDICATIVO 直述語氣					
presente 現在式	ved-o ved-i ved-e	ved-iamo ved-ete ved-ono	passato prossimo 現在完成式	ho veduto hai veduto ha veduto	abbiamo veduto avete veduto hanno veduto
imperfetto 未完成式	ved-evo ved-evi ved-eva	ved-evamo ved-evate ved-evano	trapassato prossimo 過去未完成式	avevo veduto avevi veduto aveva veduto	avevamo veduto avevate veduto avevano veduto
passato remoto 過去[/完成]式	vid-i ved-esti vid-e	ved-emmo ved-este vid-ero	trapassato remoto 過去完成式	ebbi veduto avesti veduto ebbe veduto	avemmo veduto aveste veduto ebbero veduto
futuro semplice 未來式	ved-rò ved-rai ved-rà	ved-remo ved-rete ved-ranno	futuro anteriore 未來完成式	avrò veduto avrai veduto avrà veduto	avremo veduto avrete veduto avranno veduto
CONGIUNTIVO 假設（/虛擬）語氣					
presente 現在式	ved-a ved-a ved-a	ved-iamo ved-iate ved-ano	passato 過去式	abbia veduto abbia veduto abbia veduto	abbiamo veduto abbiate veduto abbiano veduto
imperfetto 未完成式	ved-essi ved-essi ved-esse	ved-essimo ved-este ved-essero	trapassato 過去完成式	avessi veduto avessi veduto avesse veduto	avessimo veduto aveste veduto avessero veduto
CONDIZIONALE 條件語氣					
presente / semplice 現在[/簡單]式	ved-rei ved-resti ved-rebbe	ved-remmo ved-reste ved-rebbero	passato / composto 過去[/複合]式	avrei veduto avresti veduto avrebbe veduto	avremmo veduto avreste veduto avrebbero veduto

IMPERATIVO 命令語氣		
presente 現在式	-- ved-i ved-a	ved-iamo ved-ete ved-ano

PARTICIPIO 分詞	
presente 現在式	passato 過去式
ved-ente/i	**veduto/a/i/e, (visto/a/i/e)**

INFINITO 不定詞	
presente 現在式	passato 過去式
ved-ere	avere veduto

GERUNDIO 動名詞	
presente 現在式	passato 過去式
ved-endo	avendo veduto

※ 出現在本書中，適用此組動詞變化的動詞尚有：rivedersi, vedersi.

24. VIVERE

生活，過活（*to live*）

[及物動詞：avere / 不及物動詞：avere/essere]

INDICATIVO 直述語氣					
presente 現在式	viv-o viv-i viv-e	viv-iamo viv-ete viv-ono	passato prossimo 現在完成式	ho vissuto hai vissuto ha vissuto	abbiamo vissuto avete vissuto hanno vissuto
imperfetto 未完成式	viv-evo viv-evi viv-eva	viv-evamo viv-evate viv-evano	trapassato prossimo 過去未完成式	avevo vissuto avevi vissuto aveva vissuto	avevamo vissuto avevate vissuto avevano vissuto
passato remoto 過去[/完成]式	viss-i viv-esti viss-e	viv-emmo viv-este viss-ero	trapassato remoto 過去完成式	ebbi vissuto avesti vissuto ebbe vissuto	avemmo vissuto aveste vissuto ebbero vissuto
futuro semplice 未來式	viv-rò viv-rai viv-rà	viv-remo viv-rete viv-ranno	futuro anteriore 未來完成式	avrò vissuto avrai vissuto avrà vissuto	avremo vissuto avrete vissuto avranno vissuto

CONGIUNTIVO 假設（/虛擬）語氣					
presente 現在式	viv-a viv-a viv-a	viv-iamo viv-iate viv-ano	passato 過去式	abbia vissuto abbia vissuto abbia vissuto	abbiamo vissuto abbiate vissuto abbiano vissuto
imperfetto 未完成式	viv-essi viv-essi viv-esse	viv-essimo viv-este viv-essero	trapassato 過去完成式	avessi vissuto avessi vissuto avesse vissuto	avessimo vissuto aveste vissuto avessero vissuto

CONDIZIONALE 條件語氣					
presente / semplice 現在[/簡單]式	viv-rei viv-resti viv-rebbe	viv-remmo viv-reste viv-rebbero	passato / composto 過去[/複合]式	avrei vissuto avresti vissuto avrebbe vissuto	avremmo vissuto avreste vissuto avrebbero vissuto

IMPERATIVO 命令語氣		
presente 現在式	-- viv-i viv-a	viv-iamo viv-ete viv-ano

PARTICIPIO 分詞	
presente 現在式	passato 過去式
viv-ente/i	**viss-uto/a/i/e**

INFINITO 不定詞	
presente 現在式	passato 過去式
viv-ere	avere vissuto

GERUNDIO 動名詞	
presente 現在式	passato 過去式
viv-endo	avendo vissuto

25. VOLERE

想要，渴望（*want, to desire*）

[及物動詞：avere]

INDICATIVO 直述語氣					
presente 現在式	vogli-o vuo-i vuol-e	vogl-iamo vol-ete vogli-ono	passato prossimo 現在完成式	ho voluto hai voluto ha voluto	abbiamo voluto avete voluto hanno voluto
imperfetto 未完成式	vol-evo vol-evi vol-eva	vol-evamo vol-evate vol-evano	trapassato prossimo 過去未完成式	avevo voluto avevi voluto aveva voluto	avevamo voluto avevate voluto avevano voluto
passato remoto 過去[/完成]式	voll-i vol-esti voll-e	vol-emmo vol-este voll-ero	trapassato remoto 過去完成式	ebbi voluto avesti voluto ebbe voluto	avemmo voluto aveste voluto ebbero voluto
futuro semplice 未來式	vor-rò vor-rai vor-rà	vor-remo vor-rete vor-ranno	futuro anteriore 未來完成式	avrò voluto avrai voluto avrà voluto	avremo voluto avrete voluto avranno voluto
CONGIUNTIVO 假設（/虛擬）語氣					
presente 現在式	vogli-a vogli-a vogli-a	vogl-iamo vogl-iate vogli-ano	passato 過去式	abbia voluto abbia voluto abbia voluto	abbiamo voluto abbiate voluto abbiano voluto
imperfetto 未完成式	vol-essi vol-essi vol-esse	vol-essimo vol-este vol-essero	trapassato 過去完成式	avessi voluto avessi voluto avesse voluto	avessimo voluto aveste voluto avessero voluto
CONDIZIONALE 條件語氣					
presente / semplice 現在[/簡單]式	vor-rei vor-resti vor-rebbe	vor-remmo vor-reste vor-rebbero	passato / composto 過去[/複合]式	avrei voluto avresti voluto avrebbe voluto	avremmo voluto avreste voluto avrebbero voluto

IMPERATIVO 命令語氣		
presente 現在式	-- vogl-i vogli-a	vogl-iamo vogl-iate vogli-ano

PARTICIPIO 分詞	
presente 現在式	passato 過去式
vol-ente/i	**vol-uto/a/i/e**

INFINITO 不定詞	
presente 現在式	passato 過去式
vol-ere	avere voluto

GERUNDIO 動名詞	
presente 現在式	passato 過去式
vol-endo	avendo voluto

26. DIRE

告訴，說（*to say, to tell*）

[及物動詞：avere]

INDICATIVO 直述語氣					
presente 現在式	dic-o dic-i dic-e	dic-iamo dit-e dic-ono	passato prossimo 現在完成式	ho detto hai detto ha detto	abbiamo detto avete detto hanno detto
imperfetto 未完成式	dic-evo dic-evi dic-eva	dic-evamo dic-evate dic-evano	trapassato prossimo 過去未完成式	avevo detto avevi detto aveva detto	avevamo detto avevate detto avevano detto
passato remoto 過去[/完成]式	dis-si dic-esti dis-se	dic-emmo dic-este dis-sero	trapassato remoto 過去完成式	ebbi detto avesti detto ebbe detto	avemmo detto aveste detto ebbero detto
futuro semplice 未來式	dir-ò dir-ai dir-à	dir-emo dir-ete dir-anno	futuro anteriore 未來完成式	avrò detto avrai detto avrà detto	avremo detto avrete detto avranno detto
CONGIUNTIVO 假設（/虛擬）語氣					
presente 現在式	dic-a dic-a dic-a	dic-iamo dic-iate dic-ano	passato 過去式	abbia detto abbia detto abbia detto	abbiamo detto abbiate detto abbiano detto
imperfetto 未完成式	dic-essi dic-essi dic-esse	dic-essimo dic-este dic-essero	trapassato 過去完成式	avessi detto avessi detto avesse detto	avessimo detto aveste detto avessero detto
CONDIZIONALE 條件語氣					
presente / semplice 現在[/簡單]式	direi diresti direbbe	diremmo direste direbbero	passato / composto 過去[/複合]式	avrei detto avresti detto avrebbe detto	avremmo detto avreste detto avrebbero detto

IMPERATIVO 命令語氣		
presente 現在式	-- di', dì dic-a	dic-iamo dit-e dic-ano

PARTICIPIO 分詞	
presente 現在式	passato 過去式
dic-ente/i	**det-to/a/i/e**

INFINITO 不定詞	
presente 現在式	passato 過去式
dire	avere detto

GERUNDIO 動名詞	
presente 現在式	passato 過去式
dic-endo	avendo detto

27. USCIRE

出去；離開（*to exit; to leave*）

[不及物動詞：essere]

INDICATIVO 直述語氣					
presente 現在式	esc-o esc-i esc-e	usc-iamo usc-ite esc-ono	passato prossimo 現在完成式	sono uscito/a sei uscito/a è uscito/a	siamo usciti/e siete usciti/e sono usciti/e
imperfetto 未完成式	usc-ivo usc-ivi usc-iva	usc-ivamo usc-ivate usc-ivano	trapassato prossimo 過去未完成式	ero uscito/a eri uscito/a era uscito/a	eravamo usciti/e eravate usciti/e erano usciti/e
passato remoto 過去[/完成]式	usc-ii usc-isti usc-ì	usc-immo usc-iste usc-irono	trapassato remoto 過去完成式	fui uscito/a fosti uscito/a fu uscito/a	fummo usciti/e foste usciti/e furono usciti/e
futuro semplice 未來式	usc-irò usc-irai usc-irà	usc-iremo usc-irete usc-iranno	futuro anteriore 未來完成式	sarò uscito/a sarai uscito/a sarà uscito/a	saremo usciti/e sarete usciti/e saranno usciti/e
CONGIUNTIVO 假設（/虛擬）語氣					
presente 現在式	esc-a esc-a esc-a	usc-iamo usc-iate esc-ano	passato 過去式	sia uscito/a sia uscito/a sia uscito/a	siamo usciti/e siate usciti/e siano usciti/e
imperfetto 未完成式	usc-issi usc-issi usc-isse	usc-issimo usc-iste usc-issero	trapassato 過去完成式	fossi uscito/a fossi uscito/a fosse uscito/a	fossimo usciti/e foste usciti/e fossero usciti/e
CONDIZIONALE 條件語氣					
presente / semplice 現在[/簡單]式	usc-irei usc-iresti usc-irebbe	usc-iremmo usc-ireste usc-irebbero	passato / composto 過去[/複合]式	sarei uscito/a saresti uscito/a sarebbe uscito/a	saremmo usciti/e sareste usciti/e sarebbero usciti/e

IMPERATIVO 命令語氣		
presente 現在式	-- esc-i esc-a	usc-iamo usc-ite esc-ano

PARTICIPIO 分詞	
presente 現在式	passato 過去式
usc-ente/i	**uscito/a/i/e**

INFINITO 不定詞	
presente 現在式	passato 過去式
usc-ire	essere uscito/a/i/e

GERUNDIO 動名詞	
presente 現在式	passato 過去式
usc-endo	essendo uscito/a/i/e

28. VENIRE

來（*to come*）

[不及物動詞：essere]

INDICATIVO 直述語氣					
presente 現在式	veng-o vien-i vien-e	ven-iamo ven-ite veng-ono	passato prossimo 現在完成式	sono venuto/a sei venuto/a è venuto/a	siamo venuti/e siete venuti/e sono venuti/e
imperfetto 未完成式	ven-ivo ven-ivi ven-iva	ven-ivamo ven-ivate ven-ivano	trapassato prossimo 過去未完成式	ero venuto/a eri venuto/a era venuto/a	eravamo venuti/e eravate venuti/e erano venuti/e
passato remoto 過去[/完成]式	ven-ni ven-isti ven-ne	ven-immo ven-iste ven-nero	trapassato remoto 過去完成式	fui venuto/a fosti venuto/a fu venuto/a	fummo venuti/e foste venuti/e furono venuti/e
futuro semplice 未來式	ve-rrò ve-rrai ve-rrà	ve-rremo ve-rrete ve-rranno	futuro anteriore 未來完成式	sarò venuto/a sarai venuto/a sarà venuto/a	saremo venuti/e sarete venuti/e saranno venuti/e

CONGIUNTIVO 假設（/虛擬）語氣					
presente 現在式	veng-a veng-a veng-a	ven-iamo ven-iate veng-ano	passato 過去式	sia venuto/a sia venuto/a sia venuto/a	siamo venuti/e siate venuti/e siano venuti/e
imperfetto 未完成式	ven-issi ven-issi ven-isse	ven-issimo ven-iste ven-issero	trapassato 過去完成式	fossi venuto/a fossi venuto/a fosse venuto/a	fossimo venuti/e foste venuti/e fossero venuti/e

CONDIZIONALE 條件語氣					
presente / semplice 現在[/簡單]式	ve-rrei ve-rresti ve-rrebbe	ve-rremmo ve-rreste ve-rrebbero	passato / composto 過去[/複合]式	sarei venuto/a saresti venuto/a sarebbe venuto/a	saremmo venuti/e sareste venuti/e sarebbero venuti/e

IMPERATIVO 命令語氣		
presente 現在式	-- vien-i veng-a	ven-iamo ven-ite veng-ano

PARTICIPIO 分詞	
presente 現在式	passato 過去式
ven-ente/i	**ven-uto/a/i/e**

INFINITO 不定詞	
presente 現在式	passato 過去式
ven-ire	essere venuto/a/i/e

GERUNDIO 動名詞	
presente 現在式	passato 過去式
ven-endo	essendo venuto/a/i/e

Il Lessico
總字彙

凡例說明

以下將依字母序收錄出現在本書的所有字彙，各詞類的標示體例如下：

① 動詞：僅以動詞原型（即不定詞現在式）作為詞條，不另編列該動詞在本書所呈現的其他變化形式，並依序註記動詞種類（及物/不及物/反身）、變化類型、變化所使用之助動詞、過去分詞，中文詞義，以及出現在本書以該詞條所構成的片語。例如：

entrare *vi.* 1 [ⓔ: **entrato, i / a, e**] 進入

mancare *vi.* 1 [ⓐ/ⓔ: **mancato**] 缺少，缺乏

noleggiare *vt.* 1 [ⓐ: **noleggiato**] 租；**noleggiare una macchina** 租一輛汽車

② 名詞：以名詞單數作為詞條，並附註其複數字尾（或完整的複數詞形）。各詞條註記其性別（陽性/陰性）、中文詞義，以及出現在本書中以該詞條所構成的片語。例如：

corda, e *nf.* 繩、索、帶；**corde vocali** 聲帶
furgone, i *nm.* （帶篷的）大貨車，大卡車

當名詞字根以「-i」結尾的情況下，陽性名詞的複數字尾母音將與前方子音連寫，以避免誤解。陰性名詞則仍僅標示單一字尾母音，惟須提醒讀者於此切勿忽略字根末尾的「-i」。例如：

ghiaccio, ci *nm.* 冰；**cubetti di ghiaccio** 冰塊｛→ 複數為 **ghiacci**｝
galleria, e *nf.* 隧道；畫廊；**Galleria dell'Accademia** [名勝]（佛羅倫斯）學院美術館｛→ 複數為 **gallerie**｝

若名詞僅具單數形式，則以「*nm., sing.*」標示。例如：

latte *nm., sing.* 牛奶；**caffè latte** 咖啡牛奶；**tè al latte** 奶茶

有些名詞的單數為陽性、複數為陰性，則在單、複數詞形之後標示「*nm., sing.; nf., pl.*」。例如：

lenzuolo, a *nm., sing.; nf., pl.* 床單，被單，毛毯 {→ 單數的 **lenzuolo** 為陽性，複數的 **lenzuola** 為陰性}

若陽性名詞具有兩種複數詞形，則在複數詞形後以「(/)」標示；若其中一種複數詞形的性別為陰性，則於詞類性別之後以「*(/nf., pl.)*」標示。例如：

osso, ossi (/ossa) *nm. (/nf., pl.)* 骨，骨頭，骨骸；**osso pelvico** 骨盆 {→ 陽性單數的 **osso** 有兩種複數型，分別為陽性的 **ossi** 與陰性的 **ossa**}

有些名詞的詞義同時具備陽性與陰性的意涵，因此合併標示；其中單、複數字尾以「,」區隔；陽、陰性字尾之間以「/」區隔用。例如：

operatore, i / trice, trici *nm. / nf.* （男/女）總機，（電話）接線員 {→ 男接線員（陽性）的單、複數分別為 **operatore** 與 **operatori**；女接線員（陰性）的單、複數則分別為 **operatrice** 及 **operatrici**}

③ 形容詞與具詞形變化的代名詞或數詞：原則上以陽性單數型態作為詞條，其後依序附註陽性複數、陰性單數及陰性複數的字尾、中文詞義，以及出現在本書中以該詞條所構成的片語。例如：

ottavo, i /a, e *num.ord.* 第八

陽、陰性同型態的形容詞則比照名詞，僅分別列出單、複數的字尾。單、複數字尾以「,」區隔；陽、陰性字尾之間以「/」區隔。例如：

parziale, i *agg.* 一部分的，局部的；**perdita parziale** 局部損失

當形容詞字根以「-i」結尾的情況下，其陽性與陰性字尾亦比照前接名詞的模式加以標示。在此須再次提醒讀者在書寫陰性詞形時，切勿忽略字根末尾的「-i」。例如：

necessario, ri / a, e *agg.* 必需的，需要的 {→ 陽性單數為 **necessario**、陽性複數為 **necessari**；陰性單數為 **necessaria**，陰性複數為 **necessarie**}

有些形容詞的特定性別詞形可以轉品為名詞，則直接以「*nm.*」或「*nf.*」加以標示。例如：

italiano, i / a, e *agg.* 義大利的；*nm.* 義大利語；*nm./nf.* （男/女）義大利人 {→ 意指陽性單、複數詞形的 **italiano** 及 **italiani** 轉品為名詞時，意指「義大利語」或「男義大利人」；陰性單、複數詞形的 **italiana** 及 **italiane** 轉品為名詞時則意指「女義大利人」}

④ 不具詞形變化的詞類，如連接詞、副詞、感嘆詞、介系詞，將在詞條之後直接標示詞類、中文詞義，以及出現在本書中以該詞條所構成的片語；因冠詞的單、複數型態將分別條列，故在詞類之後再行標示其所適用的性與數。

如遇有中文難以精確表達詞義的情況，則另以括弧及斜體字型註記英文詞義。本書內容所呈現的慣用語，則分別陳列在所屬的詞條之後。

為求簡約，將使用以下略語進行標示：

ⓐ = 動詞變化型態以 avere 作為助動詞

ⓔ = 動詞變化型態以 essere 作為助動詞

ⓐ / ⓔ = 動詞變化型態得以 avere 或以 essere 作為助動詞

[1] = 動詞變化類型為第一組規則變化

[2] = 動詞變化類型為第二組規則變化

[3p] = 動詞變化類型為第三組規則變化（partire 型）

[3f] = 動詞變化類型為第三組規則變化（finire 型）

[IR]:17 = 動詞變化類型為不規則型態：可參照之動詞變化表號碼

1° = 第一人稱 prima persona

2° = 第二人稱 seconda persona

3° = 第三人稱 terza persona

abbr. = 縮寫 abbreviazione

agg. = 形容詞 aggettivo

agg.dimost. = 指示形容詞 aggettivi dimostrativi

agg.indef. = 不定形容詞 aggettivi indefiniti

agg.interr. = 疑問形容詞 aggettivi interrogativi

agg.poss. = 所有格形容詞/物主形容詞 aggettivi possessivi

art. = 冠詞 articolo

art.det. = 定冠詞 articolo determinativo

art.indet. = 不定冠詞 articolo indeterminativo

avv. = 副詞 avverbio

avv.interr. = 疑問副詞 avverbio interrogativo

comp. = 比較級 comparativo

cong. = 連接詞 congiunzione

fem. = 陰性 femminile

int. = 感嘆詞 interiezione

inv. = 詞形無變化 invariabile

masc. = 陽性 maschile

n. = 名詞 nome

nf. = 陰性名詞 nome femminile

nm. = 陽性名詞 nome maschile

num. = 數詞 numerali

num.card. = 基數 numerali cardinali

num.ord. = 序數 numerali ordinali

pl. = 複數 plurale

prep. = 介係詞 preposizione

prep.art. = 介係詞與冠詞的連寫 preposizione articolata

pron. = 代名詞 pronome

pron.dimost. = 指示代名詞 pronomi dimostrativi

pron.indef. = 不定代名詞 pronomi indefiniti

pron.interr. = 疑問代名詞 pronomi interrogativi

pron.pers. = 人稱代名詞 pronomi personali

pron.poss. = 所有格代名詞/物主代名詞 pronomi possessive

pron.rel. = 關係代名詞 pronomi relativi

pron.ril. = 反身代名詞 pronomi riflessivi

sing. = 單數 singolare

sup. = 最高級 superlativo

v. = 動詞 verbo

vi. = 不及物動詞 verbo intransitivo

vr. = 反身動詞 verbo riflessivo

vt. = 及物動詞 verbo transitivo

VOCABOLARIO

A

a (ad) *prep.* 在…，到…，去…，對…，與…（*at, to, with*）；**a casa** 在家；**a che ora?** 在幾點？在什麼時候？；**a domani** 明天見；**a fra poco** 回頭見；**a fuoco** 焦距準確；**a mezzogiorno** 在中午；**a spasso** 散步；**a stasera** 今晚見；**a volte** 有時候

abbaiare *vi.* ① [ⓐ: **abbaiato**] 吠，喊叫

abbastanza *avv.* 充分地、相當地、足夠地

abbondante, i *agg.* 許多，豐富的

abbreviazione, i *nf.* 縮短；略縮語

accademia, e *nf.* 研究院；專科院校；學會；**Galleria dell'Accademia** [名勝]（佛羅倫斯）學院美術館

accademico, i / a, che *agg.* 學期的，學術的；**anno accademico** 學年

accendino, i *nm.* 打火機

accento, i *nm.* 腔調；[文法] 重音；**accento grave** [文法] 重音符號；**acccnto tonico** [文法] 重讀

accessorio, ri *nm.* 附件，配件；**accessori fotografici** 攝影配件

accettazione, i *nf.* 接受；**documenti contro accettazione (D/A)** 承兌後交單匯票

acciuga, ghe *nf.* 鯷魚

accomodarsi *vr.* ① [ⓔ: **accomodatosi, isi / asi, esi**] 坐下

accordo, i *nm.* 一致；同意；**d'accordo** 好，當然，沒問題

aceto, i *nm.* 醋

acqua, e *nf.* 水；**acqua calda** 熱水；**acqua fredda** 冷水；**acqua ghiacciata** 冰開水；**acqua minerale** 礦泉水

acquirente, i *nm.* 買主，客戶

acquisto, i *nm.* 購買，採購

adesso *avv.* 現在，此時

aereo, i *nm.*, (*abbr.*: **aeroplano, i**) 飛機

aereo, i / aerea, ree *agg.* 航空的，空中的，空氣的；**linea aerea** 航空公司（*airline*）；**compagnia aerea** 航空公司；**via aerea** 空運；航空信件

aeroplano, i *nm.* 飛機

aeroporto, i *nm.* 機場

affare, i *nm.* 事情，事務；生意，商務；**giro d'affari** 商務運轉，營業額

affumicato, i / a, e *agg.* 燻的，燻製的；**salmone affumicato** 燻鮭魚

Africa *nf.* [地名] 非洲（*Africa*）

agente, i *nm.* 經紀人，代理人，代理商；**agente in esclusiva** 獨家代理商，總代理商

agenzia, e *nf.* 代理處，辦事處；機構、機關；**agenzia di viaggi** 旅行社

aggettivo, i *nm.* [文法] 形容詞；**aggettivi determinativi** [文法] 限定形容詞；**aggettivi dimostrativi** [文法] 指示形容詞；**aggettivi indefiniti** [文法] 不定形容詞；**aggettivi interrogativi** [文法] 疑問形容詞；**aggettivi possessivi** [文法] 所有格形容詞 / 物主形容詞；**aggettivi qualificativi** [文法] 性質形容詞

aggiunto, i / a, e *agg.* 增加的；**Imposta sul Valore Aggiunto** (*abbr.* **I.V.A.**) 增值稅，加值型營業稅

agire *vi.* ③ⅰ [ⓐ: **agito**] 做，行動

agli *prep.art., masc., pl.*, (= **a** + **gli**) 在，到（*at the, to the*）；

aglio, agli *nm.* 蒜頭

agosto *nm.* 八月

ah *int.* 啊、喔

ai *prep.art., masc., pl.*, (= **a** + **i**) 在，到（*at the, to the*）；

aiuto, i *nm.* 幫助

al *prep.art., masc., sing.*, (= **a** + **il**) 在，到（*at the, to the*）；**andare al cinema** 去看電影；**al mattino** 在早上

albergo, ghi *nm.* 旅館；飯店

albero, i *nm.* 樹

albicocca, che *nf.* 杏仁
alcuni / e *pron.indef., pl.* 某些人；*agg.indef., pl.* 一些
alcuno (alcun) / a *agg.indef., sing.* [與否定詞連用] 毫不，毫無
alfabeto *nm.* 字母
alla (all') *prep.art., fem., sing.*, (= **a** + **la**) 在，到（*at the, to the*）
alle *prep.art., fem., pl.*, (= **a** + **le**) 在，到（*at the, to the*）
allo (all') *prep.art., masc., sing.*, (= **a** + **lo**) 在，到（*at the, to the*）；
allora *avv.* 然後，於是，那麼
alluce, i *nm.* 腳拇趾
alluvione, i *nf.* 水災；洪水
almeno *avv.* 至少
alto, i / a, e *agg.* 高的；**alta pressione** 高氣壓；**scarpe con tacco alto** 高跟鞋
altro, i / a, e *agg.indef.* 其他的，之前的；*pron.indef.* 別的（人，東西）；之前的（東西）；**altro ieri** 前天；**senz'altro** 當然，一定
alunno, i / a, e *nm.* / *nf.* [中、小學]（男/女）學生
alzarsi *vr.* ① [ⓔ: **alzatosi, isi / asi, esi**] 起床；升高，升起
amare *vt.* ① [ⓐ: amato] 喜歡，愛
amaro, i / a, e *agg.* 苦的；*nm.* 苦味；苦味飲料，苦酒
ambilanza, e *nf.* 救護車
ambulatorio, ri *nm.* 診所
Amburgo *nf., sing.* [城市名]（德國）漢堡（*Hamburg*）
America *nf.* 美洲；**America Centrale** [地名] 中美洲（*Central America*）；**America del Nord** [地名] 北美洲（*North-America*）；**Americca del Sud** [地名] 南美洲（*South-America*）；**Stati Uniti d'America** [國名] 美國（*United States of America*）
americano, i / a, e *agg.* 美國的；*nm.* / *nf.* 美國人
amico, i / a, che *nm.* / *nf.*（男/女）朋友
ammesso, i / a, e *agg.* 被接受的，允許的；**importazione ammessa** 准予進口；**importazione non ammessa** 禁止進口
analcolico, i / a, che *agg.* 無酒精成份的，不含酒精的；*nm.* 無酒精飲料
ananas *nm., inv.* 鳳梨；**succo di ananas** 鳳梨汁
anca, che *nf.* 髖部，臀部
anche *cong.* 也，又；**anch'io** 我也（是）
ancora *avv.* 而且，仍，再，還；**ancora no** 尚未，還沒
andare *vi.* Ⓘ:8 [ⓔ: **andatosi, isi / asi, esi**] 去，走；**andare al cinema** 去看電影；**andare a fare compere** 去購物；**andare dal medico** 就醫；**andare tranquillo** 別緊張；沒問題；**va bene** 好，可以；**come va?** 你/妳/您好嗎？；不用擔心；**può andare** 還可以，還過得去
andata, e *nf.* 去，離去；單程票；**andata e ritorno** 來回票；**sola andata** 單程
angelo, i *nm.* 天使；**Castel Sant'Angelo** [名勝]（羅馬）聖天使城堡
anguria, e *nf.* 西瓜
animale, i *nm.* 動物
anno, i *nm.* 年；歲；**anno accademico** 學年，學期；**anno nuovo** 新年；**ogni anno** 每年；**quest'anno** 今年；**anno scorso** 去年；**di anno in anno** 年復一年
annullato, i / a, e *agg.*（被）取消的；**prenotazione annullata** 取消訂位
ano, i *nm.* 肛門
antartico, i / a, che *agg.* 南極的；*nm. sing.* 南極；**circolo antartico** 南極圈；**Oceano Antartico** [地名] 南冰洋（*Antarctic Ocean*）
antenato, i / a, e *nm.* / *nf.*（男/女）祖先
anteriore, i *agg.* 在前面的，先前的、之前的；**futuro anteriore** [文法] 未來完成式
antibiotico, i / a, che *agg.* 抗菌的，抗生的；*nm.* 抗生素
antico, chi / a, che *agg.* 古老的，古代的；**Ostia antica** [名勝]（羅馬）奧斯提亞安提卡遺跡；**Via Appia Antica** [名勝]（羅馬）亞壁古道

antipasto, i *nm.* 前菜，冷盤
anulare, i *agg.* 環形的；*nm.* 無名指
Anversa *nf.* [城市名]（比利時）安特衛普（*Antwerp*）
aperitivo, i *nm.* （餐前的）開胃酒
aperto, i / a, e *agg.* 開啟的；公開的；**credito aperto** 公開授信
apertura, e *nf.* 開，開放，公開；**apertura L/C** 信用狀開狀
appello, i *nm.* [法律] 上訴
appendice, i *nf.* 附錄；盲腸，闌尾
appetito, i *nm.* 食慾，胃口；**avere appetito** 有胃口，覺得餓；**buon appetito** 請慢用，祝您有好胃口
apprendere *vt.* 2 [ⓐ: **appreso**] 學習
aprile *nm.* 四月；**Pesce d'Aprile** 愚人節
aprire *vt. / vi.* 3p [ⓐ: **aperto**] 開，打開；開始，開放；開闢，開發
Arabia Saudita *nf.* [國名] 沙烏地阿拉伯（*Saudi Arabia*）
arabo, i / a, e *agg.* 阿拉伯的；*nm.* 阿拉伯語；*nm. /nf.* （男/女）阿拉伯人；**Emirati Arabi Uniti** [國名] 阿拉伯聯合大公國（*United Arab Emirates*）
aragosta, e *nf.* 龍蝦
arancia, e *nf.* 柳橙；**succo di arancia** 柳橙汁
aranciata, e *nf.* 現榨柳橙汁
arco, archi *nm.* [建築] 拱門；**Arco di Costantino** [名勝]（羅馬）君士坦丁凱旋門
arena, e *nf.* 競技場；**L'Arena di Verona** [名勝]（威洛那）威洛那圓形競技場
Arezzo *nf., inv.* [城市名]（義大利）阿瑞佐（*Arezzo*）
aria *nf., sing.* 空氣
arrivare *vi.* 1 [ⓔ: **arrivato, i / a, e**] 到達，抵達
arrivederci *int. / nm., inv.* 再見
arrivederLa *int.* [禮貌用法] 再見
arrivo, i *nm.* 抵達，到達；*pl.* [機場] 入境處
arrosto *agg., inv.* 烘烤的
arteria, e *nf.* 動脈
artico, i / a, che *agg.* 北極的；*nm.* 北極；**circolo artico** 北極圈；**Oceano Artico** [地名] 北冰洋（*Arctic Ocean*）
articolato, i / a, e *agg.* [文法] 介係詞與冠詞相組合的；**preposizione articolata** [文法] 冠詞化介係詞（即介係詞與冠詞的連寫形式）
articolazione , i *nf.* 關節
articolo, i *nm.* 項目，條款，文章；製品；[文法] 冠詞；**articolo determinativo** [文法] 定冠詞；**articolo indeterminativo** [文法] 不定冠詞
arto, i *nm.* 肢；骨節，關節
ascella, e *nf.* 腋窩，腋下
asciugacapelli *nm., inv.* 吹風機
asciugamano, i *nm.* 毛巾，手巾
ascoltare *vt.* 1 [ⓐ: **ascoltato**] 聽，聆聽
Asia *nf.* 亞洲（*Asia*）；**Asia Centrale** [地名] 中亞細亞（*Central Asia*）；**Asia Minore** [地名] 小亞細亞（*Asia Minor*）
asiatico, i / a, che *agg.* 亞洲的；*nm. / nf.* 亞洲人；**Sud-Est Asiatico** [地名] 東南亞（*South-Eastern Asia*）；**Sud-Ovest Asiatico** [地名] 西南亞（*South-Western Asia*）
asparago, gi *nm.* 蘆筍；**zuppa di asparagi** （奶油）蘆筍湯
aspettare *vt.* 1 [ⓐ: **aspettato**] 等待；**farsi aspettare** 使（某人）久候；**sala d'aspetto** 候車室，候機室
asse, i *nm.* 軸，軸線
assicurato, i / a, e *agg.* 已保證的，有保險的，擔保的；**lettera assicurata** 報值郵件
assicurazione, i *nf.* 保證，擔保，保險；**costo, assicurazione e nolo (CIF)** 貨價、保險及運費；**costo ed assicurazione (C & I)** 貨價及保險；**polizza d'assicurazione** 保險憑證；**premio assicurazione** 保險費
Assisi *n., inv.* [城市名]（義大利）阿西西（*Assisi*）
associazione, i *nf.* 結合，聯繫；協會
assolutamente *avv.* 絕對地
assoluto, i / a, e *agg.* 絕對的，完全的；**superlativo assoluto** [文法] 絕對最高級

assortito, i / a, e *agg.* 什錦的，各色具備的，各式各樣的；**salami assortiti** 什錦香腸
Atene *nf.* [城市名]（希臘）雅典（*Athens*）
atlantico, i / a, che *agg.* 大西洋的；*nm., sing.* 大西洋；**Oceano Atlantico** [地名] 大西洋（*Atlantic Ocean*）
attendere *vt.* ② [ⓐ: **atteso**] 等，等待；*vi.* ⓐ 致力於，照料
attento, i / a, e *agg.* 仔細的，小心的；**stare attento** 小心！
attenzione, i *nf.* 注意，小心
atterraggio, ggi *nm.* 著陸，降落
attesa, e *nf.* 等待；**nell'attesa** 同時
attimo, i *nm.* 瞬間，片刻；**un attimo** 稍等，等一下
attore, i / trice, i *nm. / nf.* （男/女）演員；**attori cinematografici** 電影演員們
attraversare *vt.* ① [ⓐ: **attraversato**] 越過，穿越；**attraversare la strada** 穿越馬路
augurio, ri *nm.* 祝福，祝願；**auguri** 祝好運，祝一切順利（*best wishes*）
aumentare *vt.* ① [ⓐ: **aumentato**] 使增加；*vi.* [ⓔ: **aumentato, i / a, e**] 增加，上漲
Australia *nf.* [地名] 澳洲（*Australia*）
autista, i / a, e *nm. / nf.* （男/女）駕駛，司機
auto *nf., inv.*, (*abbr.*: automobile, i) 汽車
autobus *nm., inv.* 公共汽車
automobile, i *nf.* 汽車
autostrada, e *nf.* 高速公路
autostradale, i *agg., masc.; fem.* 高速公路的；**casello autostradale** 收費站
autunno, i *nm.* 秋，秋天，秋季
avambraccio, ci *nm.* 前臂
avanti *avv.* 前，先前；**avanti Cristo (a.C.)** 紀元前
avere *vt.* Ⓘⓡ:1 [ⓐ: **avuto**] 有；**avere appetito** 有胃口，覺得餓；**avere caldo** 覺得熱；**avere fame** 覺得餓；**avere freddo** 覺得冷；**avere premura** 急忙，趕時間；**avere sete** 覺得渴；**avere sonno** 覺得睏；**avere tempo** 有空、有時間；**si ha** 有（*there is*）
avorio, ri *nm.* 象牙；**Costa d'Avorio** [國名] 象牙海岸（*Côte d'Ivoire; Ivory Coast*）
avverbio, bi *nm.* [文法] 副詞
avviamento, i *nm.* 開始，啟動；起先
avvocato, i / essa, esse *nm. / nf.* （男/女）律師
Azerbaigian *nm.* [國名] 亞塞拜然（*Azerbaijan*）
azzurro, i / a, e *agg.* 蔚藍色的；義大利國家隊的

B

bacino, i *nm.* 盆；盆地
bacio, ci *nm.* 吻
baffo, i *nm.* 髭，小鬍子
bagaglio, gli *nm.* 行李；**deposito bagagli** 行李寄放處；**eccedenza bagaglio** 行李超重；**ritiro bagagli** 提取行李
bagnato, i / a, e *agg.* 濕的，濕潤的，潮濕的
bagno, i *nm.* 洗澡，淋浴；浴室；**costume da bagno** 浴衣
Bahrein *nm.* [國名] 巴林（*Bahrain*）
ballare *vi.* ① [ⓐ: **ballato**] 跳舞
bambino, i / a, e *nm. / nf.* （男/女）兒童，孩子
banana, e *nf.* 香蕉
banca, che *nf.* 銀行
bar *nm., inv.* 酒吧
barba, e *nf.* 鬍子，鬍鬚；**che barba!** 煩死了！真無聊！悶死人了！
Barcellona *nf.* [城市名]（西班牙）巴塞隆那（*Barcelona*）
Basilea *nf.* [城市名]（瑞士）巴塞爾（*Basle*）
basilica, che *nf.* 大教堂；**Basilica di S. Francesco** [名勝]（阿西西）聖方濟各聖殿；**Basilica di S. Antonio** [名勝]（帕多瓦）聖安東尼大教堂；**Basilica di S. Pietro** [名勝]（梵蒂岡）聖伯多祿大教堂
basso, i / a, e *agg.* 短的，矮的，低的，

小的；**Paesi Bassi** [國名] 荷蘭（*Netherland*）；**bassa pressione** 低氣壓；**scarpe con tacco basso** 平底女鞋
battistero, i *nm.* 洗禮堂，受洗池
Baviera *nf.* [地名] 巴伐利亞（*Bavaria*）；**Monaco di Baviera** [城市名]（德國）慕尼黑（*Munich*）
Belgio *nm.* [國名] 比利時（*Belgium*）
Belgrado *nf.* [城市名]（塞爾維亞）貝爾格勒（*Belgrade*）
bello, i / a, e *agg.* 美麗的，漂亮的；**bellissimo, i / a, e** 極美麗的；**tempo bello** 怡人的天氣
bene (ben) *avv.* 好；**benissimo, i / a, e** *sup.* 最好地，非常好；**ben fatto!** 做得好！；**molto bene** 非常好，很好；**va bene** 好，可以；**(qui) si sta bene** （這裡）好天氣/很舒適
beneficiario, ari *nm.* 受益人，受惠者
benvenuto, i / a, e *agg.* 受歡迎的
benzina, e *nf.* 汽油；**benzina normale** 普通汽油；**benzina super** 特級汽油
bere *vt.* ⒾⓇ:12 [ⓐ: **bevuto**] 喝；**bere del (/dello/ della)...** 喝一點…；**bere qualcosa** 喝點東西
Berlino *nf.* [城市名]（德國）柏林（*Berlin*）
Berna *nf.* [城市名]（瑞士）伯恩（*Bern*）
Bernini *n.* [姓氏] 貝爾尼尼；**Colonnato del Bernini** [名勝]（梵蒂岡）聖伯多祿廣場
bevanda, e *nf.* 飲料
bianco, chi / a, che *agg.* 白色的；**film in bianco e nero** 黑白軟片；**vino bianco** 白葡萄酒
biblioteca, che *nf.* 圖書館
bicchiere, i *nm.* 杯子
bicentenario, ri *nm.* 二百週年紀念
bide (bidet) *nm., inv.* 浴盆
Bielorussia *nf.* [國名] 白俄羅斯（*Belarus*）
bigliardo, i (biliardo, i) *nm.* 撞球
biglietteria, e *nf.* 售票處
biglietto, i *nm.* 票，券；**biglietto di andata e ritorno** 來回票；**biglietto di prima classe** 頭等票；**biglietto di seconda classe** 二等票；**biglietto di sola andata** 單程票；**biglietto studenti** 學生票；**biglietto turistico** 觀光票
binario, ri *nm.* 軌道，鐵軌；站台，月台
Birmania *nf.* [國名] 緬甸（*Myanmar*）
birra, e *nf.* 啤酒；**birra alla spina** 麥根沙士
bisogno, i *nm.* 需要
bistecca, che *nf.* 牛排
blu *agg., inv.* 藍色的
BMW [bi-emme-vu] *nf.* [車輛廠牌] BMW
bocca, che *nf.* 嘴
bollato, i / a, e *agg.* 已蓋章的；**valori bollati** 郵票
bolletta, e *nf.* 帳單；**bolletta telefonica** 電話繳費單
bollitto, i / a, e *agg.* 煮開的，煮熟的；*nm.* 燉肉；**uova bollite** 水煮蛋
bordo, i *nm.* 船舷，船板，船面；（車、船或飛機等運輸工具的）內艙；**franco bordo (FOB)** 離岸價格（船上交貨）
borsa, e *nf.* 包，袋，皮包；**borsa da viaggio** 旅行袋
borsellino, i *nm.* 錢包
borsetta, e *nf.* 女用手提包
Bosnia ed Erzegovina *nf.* [國名] 波士尼亞赫塞哥維納（*Bosnia and Herzegovina*）
braccio, a *nm., sing.; nf. pl.* 手臂
brasato, i *nm.* 燉肉
Brasile *nm., sing.* [國名] 巴西（*Brazil*）
bravo, i / a, e *agg.* 優秀的，好的；**bravo!** [表示讚賞] 好！棒！；**che bravo!** 多麼優秀啊！
Bretagna *nf.* [地名]（法國）布列塔尼；[地名]（英國）不列顛；**Gran Bretagna** [國名] 英國（大不列顛，*Great Britain*）
bretella, e *nf.* 背帶，吊帶
brioche *nf., inv.* 法式甜點麵包，布莉歐
brivido, i *nm.* 顫抖
brodo *nm., sing.* 湯汁
brutto, i / a, e *agg.* 醜陋的，負面的；

tempo brutto 惡劣的天氣

Bruxelles *nf.* [城市名]（比利時）布魯塞爾（*Brusseis*）

Bucarest *nf.* [城市名]（羅馬尼亞）布加勒斯特（*Bucharest*）

budino, i *nm.* 布丁；**budino al cioccolato** 巧克力布丁；**budino alla vaniglia** 香草布丁

buono (buon), i / a, e *agg.* 好的，佳；**buon appetito** 請慢用，祝您有好胃口；**buon giorno** 早安，您好；**buona notte** 晚安；**buon pomeriggio** 午安；**buona sera** 晚安；**buon soggiorno** 祝您（在此）愉快；**buon viaggio** 祝旅途愉快，一路順風；**a buon mercato** 便宜的；**tempo buono** 好天氣

C

cabina, e *nf.* 艙，室，間；**cabina telefonica** 電話亭

cadere *vi.* ⓇⓇ:13 [ⓔ: **caduto, i / a, e**] 落下，掉落，跌倒

caffè *nm., inv.* 咖啡；**caffè latte** 咖啡牛奶

calamaro, i *nm.* 魷魚

calcio, ci *nm.* 踢，踢球；足球，足球運動；**partite di calcio** 足球比賽

caldo, i / a, e *agg.* 熱的，炎熱的；**avere caldo** 覺得熱；**fa caldo** 天氣炎熱

calmare *vt.* ① [ⓐ: **calmato**] 使平靜，使鎮定，使安靜

calza, e *nf.* 襪子

cambio, bi *nm.* 換，交換，更換，改變；**Linea Cambio Data** 國際換日線

cameriere, i / a, e *nm. / nf.* （男/女）服務生

Camerun *nm.* [國名] 喀麥隆（*Cameroon*）

camicetta, e *nf.* 女用襯衫

camicia, e *nf.* （男用）襯衫

camion *nm., inv.* 卡車

camoscio, sci *nm.* 岩羚羊，臆羚；羚羊皮；**giacca di camoscio** 羚羊皮夾克

campanello, i *nm.* 鈴；**suonare il campanello** 按（門）鈴

campanile, i *nm.* 鐘樓；**Campanile di Giotto** [名勝]（佛羅倫斯）喬托鐘樓

Campari *nm., inv.* [酒名] 金巴利酒

camper *nm., inv.* 露營車

Campidoglio *nm.* [名勝]（羅馬）卡皮托利歐山丘

campione, i / nessa, nesse *nm. / nf.* （男/女）冠軍；（男/女）鬥士，勇士；*nm.* 樣品

campo, i *nm.* 田野；場地；領域；**Piazza del Campo** [名勝]（夕葉娜）田野廣場

canale, i *nm.* 運河，溝渠；海峽；管道；頻道

cane, i *nm.* 狗

canottiera, e *nf.* （男用）汗衫

cantare *vt. / vi.* ① [ⓐ: **cantato**] 唱，歌唱，唱歌

canto, i *nm.* 歌，旋律，樂曲

Canton *nf.* [城市名]（中國）廣州（*Guangzhou*）

canyon *nm., inv.* （有河流的）峽谷

canzone, i *nf.* 歌曲，詩歌

capacità *nf., inv.* 容量，容積

capello, i *nm.* 頭髮，毛髮

capezzolo, i *nm.* 乳頭；奶嘴

capire *vt.* ㉛ [ⓐ: **capito**] 瞭解，理解

capo, i *nm.* 頭，頭部；首領；海角，岬；**Città del Capo** [城市名]（南非）開普敦（*Cape Town*）；**Capo Verde** [國名] 維德角（*Cape Verde*）

capostazione, i *nm. / nf.* 車站的（男/女）站長

capovolgere *vt.* ② [ⓐ: capovolto] 翻轉，扭轉；**non capovolgere** 不可倒置

cappella, e *nf.* 小教堂，附設教堂；**Cappella Sistina** [名勝]（梵蒂岡）西斯汀禮拜堂

cappello, i *nm.* 帽子

cappotto, i *nm.* 厚大衣

caramente *avv.* 可愛地，親熱地，摯愛地

cardinale, i *agg.* 主要的，基本的，根本的；**numerali cardinali** [文法] 基數

carino, i / a, e *agg.* 漂亮的，可愛的，討

人喜歡的
Carla *nf.* [女子名] 卡娜
carne, i *nf.* 肉（類），肌肉，肉體，肉慾
caro, i / a, e *agg.* 親愛的；珍貴的；昂貴的；**carissimo, i / a, e** 最親愛的，非常貴
Carrara *nm., inv.* [城市名]（義大利）卡拉拉（*Carara*）
carro, i *nm.* 車，車廂；**carro merci** 貨車（火車）
carta, e *nf.* 紙張；地圖，圖表；卡片，證件；紙牌；**carta di credito** 信用卡
cartolina, e *nf.* 明信片；**cartolone postali** 明信片
cartone, i *nm.* 厚紙板，硬紙板盒
casa, e *nf.* 房屋，家；**a casa** 在家；**in casa** 在家；**tornare a casa** 回家，回屋子；**Casa di Santa Caterina** [名勝]（錫耶納）聖加大利納之家
casella, e *nf.* 匣，盒子，格子，抽屜；信箱；**casella postale** 郵政信箱
casello, i *nm.* 門哨站；**casello autostradale** 收費站
caso, i *nm.* 命運，偶然；情況，事情；緣由，方法；案件；**per caso** 碰巧，偶然，意外；**non è per caso...?** [用於期待肯定的答覆] 該不會就是...吧？
cassa, e *nf.* 箱，槽，櫃；現金，受款處
castagna, e *nf.* 栗子
castello (castel), i *nm.* 城堡，堡壘；**Castello Sforzesco** [名勝]（米蘭）斯福爾扎城堡；**Castel Sant'Angelo** [名勝]（羅馬）聖天使城堡
catacomba, e *nf.* 地下墓穴
cattivo, i / a, e *agg.* 壞的，糟的；**tempo cattivo** 壞天氣
causa, e *nf.* 原因，理由；[法律] 訴訟，訴訟案件；**intentare causa (civile / penale)** 提起（民事/刑事）訴訟
caviale, i *nm.* 魚子醬
caviglia, e *nf.* 腳踝
ce *avv.* [取代 ci 置於在代名詞 lo, la, li, le, ne 之前] 那裡（*there*）；**ce l'hai fatta!** 你做到了！
ceco, chi / a, che *agg.* 捷克的；；*nm.* 捷克語；*nm. / nf.*（男/女）捷克人；**Repubblica Ceca** [國名] 捷克共和國（*Czech Republic*）
celibe, i *agg.* 單身的（男性），未婚的（男性）；*nm.* 單身男子，未婚男子
cena, e *nf.* 晚餐；**Ultima Cena di Leonardo** [畫作] 達文西最後的晚餐
cenare *vi.* ① [ⓐ: **cenato**] 吃晚餐
centenario, ri *nm.* 一百週年紀念
centesimo, i / a, e *num.ord.* 第一百
centigrammo, i *nm.*, (*abbr.*: **cg**) 公毫（＝0.01 公克）
centilitro, i *nm.*, (*abbr.*: **cl**) 公勺（＝0.01 公升）
centimetro, i *nm.*, (*abbr.*: **cm**) 公分
cento *num.card.* 一百；**per cento (%)** 百分之一
centodue *num.card.* 一百零二
centomila *num.card.* 十萬；**un milione centomila** *num.card.* 一百一十萬
centotrè *num.card.* 一百零三
centouno *num.card.* 一百零一
centrafricano, i / a, e *agg.* 中非的；**Repubblica Centrafricana** [國名] 中非共和國（*Central African Republic*）
centrale, i *agg.* 中心的；**America Centrale** [地名] 中美洲（*Central America*）；**Asia Centrale** [地名] 中亞細亞（*Central Asia*）；**Posta Centrale** 郵政總局；**Stazione Centrale** 中央車站
centralinista, i / e *nm. / nf.*（男/女）總機，（電話）接線員
centrifugo, ghi / a, ghe *agg.* 離心的；**forza centrifuga** 離心力
centripeto, i / a, e *agg.* 向心的；**forza centripeta** 向心力
cercare *vt.* ① [ⓐ: **cercato**] 尋找，追求；*vi.* ⓐ 試圖，嘗試
cerchio, chi *nm.* 圓周
certificato, i *nm.* 證明（書）；**certificato d'origine** 原產地證明
certo *avv.* 當然
certo, i / a, e *agg.indef.* 某個；某些，一些；*pron.indef., pl.* 某些（人或事物），一些（人或事物）

cervello, i *nm.* 腦，大腦；頭腦，智能；判斷力

champagne *nm., inv.* [酒名] 香檳酒

che *cong.* [用於引出從屬子句]（*that*）；[表示比較]（*than*）

che *pron.rel., inv.* [直接受詞] 那，那個（人/事物）（*what, which, whom*）；**non c'è di che** 不必掛在心上；*agg.interr., inv.* I. [表示疑問] 什麼？哪個？哪些？（= **quale, i**）；**che ora è? / che ore sono?** 現在幾點了？；**a che ora?** 在幾點？在什麼時候？；**che età?** 幾歲？；**che tempo fa?** 天氣怎樣？；II. [表示感嘆] 多麼，何等（*how, what a*）；**che barba! / che noia!** 煩死了！真無聊！悶死人了！；**che bravo!** 多麼優秀啊！；**che gentile!** 這麼客氣！；**che giornata!** 多棒（/多可怕）的一天！；**che piacere!** 真榮幸！真高興！

che cosa *pron.interr., inv.* 什麼（事物）（*what*）？；**che cosa fare?** 在做什麼事？從事什麼職業？

chi *pron.interr., inv.* 誰？

chiacchierare *vi.* ① [ⓐ: **chiacchierato**] 閒聊，閒談，聊天

chiamare *vt.* ① [ⓐ: **chiamato**] 叫喊，呼叫（人），打電話

chiamarsi *vr.* ① [ⓔ: **chiamato, i / a, e**] 姓名為…；彼此相互呼叫

Chiara *nf.* [女子名] 奇亞娜

chiave, i *nf.* 鑰匙；關鍵；音調

chiedere *vt.* ② [ⓐ: **chiesto**] 詢問；要求，請求；需求；*vi.* [ⓔ: **chiesto, i / a, e**] 詢問，打聽

chilogrammo (chilo), i *nm., (abbr.:* **kg**) 公斤

chilolitro, i *nm., (abbr.:* **kl**) 公秉（＝1000 公升）

chilometro, i *nm., (abbr.:* **km**) 公里；**chilometro quadrato** (*abbr.:* **km^2**) 平方公里

chiudere ② [ⓐ: **chiuso**] / *vi.* [ⓔ: **chiuso, i / a, e**] 關，關閉，封鎖，切斷，掛電話

ci *avv.* [當置於代名詞 lo, la, li, le, ne 之前，須以 ce 代替] 那裡（*there*）；**c'è, ci sono** 有（*there is, there are*）；**non c'è di che** 不必掛在心上；**c'è il sole** 晴天；**non c'è problema /non ci sono problemi** 沒問題；**c'è temporale** 暴風雨天；**c'è vento** 刮風天；**tenerci a** 關心，意圖，想要

ci *pron.pers., 1° pl.* [直接受詞] 我們，彼此；[間接受詞；當置於代名詞 lo, la, li, le, ne 之前，須以 ce 代替] 對我們，對彼此；*pron.rif., 1° pl.* 我們自身；*pron.dimost.*（對/關於）這件事，（對/關於）那件事；**ci credo** 我認為如此

ciabatta, e *nf.* 拖鞋

Ciad *nm.* [國名] 查德（*Chad*）

ciao *int.* 嗨；再見

cibo, i *nm.* 食物，食品

cielo, i *nm.* 天，天空；天候，天體；天堂

ciglio, li (lia) *nm. (/ nf., pl.)* 睫毛

Cile *nm.* [國名] 智利（*Chile*）

ciliegia, e *nf.* 櫻桃

Cina *nf.* [國名] 中國；**Repubblica di Cina (Taiwan)** [國名] 中華民國（台灣）（*Republic of China (Taiwan)*）

cinema *nm., inv.* 電影、電影院；**andare al cinema** 去看電影；**festival del cinema** 電影節

cinematografico, i / a, che *agg.* 電影的；**attori cinematografici** 電影演員們

cinepresa, e *nf.* 攝影機

cinese, i *agg.* 中國的；*nm.* 中文；*nm. / nf.*（男/女）中國人；**Repubblica Popolare Cinese** [國名] 中國（中華人民共和國，*People's Republic of China*）；**ristorante cinese** 中國餐館

cinquanta (cinquant') *num.card.* 五十

cinquantacinque *num.card.* 五十五

cinquantadue *num.card.* 五十二

cinquantaduesimo, i / a, e *num.ord.* 第五十二

cinquantanove *num.card.* 五十九

cinquantaquattro *num.card.* 五十四

cinquantasei *num.card.* 五十六

cinquantasette *num.card.* 五十七

cinquantatrè *num.card.* 五十三

cinquantesimo, i / a, e *num.ord.* 第五十
cinquantotto *num.card.* 五十八
cinquantunesimo, i / a, e *num.ord.* 第五十一
cinquantuno *num.card.* 五十一
cinque *num.card.* 五
cintura, e *nf.* 腰帶
ciò *pron.pers., 3° sing.* [直接受詞強調形式] 它，這個，那個
cioccolato, i *nm.* 巧克力；**budino al cioccolato** 巧克力布丁；**gelato al cioccolato** 巧克力冰淇淋；**torta al cioccolato** 巧克力蛋糕
cipolla, e *nf.* 洋蔥
Cipro *n.* [國名] 賽普勒斯（*Cyprus*）
circolo, i *nm.* 圓，環，圈；**circolo antartico** 南極圈；**circolo artico** 北極圈
cistifellea, e *nf.* 膽囊
città *nf., inv.* 城市；**Città del Capo** [城市名]（南非）開普敦（*Cape Town*）；**Città del Messico** [城市名]（墨西哥）墨西哥城（*Mexico City*）；**Città del Vaticano** [國名/城市名] 梵蒂岡（*The Vatican*）
ciuffo, i *nm.* 簇、束、叢
civico, i / a, che *agg.* 公民的，市民的；城市的，市立的；**museo civico** 市立博物館
civile, i *agg.* 公民的，市民的；民用的，世俗的；文明的；[法律] 民法的；**causa civile** 民事訴訟
classe, i *nf.* 等級，課程，教室；**prima classe** 頭等；**seconda classe** 二等
cliente, i *nm./ nf.* （男/女）顧客，客戶
clientela, e *nf.* [集合詞] 顧客
cocco, chi *nm.* 椰子
codesto (codest'), i / a (codest'), e *agg.dimost.* [罕用] 這個的，這些的；那個的，那些的；*pron.dimost.* [罕用] 這個，這些；那個，那些
cogli *prep.art., masc., pl.*, (= **con** + **gli**) 和，與，跟（*with the*）
cognac *nm., inv.* [酒名] 干邑白蘭地
cognata, e *nf.* 妯娌，姑嫂，大姨子，小姨子
cognato, i *nm.* 連襟，姊夫，妹夫，大伯，小叔
coi *prep.art., masc., pl.*, (= **con** + **i**) 和，與，跟（*with the*）
col *prep.art., masc., sing.*, (= **con** + **il**) 和，與，跟（*with the*）
colazione, i *nf.* 早餐；fare colazione 吃早餐
colla (coll') *prep.art., fem., sing.*, (= **con** + **la**) 和，與，跟（*with the*）
colle *prep.art., fem., pl.*, (= **con** + **le**) 和，與，跟（*with the*）
collina, e *nf.* 小山丘；丘陵
collo (coll') *prep.art., masc., sing.*, (= **con** + **lo**) 和，與，跟（*with the*）
collo, i *nm.* 頸，頸部，脖子
Colombo *n.* [姓氏] 哥倫布；*nf.* [城市名]（斯里蘭卡）可倫坡（*Colombo*）
colonna, e *nf.* 圓柱；**colonna vertebrale** 脊柱
colonnato, i *nm.* 廊柱，列柱；**Colonnato del Bernini** [名勝]（梵蒂岡）聖伯多祿廣場
colore, i *nm.* 顏色，色彩；**film a colori** 彩色軟片
Colosseo *nm.* [名勝]（羅馬）羅馬競技場
colpa, e *nf.* 過失，過錯，罪過；**per colpa di** 因為，歸咎於
colpire *vt.* 囝 [ⓐ: **colpito**] 打，擊；攻擊
come *avv.* I. 如同，就像；**così... come...** 如同…一樣…（*as...as...*）；II. [表示感嘆] 多麼，何等；*avv.interr.* 怎樣？怎麼？如何？（*how*）；**com'è?** 如何？怎麼樣？；**come mai?** 為什麼？怎麼了？；**come stai (/sta)?** 你/妳（/您）好嗎？；**come va?** 你/妳/您好嗎？
cometa, e *nf.* [天文] 彗星
commercio, ci *nm.* 商業，商務，貿易；**commercio internazionale** 國際貿易
commesso, i / a, e *nm. / nf.* （男/女）售貨員，（男/女）營業員
comodino, i *nm.* 床頭櫃
comodo, i / a, e *agg.* 舒服的，舒適的，

便利的

Comore *nf., pl.* [國名] 科摩洛（*Comoros*）

compagnia, e *nf.* 同夥，集團，團體；公司；**compagnia aerea** 航空公司

comparativo, i / a, e *agg.* 比較的，比較上的；*nm.* [文法] 比較級

compera, e *nf.* 購買，買；**andare a fare compere** 去購物

comperare *vt.* ① [ⓐ: **comparato**] 買，購買

complicato, i / a, e *agg.* 複雜的，棘手的

composto, i / a, e *agg.* 組合的，集合的，複合的；[文法] 複合式的

comprare *vt.* ① [ⓐ: **comprato**] 買，購買

computer *nm., inv.* 電腦

comune, i / a, e *agg.* 公共的，共同的，通常的，普通的

comunque *avv.* 不論如何

con *prep.* 和，與，跟（*with*）

condimento, i *nm.* 調味，調味料

condizionale, i *agg.* 帶有條件的，有限制的；*nm.* [文法] 條件語氣

condizione, i *nf.* 條件；*pl.* 情況，狀況；**condizioni del tempo** 天候狀況

conduttore, i / trice, i *nm. / nf.* （男/女）駕駛，司機；（男/女）乘務長，列車長，查票員

confermare *vt.* ① [ⓐ: confermato] 確定，證實；認可，許可，認同；**prenotazione confermata** 確定訂位

Confucio *nm.* [人名] 孔子；**Nascita di Confucio** 教師節，孔子誕辰

confusione, i *nf.* 混亂，攪混，混淆，混合

congiuntivo, i / a, e *agg.* 結合的，聯合的；[文法] 虛擬的；*nm.* [文法] 假設語氣（/虛擬語氣）

congiunzione *nf.* 連接，相合；[文法] 連接詞

conoscere *vt.* ② [ⓐ: **conosciuto**] 知道，認識，瞭解；**piacere di conoscerLa** 真高興認識您；幸會

conoscersi *vr.* ② [ⓔ: **conosciutosi, isi / asi, esi**] 相互認識，彼此瞭解

consegna, e *nf.* 派遣，遞送；**la consegna in giornata** 快洗（當日交件）

consigliare *vt.* ① [ⓐ: **consigliato**] 提醒，勸告，告誡；建議，吩咐

consonante, i *nf.* [文法] 子音

contante, i *agg.* 現金的，計算的；*nm., pl.* 現款，現金；**pagare in contanti** 付現金

contento, i /a, e *agg.* 愉快的，滿足的，滿意的

contenuto, i *nm.* 內容，內容物

continente, i *nm.* 大陸，陸地，大洲

conto, i *nm.* 數；計算；帳目，帳單；帳戶；**conto corrente** 活期存款

contorno, i *nm.* 輪廓，周邊；市郊；配菜

contro *prep.* 向著，迎著，對著；對抗；**documenti contro accettazione (D/A)** 承兌後交單匯票；**documenti contro pagamento (D/P)** 付款後交單匯票

controllo, i *nm.* 控制；核對，查核；**Controllo Passaporti** 入境管制處；**torre di controllo** 控制塔台

conversazione, i *nf.* 交談，對話，會話

Copenaghen *nf.* [城市名] （丹麥）哥本哈根（*Copenhagen*）

coperta, e *nf.* 床罩，床單，被單

coperto, i *nm.* 餐具；（餐廳的）服務費

corda, e *nf.* 繩、索、帶；**corde vocali** 聲帶

Corea *nf.* [地名] 朝鮮；**Corea del Nord** [國名] 北韓（*North Korea*）；**Corea del Sud** [國名] 韓國（*South Korea*）

corpo, i *nm.* 體；物體，實體；本體，主體；肉體，身體；屍體；**corpo umano** 人體

corrente, i *agg.* 流動的，活動的；流暢的；通用的；流行的；*f.* 電流，氣流；**conto corrente** 活期存款

corridoio, doi *nm.* 走道，走廊

corsia, e *nf.* 通路，過道，跑道，行車道；**corsia veicoli lenti** 慢車道；**corsia veicoli veloci** 快車道

corso, i *nm.* 水流；歷程；課程；街道；行列；**lavori in corso** 前面道路施工中

corte, i *nf.* 庭院，院子；宮廷，朝廷；[法律] 法院，法庭
Corti *n.* [姓氏] 寇迪
cortile, i *nm.* 庭院
cosa, e *nf.* 事；事物，東西；事務，事情；原因，目的；行為，表現
coscia, sce *nf.* 大腿，腿，腿部
così *avv.* 這樣，那麼，如此，所以；*cong.*, **(così … come)** 如同…一樣（*as…as*）；**così-così** 馬馬虎虎
costa, e *nf.* 海岸；**Costa d'Avorio** [國名] 象牙海岸（*Côte d'Ivoire; Ivory Coast*）
costare *vi.* ① [ⓔ: **costato, i /a, e**] 值、價值（多少錢）；花費（時間，金錢，力氣等…）；**quanto costa?** 多少錢
costata, e *nf.* （豬，牛）肋排；**costata alla fiorentina** 佛羅倫斯式牛肋排
costellazione, i *nf.* [天文] 星座
costo, i *nm.i* 費用，成本；**costo, assicurazione e nolo (CIF)** 貨價、保險及運費；**costo e nolo (C & F)** 貨價及運費；**costo ed assicurazione (C & I)** 貨價及保險
costola, e *nf.* 肋骨
costume, i *nm.* 習慣，品行；衣著，服裝；*pl.* 風俗，習俗；**costume da bagno** 浴衣
cotoletta, e *nf.* 煎肉排，炸肉排；**costolette di maiale** 豬排
cotone, i *nm.* 棉，棉花
coupé *nm., inv* 雙門跑車型轎車
cranio, ni *nm.* 頭蓋骨，頭殼，頭腦
cratere, i *nm.* 火山口
cravatta, e *nf.* 領帶
credere *vt. / vi.* ② [ⓐ: **creduto**] 相信，視為，認為；**ci credo** 我認為如此
credito, i *nm.* 信任，信賴，信用，聲望；**Lettera di Credito (L/C)** 信用狀；**credito aperto** 公開授信；**carta di credito** 信用卡
crema, e *nf.* 奶油；*agg., inv.* 奶油色的，乳白色的；**torta alla crema** 奶油蛋糕
crescendo *nm., inv.,* (*abbr.*: **cresc.**) [音樂] 漸強，漸次強音
Cristo *nm.* [人名]（耶穌）基督；**avanti Cristo (a.C.)** 紀元前；**dopo Cristo (d.C.)** 紀元後
Croazia *nf., sing.* [國名] 克羅埃西亞（*Croatia*）
cubetto, i *nm.* 小方塊，小立方體；**cubetti di ghiaccio** 冰塊
cubo, i / a, e *agg.* 立方，立方的；**metro cubo** (*abbr.*: **m³**) 立方公尺
cuccetta, e *nf.* （火車，床）臥鋪
cuffia, e *nf.* 耳機，受話器
cugino, i / a, e *nm. / nf.* 表兄弟/姊妹，堂兄弟/姊妹
cui *pron.rel., inv.* [介係詞受詞] 那，那個，那些（人/動物/事物）(= **il (/la) quale; i (/le) quali**)；**per cui** 因此，所以
culo, i *nm.* 屁股，臀部；**andare a fare in culo** [咒罵] 去你的
cuore, i *nm.* 心，心臟
curva, e *nf.* 曲線，彎曲，轉彎；**curva a destra (/sinistra)** 右（/左）轉；**curva pericolosa** 危險彎路
cuscino, i *nm.* 坐墊，墊褥，枕頭

D

da *prep.* 從、自、由（*from, by*）；**da dove?** [動作] 從哪裡來？
dagli *prep.art., masc., pl.,* (= **da** + **gli**) 從、自、由（*from the, by the*）
dai *prep.art., masc., pl.,* (= **da** + **i**) 從、自、由（*from the, by the*）
dal *prep.art., masc., sing.,* (= **da** + **il**) 從、自、由（*from the, by the*）
dalla (dall') *prep.art., fem., sing.,* (= **da** + **la**) 從、自、由（*from the, by the*）
dalle *prep.art., fem., pl.,* (= **da** + **le**) 從、自、由（*from the, by the*）
dallo (dall') *prep.art., masc., sing.,* (= **da** + **lo**) 從、自、由（*from the, by the*）
Danimarca *nf., sing.* [國名] 丹麥（*Denmark*）
Dante *nm.* [人名] 但丁
dare *vt.* Ⓘ:9 [ⓐ: **dato**] 給，給予
data, e *nf.* 日期；**Linea Cambio Data** 國際換日線

davvero *avv.* 真正地，認真地，嚴肅地
debolezza, e *nf.* 虛弱，軟弱；缺點
decagrammo, i *nm.*, (*abbr.*: **dag**) 公錢（＝10公克）
decalitro, i *nm.*, (*abbr.*: **dal**) 公斗（＝10公升）
decametro, i *nm.*, (*abbr.*: **dam**) 公丈（＝10公尺）
decidere *vt.* / *vi.* ② [ⓐ: **deciso**] 決定；決意；解決
decigrammo, i *nm.*, (*abbr.*: **dg**) 公銖（＝0.1公克）
decilitro, i *nm.*, (*abbr.*: **dl**) 公合（＝0.1公升）
decimetro, i *nm.*, (*abbr.*: **dm**) 公寸（＝0.1公尺）
decimo, i / a, e *num.ord.* 第十
decimoprimo, i / a, e *num.ord.* 第十一
decisione, i *nf.* 決心，決定，決斷；[法律] 判決，裁定
decollo, i *nm.* 起飛
decorazione, i *nf.* 裝飾
degli *prep.art., masc., pl.*, (= **di** + **gli**) …的（*of the*）
dei *prep.art., masc., pl.*, (= **di** + **i**) …的（*of the*）
dei, degli, delle *agg.indef., pl.* 一些，有些（*some*）
del *prep.art., masc., sing.*, (= **di** + **il**) …的（*of the*）
del, dello, della *agg.indef., sing.* 一些（*some*）；**bere del (/dello/ della)…** 喝一點…
della (dell') *prep.art., fem., sing.*, (= **di** + **la**) …的（*of the*）
delle *prep.art., fem., pl.*, (= **di** + **le**) …的（*of the*）
dello (dell') *prep.art., masc., sing.*, (= **di** + **lo**) …的（*of the*）
dente, i *nm.* 牙齒；**spazzolino da denti** 牙刷
dentifricio, ci *nm.* 牙膏
deposito, i *nm.* 存放，寄放；**deposito bagagli** 行李寄放處
descrivere *vt.* ② [ⓐ: **descritto**] 描述
deserto, i *nm.* 沙漠
desiderare *vt.* ① [ⓐ: **desiderato**] 渴望，想要
dessert *nm., inv.* 甜點
destinatario, ri *nm.* 收件人
destra, e *nf.* 右，右手，右邊；**curva (/girare) a destra** 右轉；**tenere la destra** 右行
determinativo, i / a, e *agg.* 限定的，確定的；**aggettivi determinativi** [文法] 限定形容詞；**articolo determinativo** [文法] 定冠詞
di *prep.* …的（*of*）；比（*than*）；**di cui** 那個（人/動物/事物）的，那些（人/動物/事物）的 (=**della quale, delle quali**)；**di dove?** [狀態] 從何處？從哪裡來？；**di là** 在那裡；**meglio di no** 最好不要；**di niente** 沒關係，沒什麼；**di più** 最，更多；**di solito** 經常，通常，平常
dicembre *nm.* 十二月
dichiarare *vt.* ① [ⓐ: **dichiarato**] 表明，申報；宣布，聲明
diciannove *num.card.* 十九
diciannovesimo, i / a, e *num.ord.* 第十九
diciassette *num.card.* 十七
diciassettesimo, i / a, e *num.ord.* 第十七
diciottesimo, i / a, e *num.ord.* 第十八
diciotto *num.card.* 十八
dieci *num.card.* 十
difficile, i *agg.* 困難的
difficoltà *nf., inv.* 困難，困境
diga, dighe *nf.* 堤，壩
dimostrativo, i / a, e *agg.* 明確的；[文法] 指示的；**aggettivi dimostrativi** [文法] 指示形容詞；**pronomi dimostrativi** [文法] 指示代名詞
dire *vt.* ⓘⓡ:26 [ⓐ: **detto**] 說，講；表明；告訴；**farsi dire** 使（某人）說；**non è detto** 不盡然，不一定，說不準
dirigersi *vr.* ② [ⓔ: **direttosi, isi / asi, esi**] 朝某一方向走去
diritto (dritto) *avv.* 筆直地，徑直地
diritto, i *nm.* 法律，權利；**diritti di dogana** 關稅
disonesto, i / a, e *agg.* 不誠實的；*nm.* / *nf.*

（男/女）騙子，不誠實者

dispiacersi *vr.* 🄸🅁:15 [ⓔ: **dispiaciutosi, isi / asi, esi**] 感到遺憾，難過，抱歉

distributore, i *nm.* 分發者，配售者；**distributore in esclusiva** 獨家經銷商，總經銷商

disturbare *vt.* 🄸 [ⓐ: **disturbato**] 打擾，擾亂，妨礙

disturbo, i *nm.* 打擾，干擾，麻煩

dito, dita *nm.,; nf., pl.* 手指

ditta, e *nf.* 公司

diverso, i / a, e *agg.* 不同的，各式各樣的，不一樣的

divertimento, i *nm.* 消遣，娛樂

divertirsi *vr.* 🄷 [ⓔ: **divertitosi, isi / asi, esi**] 娛樂，消遣

doccia, docce *nf.* 淋浴

documento, i *nm.* 文件；**documenti contro accettazione (D/A)** 承兌後交單匯票；**documenti contro pagamento (D/P)** 付款後交單匯票；**documenti d'imbarco (B/L)** 提單；**documenti spedizione** 裝運單據

dodicesimo, i / a, e *num.ord.* 第十二

dodici *num.card.* 十二

dogana, e *nf.* 海關；關稅；**diritti di dogana** 關稅

dolce, i *nm.* 甜味；*pl.* 甜食

dollaro, i *nm.* 元，美元；*pl.* 錢

domanda, e *nf.* 提問，問題

domani *avv.* 明天；**a domani** 明天見

domenica, che *nf.* 星期日；**domenica prossima** 下星期天，下禮拜天

dominicano, i / a, e *agg.* 多明尼加的；*nm. / nf.* （男/女）多明尼加人；**Repubblica Dominicana** [國名] 多明尼加共和國（*Dominican Republic*）

donna, e *nf.* 女人；**festa delle donne** 婦女節

dopo *prep.* 在…之後；在…後面；**dopo Cristo (d.C.)** 紀元後

dopodomani (dopo domani) *avv.* 後天

dormire *vi. / vt.* 🄷 [ⓐ: **dormito**] 睡，睡覺

dorsale, i *agg.* 背的，脊的，背部的；**spina dorsale** 脊柱

dottore, i / essa, esse *nm. / nf.* （男/女）醫師

dove *avv.* 哪裡，在何處；**da dove?** [動作] 從哪裡來？；**di dove?** [狀態] 從何處？從哪裡來？

dovere *vt.* 🄸🅁:14 [ⓐ: **dovuto**] 應該、必須

dozzina, e *nf.* 一打（12 個）

drago, ghi *nm.* 龍；**festival del drago** 端午節

dubbio, dubbi *nm.* 猶豫，躊躇；懷疑

Dublino *nf.* [城市名]（愛爾蘭）都柏林（*Dublin*）

ducale, i *agg.* 公爵的；**Palazzo Ducale** [名勝]（威尼斯）總督宮

due *num.card.* 二，兩個；**due miliardi** *num.card.* 二十億；**due milioni** *num.card.* 二百萬；**due pezzi** 二件式套裝；**duemila e due** *num.card.* 二千零二；**mille e due** *num.card.* 一千零二；**un milione e due** *num.card.* 一百萬零二

duecento *num.card.* 二百

duecentomila *num.card.* 二十萬；**un milione duecentomila** *num.card.* 一百二十萬

duecentouno *num.card.* 二百零一

duemila *num.card.* 二千；**duemila e due** *num.card.* 二千零二；**duemila e novantanove** *num.card.* 二千零九十九；**duemila e uno** *num.card.* 二千零一

duemilacento *num.card.* 二千一百

duodecimo, i / a, e *num.ord.* 第十二

duomo *nm., inv.* 大教堂，總教堂

durante *prep.* 在…期間；在…的時候

E

e (ed) *cong.* 和（*and*）

eccedenza, e *nf.* 超過，過量，過剩；**eccedenza bagaglio** 行李超重

eccellente, i *agg.* 非常好的，卓越的，傑出的

ecco *avv.* [與人稱代名詞直接受詞連寫]（某人）在這裡；[表示結束] 這就是；**eccomi quì (/qua)** 我就在這裡

economia, e *nf.* 經濟，經濟學；節約
economico, i / a, che *agg.* 經濟的；節約的
edicola, e *nf.* 書報亭，書報攤
edificio, ci *nm.* 建築，建物
Edimburgo *nf.* [城市名]（蘇格蘭）愛丁堡（*Edinburgh*）
Edward *nm.* [男子名] 愛德華
Egitto *nm.* [國名] 埃及（*Egypt*）
egli *pron.pers., 3° masc. sing.* [主格] 他
egregio, gi / a, e *agg.* 卓越的；[書信開頭] 尊敬的，敬愛的，高貴的；**egregio(/-a) signore(/-a)...** [書信開頭] 高貴的先生（/女士）
ehi *int.* [用於引起他人的注意] 喂！嗨！
Elena *nf.* [女子名] 艾倫娜
elettronico, i / a, che *agg.* 電子的
ella *pron.pers., 3° fem. sing.* [主格] 她
emisfero, i *nm.* 半球（形）
entrare *vi.* ① [ⓔ: **entrato, i / a, e**] 進入
entrata, e *nf.* 入口；**vietata l'entrata** 禁止進入
entro *prep.* 在…之內
equatore, i *nm.* 赤道
equatoriale, i *agg.* 赤道的；**Guinea Equatoriale** *nf.* [國名] 赤道幾內亞（*Equatorial Guinea*）
eruzione, i *nf.*（火山）爆發
esame, i *nm.* 考試；檢查
esclusiva, e *nf.* 專有權，專賣權；**agente in esclusiva** 獨家代理商，總代理商；**distributore in esclusiva** 獨家經銷商，總經銷商
escluso, i / a, e *agg.* 被除外的，被排斥的，例外的
esofago, i *nm.* 食道
esportare *vt.* ① [ⓐ: **esportato**] 輸出，出口
esportatore, i / trice, i *nm.*（男/女）出口商，輸出者
esportazione, i *nf.* 出口，輸出；**licenza d'esportazione** 輸出許可證
esposimetro, i *nm.* 測光表
espresso, i / a, e *agg.* 已表達的；快速的；*nm.* [飲品] 義式蒸餾咖啡；[郵件] 限時專送，快遞；[交通運輸] 快車，直達車
esse *pron.pers., 3° fem. pl.* [主格] 她們
essere *vi.* ⓘ:2 [ⓔ: **stato, i / a, e**] 是，在；**essere in...** [表示數量] 有；**essere in forma** 身體健康；**essere in giro** 閒逛；**essere pronto, i / a, e** 準備好；**essere stanco** 覺得累；**essere stufo, i / a, e di...** 對…厭倦，受不了…；**è nuvoloso** 陰天多雲；**è tardi** [時間] 很晚了；**è umido** 潮濕天；**c'è, ci sono** 有（*there is, there are*）；**non è detto** 不盡然，不一定，說不準；**non è male!** 不錯；**non è per caso...?** [用於期待肯定的答覆] 該不會就是…吧？；**posso essere utile?** 我能幫什麼忙嗎？；**tornare ad essere** 再度成為，再次變回
essi *pron.pers., 3° masc. pl.* [主格] 他們
esso *pron.pers., 3° masc. sing.* [主格] 他，它
est *nm., inv.* 東，東方，東部；**Sud-Est Asiatico** [地名] 東南亞（*South-Eastern Asia*）；**Timor Est** [國名] 東帝汶（*East Timor*）
estate, i *nf.* 夏，夏天，夏季
estensione, i *nf.* 擴大，擴展；**estensione L/C** 信用狀延期
estremo, i / a, e *agg.* 末端的，盡頭的；**Estremo Oriente** [地名] 遠東（*Far East*）
età *nf., inv.* 年齡，年紀，年代，時期；**che età?** 幾歲？；**mezza età** 中年
Etiopia *nf.* [國名] 衣索匹亞（*Ethiopia*）
ettaro, i *nm.,* (*abbr.*: **ha**) 公頃（10000 平方公尺）
ettogrammo, i *nm.,* (*abbr.*: **hg**) 公兩（100 公克）
ettolitro, i *nm.,* (*abbr.*: **hl**) 公石（100 公升）
ettometro, i *nm.,* (*abbr.*: **hm**) 公引（100 公尺）
Eurasia *nf.* [地名] 歐亞大陸（*Eurasia*）
euro *nm., inv.* 歐元
Europa *nf.* [地名] 歐洲（*Europe*）
europeo, i / a, e *agg.* 歐洲的，歐洲人的；*nm.* / *nf.* 歐洲人
evitare *vt.* ① [ⓐ: **evitato**] 避免，避開，

逃避

F

fa *avv.* 之前，以前，[時間] 在…之前；**tre giorni fa** 三天前，大前天

fabbrica, che *nf.* 工廠，製造廠

fabbricante, i *nm. / nf.* （男/女）製造商

facchino, i *nm.* 搬運工

faccia, facce *nf.* 臉

facile, i *agg.* 簡單的，容易的

fagiolino, i *nm.* 菜豆

fame, i *nf.* 餓，飢餓；**avere fame** 覺得餓

famiglia, e *nf.* 家人，家庭

famoso, i / a, e *agg.* 有名的，著名的，馳名的

fango, ghi *nm.* 泥，污泥

fare *vt. / vi.* IR:10 [ⓐ: **fatto**] I. 做；**che cosa fare?** 在做什麼事？從事什麼職業？；**andare a fare compere** 去購物；**fare colazione** 吃早餐；**fare delle gite** 郊遊，遠足；**fare delle passeggiate** 散步；**fare male (a…)** 傷害，致痛；**fare un pasto** 吃飯，用餐；**fare visita a…** 拜訪某人；**che tempo fa?** 天氣怎樣？；**fa caldo** 天氣炎熱；**fa freddo** 天氣寒冷；**fa fresco** 天氣涼爽；**non fa niente** 沒關係，沒問題；**ben fatto!** 做得好！；**ce l'hai fatta!** 你做到了！；**faccia Lei!** 隨便（您）！II. [**farsi**＋動詞原型] 使（某）人做…，讓（某）人做…；**farsi aspettare** 使（某人）久候；**farsi dire** 使（某人）說；**farsi fare** 使（某人）做；**farsi sentire** 使（某人）察覺；**farsi utilizzare** 讓（某人）使用；**farsi venire** 使（某人）來

fatica, e *nf.* 辛勞，疲乏，勞累

fattura, e *nf.* 發票，帳單

favore, i *nm.* 恩惠，恩寵，優待，眷顧；**per favore** 請

favorito, i / a, e *agg.* 得寵的，惹人喜愛的，優待的

fazzoletto, i *nm.* 手帕，手巾

febbraio *nm.* 二月

fede, i *nf.* 信任，信賴

fegato, i *nm.* 肝臟

Felice *nm.* [男子名] 菲力契

felice, i *agg.* 幸福的，美滿的，安心的，滿足的

femminile, i *agg.* 女性的；[文法] 陰性的；**nome femminile** [文法] 陰性名詞

ferirsi *vr.* 31 [ⓔ: **feritosi, isi / asi, esi**] 受傷，損傷

fermata, e *nf.* 中止，停止；停留處，站（牌）

ferroviario, ri / a, e *agg.* 鐵道的，鐵路的；**stazione ferroviaria** 火車站

festa, e *nf.* 節日；**festa del lavoro** 勞工節；**festa del papà** 父親節；**festa delle donne** 婦女節；**festa della mamma** 母親節；**festa nazionale** 開國紀念日，國定假日

festival *nm., inv.* 節慶，節日；**Festival dei Due Mondi** （斯波利多）兩個世界藝術節；**festival del cinema** 電影節；**festival del drago** 端午節；**festival degli spiriti** 中元節；**festival di primavera** 春節

festività *nf., inv.* 節日，慶典

fettuccine *nf., pl.* 義大利寬麵條

fiammifero, i *nm.* 火柴

fidarsi *vr.* 1 [ⓔ: **fidatosi, isi / asi, esi**] 信任，信賴，依靠

Figi *nf., pl.* [國名] 斐濟（*Fiji*）

figlia, e *nf.* 女兒；**figlia unica** 獨生女

figlio, li *nm.* 兒子

Figueras *n.* [姓氏] 費貴拉斯

figurare *vt.* 1 [ⓐ: **figurato**] 描寫，描繪；[搭配反身代名詞] 想像，認為；*vi.* ⓐ 列舉，出現；**figurarsi!** 胡扯！可想而知啦！癡人說夢！差得遠呢！；**(si) figuri** 別客氣，不用客氣

Filadelfia *nf.* [城市名]（美國）費城（*Philadelphia*）

filetto, i *nm.* 菲力，豬、牛的腰部軟肉、里脊肉

Filippine *nf., pl.* [國名] 菲律賓（*Philippines*）

film, films *nm.* 膠卷，底片，軟片；影

片；電影；**film a colori** 彩色軟片；**film in bianco e nero** 黑白軟片
filtro, i *nm.* 濾紙，濾器；[菸] 濾嘴；[攝影] 濾光鏡
finalmente *avv.* 最後，終究，終於
finanziario, ri / a, e *agg.* 財政的，財務的，金融的
fine, i *nf.* 結束，結尾，結局，結果；**fine settimana** 週末
finestra, e *nf.* 窗，窗戶
finire *vt.* 汈 [ⓐ: **finito**] / *vi.* [ⓔ: **finito, i / a, e**] 終止，完成，結束
Finlandia *nf.* [國名] 芬蘭（*Finland*）
fino (fin) *prep.* [後接介係詞或副詞] 自從，直到；**fino a** 直到
fiorentino , i / a, e *agg.* 佛羅倫斯的；*nm.* 佛羅倫斯方言；*nm. / nf.* （男/女）佛羅倫斯人
Firenze *nf., inv.* [城市名]（義大利）佛羅倫斯，翡冷翠（*Florence*）
fisso, i / a, e *agg.* 固定的，不變的，規定的
fiume, i *nm.* 河流；**Fiume Arno** [地名]（義大利）阿諾河
fondamento, i (/a) *nm. (/nf., pl.)* 地基，基礎，根據
fondo, i *nm.* 底部，底色，背景
fonologia, e *nf.* 音位學
fontana, e *nf.* 噴泉，噴水池；**Fontana di Trevi** [名勝]（羅馬）特雷維噴泉
foresta, e *nf.* 森林
forma, e *nf.* 形狀，形式，外貌，體態；**essere in forma** 身體健康
formaggio, gi *nm.* 乾酪，乳酪，起司
formoso, i / a, e *agg.* 美麗的，漂亮的；**Formosa** *nf.* [地名] 台灣
formulario, ri *nm.* 圖表，表格
foro, i *nm.* 洞；（古羅馬城鎮的）公眾集會廣場，市場；法院，法庭；**Fori Imperiali** [名勝]（羅馬）帝國議事廣場
forse *avv.* 可能，也許，或者；接近，大約，大概；難道，莫非
forte, i *agg.* 強壯的，強健的；堅強的
forza, e *nf.* 力，力量，力氣，體力，威力，實力；武力；**forza centrifuga** 離心力；**forza centripeta** 向心力
fossa, e *nf.* 坑，溝，凹處；**Fosse Ardeatine** [名勝]（羅馬）阿德亞提內墳場
fossetta, e *nf.* 笑靨，酒窩
foto *nf., inv.* 照片，相片；照相
fotografico, i / a, che *agg.* 攝影的，照相的；**macchina fotografica** 照相機；**accessori fotografici** 攝影配件
fra (tra) *prep.* 介於…之間，在…之內（*between, among, within, in*）；**a fra poco** 回頭見；**fra i primi** 在最重要之中的一個；**fra tre giorni** 在三天之內，三天後
fragile, i *agg.* 脆的，易碎的
fragola, e *nf.* 草莓；**gelato alla fragola** 草莓冰淇淋
Franca *nf.* [女子名] 法蘭卡
francese, i *agg.* 法國的；*nm.* 法文；*nm. / nf.* （男/女）法國人
Francia *nf.* [國名] 法國（*France*）
Franco *nm.* [男子名] 佛朗哥
franco, chi / a, che *agg.* 率直的，坦承的；從容地，鎮定的；免稅的，免費的；**franco bordo (FOB)** 離岸價格（船上交貨）
francobollo, i *nm.* 郵票
Francoforte (sul Meno) *nf.* [城市名]（德國；美茵河畔的）法蘭克福（*Frankfurt*）
fratello, i *nm.* 兄弟；**fratello maggiore** 哥哥，兄長；**fratello minore** 弟弟
freddo, i / a, e *agg.* 冰冷的，寒冷的；*nm.* 冷，寒冷；**avere freddo** 覺得冷；**fa freddo** 天氣寒冷
freno, i *nm.* 煞車，制動器
fresco, chi / a, che *agg.* 涼的，清涼的，涼爽的；新鮮的；**fa fresco** 天氣涼爽；**frutta fresca** 新鮮水果
frizzante, i *agg.* 刺人的，刺激的；[酒類] 帶氣泡的，起泡沫的
fronte, i *nf.* 前額，額頭
frutta, e *nf.* 水果；**frutta fresca** 新鮮水果；**frutta secca** 乾果；**succo di frutta**

果汁
frutto, i *nm.* （可食用的）產物，收成作物；果實；結果；**frutti di mare** 海產；**tutti frutti** 百果冰，什錦水果冰品
fulmine, i *nm.* 閃電
fungo, ghi *nm.* 蘑菇，菇類；**zuppa di funghi** （奶油）鮮菇湯
fuoco, chi *nm.* 火；焦點；**a fuoco** 焦距準確
furbo, i / a, e *agg.* 狡猾的，奸詐的；機靈的，伶俐的；精明的
furgone, i *nm.* （帶篷的）大貨車，大卡車
furioso, i / a, e *agg.* 氣憤的，憤怒的；急躁的，火爆的；激烈的，劇烈的
futuro, i *nm.* 將來，未來；**futuro anteriore** [文法] 未來完成式；**futuro semplice** [文法] 未來式

G

gabinetto, i *nm.* 廁所，盥洗室
galleria, e *nf.* 隧道；畫廊；**Galleria dell'Accademia** [名勝]（佛羅倫斯）學院美術館
gallone, i *nm.*, (*abbr.*: **gal**) 加侖
gamba, e *nf.* 腿；**essere in gamba!** （某人）能幹！
gambero, i *nm.* 蝦
gatto, i *nm.* 貓
gelato, i *nm.* 冰淇淋；**gelato al cioccolato** 巧克力冰淇淋；**gelato alla fragola** 草莓冰淇淋；**gelato alla menta** 薄荷冰淇淋；**torta gelato** 冰淇淋蛋糕
gelo, i *nm.* 寒冷；冰霜
gemello, i / a, e *nm. / nf.* （男/女）雙胞胎
generazione, i *nf.* 代；世代
genero, i *nm.* 女婿
gengiva, e *nf.* 牙齦
genitale, i *agg.* 生殖的；*nm.* 生殖器
genitori *nm., pl.* 父母，雙親
gennaio *nm.* 一月
Genova *nf., inv.* [城市名]（義大利）熱那亞（*Genoa*）
gente, i *nf.* 人們；民族
gentile, i *agg,* 高尚的，有禮的；親切的，和藹的，客氣的；**che gentile!** 這麼客氣！
geografico, i / a, che *agg.* 地理的；**nomi geografici** 地名，地理名稱
Germania *nf.* [國名] 德國（*Germany*）
gerundio, di *nm.* [文法] 動名詞
gettone, i *nm.* 籌碼；硬幣
ghiacciaio, ai *nm.* 冰河
ghiacciato, i / a, e *agg.* 已結冰的；冰冷的；**acqua ghiacciata** 冰開水
ghiaccio, ci *nm.* 冰；**cubetti di ghiaccio** 冰塊
ghiro, i *nm.* 睡鼠
già *avv.* 已經，早就；以前；[表示肯定] 沒錯
Giacarta *nf.* [城市名]（印尼）雅加達（*Jakarta*）
giacca, che *nf.* 夾克；**giacca di camoscio** 羚羊皮夾克；**giacca di pelle** 皮夾克
Giacomo *nm.* [男子名] 賈克謨
giallo, i / a, e *agg.* 黃色的；**semaforo giallo** 黃燈；**linea gialla** 黃線
Giamaica *nf.* [國名] 牙買加（*Jamaica*）
Giappone *nm.* [國名] 日本（*Japan*）
giapponese, i *agg.* 日本的；*nm.* 日語；*nm. / nf.* （男/女）日本人
giardino, i *nm.* 花園、庭園
Gibuti *nm.* [國名] 吉布地（*Djibouti*）
Ginevra *nf.* [城市名]（瑞士）日內瓦（*Geneva*）
ginocchio, a *nm., sing.; nf., pl.* 膝蓋
giocare *vi. / vt.* Ⅰ [ⓐ: **giocato**] 玩，玩耍；打球；**giocare a** 玩（某種遊戲、運動）
Giordania *nf.* [國名] 約旦（*Jordan*）
giornale, i *nm.* 報紙；報社；日記；**guardare i giornali** 看報紙
giornata, e *nf.* 白晝，一整天；**in giornata** 當日；**che giornata!** 多棒（/多可怕）的一天！
giorno, i *nm.* 日，天；**buon giorno** 早安，您好；**fra tre giorni** 在三天之內，三天後；**tre giorni fa** 三天前，大前天；**tutti i giorni** 每天；**zuppa del giorno**

當日供應的湯；**giorno dei morti** 清明節

giovane, i *agg.* 年輕的；*nm.* / *nf.* 年輕（男/女）人

Giovanni *nm.* [男子名] 約翰

giovanotto, i *nm.* 年輕人，小伙子

Giove *nm.* [天文] 木星；[神話]（希臘主神）宙斯；（羅馬主神）朱庇特

giovedì *nm., inv.* 星期四

gioventù *nf., inv.* 青年人；青春，青春期

girare *vt.* ① [ⓐ: **girato**] / *vi.* [ⓔ: **girato, i / a, e**] 轉，轉彎，轉動，旋轉；閒晃，周遊，遊覽；**girare a sinistra (/a destra)** 左（/右）轉

giro, i *nm.* 轉動，散步，閒晃；**essere in giro** 閒逛；**giro d'affari** 商務運轉，營業額

gita, e *nf.* 郊遊；**fare delle gite** 郊遊，遠足

giù *avv.* 向下

giudice, i *nm.* / *nf.* （男/女）法官

giudizio, zi *nm.* 判斷，評價；[法律] 審判，裁判；**Giudizio Universale** [畫作] 最後的審判

giugno *nm.* 六月

Giuseppe *nm.* [男子名] 約瑟夫

gli *art.det.* [+ *n., masc., pl.*] 定冠詞，用於字首為 h-、z- 及非單一子音的陽性複數名詞

gli *pron.pers., 3° sing., masc.* [間接受詞] 對他

globo, i *nm.* 球，球體；**globo terrestre** 地球

gnomo, i *nm.* 侏儒

gola, e *nf.* 喉嚨，咽喉；峽谷

gomito, i *nm.* 肘

gondola, e *nf.* 威尼斯的長狹平底小船

gonna, e *nf.* 裙子

gorgonzola *nm., inv.* 義大利 Gorgonzola 產的上等羊乳乾酪

gradevole, i *agg.* 舒適的，令人歡快的，討人喜歡的

gradire *vt.* ③I [ⓐ: **gratito**] 欣然接受；喜歡

grado, i *nm., (abbr.:* **°**) 度；程度，等級

grammatica, e *nf.* 文法

grammo, i *nm., (abbr.:* **g**) 公克

granchio, chi *nm.* 蟹

grande (gran), i *agg.* 大的，偉大的；年長的；寬廣的；[價值] 高的；**grandissimo, i / a, e** *sup.* 極大的（*very great, very big*）；**più grande** *comp.* 較大的（*bigger*）；**il più grande** *sup.* 最大的（*biggest*）；**Gran Bretagna** [國名] 英國（大不列顛，*Great Britain*）；**grande magazzino** 百貨公司

grandemente *avv.* 多，大，棒；**grandissimamente** *sup.* 非常多，極大地

grandine, i *nf.* 冰雹

grappa, e *nf.* 烈酒；[酒名] 渣釀白蘭地

grave, i *agg.* 重的，重大的；**accento grave** [文法] 重音符號

grazie *int.* 謝謝；**molte grazie** 非常感謝；**grazie tante (/molte)** 非常感謝

Grecia *nf.* [國名] 希臘（*Greece*）

grembiule, i *nm.* 圍裙

grigio, gi / a, e *agg.* 灰色的；*nm.* 灰色，灰色的

grossa, e *nf.* 籮（12 打）

grotta, e *nf.* 洞穴

groviera *nm., inv.* 瑞士 Gruyère 產的乾酪

gruppo, i *nm.* 群，堆，簇，組；團體；**gruppo sanguigno** 血型

guancia, ce *nf.* 頰，臉頰

guanto, i *nm.* 手套

guardare *vt.* ① [ⓐ: **guardato**] 注視，看；*vi.* ⓐ 視為；**guardare la television** 看電視；**guardare i giornali** 看報紙

gufo, i *nm.* 貓頭鷹

guida, e *nf.* 駕駛；嚮導；指南；**guide illustrate** 附圖的旅遊指南

Guinea *nf.* [地名] 幾內亞；**Guinea Equatoriale** *nf.* [國名] 赤道幾內亞（*Equatorial Guinea*）；**Papua Nuova Guinea** [國名] 巴布亞紐新幾內亞（*Papua New Guinea*）

H

hall *nf., inv.* 大廳
hostess *nf., inv.* 女空服員
hotel *nm., inv.* 旅館，飯店

I

i *art.det.* [+ *n., masc., pl.*] 定冠詞，用於字首為單一子音（h-、z- 除外）的陽性複數名詞
iceberg *nm., inv.* 冰山
idea, e *nf.* 思想，想法，概念，觀點
ideogramma, i *nf.* 表意文字
idioma, i *nm.* 語言
idiota, i / a, e *nm. / nf.* 傻瓜，笨蛋，白痴
idiotismo *nm.* 習慣用語
ieri *avv.* 昨日，昨天；**altro ieri** 前天
igiene, i *nf.* 衛生，保健
il *art.det.* [+ *n., masc., sing.*] 定冠詞，用於字首為單一子音（h-、z- 除外）的陽性單數名詞
il (/la) quale, i (/le) quali *pron.rel.* [介係詞受詞] 那，那個，那些（人/動物/事物）（= **cui**）
illustrato, i / a, e *agg.* 有插圖的，加圖解的；**guide illustrate** 附圖的旅遊指南
illustre, i *agg.* 著名的，顯赫的，傑出的；**illustre(/-i) signore(/-a)...** [書信開頭] 高貴的先生（/女士）；
imballo, i *nm.* 包裝；**lista d'imballo** 裝箱單
imbarco, chi *nm.* 上船，登機；**documenti d'imbarco (B/L)** 提單
imbottito, i / a, e *agg.* 填滿的，裝滿的；**panino imbottito** 義式三明治，帕尼尼
imperativo, i / a, e *agg.* 命令的，強迫的，強制的；*nm.* [文法] 命令語氣
imperfetto, i / a, e *agg.* 未完成的，不完美的；*nm.* [文法] 未完成式
imperiale, i *agg.* 帝王的，帝國的；**Fori Imperiali** [名勝]（羅馬）帝國議事廣場
impermeabile, i *nm.* 雨衣
impiegare *vt.* ① [ⓐ: **impiegato**] 運用，使用；花（時間、金錢）；僱用，聘請
impiegato, i / a, e *nm. / nf.* （男/女）職員；*nm.* 職場
importante, i *agg.* 重要的，要緊的
importare *vi.* ① [ⓔ: **importato, i / a, e**] 對…重要，與…有關；*vt.* [ⓐ: **importato**] 輸入，引進，進口
importatore, i / trice, i *nm. / nf.* 進口商，進口者
importazione, i *nf.* 進口，引入；**importazione ammessa** 准予進口；**importazione non ammessa** 禁止進口；**licenza d'importazione** 輸入許可證
imposta *nf.* 稅，稅捐；**Imposta sul Valore Aggiunto** (*abbr.* **I.V.A.**) 增值稅，加值型營業稅
in *prep.* 在，在…之內（*in*）；**in casa** 在家；**in orario** 準時，按時；**in poì** 以後；**in ritardo** 誤點，遲到；**in totale** 總共，共計；**essere in...** [表示數量] 有
incluso, i / a, e *agg.* 包含的，計入的
incrocio, ci *nm.* 十字路口；**incrocio stradale** 道路交岔點
indefinito, i / a, e *agg.* 無定限，無限期；[文法] 不定的；**aggettivi indefiniti** [文法] 不定形容詞；**pronomi indefiniti** [文法] 不定代名詞
indeterminativo, i / a, e *agg.* [文法] 不定的；**articolo indeterminativo** [文法] 不定冠詞
indiano, i / a, e *agg.* 印度的；印第安的；*nm. / nf.* （男/女）印度人；（男/女）印第安人；**Oceano Indiano** [地名] 印度洋（*Indian Ocean*）
indicativo, i *nm.* [文法] 直述語氣
indice, i *nm.* 食指；索引，目次
indossare *vt.* ① [ⓐ: **indossato**] 穿，戴，披
infinito, i *nm.* 無限，無窮，無止境；[文法] 不定詞
influenza, e *nf.* 作用，影響；流行性感冒
ingegnere, i *nm. / nf.* （男/女）工程師
Inghilterra *nf.* [地名] 英格蘭；[國名] 英國（*England*）
inglese, i *agg.* 英國的；*nm.* 英語；*nm. / nf.* （男/女）英國人

iniziale, i *agg.* 最初的，初期的
inizio, zi *nm.* 初始，開始
insalata, e *nf.* 生菜沙拉；**insalata verde** 生菜沙拉
insegnare *vt.* 1 [ⓐ: **insegnate**] 教，傳授
inserire *vt.* 31 [ⓐ: **inserito**] 插入，嵌入
insieme *avv.* 一起，共同
intelligente, i *agg.* 聰明的，有才智的
intentare *vt.* 1 [ⓐ: **intentato**] 控告，起訴，提起訴訟；**intentare causa (civile / penale)** 提起（民事/刑事）訴訟
intenzione, i *nf.* 目的，意圖；**avere intenzione di** 企圖，打算
intercontinentale, i *agg.* 洲際的；**(telefonata) intercontinentale** 國際長途電話；**volo intercontinentale** 越洋飛行；國際線航班
interessante, i *agg.* 有趣的，有意思的
interiezione, i *nf.* [文法] 感嘆詞
internazionale, i *agg.* 國際的；**commercio internazionale** 國際貿易；**legge internazionale** 國際法
interno, i / a, e *agg.* 內部的，國內的；**volo interno** 國內飛行；國內線航班
interrogativo, i *nm.* 疑問，問題；**aggettivi interrogativi** [文法] 疑問形容詞；**pronomi interrogativi** [文法] 疑問代名詞
interurbano, i /a, e *agg.* 城市間的，市際的；**(telefonata) interurbana** 國內長途電話
inteso, i / a, e *agg.* 理解的
intestino, i *nm.* 腸
intransitivo, i / a, e *agg.* [文法] 不及物的；**verbo intransitivo** [文法] 不及物動詞
introduziòne, i *nf.* 介紹；序言，導論
invariabile, i *agg.* 不變的；[文法] 詞形/詞尾無變化的
invece *avv.* 相反的，反之；卻，但是
inverno, i *nm.* 冬，冬天，冬季
inversione, i *nf.* 轉換，顛倒；**inversione a U** 迴轉
invitare *vt.* 1 [ⓐ: **invitato**] 招待，邀請
invito, i *nm.* 招待，邀請
io *pron. pers., 1° sing.* [主格] 我
Irlanda *nf.* [國名] 愛爾蘭（*Ireland*）；**Irlanda del Nord** [地名] 北愛爾蘭（*Northern Ireland*）
irrevocabile, i *agg.* 無法挽回的，無法取消的，不可改變的；**L/C irrevocabile** 不可撤銷信用狀
Islanda *nf.* [國名] 冰島（*Iceland*）
isola, e *nf.* 島，島嶼；**Isole Marshall** [國名] 馬紹爾群島（*Marshall Islands*）；**Isole Salomone** [國名] 索羅門群島（*Solomon Islands*）
Israele *nm.* [國名] 以色列（*Israel*）
Italia *nf.* [國名] 義大利（*Italy*）
italiano, i / a, e *agg.* 義大利的；*nm.* 義大利語；*nm./nf.* （男/女）義大利人
IVA *nf.*, (*abbr.*: **Imposta sul Valore Aggiunto; I.V.A.**) 增值稅，加值型營業稅

J

jeans *nm., pl., inv.* 牛仔（衣）褲
jeep *nf., inv.* 吉普車

L

là *avv.* 那裡；**di là** 在那裡
La *pron.pers., 2° sing.* [直接受詞；禮貌用法] 您
la *pron.pers., 3° sing., fem.* [直接受詞] 她
la (l') *art.det.* [+ *n., fem., sing.*] 定冠詞，用於陰性單數名詞；名詞字首為母音時須以 l 詞，表示
labbro, a *nm., sing.; nf., pl.* 唇
lago, laghi *nm.* 湖泊
lampada, e *nf.* 燈
lancia, ce *nf.* 標槍
lasagna, e *nf.* 義大利千層麵
latitudine, i *nf.* 緯度
latte *nm., sing.* 牛奶；**caffè latte** 咖啡牛奶；**tè al latte** 奶茶
latteo, i / a, e *agg.* 奶的，乳白色的；**Via Lattea** 銀河，天河
laurearsi *vr.* 1 [ⓔ: **laureatosi, isi / asi,**

esi] 取得大學畢業文憑；取得博士學位

lava, e *nf.* （火山）熔岩

lavaggio, gi *nm.* 洗，洗滌；**lavaggio a secco** 乾洗

lavanderia, e *nf.* 洗衣店

lavorare *vi.* ☐ [ⓐ: **lavorato**] 工作，勞動

lavoro, i *nm.* 工作，勞動；**festa del lavoro** 勞工節；**tuta da lavoro** 工作褲；**lavori in corso** 前面道路施工中

le *art.det.* [+ *n., fem., pl.*] 定冠詞，用於陰性複數名詞

Le *pron.pers., 2° sing.* [間接受詞；禮貌用法] 對您

le *pron.pers., 2° sing., fem.* [間接受詞] 對她；*2° pl., fem.* [直接受詞] 她們

legge, i *nf.* 法律，法則，守則，定律；**legge internazionale** 國際法

leggero, i / a, e *agg.* 輕的，薄的；輕盈的，輕快的；[飲食] 清淡的，易消化的；**pasto leggero** 輕食，輕便的一餐；**stare leggero, i / a, e** 享用輕食

legume, i *nm.* 豆莢，豆子

Lei *pron. pers., 2° sing.* [主格；禮貌用法] 您；[直接受詞強調形式] 您；[間接受詞強調形式] 對您

lei *pron. pers., 3° fem. sing.* [主格] 她；[直接受詞強調形式] 她；[間接受詞強調形式] 對她

lento, i / a, e *agg.* 慢的，緩慢的；**corsia veicoli lenti** 慢車道

lenzuolo, a *nm., sing.; nf., pl.* 床單，被單，毛毯

Leonardo *nm.* [男子名] 李奧納多

lessico, i *nm.* 辭典；詞彙

lettera, e *nf.* 字母；信函，信件；*pl.* 文學；**lettera assicurata** 報值郵件；**Lettera di Credito (L/C)** 信用狀；**L/C irrevocabile** 不可撤銷信用狀；**L/C revocabile** 可撤銷信用狀

letto, i *nm.* 床

Lettonia *nf.* [國名] 拉脫維亞（*Latvia*）

lezione, i *nf.* 課，課堂，課程

lì *avv.* 那裡

li *pron.pers., 3° sing., masc.* [直接受詞] 他們

Libano *nm.* [國名] 黎巴嫩（*Lebanon*）

libero, i / a, e *agg.* 自由的；空閒的；免費的

Libia *nf.* [國名] 利比亞（*Libya*）

libretto, i *nm.* 簿，本，手冊；劇本

libro, i *nm* 書

licenza, e *nf.* 許可，允許；許可證，執照；**licenza d'esportazione** 輸出許可證；**licenza d'importazione** 輸入許可證

limite, i *nm.* 界限，限度，限制；**limite di velocità** 速度限制

limonata, e *nf.* 檸檬水

limone, i *nm.* 檸檬；**tè al limone** 檸檬茶

linea, linee *nf.* 線；界線；路線；線路；**linea aerea** 航空公司（*airline*）；**Linea Cambio Data** 國際換日線；**linea gialla** 黃線；**linea occupata** （電話）佔線中；**in linea** 電話接通，已上線

lingua, e *nf.* 舌頭；語言；**lingua di maiale** 豬舌

Lione *nf.* [城市名]（法國）里昂（*Lyon*）

liquore, i *nm.* [酒名] 利口酒

Lisbona *nf.* [城市名]（葡萄牙）里斯本（*Lisbon*）

lista, e *nf.* 列表，名單；**lista d'imballo** 裝箱單

litro, i *nm., (abbr.:* l) 公升

Lituania *nf.* [國名] 立陶宛（*Lithuania*）

livello, i *nm.* 水平面，水準，標高；**passaggio a livello** 平交道

lo *pron.pers., 3° sing., masc.* [直接受詞] 他；它；non lo so 我不知道

lo (l') *art.det.* [+ *n., masc., sing.*] 定冠詞，用於字首為 h-、z- 及非單一子音的陽性單數名詞；名詞字首為母音時須以 l' 表示

lobby *nf., inv.* 前廳

locale, i *agg.* 地方的，地區的，本地的；**treno locale** 普通車

località *nf., inv.* 地點，場所，地方

locomotiva, e *nf.* 火車頭

Londra *nf.* [城市名]（英國）倫敦（*London*）

longitudine, i *nf.* 經度

lontano, i / a, e *agg.* 遠的
lordo, i / a, e *agg.* 總的，含包裝的；**peso lordo** 毛重
loro *agg.poss.* 他/她們的；*pron.pers., 3° pl.* [主格] 他/她們；[直接受詞強調形式] 他/她們；[間接受詞] 對他/她們；[間接受詞強調形式] 對他/她們；*pron.poss., 3° pl.* 他/她們的
Loro *pron.pers., 2° pl.* [主格；禮貌用法] 您們
luce, i *nf.* 光，光線；電燈；**luci pista** 跑道燈
Lucia *nf.* [女子名] 露西亞
luglio *nm.* 七月
lui *pron.pers., 3° masc. sing.* [主格] 他；[直接受詞強調形式] 他；[間接受詞強調形式] 對他
Luigi *nm.* [男子名] 路易
Luisa *nf.* [女子名] 露易莎
lumaca, che *nf.* 蝸牛
luna, e *nf.* 月亮
lunedì *nm., inv.* 星期一
lunghezza, e *nf.* 長度
lungo, ghi / a, ghe *agg.* 長的
luogo, ghi *nm.* 地方，地區；場所
Lussemburgo *nf.* [城市名]（盧森堡）盧森堡（*Luxembourg City*）
Lussemburgo *nm.* [國名] 盧森堡（*Luxembourg*）

M

ma *cong.* 但是，然而，可是
maccheroni *nm., pl.* 義大利通心麵
macchina, e *nf.* 汽車；機器，機械；**macchina fotografica** 照相機；**noleggiare una macchina** 租一輛汽車
madre, i *nf.* 母親
maestro, i / a, e *nm. / nf.* （男/女）教師
magazzino, i *nm.* 庫房，貨棧；批發商店，零售商店；存貨，供給品；**grande magazzino** 百貨公司
maggio *nm.* 五月
maggiore (maggior), i *agg.*, (*comp.*: **grande (gran), i**) [尺寸] 較大的（*greater*）；較年長的；較寬廣的；[價值] 更高的；**il maggiore** *sup.* 最年長的；**fratello maggiore** 哥哥，兄長
maggiormente *avv.*, (*comp.*: **grandemente**) 更多，更大；還要多
maglietta, e *nf.* T 恤
mah *int.* [表示驚訝、同意等] 唷！欸！好吧！誰曉得！
mai *avv.* 永不；**come mai?** 為什麼？怎麼了？
maiale, a *nm.,; nf., pl.* 豬肉，豬；**lingua di maiale** 豬舌
maionese, i *nf.* 美乃滋，蛋黃醬
malato, i / a, e *agg.* 生病的，有病的；*nm. / nf.* （男/女）病人
malattia, e *nf.* 病症
Maldive *nf., pl.* [國名] 馬爾地夫（*Maldives*）
male *avv.* 壞，糟，差；**malissimo** ***sup.*** 非常壞，極糟，極差；**fare male (a…)** 傷害，致痛；**non è male!** 不錯
male (mal), i *nm.* 壞事；害處；痛苦；**mal di testa** 頭痛
maledetto, i / a, e *agg.* 該死的，可惡的，可詛咒的
Malesia *nf.* [國名] 馬來西亞（*Malaysia*）
mamma, e *nf.* 媽媽；**mamma mia!** 我的媽呀！；**festa della mamma** 母親節
mancanza, e *nf.* 缺乏，不足
mancare *vi.* ☐ [ⓐ/ⓔ: **mancato**] 缺少，缺乏
mandarino, i *nm.* 小橘子
mangiare *vt.* ☐ [ⓐ: **mangiato**] 吃
mano, i *nm.* 手，手掌
manzo, i *nm.* 犢牛，犢牛肉
marca, che *nf.* 記號，標記；商標，品牌；標誌
marcia, e *nf.* 行進，行軍，運行；[音樂] 進行曲；汽車變速檔
mare, i *nm.* 海，海洋；**via mare** 海運；海運郵件；**frutti di mare** 海產
Maria *nf.* [女子名] 瑪莉亞
Mariella *nf.* [女子名] 瑪莉耶娜
marito, i *nm.* 丈夫
marmellata, e *mf.* 果醬

marmo, i *nm.* 大理石
Marocco *nm.* [國名] 摩洛哥（*Morocco*）
marrone, i *agg.* 褐色的，棕色的；*nm.* 栗子
Marte *nm.* [天文] 火星；[神話] 戰神瑪斯
martedì *nm., inv.* 星期二
Martini *nm., inv.* [酒名] 馬丁尼酒；**Martini secco** 澀馬丁尼酒
marzo *nm.* 三月
mascella, e *nf.* 頷（骨），顎（骨）
maschera, e *nf.* 面具；**maschera d'ossigeno** 氧氣罩
maschile, i *agg.* 男性的；[文法] 陽性的；**nome maschile** [文法] 陽性名詞
maschio, chia *nm.* 男人，男孩；雄獸，城堡主塔；**maschio angioino** [名勝]（那不勒斯）安茹城堡 / 新堡
massimamente *avv.*, (*sup.*: **grandemente**) 主要地，特別地
massimo, i / a, e *agg.*, (*sup.*: **grand (gran), i)** 最大的（*the largest*）；最偉大的，[價值] 最高的
materia, e *nf.* 物質，原料；材料，主題；學科，科目
mattina, e *nf.* 早晨，上午；**questa mattina** 今天早上
mattino, i *nm.* 早晨，上午；**al mattino** 在早上
matto, i / a, e *agg.* 瘋狂的，發瘋的
me *pron.pers., 1° sing.* [直接受詞強調形式] 我；[間接受詞強調形式] 對我；*pron.rif., 1° sing.* [強調形式] 我自身（= **me stesso / a**）；**me stesso / a** *pron.rif., 1° sing.* [強調形式] 我自身
media, e *nf.* 平均，平均值，中數
medicina, e *nf.* 藥，藥劑
medico, i *nm.* 醫生，醫師；**andare dal medico** 就醫
medio, di / a, e *agg.* 中部的，中間的，中等的；*nm.* 中指；**Medio Oriente** [地名] 中東（*Middle East*）
meglio *avv.*, (*comp.*: **bene (ben))** 較好，更好；**il meglio** *sup.* 最好；**meglio di no** 最好不要

mela, e *nf.* 蘋果
melone, i *nm.* 香瓜，甜瓜；**prosciutto e melone** 火腿香瓜
meno *avv.*, (*comp.*: **poco**) 較少，更少
menta, e *nf.* 薄荷；**gelato alla menta** 薄荷冰淇淋
mento, i *nm.* 顎，下巴
mentre *cong.* 當…，然而，但是，至於
menù *nm., inv.* 菜單
meraviglioso, i / a, e *agg.* 驚人的，不可思議的，奇妙的
mercato, i *nm.* 市場，集市；市況，行情；**a buon mercato** 便宜
merce, i *nf.* 商品，貨物；**carro merci** 貨車（火車）
mercoledì *nm., inv.* 星期三
Mercurio *nm.* [天文] 水星；[神話] 信息神麥丘里
meridiano, i *nm.* [天文] 子午線；經線
mese, i *nm.* 月（份）
messicano, i / a, e *agg.* 墨西哥的；*nm. / nf.* 墨西哥人
Messico *nm.* [國名] 墨西哥（*Mexico*）；**Città del Messico** [城市名]（墨西哥）墨西哥城（*Mexico City*）
mestruazione, i *nf.* 月經
metrico / a / i / che *agg.* 測量的，公制的；**tonnellata metrica** 公噸
metro *nm., inv.* 地下鐵，捷運
metro, i *nm.*, (*abbr.*: **m**) 公尺；**metro cubo** (*abbr.*: **m^3**) 立方公尺；**metro quadrato** (*abbr.*: **m^2**) 平方公尺
mezzo, i / a, e *agg.* 一半的；*nm. / nf.* 一半，半；**mezza età** 中年
mezzogiorno, i *nm.* 中午；**a mezzogiorno** 在中午
mi *pron.pers., 1° sing.* [直接受詞] 我；[間接受詞] 對我；*pron.rif., 1° sing.* 我自身
Michele *nm.* [男子名] 米契爾
miglio, a *nm.,; nf., pl.* 哩（英里）
migliore, i *agg.*, (*comp.*: **buono (buon), i / a, e)** 較好的，較佳的，更好的；**il migliore** *sup.* 最好的，極佳的
mignolo, i *nm.* 小指

Milano *nf., inv.* [城市名]（義大利）米蘭（*Milan*）
miliardo, i *nm.* 十億；**due miliardi** *num.card.* 二十億；**tre miliardi** *num.card.* 三十億；**un miliardo** *num.card.* 十億
milione, i *nm.* 百萬；**due milioni** *num.card.* 二百萬；**quattro milioni** *num.card.* 四百萬；**tre milioni** *num.card.* 三百萬；**un milione** *num.card.* 一百萬；**un milione centomila** *num.card.* 一百一十萬；**un milione duecentomila** *num.card.* 一百二十萬；**un milione e due** *num.card.* 一百萬零二；**un milione e uno** *num.card.* 一百萬零一
militare, i *agg.* 軍隊的，軍人的；**servizio militare** 兵役
mille, mila *num.card.* 千，一千；**mille e due** *num.card.* 一千零二；**mille e novantanove** *num.card.* 一千零九十九；**mille e uno** *num.card.* 一千零一；**duemila** *num.card.* 二千
millecento *num.card.* 一千一百
millecentouno *num.card.* 一千一百零一
milleduecento *num.card.* 一千二百
millenovecentonovantanove *num.card.* 一千九百九十九
milligrammo, i *nm.,* (*abbr.*: **mg**) 公絲（＝0.001 公克）
millilitro, i *nm.,* (*abbr.*: **ml**) 公撮（＝0.001 公升）
millimetro, i *nm.,* (*abbr.*: **mm**) 公釐（＝0.1 公分）
milza, e *nf.* 脾，脾臟
minerale, i *agg.* 礦物的，無機的；**acqua minerale** 礦泉水
minestrone, i *nm.* 義大利雜菜湯
minigonna, e *nf.* 迷你裙
minimamente *avv.,* (*sup.*: **poco**) 最少
minimo, i / a, e *agg.,* (*sup.*: **piccolo, i / a, e**) 最小的，最少的
minore, i *agg.,* (*comp.*: **piccolo, i / a, e**) 較小的，更少的，較年輕的；**Asia Minore** [地名] 小亞細亞（*Asia Minor*）；**sorella minore** 妹妹
minuto, i *nm.,* (*abbr.*: **'**) 分，分鐘（時間）
mio, miei / mia, mie *agg.poss.* 我的；*pron.poss., 1° sing.* 我的；**piacere mio** 我的榮幸；**mamma mia!** 我的媽呀！
misura, e *nf.* 尺寸；度量，測量
mittente, i *nm. / nf.* （男/女）寄件人
mobile, i *agg.* 可移動的，活動的，靈活的
mocassino, i *nm.* 鹿皮鞋
moda, e *nf.* 時尚，潮流
moderare *vt.* ① [ⓐ: **moderato**] 節制，克制，調節；**moderare la velocità** 減速慢駛
moglie, gli *nf.* 太太，妻子
Moldavia *nf.* [國名] 摩爾多瓦（*Moldova*）
mole, i *nf.* 大小，數量，容積；龐大建物；**Mole Antonelliana** [名勝]（杜林）安托內利尖塔
molto *avv.* 非常（多），很（多）；**moltissimo** *sup.* 非常多，極多；**molto bene** 非常好；很好
molto, i / a, e *agg.* 許多的，大量的；**molte grazie / grazie molte** 非常感謝
momento, i *nm.* 片刻，瞬間；時刻，時候，時機；**al momento** 現在
monaco, ci *nm.* 修士，僧侶；**Monaco di Baviera** [城市名]（德國）慕尼黑（*Munich*）
mondo, i *nm.* 世界
moneta, e *nf.* 貨幣，錢幣，零錢
monsone, i *nm.* 季風
montagna, e *nf.* 山，山嶽
monte, i *nm.* 山，山丘，山峰；**San Miniato al Monte** [名勝]（佛羅倫斯）聖米尼亞托大殿
monumento, i *nm.* 紀念碑，紀念物；遺跡，古蹟
morto, i *nm.* 死者，亡者；**giorno dei morti** 清明節
Mosca *nf.* [城市名]（俄羅斯）莫斯科（*Moscow*）
moto (motocicletta, i) *nf., inv.* 摩托車，機車
motore, i *nm.* 引擎，馬達；**spegnere il motore** 熄火，關熄引擎

Mozambico *nm.* [國名] 莫三比克（*Mozambique*）
mozzarella, e *nf.* 莫札瑞拉起司
multa, e *nf.* 罰款
muscolo, i *nm.* 肌肉；體力，力氣
museo, I *nm.* 博物館；**museo civico** 市立博物館
mutande *nf., pl.* 內褲

N

Nanchino *nf.* [城市名]（中國）南京（*Nanking*）
Napoli *nf., inv.* [城市名]（義大利）拿坡里，那不勒斯（*Naples*）
narice, i *nf.* 鼻孔
nascita, e *nf.* 出生，誕生；**Nascita di Confucio** 教師節，孔子誕辰
nascondersi *vr.* ② [ⓔ: **nascostosi, isi / asi, esi**] 躲藏，藏匿
naso, i *nm.* 鼻子
Natale, i *nm.* 耶誕節；**il Santo Natale** 聖誕節
nazionale, i *agg.* 國家的，國立的；**festa nazionale** 開國紀念日，國定假日
nazionalità *nf., inv.* 國籍
nazione, i *nf.* 國家；民族
nè *cong.* 也不；**nè…nè…** 也不…也不…
ne *pron., inv.* 關於這個（的），關於那個（的）；與他/她/它有關的
nebbia, e *nf.* 霧
necessario, ri / a, e *agg.* 必需的，需要的
negli *prep.art., masc., pl.*, (= **in** + **gli**) 在，在…之內（*in the*）
negozio, zi *nm.* 商店，店鋪
nei *prep.art., masc., pl.*, (= **in** + **i**) 在，在…之內（*in the*）
nel *prep.art., masc., sing.*, (= **in** + **il**) 在，在…之內（*in the*）
nella (nell') *prep.art., fem., sing.*, (= **in** + **la**) 在，在…之內（*in the*）；**nell'attesa** 同時
nelle *prep.art., fem., pl.*, (= **in** + **le**) 在，在…之內（*in the*）
nello (nell') *prep.art., masc., sing.*, (= **in** + **lo**) 在，在…之內（*in the*）
nero, i / a, e *agg.* 黑色的；**film in bianco e nero** 黑白軟片
nervo, i *nm.* 神經
nessuno (nessun) *pron.indef., inv.* 無（人），沒有（人）
nessuno (nessun), i / a, e *agg.indef.* 無，沒有任何的
netto, i / a, e *agg.* 乾淨的；純淨的；純粹的，純的；**peso netto** 淨重
Nettuno *nm.* [天文] 海王星；[神話]（羅馬）海神涅普頓
neve, i *nf.* 雪
nevicare *vi.* ① [ⓐ/ⓔ: **nevicato**] [無人稱] 下雪，降雪
niente *pron.indef., inv.* 無物，無一不；*agg.indef.* [口語用法] 無，沒有任何的（= **nessuno (nessun), i / a, e**）；**niente di serio** 沒什麼嚴重；**niente paura** 不用擔心，別怕；**di niente** 沒關係，沒什麼；**non fa niente** 沒關係，沒問題；**per niente** 完全不，一點也不
nipote, i *nm. / nf.* 姪子，姪女；外甥，外甥女；孫子，孫女
no *avv.* 不；**meglio di no** 最好不要
noce, i *nf.* 核桃，胡桃
noi *pron.pers., 1° pl.* [主格] 我們；[直接受詞強調形式] 我們；[間接受詞強調形式] 對我們；*pron.rif., 1° sing.* [強調形式] 我們自身（= **noi stessi / e**）；**noi stessi / e** *pron.rif., 1° pl.* [強調形式] 我們自身
noia, e *nf.* 厭煩，煩悶，無聊；**che noia!** 煩死人了！真無聊！
noioso, i / a, e *agg.* 厭煩的，煩悶的，無聊的
noleggiare *vt.* ① [ⓐ: **noleggiato**] 租；**noleggiare una macchina** 租一輛汽車
nolo, i *nm.* （貨運的）運費；**nolo prepagato** 運費預付；**costo, assicurazione e nolo (CIF)** 貨價、保險及運費；**costo e nolo (C & F)** 貨價及運費
nome, i *nm.* 姓名，名稱；[文法] 名詞；**nome femminile** [文法] 陰性名詞；

nomi geografici 地名，地理名稱；**nome maschile** [文法] 陽性名詞

non *avv.* 不；**non c'è di che** 不必掛在心上；**non è detto** 不盡然，不一定，說不準；**non lo so** 我不知道；**non è male!** 不錯

nonno, i / a, e *nm. / nf.* 祖父/母，外祖父/母；**nonni** *nm., pl.* 祖父母，外祖父母

nono, i / a, e *num.ord.* 第九

nord *nm., inv.* 北，北方；*agg., inv.* 北的，北方的；**America del Nord** [地名] 北美洲（*North-America*）；**Corea del Nord** [國名] 北韓（*North Korea*）；**Irlanda del Nord** [地名] 北愛爾蘭（*Northern Ireland*）；**Polo Nord** [地名] 北極（*North pole*）

normale, i *agg.* 正常的，標準的；**benzina normale** 普通汽油；**posta normale** 平信

Norvegia *nf.* [國名] 挪威（*Norway*）

nostro, i / a, e *agg.poss.* 我們的；*pron.poss., 1° pl.* 我們的

notaio, tai / taia, taie *nm. / nf.* （男/女）公證人

notarile, i *agg.* 公證人的；**spese notarili** 公證費

notte, i *nf.* 夜，夜晚；**buona notte** 晚安；**questa notte** 今夜

novanta (novant') *num.card.* 九十

novantacinque *num.card.* 九十五

novantadue *num.card.* 九十二

novantanove *num.card.* 九十九；**mille e novantanove** *num.card.* 一千零九十九

novantaquattro *num.card.* 九十四

novantasei *num.card.* 九十六

novantasette *num.card.* 九十七

novantatrè *num.card.* 九十三

novantesimo, i / a, e *num.ord.* 第九十

novantotto *num.card.* 九十八

novantuno *num.card.* 九十一

nove *num.card.* 九；**duemila e novantanove** *num.card.* 二千零九十九

novembre *nm.* 十一月

nubile, i *agg.* 單身的（女性）、未婚的（女性）；*nf.* 未婚女子，單身女子

nuca, che *nf.* 頸背，後頸

nulla *nm., inv.* 無，沒有

numerale, i *nm* [文法] 數詞；**numerali cardinali** [文法] 基數；**numerali ordinali** [文法] 序數

numero, i *nm.* 數目，數字；**numero di telefono** 電話號碼；**numero di volo** 航次

nuora, e *nf.* 媳婦

nuovo, i / a, e *agg.* 新的；**anno nuovo** 新年；**Nuova Delhi** [城市名]（印度）新德里（*New Delhi*）；**Nuova York** [城市名]（美國）紐約（*New York*）；**Nuova Zelanda** [國名] 紐西蘭（*New Zealand*）

nuvoloso, i / a, e *agg.* 多雲的，陰天的；**è nuvoloso** 陰天多雲

O

o *cong.* 或，或者

oasi *nf., inv.* 綠洲

occasione, i *nf.* 場合；時機，機會

occhio, occhi *nm.* 眼睛

occupato, i / a, e *agg.* 被佔領的；忙碌的；**linea occupata** （電話）佔線中

Oceania *nf.* [地名] 大洋洲（*Oceania*）

oceano, i *nm.* 大洋，海洋；**Oceano Antartico** [地名] 南冰洋（*Antarctic Ocean*）；**Oceano Artico** [地名] 北冰洋（*Arctic Ocean*）；**Oceano Atlantico** [地名] 大西洋（*Atlantic Ocean*）；**Oceano Indiano** [地名] 印度洋（*Indian Ocean*）；**Oceano Pacifico** [地名] 太平洋（*Pacific Ocean*）

oggetto, i *nm.* 物體；對象；主題；[文法] 受詞；**Ufficio Oggetti Smarriti** 失物招領處

oggi *avv.* 今天；現在；*nm.* 今日；現在

ogni *agg.indef., inv.* 每一的、任何的，每個；**ogni anno** 每年；**ogni volta** 每一次

oh *int.* 哎呀！啊！哇！噢！

Olanda *nf.* [國名] 荷蘭（*Netherland*）

olio, oli *nm.* 油

oltre *avv.* 更遠，更久；*prep.* 超出（範圍）；除了..之外；**oltre a** 除此以外，此外
ombelico, chi *nm.* 臍，肚臍
ombrello, i *nm.* 雨傘
onda, e *nf.* 波；波浪；氣流
opera, e *nf.* 工作；作品；歌劇
operatore, i / trice, trici *nm. / nf.* （男/女）總機，（電話）接線員
oppure *cong.* 或，或者；否則，要不然
ora *avv.* 現在，目前，剛才
ora, e *nf.* 小時；時間，時刻；**a che ora?** 在幾點？在什麼時候？；**che ora è? / che ore sono?** 現在幾點了？；**è ora!** 終於！總算！
orario, ri *nm.* 作息時間表，時刻表；**in orario** 準時，按時
orbita, e *nf.* （天體的）運行軌道
ordinale, i *agg.* 依次的，順序的；**numerali ordinali** [文法] 序數
ordinare *vt.* ☐ [ⓐ: **ordinato**] 整理；命令；任命；訂購
ordinario, ri / a, e *agg.* 平凡的，普通的；**posta ordinaria** 平信
ordine, i *nm.* 順序，次序；命令，指令；**ordine di pagamento** 付款單
orecchio, e (chi) *nm.* 耳朵；聽覺，聽力
organo, i *nm.* 器官；構件
oriente *nm., inv.* 東，東方；**Estremo Oriente** [地名] 遠東（*Far East*）；**Medio Oriente** [地名] 中東（*Middle East*）；**Vicino Oriente** [地名] 近東（*Near East*）
ospedale, i *nm.* 醫院
ospite, i *nm. / nf.* （男/女）賓客，客人
ossatura, e *nf.* 骨幹，骨骼，骨架
osservare *vt.* ☐ [ⓐ: **osservato**] 觀察；看到；遵行
ossigeno, i *nm.* 氧，氧氣；**maschera d'ossigeno** 氧氣罩
osso, ossi (/ossa) *nm. (/nf., pl.)* 骨，骨頭，骨骸；**osso pelvico** 骨盆
ostrica, che *nf.* 牡蠣
ottanta (ottant') *num.card.* 八十
ottantacinque *num.card.* 八十五
ottantadue *num.card.* 八十二
ottantanove *num.card.* 八十九
ottantaquattro *num.card.* 八十四
ottantasei *num.card.* 八十六
ottantasette *num.card.* 八十七
ottantatrè *num.card.* 八十三
ottantesimo, i / a, e *num.ord.* 第八十
ottantotto *num.card.* 八十八
ottantuno *num.card.* 八十一
ottavo, i /a, e *num.ord.* 第八
ottimo, i /a, e *agg.*, (*sup.*: **buono (buon), i / a, e)** 非常好的，極佳的
otto *num.card.* 八
ottobre *nm.* 十月
otturatore, i *nm.* （照相機的）快門
ovest *nm., inv.* 西，西方；**Sud-Ovest Asiatico** [地名] 西南亞（*South-Western Asia*）

P

pacchetto, i *nm.* 包裹；pacchetto postale 郵政包裹
pacifico, i / a, che *agg.* 和平的，安靜的，寧靜的；**Oceano Pacifico** [地名] 太平洋（*Pacific Ocean*）
Padova *nf., inv.* [城市名]（義大利）帕多瓦（*Padua*）
padre, i *nm.* 父親
paese, i *nm.* 國家；**Paesi Bassi** [國名] 荷蘭（*Netherland*）
pagamento, i *nm.* 支付，付款額；**documenti contro pagamento (D/P)** 付款後交單匯票；**ordine di pagamento** 付款單
pagare *vt.* ☐ [ⓐ: **pagato**] 支出，付款；**pagare in contanti** 付現金
paio, a *nm.,; nf., pl.* 一對，一雙，兩個，幾個…；**un paio di…** 一對…，一雙…；**due paia di…** 兩雙…，兩對…
palazzo, i *nm.* 宮殿，大廈；**Palazzo Ducale** [名勝]（威尼斯）總督宮
Palermo *nf., inv.* [城市名]（義大利）巴勒摩（*Palermo*）
Palestina *nf.* [國名] 巴勒斯坦（*Palestine*）

palio, li *nm.* 錦標，錦旗；賽馬
pallone, i *nm.* 球，足球
palma, e *nf.* 手掌，手心；棕櫚（樹）
palpebra, e *nf.* 眼瞼，眼皮
pancia, e *nf.* 肚子，腹部
pancreas *nm., inv.* 胰臟
pane, i *nm.* 麵包
Panelli *n.* [姓氏] 巴涅利
panino, i *nm.* 小麵包；**panino imbottito** 義式三明治，帕尼尼
pantaloni *nm., pl.* 褲子
Paolo *nm.* [男子名] 保羅；**San Paolo** [城市名]（巴西）聖保羅（*Saint Paul*）
papà *nm., inv.* 爸爸；**festa del papà** 父親節
Papa, i *nm.* 教宗
papaia, e *nf.* 木瓜；**succo di papaia** 木瓜汁
parallelo, i *nm.* 平行線；平行面；緯線
parcheggio, gi *nm.* 停車；停車場；**vietato il parcheggio** 禁止停車
parecchio, chi / a, e *agg.* 一些，許多
parente, i *nm. / nf.* 親戚
parentela, e *nf.* 親族，血親
Parigi *nf..* [城市名]（法國）巴黎（*Paris*）
parlare *vi. / vt.* 1 [ⓐ: **parlato**] 說，講，談
parola, e *nf.* 詞，字，用語；*pl.* 話語
parte, i *nf.* 部份；等分
partenza, e *nf.* 出發，啟程，離開；*pl.* [機場] 出境處
participio, pi *nm.* [文法] 分詞
partire *vi.* 3p [ⓔ: **partito, i / a, e**] 出發，離開，啟程
partita, e *nf.* 一局遊戲、一場比賽；**partite di calcio** 足球比賽
parziale, i *agg.* 一部分的，局部的；**perdita parziale** 局部損失
Pasqua, e *nf.* 復活節
passaggio, gi *nm.* 通行，通過；通道，出入口；**passaggio a livello** 平交道；**passaggio pedonale** 斑馬線
passaporto, i *nm.* 護照；**Controllo Passaporti** 入境管制處
passare *vi.* 1 [ⓔ: **passato. i / a, e**] / *vt.* [ⓐ: **passato**] 通過，經過，穿過，度過（時間）；傳遞
passatempo, i *nm.* 娛樂，消遣，休閒
passato, i *nm.* 過去，往日；[文法] 過去式；**passato prossimo** [文法] 現在完成式；**passato remoto** [文法] 過去式（/完成式）
passeggero, i / a, e *nm. / nf.* （男/女）旅客，乘客
passeggiata, e *nf.* 散步；fare delle passeggiate 散步
passivo, i / a, e *agg.* 被動的，消極的；**voce passiva** [文法] 被動語態
pasto, i *nm.* 餐，餐飲，飯菜；**pasto leggero** 輕食，輕便的一餐；**fare un pasto** 吃飯，用餐
patata, e *nf.* 馬鈴薯
paura, e *nf.* 害怕，恐懼，擔憂；**niente paura** 不用擔心，別怕
Pechino *nf.* [城市名]（中國）北京（*Peking*）
pecorino, i *nm.* 羊乳乾酪
pedonale, i *agg.* 路人的，行人的；**passaggio pedonale** 斑馬線
peggio *avv.*, (*comp.*: **male**) 更壞，更糟，更差；**al peggio** *sup.* 最壞，最糟，最差
peggiore, i *agg.*, (*comp.*: **cattivo, i /a, e**) 更壞的，較糟的；**il peggiore** *sup.* 極壞的，最糟的
pelle, i *nf.* 皮膚，皮革，毛皮；**giacca di pelle** 皮夾克
pelo, i *nm.* 毛髮，毛皮；絨毛；**sacco a pelo** 睡袋
pelvico, i / a, che *agg.* 骨盆的，骨盤的；**osso pelvico** 骨盆
penale, i *agg.* 處刑的，刑事上的；**causa penale** 刑事訴訟
pendente, i *agg.* 歪斜的，傾斜的；懸垂的，下垂的；**torre pendente** [名勝]（比薩）比薩斜塔
pene, i *nm.* 陰莖
penisola, e *nf.* 半島
pensare *vi. / vt.* 1 [ⓐ: **pensato**] 想，猜

測，認為

pepe, i *nm.* 胡椒，胡椒粉

peperoncino, i *nm.* 小辣椒

per *prep.* 為…，為了…（*for*）；**per caso** 碰巧，偶然，意外；**per cento (%)** 百分之一；**per colpa di** 因為，歸咎於；**per cui** 因此，所以；**per favore (/piacere)** 請；**per niente** 完全不，一點也不

pera, e *nf.* 梨

perchè *avv.interr.* 為何？為什麼？；*cong.* 由於，因為

perciò *cong.* 因此，所以

perdere *vt.* ② [ⓐ: **perso (perduto)**] 錯過，遺漏，遺失；**perdere il treno** 沒趕上火車

perdita, e *nf.* 丟失，失去，損失；**perdita parziale** 局部損失；**perdita totale** 全部損失

perfettamente *avv.* 完美無缺地；完全地；當然

perfetto, i / a, e *agg.* 完成的，完全的，完善的，完美的

pericolo, i *nm.* 危險，危難

pericoloso, i / a, e *agg.* 危險的，艱險的；**curva pericolosa** 危險彎路

periodo, i *nm.* 時期，時代

perlopiù *avv.* 一般來說，一般而言；大部分、通常的情況下

permettere *vt.* ② [ⓐ: **permesso**] 允許，許可，同意，答應

però *cong.* 可是，但是，然而

persona, e *nf.* 人，人們；[文法] 人稱；**prima persona** [文法] 第一人稱；**seconda persona** [文法] 第二人稱；**terza persona** [文法] 第三人稱

personale, i *agg.* 個人的，私人的；[文法] 人稱的；**pronomi personali** [文法] 人稱代名詞

Perù *nm.* [國名] 秘魯（*Peru*）

Perugia *nf., inv.* [城市名]（義大利）佩魯賈（*Perugia*）

pesce, i *nm.* 魚，魚肉；**Pesce d'Aprile** 愚人節；**non sapere che pesci prendere** 技窮，不知道該怎麼辦

peso, i *nm.* 重量；**peso lordo** 毛重；**peso netto** 淨重

pessimo, i / a, e *agg.*, (*sup.*: **cattivo, i / a, e**) 非常差的，極糟的

petrolio, li *nm.* 石油，原油

pezzo, i *nm.* 塊，片，件，個；**due pezzi** 兩件式套裝

piacere *vi.* IR:15 [ⓒ: **piaciuto, i / a, e**] 使喜歡（*to like*）；[無人稱] [間接受詞＋**piace**] 喜歡；**piacere di conoscerLa** 真高興認識您；幸會

piacere, i *nm.* 高興，愉快，恩惠，榮幸；**piacere mio** 很樂意，我的榮幸；**che piacere!** 真榮幸！真高興！；**per piacere** 請；拜託，請求

piacevole, i *agg.* 愉快的，討人喜歡的

piano, i *nm.* 平面，表面，層面；樓層；鋼琴；**primo piano** 二樓

piano, i / a, e *agg.* 平的，平坦的；緩慢的

pianta, e *nf.* 足底，腳掌；植物，作物；平面圖，地圖；**pianta del piede** 腳掌，腳底

pianterreno, i *nm.* （建物的）底層，一樓

pianura, e *nf.* 平原

piatto, i *nm.* 盤，碟；一盤菜；一道菜；**prima piatto** 第一道主菜；**secondo piatto** 第二道主菜

piazza, e *nf.* 廣場，空地；**Piazza del Campo** [名勝]（夕葉娜）田野廣場；**Piazza Michelangelo** [名勝]（佛羅倫斯）米開朗基羅廣場；**Piazza Navona** [名勝]（羅馬）納沃納廣場

piccolo, i / a, e *agg.* 小的，少的；**più piccolo, i / a, e** *comp.* 較小的；**piccolissimo, i / a, e** *sup.* 非常小的，極少的

piede, i *nm.* 腳；呎（英尺）(*abbr.*: **ft**)；**pianta del piede** 腳掌，腳底

pietra, e *nf.* 石頭，石塊

pigiama, i *nm.* 睡衣褲

pigro, i / a, e *agg.* 懶的，懶惰的

pilota, i *nm.* 領航員，飛行員，（車、船的）駕駛

pinta, e *nf.*, (*abbr.*: **pt**) 品脫
pioggia, ge *nf.* 雨，降雨，雨水
piovere *vi.* ② [ⓔ: **piovuto, i / a, e**] [無人稱] 下雨
Pisa *nf., inv.* [城市名]（義大利）比薩（*Pisa*）
pisello, i *nm.* 豌豆
pista, e *nm.* 足跡；小徑；跑道；**luci pista** 跑道燈
più *avv.*, (*comp.*: **molto**) 更（多）、較（多），更加；**più piccolo, i / a, e** (*comp.*: **piccolo, i / a, e**) 較小的；**di più** *sup.* 最（多）；此外；**il più grande** *sup.* 最大的（*biggest*）；**al più presto** 儘快；**i... più** 最（多/大）的
pizza, e *nf.* 披薩（即義大利脆餅）
plurale, i *agg.* 多數的，複數的；*nm.* [文法] 複數
Plutone *nm.* [天文] 冥王星；[神話] 冥神普路托
poco (po') *avv.* 少，稍許，一點點；**pochissimo** *sup.* 非常少
poco (po'), chi / a, che *agg.* 少的，不多的；一點點，一些；*nm.* 少，不多，一些，一點點；**a fra poco** 回頭見；**un po'** 一點點；**un po' di** 一點點，一些；**un po' troppo** 有點過分，有點言過其實
poeta, i / tessa, e *nm. / nf.* （男/女）詩人
poì *avv.* 那麼；然後，後來；再者；但是；至於，關於；最後，終於；**in poì** 以後
polare, i *agg.* 極地的；**Stella Polare** 北極星
polenta, e *nf.* 玉米粥
polizia, e *nf.* 警察；**polizia stradale** 交通警察
polizza, e *nf.* 證明單據，回執，憑單，保單；**polizza d'assicurazione** 保險憑證
pollice, i *nm.* 拇指；吋（英寸）(*abbr.*: **in**)
pollo, i *nm.* 雞，雞肉
polmone, i *nm.* 肺
polo, i *nm.* （電、磁）極；極地；極端；**Polo Nord** [地名] 北極（*North pole*）；**Polo Sud** [地名] 南極（*South pole*）
Polonia *nf.* [國名] 波蘭（*Poland*）
polpaccio, ci *nm.* 小腿，小腿肚
polso, i *nm.* 腕，腕部；脈搏
polvere, i *nf.* 灰塵，塵埃；粉末，細末，碎屑
pomeriggio, gi *nm.* 午後，下午；**buon pomeriggio** 午安；**questo pomeriggio** 今天下午
pomodoro, i *nm.* 番茄；**succo di pomodoro** 蕃茄汁
Pompei *nf., inv.* [名勝]（那不勒斯）龐貝城
ponte, i *nm.* 橋，橋樑；**Ponte di Rialto** [名勝]（威尼斯）里阿爾托橋；**Ponte dei Sospiri** [名勝]（威尼斯）嘆息橋；**Ponte Vecchio** [名勝]（佛羅倫斯）老橋
popolare, i *agg.* 大眾的，平民的；受（大眾）歡迎的
porta, e *nf.* 門
portabagagli *nm., inv.* 門房行李搬運工，腳夫，挑夫
portafoglio, gli *nm.* 男用皮夾，錢包
portare *vt.* ① [ⓐ: **portato**] 攜帶；穿戴
portiere, i / a, e *nm. / nf.* （男/女）門房，看門者，[體育] 守門員
Portogallo *nm.* [國名] 葡萄牙（*Portugal*）
Posillipo *nm., inv.* [名勝]（那不勒斯）波西利波區
possessivo, i *agg.* 佔有的，擁有的；**aggettivi possessivi** [文法] 所有格形容詞（/物主形容詞）；**pronomi possessivi** [文法] 所有格代名詞（/物主代名詞）
possibile, i *agg.* 可能的，可能發生的，可接受的
posta, e *nf.* 郵政；郵件，信函；**Posta Centrale** 郵政總局；**posta nomale (/ordinaria)** 平信
postale, i *agg.* 郵政的，郵局的；**cartolone postali** 明信片；**casella postale** 郵政信箱；**pacchetto postale** 郵政包裹；**ufficio Postale** 郵局
posto, i *nm.* 位置；地方，處所；工作，職位；座位；**essere a posto** 一切就緒；**tutto a posto?** [問候] 一切安好嗎？

potere *vi.* IR:16 [ⓐ: **potuto**] 能，能夠；可能，可以；**può andare** 還可以，還過得去；**posso essere utile?** 我能幫什麼忙嗎？

poverino, i / a, e *agg.* 可憐的，貧困的，不幸的；*nm. / nf.* 可憐的（男/女）人，不幸的（男/女）人

povero, i / a , e *agg.* 可憐的，貧窮的，貧瘠的，匱乏的

Praga *nf.* [城市名]（捷克）布拉格（*Prague*）

prammatico, i / a, che *agg.* 實際使用的，實際運用的

pranzare *vi.* 1 [ⓐ: **pranzato**] 吃午餐

pranzo, i *nm.* 午餐

pratico, i / a, e *agg.* 應用的，可行的，實際的，實踐的

prefazione, i *nf.* 序言，引言

preferire *vt.* 3f [ⓐ: **preferito**] 寧願，寧可；偏好，比較喜愛；選擇，選取

prefisso, i *nm.* （電話的）區域號碼；[文法] 前綴

prego *inter.* 請！不用客氣！

premio, mi *nm.* 報酬，酬勞；獎賞，獎金；彩券，證券；**premio assicurazione** 保險費

premura, e *nf.* 匆忙，緊急，緊迫；操心，關切；**avere premura** 急忙，趕時間

prendere *vt. / vi.* 2 [ⓐ: **preso**] 拿，執；接（某人）；服用（藥物）；**prendere il sole** 做日光浴；**prendere il treno** 趕上火車

prendersi *vr.* 2 [ⓔ: **presosi, isi / asi, esi**] 抓住；染上；**prendersi un raffreddore** 染上感冒

prenotazione, i *nf.* 預約，預定；**prenotazione annullata** 取消訂位；**prenotazione confermata** 確定訂位

preoccupare *vt.* 1 [ⓐ: **preoccupato**] 使擔心，使憂慮，使疑慮

prepagato, i / a, e *agg.* 預付的，先付款的；**nolo prepagato** 運費預付

preparare *vt.* 1 [ⓐ: **preparato**] 準備，預備；安排，佈置

preposizione, i *nf.* [文法] 介係詞；**preposizione articolata** [文法] 冠詞化介係詞（即介係詞與冠詞的連寫形式）

presentare *vt.* 1 [ⓐ: **presentato**] 出示，展現，呈現；提出，呈交；引薦，介紹

presente, i *nm.* 現在，當前，目前；[文法] 現在式

pressione, i *nf.* 擠壓，按；壓力；大氣壓；**alta pressione** 高氣壓；**pressione del sangue** 血壓

presto *avv.* 立即，馬上；很快地，迅速地；早，一大早；提早，提前；**al più presto** 儘快

prezioso, i / a, e *agg.* 寶貴的，名貴的，貴重的

prezzemolo, i *nm.* 香芹（歐芹，巴西里，洋香菜）

prezzo, i *nm.* 價錢，價格，價值

prima *avv.* 先前，之前，以前；首先；*prep.*, (+ **di**) 在…之前

primavera, e *nf.* 春，春天，春季；**festival di primavera** 春節

primo, i / a, e *num.ord.* 第一；*agg.* 首先的，首要的，最重要的；**prima classe** 頭等；**prima persona** [文法] 第一人稱；**primo piano** 二樓；**primo piatto** 第一道主菜；**fra (/tra) i primi** 在最重要之中的一個

principale, i *agg.* 根本的，主要的

probabile, i *agg.* 可能的，可信的

problema / i *nf.* 問題，疑難；**non c'è problema /non ci sono problemi** 沒問題

prodotto, i *nm.* 產品，產物

produrre *vt.* IR:17 [ⓐ: **prodotto**] 生產，產生

professore (professor), i / essa, esse *nm. / nf.* （男/女）教授

programma, i *nm.* 節目，方案，計畫

pronome, i *nm.* [文法] 代名詞；**pronomi dimostrativi** [文法] 指示代名詞；**pronomi indefiniti** [文法] 不定代名詞；**pronomi interrogativi** [文法] 疑問代名詞；**pronomi personali** [文法] 人稱代名詞；**pronomi possessivi** [文法] 所有格代名詞（/物主代名詞）；**pronomi relativi** [文法] 關係代名詞

pronto, i / a, e *agg.* 就緒的，準備好的；**essere pronto, i / a, e** 準備好；**pronto!** [接電話時的招呼語] 喂！

proprio *avv.* 剛好，的確，正是

prosciutto, i *nm.* 火腿；**prosciutto e melone** 火腿香瓜

prossimo, i / a, e *agg.* 靠近的，接近的，接下來的，下一次的；**domenica prossima** 下星期天，下禮拜天；**passato prossimo** [文法] 現在完成式；**trapassato prossimo** [文法] 過去未完成式

protagonista, i / a, e *agg.* 主要的，領頭的；*nm. / nf.* （男/女）主角

provare *vt.* ① [ⓐ: **provato**] 檢驗，嘗試，試圖

prudenza, e *nf.* 小心，謹慎，審慎，慎重

prugna, e *nf.* 李子

pubblicità *nf., inv.* 公布，發表；宣傳，廣告

pubblico, i / a, che *agg.* 公有的，公開的，公共的，大眾的；**telefono pubblico** 公用電話

pugno, i *nm.* 拳（擊）

pullover *nm., inv.* 套頭毛衣

pure *avv.* 也，亦，同樣地；[表示允許或同意] 好吧！罷了！

puro, i / a, e *agg.* 質純的，不含雜質的，純潔的，純粹的

purtroppo *avv.* 不幸地，可惜地

Q

qua *avv.* 這裡；**eccomi qua** 我就在這裡

quadrato, i / a, e *agg.* 四方形的，平方的；**chilometro quadrato** (*abbr.*: **km**^{2}) 平方公里；**metro quadrato** (*abbr.*: **m**^{2}) 平方公尺

quadro *nm.* 方塊，方格，方形

qualche *agg.indef., sing., inv.* 一些；**qualche volta** 有時候

qualcosa *pron.indef.* 某事，某物；**bere qualcosa** 喝點東西

qualcuno *pron.indef., sing., inv.* 某（些）人

quale, i *pron.interr.* 什麼（人/事物）？哪個（人/事物）？哪些（人/事物）？；*agg.interr.* 什麼？哪個？哪些？

qualificativo, i / a, e *agg.* 表示品質的；**aggettivi qualificativi** [文法] 性質形容詞

qualità *nf., inv.* 質量，性質，品質

quando *avv.* 當…時候；*avv.interr.* 何時？

quanto *avv.* [表示感嘆] 多麼，何等；*avv.interr.* 多少？**quanto (costa)? / quant'è?** 多少錢？；**tanto… quanto…** [搭配形容詞] 如同…一樣…（*as… as…*）；[搭配名詞] 兩者都（*both…and…*）；**tanto quanto** [接續在動詞之後] 如同…一般地

quanto, i *pron.rel.* 那個、那些（人，事物）（*who, what*）（= **quello, i / a, e che**）；*pl.* 那些（人）；*pl.* [搭配 **tanti / e**] 一樣多

quanto, i / a, e *agg.* 多少

quaranta (quarant') *num.card.* 四十

quarantacinque *num.card.* 四十五

quarantadue *num.card.* 四十二

quarantaduesimo, i / a, e *num.ord.* 第四十二

quarantanove *num.card.* 四十九

quarantaquattro *num.card.* 四十四

quarantasei *num.card.* 四十六

quarantasette *num.card.* 四十七

quarantatrè *num.card.* 四十三

quarantesimo, i / a, e *num.ord.* 第四十

quarantottesimo, i / a, e *num.ord.* 第四十八

quarantotto *num.card.* 四十八

quarantunesimo, i / a, e *num.ord.* 第四十一

quarantuno *num.card.* 四十一

quarto, i *nm.* 四分之一，一刻（鐘）

quarto, i / a, e *num.ord.* 第四

quasi *avv.* 幾乎，差不多

quattordicesimo, i / a, e *num.ord.* 第十四

quattordici *num.card.* 十四

quattro *num.card.* 四；**quattro milioni** *num.card.* 四百萬

quattrocento *num.card.* 四百
quattromila *num.card.* 四千
quello (quel; quell'), quei (quegli) / quella (quell'), e *agg.dimost.* 那個的，那些的
quello (quell'), i / quella (quell'), e *pron.dimost.* 那個，那些
quello, i / quella, e che *pron.rel.* 那個、那些（人/事）（*who, what*）
questo (quest'), i / a (quest'), e *pron.dimost.* 這個，這些；**questo / a** *pron.pers., 3° sing.* [直接受詞強調形式] 它；*agg.dimost.* 這個的，這些的；**quest'anno** 今年；**questa mattina** 今天早上；**questa notte** 今夜；**questo pomeriggio** 今天下午；**questa sera** 今天晚上
quì *avv.* 這裡；**eccomi quì** 我就在這裡；**quì si sta bene** 這裡好天氣/這裏很舒適
quindi *avv.* 然後，後來
quindicesimo, i / a, e *num.ord.* 第十五
quindici *num.card.* 十五
quintale, i *nm.,* (*abbr.*: **q**) 公擔（＝100公斤）
quinto, i / a, e *num.ord.* 第五
quota, e *nf.* 份額，定額，配額

R

raccomandata, e *nf.* 掛號信件；**raccomandata con ricevuta di ritorno** 雙掛號信件
raccontare *vt.* ☐ [ⓐ: **raccontato**] 敘述，講述，告訴
radio *nf., inv.* 廣播；收音機
raffreddarsi *vr.* ☐ [ⓔ: **raffreddatosi, isi / asi, esi**] 變冷，冷卻；著涼，感冒
raffreddore, i *nm.* 感冒；**prendersi un raffreddore** 染上感冒
ragazzo, i / a, e *nm. / nf.* 男孩 / 女孩
ragù *nm., inv.* 以番茄及肉末製成的調味醬汁
rana, e *nf.* 青蛙
rapido, i / a, e *agg.* 快速的，迅速的；*nm.* 特快車
rassegna, e *nf.* 檢查，回顧；報告，調查；展覽
ravioli *nm., pl.* 義大利餃子
recarsi *vr.* ☐ [ⓔ: **recatosi, isi / asi, esi**] 去，前往；**recarsi a** 去，到，前往
recitare *vt.* ☐ [ⓐ: **recitato**] 背誦，朗誦；扮演，演出
reclamo, i *mm.* 抱怨，抗議；索賠
reggia, ge *nf.* 皇宮，宮殿，宮廷；**Reggia di Capodimonte** （那不勒斯）卡波迪蒙特美術館
regno, i *nm.* 王國；**Regno Unito** [國名] 英國（*United Kingdom*）
relativo, i / a, e *agg.* 相對的；相關的；**pronomi relativi** [文法] 關係代名詞；**superlativo relativo** [文法] 相對最高級
remoto, i / a, e *agg.* 遙遠的，久遠的；**passato remoto** [文法] 過去式（/完成式）；**trapassato remoto** [文法] 過去完成式
rene, i *nm.* 腎，腎臟
repubblica, che *nf.* 共和國，共和政體；**Repubblica Ceca** [國名] 捷克共和國（*Czech Republic*）；**Repubblica Centrafricana** [國名] 中非共和國（*Central African Republic*）；**Repubblica del Sudan** [國名] 蘇丹共和國（蘇丹，*Republic of Sudan*）；**Repubblica di Cina (Taiwan)** [國名] 中華民國（台灣）（*Republic of China (Taiwan)*）；**Repubblica Dominicana** [國名] 多明尼加共和國（*Dominican Republic*）；**Repubblica Popolare Cinese** [國名] 中華人民共和國（中國，*People's Republic of China*）
responsabile, i *agg.* 負責的，有責任的；*nm. / nf.* （男/女）負責人；**responsabile della compagnia aerea** 航空公司機場經理
resto, i *nm.* 剩餘（物）；找錢；零錢
retromarcia, e *nf.* （車輛）倒退，倒（車）檔
revocabile, i *agg.* 可撤銷的，可解除的；**L/C revocabile** 可撤銷信用狀
ricco, chi / a, che *agg.* 富有的，富裕的，豐富的
ricercatore, i / trice, i *nm. / nf.* （男/女）

研究員

ricevere *vt.* 2 [ⓐ: **ricevuto**] 收到，接到

ricevitore, i *nm.* 受款人；接受器，（電話）聽筒

ricevuta, e *nf.* 收據；**ricevuta di ritorno** 回執

richiamare *vt.* 1 [ⓐ: **richiamato**] 再次呼叫，（電話）再次播打；召回；吸引，引起

ricordare *vt.* 1 [ⓐ: **ricordato**] 想起，憶起；提及；紀念

ricordarsi *vr.* 1 [ⓔ: **ricordatosi, isi / asi, esi**] 記得

ricordo, i *nm.* 記憶，回憶；紀念品

ricredersi *vr.* 2 [ⓔ: **ricredutosi, isi / asi, esi**] 改變主意，改變想法

riempire *vt.* 3p [ⓐ: **riempito**] 裝滿，使充滿；填寫

rientrare *vi.* 1 [ⓔ: **rientrato, i / a, e**] 重新進入，返回

rifare *vt.* IR:10 [ⓐ: **rifatto**] 重新做，重新整理，重複；刷新，修整

riferimento, i *nm.* 提及，論及；參考，參照；轉述，轉告

riferire *vt.* 3f [ⓐ: **riferito**] 轉告，匯報

riflessivo, i / a, e *agg.* 思考的，審慎的；[文法] 反身的；**verbo riflessivo** [文法] 反身動詞

rimandare *vt.* 1 [ⓐ: **rimandato**] 再發送；退還；延遲，推遲；參照，參閱

rimanere *vi.* IR:18 [ⓔ: **rimasto, i / a, e**] 停留，逗留；保持

ringhiera, e *nf.* 欄杆

ringraziare *vt.* 1 [ⓐ: **ringraziato**] 感謝

riposarsi *vr.* 1 [ⓔ: **riposatosi, isi / asi, esi**] 休息，放鬆

risentire *vt.* 3p [ⓐ: **risentito**] 再次聽到；*vi.* ⓐ 受到影響

risotto, i *nm.* 義大利燉飯（/燴飯）

rispondere *vi.* 2 [ⓐ: **risposto**] 回答，回應；**non risponde** 沒有回應；（電話）無人接聽

ristorante, i *nm.* 餐廳，飯館；**vagone ristorante** 餐車；**ristorante cinese** 中國餐館

risultato, i *nm.* 結果，效果

ritardo, i *nm.* 耽擱，延誤；**in ritardo** 誤點，遲到

ritiro, i *nm.* 取回，收回；撤退，退出；**ritiro bagagli** 提取行李

ritornare *vi.* 1 [ⓔ: **ritornato, i / a, e**] 返回，回來

ritorno, i *nm.* 回來，回程；**ricevuta di ritorno** 回執；**andata e ritorno** 來回

rivedersi *vr.* IR:23 [ⓔ: **rivistosi, isi / asi, esi (rivedutosi, isi / asi, esi)**] 再次相見

rivoluzione, i *nf.* 徹底改變，革命；（天體）公轉

Riyad *nf.* [城市名]（沙烏地阿拉伯）利雅德（*Riyadh*）

roba, e *nf.* 物品，東西，商品

rocca, che *nf.* 堡壘，要塞

roccia, rocce *nf.* 岩石

Roma *nf., inv.* [城市名]（義大利）羅馬（*Rome*）

rosa, e *nf.* 玫瑰

rosso, i / a, e *agg.* 紅色的；**vino rosso** 紅葡萄酒；**semaforo rosso** 紅燈

rotazione, i *nf.* 轉動，旋轉，自轉

rottura, e *nf.* 破碎，斷裂；中斷；決裂

roulotte *nf., inv.* 篷車，旅行車

Ruanda *nm.* [國名] 盧安達（*Rwanda*）

rubinetto, i *nm.* （氣體、水）龍頭，旋塞開關，閥；**rubinetto acqua calda** 熱水龍頭；**rubinetto acqua fredda** 冷水龍頭

russo, i / a, e *agg.* 俄國的；*nm.* 俄語；*nm. / nf.* （男/女）俄國人

S

sabato, i *nm.* 星期六

sabbia, e *nf.* 沙，沙子

sacco, chi *nm.* 包，袋；袋子；**sacco a pelo** 睡袋

sala, e *nf.* 廳，堂，館，室；**sala d'aspetto** 候車室，候機室

salame, i *nm.* 義大利蒜味香腸；**salami assortiti** 什錦香腸

salario, ri *nm.* 工資，薪水，薪俸
sale, i *nm.* 鹽
salire *vi.* 3p [ⓔ: **salito , i / a, e**] 爬上，登上；上升，上漲，升高；*vt.* [ⓐ: **salito**] 爬，攀，登
salmone *nm., inv* 鮭魚；**salmone affumicato** 燻鮭魚
saltare *vi.* 1 [ⓐ/ⓔ: **saltato**] 跳；*vt.* ⓐ 跳過，略過；煎，炒；**uova saltate** 煎蛋
salutare *vt.* 1 [ⓐ: **salutato**] 問候，向…打招呼、致意
salute, i *nf.* 健康，健康狀態
saluto, i *nm.* 招呼，問候，致意；致敬辭
salvagente, i *nm.* 救生圈，救生衣
salvietta, e *nf.* 餐巾，手巾，毛巾
san *agg,* (*abbr.*: **S.**) [後接子音開頭的陽性專有名詞] 聖的；**San Marino** *nm.* [國名] 聖馬利諾（*St. Marino*）；**San Valentino** 情人節；**San Miniato al Monte** [名勝]（佛羅倫斯）聖米尼亞托大殿
sandalo, i *nm.* 涼鞋，便鞋
sandwich *nm., inv.* 三明治
sangue *nm., inv.* 血，血液，血統；**pressione del sangue** 血壓
sanguigno, i / a, e *agg.* 血的，血液的；**gruppo sanguigno** 血型；**vaso sanguigno** 血管
sano, i / a, e *agg.* 健康的，健壯的，健全的
santo, i / a, e *agg.* 神聖的；**Santa Lucia** [國名] 聖露西亞（*Saint Lucia*）；[民謠]（那不勒斯）散塔露其亞；**Castel Sant'Angelo** [名勝]（羅馬）聖天使城堡；**il Santo Natale** 聖誕節
sapere *vt. / vi.* IR:19 [ⓐ: **saputo**] 知道；獲知，發現；**non (lo) so** 我不知道
sapone, i *nm.* 肥皂
satellite, i *nm.* [天文] 衛星
Saturno *nm.* [天文] 土星；[神話]（羅馬）農神薩圖爾努斯
scala, e *nf.* 樓梯；次序，階級，等級；比例，刻度

scampo, i *nm.* 挪威海螯蝦，小龍蝦
scapola, e *nf.* 肩胛骨
scapolo, i *nm.* [帶貶義] 單身漢，未婚男子
scarico, chi *nm.* 卸載，卸貨；排出，放出；**tubo di scarico** 排氣管
scarpa, e *nf.* 鞋子；**scarpe con tacco alto** 高跟鞋；**scarpe con tacco basso** 平底女鞋
scarso, i / a, e *agg.* 缺乏的，不足的，短缺的
scegliere *vt.* IR:20 [ⓐ: **scelto**] 選擇，選拔，挑選
scena, e *nf.* 幕，場景，景象
scendere *vi.* 2 [ⓔ: **sceso, i / a, e**] 下來，下去，下降
scheda, e *nf.* 卡片；**scheda telefonica** 電話卡
scheletro, i *nm.* 骨骼，骷髏，骨架
scherno, i *nm.* 輕蔑，譏笑，嘲弄，嘲諷
schiena, e *nf.* 背，背部
sci *nm., inv.* 滑雪板，雪橇；滑雪
sciare *vi.* 1 [ⓐ: **sciato**] 滑雪
sciarpa, e *nf.* 圍巾、披巾、肩巾
sciopero, i *nm.* 罷工，罷市，罷課
sciroppo, i *nm.* 糖漿，糖汁
scolo, i *nm.* 排水設備
scompartimento, i *nm.* 車廂，客艙，包廂
sconto, i *nm.* 折扣，減價
scorso, i / a, e *agg.* 上一個，前一個，最後的，剛過去的；**anno scorso** 去年
scrivere *vt.* 2 [ⓐ: **scritto**] 寫，書寫
scultura, e *nf.* 雕刻，雕塑品；**sculture di Michelangelo** [名勝]（佛羅倫斯）米開朗基羅的雕像群
scuola, e *nf.* 學校
scusare *vt.* 1 [ⓐ: **scusato**] 辯解；寬恕；**scusa / scusi** 抱歉，對不起
se *cong.* 若，如果；是不是，是否；既使，雖然
sè *pron.rif., 2° sing.* [強調形式；禮貌用法] 您自身（= **sè stesso / a**）；*3° sing.* [強調形式] 他/她自身（= **sè stesso / a**）；*3° pl.* [強調形式]他/她們自身（= **sè**

stessi / e)；**sè stesso / a** [強調形式；禮貌用法] 您自身；*3° sing.* [強調形式] 他/她自身；**sè stessi / e** *3° pl.* [強調形式] 他/她們自身

secco, chi / a, che *agg.* 乾的，乾燥的；[酒類]不甜的；**frutta secca** 乾果；**lavaggio a secco** 乾洗

secolo, i *nm.* 世紀，百年

secondo *cong.* 依照，按照，根據

secondo, i *nm., (abbr.: '')* 秒（時間）

secondo, i / a, e *num.ord.* 第二；次要的；**seconda classe** 二等；**seconda persona** [文法] 第二人稱；**secondo piatto** 第二道主菜

sedere, i *nm.* 屁股，臀部；坐，座位，就座

sedicesimo, i / a, e *num.ord.* 第十六

sedici *num.card.* 十六

sedile, i *nm.* 座位；椅子，長凳

segretario, ri / a, e *nm. / nf.* （男/女）秘書

seguire *vt.* 3p [ⓐ: **seguito**] / *vi.* [ⓔ: **seguito, i / a, e**] 跟隨，追尋；沿著；遵行

sei *num.card.* 六

seimila *num.card.* 六千

semaforo, i *nm.* 信號燈，紅綠燈；**semaforo giallo** 黃燈；**semaforo rosso** 紅燈；**semaforo verde** 綠燈

sembrare *vi.* 1 [ⓔ: **sembrato, i / a, e**] 看起來，好像；[無人稱] 似乎，好像

semplice, i *agg.* 單一的，簡單的；*nm.* [文法] 簡單式；**futuro semplice** [文法] 未來式

sempre *avv.* 一直，總是；仍然，終究；[接續比較級] 更…，愈來愈…

seno, i *nm.* 乳房；胸部；胸懷

senso, i *nm.* 感官，知覺；觀念，意識；方向，指向；**senso unico** 單行道

sentire *vt.* 3p [ⓐ: **sentito**] 聽，聽說，感覺，察覺；*vi.* ⓐ 嚐起來，聞起來；**farsi sentire** 使（某人）察覺

sentirsi *vr.* 3p [ⓔ: **sentitosi, isi / asi, esi**] 感覺，覺得；**sentirsi bene** 覺得舒服；**sentirsi male / non sentirsi bene** 覺得不舒服

senza *prep.* 沒有，無；**senz'altro** 當然，一定

sera, e *nf.* 傍晚，晚上；**buona sera!** 晚安；**questa sera** 今天晚上

serio, ri / a, e *agg.* 嚴重的，嚴肅的；認真的；*nm.* 嚴肅，認真；**niente di serio** 沒什麼嚴重

servizio, zi *nm.* 服務；**servizio militare** 兵役

sessanta (sessant') *num.card.* 六十

sessantacinque *num.card.* 六十五

sessantadue *num.card.* 六十二

sessantanove *num.card.* 六十九

sessantaquattro *num.card.* 六十四

sessantasei *num.card.* 六十六

sessantasette *num.card.* 六十七

sessantatrè *num.card.* 六十三

sessantesimo, i / a, e *num.ord.* 第六十

sessantotto *num.card.* 六十八

sessantunesimo, i / a, e *num.ord.* 第六十一

sessantuno *num.card.* 六十一

sesto, i / a, e *num.ord.* 第六

set *nm., inv.* 組，套

sete, i *nf.* 渴，口渴；avere sete 覺得渴

settanta (settant') *num.card.* 七十

settantacinque *num.card.* 七十五

settantadue *num.card.* 七十二

settantanove *num.card.* 七十九

settantaquattro *num.card.* 七十四

settantasei *num.card.* 七十六

settantasette *num.card.* 七十七

settantatrè *num.card.* 七十三

settantesimo, i / a, e *num.ord.* 第七十

settantotto *num.card.* 七十八

settantuno *num.card.* 七十一

sette *num.card.* 七

settembre *nm.* 九月

settimana, e *nf.* 星期，禮拜，週；**fine srttimana** 週末

settimo, i / a, e *num.ord.* 第七

Seul *nf.* [城市名] （韓國）首爾（*Seoul*）

sfocato, i / a, e *agg.* 焦距不准的，模糊的

sì *avv.* 是！（*yes*）

si *pron.rif., 2° sing.* [禮貌用法] 您自身；*3° sing.* 他/她自身；*3° pl.* 他/她們自身
sicuro *avv.* 當然，一定；**sicuro, i / a, e** *agg.* 安全的，安心的，保險的；確信的
Siena *nf., inv.* [城市名]（義大利）夕葉娜（*Siena*）
sigaretta, e *nf.* 香菸
signor *nm.*, (*abbr.*: **Sig.**) [頭銜] 先生
signore, i / signora, e *nm. / nf.* 男士，先生 / 女士，夫人
signorina, e *nf.* 女孩，小姐
silenzio, zi *nm.* 寂靜，安靜，沈默；**zona del silenzio** 寧靜區域
sillaba, e *nf.* 音節
simpatico, i / a, che *agg.* 善解人意的，討人喜歡的，和藹可親的
singolare, i *nm.* [文法] 單數
sinistra, e *nf.* 左，左邊；**curva a sinistra** 左轉；**girare a sinistra** 左轉
sintetico, i / a, che *agg.* 綜合的；合成的，人造的
Siria *nf.* [國名] 敘利亞（*Syria*）
situazione, i *nf.* 情勢，情況，局面，處境
Slovacchia *nf.* [國名] 斯洛伐克（*Slovakia*）
smarrito, i / a, e *agg.* 丟失的；糊塗的，昏亂的；**Ufficio Oggetti Smarriti** 失物招領處
soggiorno, i *nm.* 逗留，停留；**buon soggiorno** 祝您（在此）愉快
soldo, i *nm.* 一枚錢；一筆錢；*pl.* 金錢
sole, i *nm.* 太陽；陽光；**c'è il sole** 晴天；**prendere il sole** 做日光浴
solito, i / a, i *agg.* 經常的，通常的，平常的；*nm.* 習慣，照常；**di solito** 經常，通常，平常
solo *avv.* 只有，僅僅
solo, i / a, e *agg.* 單獨的，孤獨的，唯一的
soltanto *avv.* 僅僅，只有
somma, e *nf.* 加，加法；總計，總數；金額；摘要
sonno, i *nm.* 睡眠；**avere sonno** 覺得睏
sopportare *vt.* ① [ⓐ: **sopportato**] 支持，承擔，忍受
sopra *avv.* 上面，向上，前面
sopracciglio, li (lia) *nm. (/ nf., pl.)* 眉毛
sorella, e *nf.* 姊妹；**sorella minore** 妹妹
sospiro, i *nm.* 嘆氣；**Ponte dei Sospiri** [名勝]（威尼斯）嘆息橋
sostantivo, i *nm.* [文法] 名詞
sottopassaggio, gi *nm.* 地下通道，地下道
souvenir *nm., inv.* 紀念品
spaghetti *nm., pl.*（義大利的）麵條
Spagna *nf.* [國名] 西班牙（*Spain*）
spagnolo, i / a, e *agg.* 西班牙的；*nm.* 西班牙語；*nm. / nf.*（男/女）西班牙人
spalla, e *nf.* 肩，肩膀
spasso, i *nm.* 玩耍，消遣；散步，閒逛，遊蕩；**a spasso** 散步
spazio, zi *nm.* 空間，場所；太空，宇宙
spazzola, e *nf.* 刷子
spazzolino, i *nm.* 小刷子；**spazzolino da denti** 牙刷
specchio, chi *nm.* 鏡子
speciale, i *agg.* 特有的，特別的，特定的
specie *nf., inv.* 種、類
spedire *vt.* ③f [ⓐ: **spedito**] 派遣，寄送
spedizione, i *nf.* 寄發，運送物；**documenti spedizione** 裝運單據
spegnere *vt.* IR:21 [ⓐ: **spento**] 關掉，熄滅；**spegnere il motore** 熄火，關熄引擎
sperare *vt. / vi.* ① [ⓐ: **sperato**] 希望，期望，盼望
spesa, e *nf.* 經費，費用，支出；**spese notarili** 公證費
spesso *avv.* 經常，時常，常常
spiaggia, ge *nf.* 海岸，海邊，海灘
spider *nm. / nf., inv.* 雙座敞篷車
spina, e *nf.* 刺；**birra alla spina** 麥根沙士；**spina dorsale** 脊柱
spirito, i *nm.* 神靈，鬼魂，精靈；靈魂，精神；**festival degli spiriti** 中元節
Spoleto *nf., inv.* [城市名]（義大利）斯波利多（*Spoleto*）
sposato, i / a, e *agg.* 已婚的

sputare *vi. / vt.* 1⃞ [ⓐ: **sputato**] 吐口水，吐痰；**sputare sopra (/su)** 在…上吐口水；輕視、輕視（某物）

stagione, i *nf.* 季，季節

stamattina *avv.* 今天早上

stampa, e *nf.* 印刷；出版物，報紙；*pl.* 印刷品

stanco, chi / a, che *agg.* 疲倦的，勞累的；**essere stanco, chi / a, che** 覺得累

stanotte *avv.* 今夜

stanza, e *nf.* 居住；居室，房間

stare *vi.* IR⃞:11 [ⓔ: **stato, i / a, e**] 留下，是；在；**stare attento** 小心！；**stare leggero, i / a, e** 享用輕食；**stare per** [＋動詞原型] 將要；**come stai (/sta)?** 你/妳（/您）好嗎？；**(quì) si sta bene** （這裡）好天氣/很舒適

stasera *avv.* 今天晚上；**a stasera** 今晚見

stato, i *nm.* 狀況，狀態；國家；**Stati Uniti (d'America)** [國名] 美國（*United States (of America)*）

stazione, i *nf.* 站，台，局，所；車站；**Stazione Centrale** 中央車站；**stazione ferroviaria** 火車站

stella, e *nf.* 星；星體；明星；**Stella Polare** 北極星

stesso, i / a, e *agg.* 相同的；*pron.rif.* 自己、自身；**me stesso / a** *pron.rif., 1° sing.* [強調形式] 我自身；**noi stessi / e** *pron.rif., 1° pl.* [強調形式] 我們自身；**sé stesso / a** [強調形式；禮貌用法] 您自身；*3° sing.* [強調形式] 他/她自身；**sé stessi / e** *3° pl.* [強調形式]他/她們自身；**te stesso / a** *pron.rif., 2° sing.* [強調形式] 你/妳自身；**voi stessi / e** *pron.rif., 2° pl.* [強調形式] 你/妳們自身

steward *nm., inv.* 乘務員

stinco, chi *nm.* 脛，脛骨

stipendio, di *nm.* 薪俸，薪水

Stoccarda *nf.* [城市名]（德國）斯圖加特（*Stuttgart*）

Stoccolma *nf.* [城市名]（瑞典）斯德哥爾摩（*Stockholm*）

stomaco, i (chi) *nm.* 胃

storia, e *nf.* 歷史，史學；小說，故事

strada, e *nf.* 道路，街道；路程；途徑；**in strada** 在路上，在街上；**attraversare la strada** 穿越馬路

stradale, i *agg.* 道路的，街道的；**incrocio stradale** 道路交岔點；**polizia stradale** 交通警察

straniero, i / a, e *nm. / nf.* （男/女）外國人；（男/女）陌生人

stronzo, i *nm.* 糞塊；[口語] 討厭鬼，混帳

strozzare *vt.* 1⃞ [ⓐ: **strozzato**] 勒死，掐死

studente, i / essa, esse *nm. / nf.* （男/女）（大）學生；**biglietto studenti** 學生票

studiare *vt.* 1⃞ [ⓐ: **studiato**] 學習，研究

studio, di *nm.* 學習，學業，研究；工作室，播音室，攝影棚

stufo, i / a, e *agg.* 厭惡的，厭煩的；**essere stufo, i / a, e di…** 對…厭倦，受不了…

su *prep.* 在…之上（*on*）

subito *avv.* 立即，馬上

succo, chi *nm.* 蔬果汁；汁液；**succo di ananas** 鳳梨汁；**succo di arancia** 柳橙汁；**succo di frutta** 果汁；**succo di papaia** 木瓜汁；**succo di pomodoro** 蕃茄汁

sud *nm., inv.* 南，南方；*agg., inv.* 南的，南方的；**Sud-Est Asiatico** [地名] 東南亞（*South-Eastern Asia*）；**Sud-Ovest Asiatico** [地名] 西南亞（*South-Western Asia*）；**Americca del Sud** [地名] 南美洲（*South-America*）；**Corea del Sud** [國名] 韓國（*South Korea*）；**Polo Sud** [地名] 南極（*South pole*）；**Sudan del Sud** [國名] 南蘇丹（*South Sudan*）

Sudafrica *nm.* [國名] 南非（*South Africa*）

Sudan *nm.* [國名] 蘇丹（蘇丹共和國，*Sudan*）；**Repubblica del Sudan** [國名] 蘇丹共和國（蘇丹，*Republic of Sudan*）；**Sudan del Sud** [國名] 南蘇丹（*South Sudan*）

sugli *prep.art., masc., pl.,* (= **su** + **gli**) 在…之上（*on the*）

sui *prep.art., masc., pl.*, (= **su** + **i**) 在…之上（*on the*）
sul *prep.art., masc., sing.*, (= **su** + **il**) 在…之上（*on the*）
sulla (sull') *prep.art., fem., sing.*, (= **su** + **la**) 在…之上（*on the*）
sulle *prep.art., fem., pl.*, (= **su** + **le**) 在…之上（*on the*）
sullo (sull') *prep.art., masc., sing.*, (= **su** + **lo**) 在…之上（*on the*）
suo, suoi / sua, sue *agg.poss.* 他/她的；*pron.poss., 3° sing.* 他/她的
suocera, e *nf.* 岳母，婆婆
suocero, i *nm.* 岳父，公公
suonare (sonare) *vt.* ☐ [ⓐ: **suonato**] 使鳴響，演奏（樂器）；*vi.* [ⓔ: **suonato, i / a, e**] 鳴，響，演奏（音樂）；**suonare il campanello** 按（門）鈴
superficie, ci *nf.* 面，表面，面積
superlativo, i / a, e *agg.* 最好的；[文法] 最高級的；*nm.* [文法] 最高級；**superlativo assoluto** [文法] 絕對最高級；**superlativo relativo** [文法] 相對最高級
sveglia, e *nf.* 起床；鬧鐘
Svezia *nf.* [國名] 瑞典（*Sweden*）
Svizzera *nf.* [國名] 瑞士（Switzerland）

T

tabacco, chi *nm.* 菸，菸草
tacco, i *nm.* 鞋跟；**scarpe con tacco alto** 高跟鞋；**scarpe con tacco basso** 平底女鞋
Tagikistan *nm.* [國名] 塔吉克（*Tajikistan*）
Taipei *nf.* [城市名]（台灣）台北（*Taipei*）
Taiwan *nm.* [地名] 台灣（*Taiwan*）
taiwanese, i *agg.* 台灣的；*nm.* 台灣話；*nm. / nf.* （男/女）台灣人
taleggio, ggi *nm.* 倫巴底產的乾酪
tallone, i *nm.* 踵，腳後跟；**tallone di Achille** 阿基里斯腱
tanto *avv.* 如此地（多），相當地（多），那麼地（多）；**tanto… quanto…** [搭配形容詞] 如同…一樣…（*as… as…*）；[搭配名詞] 兩者都（*both…and…*）；**tanto quanto** [接續在動詞之後] 如同…一般地
tanto, i / a, e *agg.indef.* 許多；**grazie tante** 非常感謝；*pl.* [搭配 **quanti / e**] 一樣多
tara, e *nf.* 皮重（外包材料的重量）
tardi *avv.* 遲，晚；**più tardi** 遲一點，晚一些，等一下；**è tardi** [時間] 很晚了
tassa, e *nf.* 稅
tassì *nm., inv.* 計程車
tassista, i / a, e *nm. / nf.* （男/女）計程車司機
TAV (treno ad alta velocità) *nm.* 高速鐵路
tavolo, i *nm.* 桌子
te *pron.pers., 2° sing.* [直接受詞強調形式] 你/妳；[間接受詞強調形式] 對你/妳；*pron.rif., 2° sing.* [強調形式] 你/妳自身（= **te stesso / a**）；**te stesso / a** *pron.rif., 2° sing.* [強調形式] 你/妳自身
tè *nm., inv.* 茶；**tè al latte** 奶茶；**tè al limone** 檸檬茶
tedesco, chi / a, che *agg.* 德國的；*nm.* 德語；*nm. / nf.* （男/女）德國人
telefonare *vt. / vi.* ☐ [ⓐ: **telefonato**] 打電話
telefonata, e *nf.* （一通）電話；**telefonata intercontinentale** 國際長途電話；**telefonata interurbana** 國內長途電話
telefonino, i / a, e *agg.* 電話的；*nm.* 手機；**bolletta telefonica** 電話繳費單；**cabina telefonica** 電話亭；**scheda telefonica** 電話卡
telefono, i *nm.* 電話（機）；**telefono pubblico** 公共電話；**numero di telefono** 電話號碼
telegrafico, i / a, che *agg.* 電報的，電報傳送的；**trasferimento telegrafico (TT)** 電匯
televisione, i *nf.*, (*abbr.*: **TV**) 電視（機）；**guardare la television** 看電視
tempia, e *nf.* 太陽穴，顳顬，鬢角
tempo, i *nm.* 時間；天氣，氣候；**avere**

tempo 有空、有時間；**condizioni del tempo** 天候狀況；**che tempo fa?** 天氣怎樣？；**tempo bello** 怡人的天氣；**tempo brutto** 惡劣的天氣；**tempo buono** 好天氣；**tempo cattivo** 壞天氣

temporale, i *nm.* 暴風雨；**c'è temporale** 暴風雨天

tenda, e *nf.* 窗簾；帷幕

tendine, i *nm.* 腱

tenere *vt. / vi.* IR:22 [ⓐ: **tenuto**] 拿；持有；保存，保留；順著，沿著；**tenerci a** 關心，意圖，想要；**tenere la destra** 右行

tennis *nm., inv.* 網球

terminal *nm., inv.* 終點（站）

terminare *vt.* 1⃞ [ⓐ: **terminato**] 完成；*vi.* [ⓔ: **terminato, i / a, e**] 終止，結束

terra, e *nf.* 地球；世界，世間；土地，地面；陸地，地區；泥土，土壤

terremoto, i *nm.* 地震

terrestre, i *agg.* 地球的；**globo terrestre** 地球

terribile, i *agg.* 可怕的，恐怖的

terzo, i / a, e *num.ord.* 第三；**terza persona** [文法] 第三人稱

testa, e *nf.* 頭，頭部，頭腦；**mal di testa** 頭痛

testo, i *nm.* 文本，作品；本文；課文，課本

Thailandia (/Tailandia) *nf.* [國名] 泰國（*Thailand*）

ti *pron.pers., 2° sing.* [直接受詞] 你/妳；[間接受詞] 對你/妳；*pron.rif., 2° sing.* 你/妳自身

tifone, i *nm.* 颱風

tipo, i *nm.* 典型，類型，種類

tirare *vt. / vi.* 1⃞ [ⓐ: **tirato**] 拖、拉；吸；扔、擲；（風）刮、吹；**tira vento** 刮風天

toilette *nf., inv.* 廁所，盥洗室

tonico, i / a, che *agg.* [文法] 重讀的，有重音的；**accento tonico** [文法] 重讀

tonnellata, e *nf.* 噸；**tonnellata metrica** (*abbr.*: **mt**) 公噸（＝1000 公斤）

tono, i *nm.* 聲調，音調

tonsilla, e *nf.* 扁桃腺

torace, i *nm.* 胸，胸膛，胸廓

Torino *nf., inv.* [城市名]（義大利）杜林（*Turin*）

tornare *vi.* 1⃞ [ⓔ: **tornato, i / a, e**] 回去，回來；**tornare a casa** 回家，回屋子；**tornare ad essere** 再度成為，再次變回

torre, i *nf.* 塔，塔樓；**torre di controllo** 控制塔台；**torre pendente** [名勝]（比薩）比薩斜塔；**torre del Mangia** [名勝]（夕葉娜）曼吉亞塔樓

torta, e *nf.* 蛋糕；**torta al cioccolato** 巧克力蛋糕；**torta alla crema** 奶油蛋糕；**torta gelato** 冰淇淋蛋糕

totale, i *nm.* 總數，合計；**perdita totale** 全部損失；**in totale** 總共，共計

tra (fra) *prep.* 介於…之間，在…之內（*between, among*）；**tra i primi** 在最重要之中的一個

trachea, e *nf.* 氣管，呼吸道

traffico, i *nm.* 交通，運輸

tram *nm., inv.* 輕軌電車

tranquillo, i / a, e *agg.* 安靜的，平靜的；**andare tranquillo** 別緊張；沒問題；不用擔心

transitivo, i / a, e *agg.* [文法] 及物的；**verbo transitivo** [文法] 及物動詞

transito, i *nm.* 通過，通行，經過；[運輸] 轉機，轉車

trapassato, i *nm.* [文法] 過去完成式；**trapassato prossimo** [文法] 過去未完成式；**trapassato remoto** [文法] 過去完成式

trascorrere *vt.* 2⃞ [ⓐ: **trascorso**] / *vi.* [ⓔ: **trascorso, i / a, e**] 通過，經過，度過（時間）

trasferimento, i *nm.* 調動，遷移；移轉，轉讓；**trasferimento telegrafico (TT)** 電匯

trattoria, e *nf.* 飯館，餐館

tre *num.card.* 三；**tre miliardi** *num.card.* 三十億；**tre milioni** *num.card.* 三百萬

trecento *num.card.* 三百

tredicesimo, i / a, e *num.ord.* 第十三

tredici *num.card.* 十三

tremila *num.card.* 三千
treno, i *nm.* 火車，列車；**treno ad alta velocità (TAV)** 高速鐵路；**treno locale** 普通車；**perdere il treno** 沒趕上火車；**prendere il treno** 趕上火車
trenta (trent') *num.card.* 三十
trentacinque *num.card.* 三十五
trentadue *num.card.* 三十二
trentaduesimo, i / a, e *num.ord.* 第三十二
trentanove *num.card.* 三十九
trentaquattro *num.card.* 三十四
trentasei *num.card.* 三十六
trentasette *num.card.* 三十七
trentatrè *num.card.* 三十三
trentatreesimo, i / a, e *num.ord.* 第三十三
trentesimo, i / a, e *num.ord.* 第三十
trentottesimo, i / a, e *num.ord.* 第三十八
trentotto *num.card.* 三十八
trentunesimo, i / a, e *num.ord.* 第三十一
trentuno *num.card.* 三十一
tricentenario, ri *nm.* 三百週年紀念
trippa, e *nf.* 可供食用之動物（豬、牛、羊等）的胃
triste, i *agg.* 憂鬱的，悲傷的
tropico, i *nm.* 回歸線；*pl.* 熱帶
troppo *avv.* 過多地，過分地
troppo, i / a, e *agg.indef.* 太多的，過多的；*pron.indef.* 太多、過多；**un po' troppo** 有點過分，有點言過其實
trovare *vt.* ① [ⓐ: **trovato**] 找到，發現，獲得；遇見；感覺，認為；**venire a trovarsi** 去找某人
trovarsi *vr.* ① [ⓔ: **trovatosi, isi / asi, esi**] 感覺，察覺，發現，認為；相遇，碰見，碰面；處在，位於
tu *pron.pers. 2° sing.* [主格] 你/妳
tubo, i *nm.* 管子，管道；tubo di scarico 排氣管
Tunisi *nf.* [城市名]（突尼西亞）突尼斯（*Tunis*）
tunnel *nm., inv.* 隧道
tuo, tuoi / tua, tue *agg.poss.* 你/妳的；*pron.poss., 2° sing.* 你/妳的
tuono, i *nm.* 雷，雷聲
Turchia *nf.* [國名] 土耳其（*Turkey*）
turismo, i *nm.* 觀光，旅遊
turistico, i / a, che *agg.* 觀光的，旅遊的；**biglietto turistico** 觀光票
tuta, e *nf.* 工作褲；**tuta da lavoro** 工作褲
tutto, i *pron.indef., sing.* 一切，每件事，所有事；*pl.* 所有人，每個人；**tutto a posto?** [問候] 一切安好嗎？
tutto, i / a, e *agg.indef.* 全部的，所有的，完全的，全部的；**tutti frutti** 百果冰，什錦水果冰品；**tutti i giorni** 每天
tutto, i / a, e *avv.* 完全地，全部地，徹底地

U

uccello, i *nm.* 鳥
Ucraina *nf.* [國名] 烏克蘭（*Ukraine*）
ufficio, ci *nm.* 辦公室；**Ufficio Oggetti Smarriti** 失物招領處；**Ufficio Postale** 郵局
ultimo, i / a, e *agg.* 最後的，最終的；**Ultima Cena di Leonardo** [畫作] 達文西最後的晚餐
umano, i / a, e *agg.* 人的，人類的；人性的，人道的，仁慈的；**corpo umano** 人體
umidità *nf., inv.* 濕度，潮濕
umido, i / a, e *agg.* 潮濕的；**è umido** 潮濕天
un *art.indet.* [+ *n., masc., sing.*] 一個，某個（用於字首為母音或單一子音（h-、z- 除外）的陽性單數名詞）；**un miliardo** *num.card.* 十億；**un milione** *num.card.* 一百萬；**un po'** 一點點；**un po' troppo** 有點過分，有點言過其實
un certo / una certa *agg.indef., sing.* 某（一）個
una *num.card.* 一，一個
una (un') *art.indet.* [+ *n., fem., sing.*] 一個，某個（用於陰性單數名詞；名詞字首為母音時須以 un' 表示）
undicesimo, i / a, e *num.ord.* 第十一
undici *num.card.* 十一

Ungheria *nf.* [國名] 匈牙利（*Hungary*）
unghia, e *nf.* 指甲
unico, i / a, che *agg.* 唯一的，獨一的；**figlia unica** 獨生女；**senso unico** 單行道
unito, i / a, e *agg.* 連接的，結合的；一致的，統一的；**Emirati Arabi Uniti** [國名] 阿拉伯聯合大公國（*United Arab Emirates*）；**Regno Unito** [國名] 英國（*United Kingdom*）；**Stati Uniti (d'America)** [國名] 美國（*United States (of America)*）
universale, i *agg.* 宇宙的，萬物的，世界的；一般的，普遍的；廣博的；**Giudizio Universale** [畫作] 最後的審判
università *nf., inv.* 大學
universo, i *nm.* 宇宙；天地萬物，萬象
uno *art.indet.* [+ *n., masc., sing.*] 一個，某個（用於字首為 h-、z- 及非單一子音的陽性單數名詞）
uno *num.card.* 一；**duemila e uno** *num.card.* 二千零一；**mille e uno** *num.card.* 一千零一；**un milione e uno** *num.card.* 一百萬零一
uomo, uomini *nm.* 男人，人，人類
uovo, uova *nm.,; nf., pl.* 蛋；**uova bollite** 水煮蛋；**uova saltate** 煎蛋
Urano *nm.* [天文] 天王星；[神話]（希臘）天空之神烏拉諾斯
usare *vt. / vi.* ① [ⓐ: **usato**] 用，使用，運用，享用；習慣
uscire *vi.* Ⓘ:27 [ⓔ: **uscito, i / a, e**] 出去，出門；離開
uscita, e *nf.* 出口；離開，出走；**vietata l'uscita** 禁止通行
utile, i *agg.* 有用的，有益的；**posso essere utile?** 我能幫什麼忙嗎？
utilizzare *vt.* ① [ⓐ: **utilizzato**] 使用；**farsi utilizzare** 讓（某人）使用
uva, e *nf.* 葡萄

V

vacanza, e *nf.* 休假；*pl.* 假期
vagina, e *nf.* 陰道
vagone, i *nm.* 火車車廂；**vagone ristorante** 餐車
valanga, ghe *nf.* 雪崩
Valentino *nm.* [男子名] 瓦倫蒂諾；**S. Valentino** 情人節
valigia, e *nf.* 手提箱、行李箱
vallata, e *nf.* 山谷
valore, i *nm.* 價值；**valori bollati** 郵票；**Imposta sul Valore Aggiunto** (*abbr.* **I.V.A.**) 增值稅，加值型營業稅
vaniglia, e *nf.* 香草；**budino alla vaniglia** 香草布丁
vaporetto, i *nm.* 汽船
vaso, i *nm.* 器皿（杯、壺、瓶、盆、罐等）；管，脈管；**vaso sanguigno** 血管
Vaticano *nm.* [地名] 梵蒂岡，羅馬教廷；**Città del Vaticano** [國名/城市名] 梵蒂岡（*The Vatican*）
vecchio, chi / a, e *agg.* 老的，年老的；陳舊的；**Ponte Vecchio** [名勝]（佛羅倫斯）老橋
vedere *vt.* Ⓘ:23 [ⓐ: **veduto (visto)**] 看，看見
vedersi *vr.* Ⓘ:23 [ⓔ: **vedutosi, isi / asi, esi (vistosi, isi / asi, esi)**] 彼此見面、相互碰面
veicolo, i *nm.* 交通工具、運輸工具；傳播工具；**corsia veicoli lenti** 慢車道；**corsia veicoli veloci** 快車道
veloce, i *agg.* 迅速的，快的；**corsia veicoli veloci** 快車道
velocità *nf., inv.* 速度；**limite di velocità** 速度限制；**moderare la velocità** 減速慢駛
vena, e *nf.* 靜脈
vendita, e *nf.* 賣，出售
venditore, i *nm.* 賣方，出售者
venerdì *nm., inv.* 星期五
Venere *nf.* [天文] 金星；[神話] 女神維納斯
Venezia *nf., inv.* [城市名]（義大利）威尼斯（*Venice*）
venire *vi.* Ⓘ:28 [ⓔ: **venuto, i / a, e**] 來，來到；**venire a trovarsi** 去找某人；**farsi venire** 使（某人）來

ventesimo, i / a, e *num.ord.* 第二十
venti *num.card.* 二十
venticinque *num.card.* 二十五
venticinquesimo, i / a, e *num.ord.* 第二十五
ventidue *num.card.* 二十二
ventiduesimo, i / a, e *num.ord.* 第二十二
ventinove *num.card.* 二十九
ventinovesimo, i / a, e *num.ord.* 第二十九
ventiquattresimo, i / a, e *num.ord.* 第二十四
ventiquattro *num.card.* 二十四
ventisei *num.card.* 二十六
ventiseiesimo, i / a, e *num.ord.* 第二十六
ventisette *num.card.* 二十七
ventisettesimo, i / a, e *num.ord.* 第二十七
ventitrè *num.card.* 二十三
ventitreesimo, i / a, e *num.ord.* 第二十三
vento, i *nm.* 風；**c'è (/tira) vento** 颳風天
ventottesimo, i / a, e *num.ord.* 第二十八
ventotto *num.card.* 二十八
ventre, i *nm.* 腹部，肚子
ventunesimo, i / a, e *num.ord.* 第二十一
ventuno (ventun) *num.card.* 二十一
veramente *avv.* 真的，真實地；純正地；**verissimamente** *sup.* 極真，極真實地；極純正地
verbo, i *nm.* [文法] 動詞；**verbo intransitivo** [文法] 不及物動詞；**verbo riflessivo** [文法] 反身動詞；**verbo transitivo** [文法] 及物動詞
verde, i *agg.* 綠色的；**Capo Verde** [國名] 維德角（*Cape Verde*）；**insalata verde** 生菜沙拉；**semaforo verde** 綠燈
verdetto, i *nm.* [法律] 評議，評判，判決，裁定，裁決
vero, i / a, e *agg.* 真正的，真實的；純正的；**verissimo, i / a, e** *sup.* 極真實的；極純正的；**vero? / non è vero?** [用於要求證實一個陳述] 是嗎？/不是嗎？
Verona *nf., inv.* [城市名]（義大利）威洛那（*Verona*）
Versavia *nf.* [城市名]（波蘭）華沙（*Warsaw*）
verso *prep.* [指示方向] 朝…方向，朝著，向著；[表現時間] 大概，約莫，將近；在…附近；對於
vertebrale, i *agg.* 脊椎的，椎骨的；**colonna vertebrale** 脊柱
vescica, che *nf.* 膀胱
vespa, e *nf.* 胡蜂
vestire *vt. / vi.* 3p [ⓐ: **vestito**] 穿上（衣服），著裝
vestito, i *nm.* 服裝，衣服
vi *avv.* 那裡（*there*）；**v'è, vi sono** 有（*there is, there are*）
vi *pron.pers., 2° pl.* [直接受詞] 你/妳們；[間接受詞] 對你/妳們；*pron.rif., 2° pl.* 你/妳們自身
via *avv.* 離，遠離（*away*）；**andare via** 離開，消失
via, e *nf.* 街，路；**via aerea** 空運；航空信件；**Via Appia Antica** [名勝]（羅馬）亞壁古道；**Via Lattea** 銀河，天河；via mare 海運
viaggiare *vi.* 1 [ⓐ: **viaggiato**] 旅行，旅遊；運行，運輸
viaggio, gi *nm.* 旅行；**agenzia di viaggi** 旅行社；**borsa da viaggio** 旅行袋；**buon viaggio** 祝旅途愉快，一路順風
viale, i *nm.* 林蔭大道
vicenda, e *nf.* （發生的）事情，經歷
Vicenza *nf., inv.* [城市名]（義大利）維泉札（*Vicenza*）
vicino *avv.* 附近，靠近；**vicino a** 靠近
vicino, i / a, e *agg.* 附近的，靠近的，鄰近的；**Vicino Oriente** [地名] 近東（*Near East*）
vietato, i / a, e *agg.* 被禁止的，不被允許的；**vietata l'entrata** 禁止進入；**vietato il parcheggio** 禁止停車；**vietata l'uscita** 禁止通行
villa, e *nf.* 別墅
vino, i *nm.* 葡萄酒；**vino bianco (/rosso)** 白（/紅）葡萄酒
visita, e *nf.* 拜訪，參觀；**fare visita a...** 拜訪某人
vita, e *nf.* 生活；生命；腰部
Vittorio *nm.* [男子名] 維多利歐
vivere *vi.* IR:24 [ⓐ/ⓔ: **vissuto**] 生活，生

存；*vt.* ⓐ 過活

vocabolario, ri *nm.* 詞彙

vocale, i *agg.* 有聲音的，發出聲音的；*nf.* [文法] 母音；**corde vocali** 聲帶

voce, i *nf.* 聲音；[文法] 語態；**voce passiva** [文法] 被動語態

Voi *pron.pers., 2° pl.* [主格；禮貌用法（非正式用法）] 您們

voi *pron.pers., 2° pl.* [主格] 你/妳們；[直接受詞強調形式] 你/妳們；[間接受詞強調形式] 對你/妳們；*pron.rif., 2° sing.* [強調形式] 你/妳們自身（= **voistessi / e**）；**voi stessi / e** *pron.rif., 2° pl.* [強調形式] 你/妳們自身

volere *vt.* 🄸🅁:25 [ⓐ: **voluto**] 想要，渴望，需要

volo, i *nm.* 飛翔，飛行；**volo intercontinentale** 越洋飛行；國際線航班；**volo interno** 國內飛行；國內線航班；**numero di volo** 航次

volta, e *nf.* 次（數）；**a volte** 有時候；**ogni volta** 每一次；**qualche volta** 有時候

volume, i *nm.* 體積，容量；音量；（書籍的）冊、卷

vostro, i / a, e *agg.poss.* 你/妳們的；*pron.poss., 2° pl.* 你/妳們的

vulcano, i *nm.* 火山

vulva, e *nf.* 陰戶，女性的外陰部

W

whisky *nm., inv.* [酒名] 威士忌

Z

zero *num.card., inv.* 零

zero, i *nm.* 零

zigomo, i *nm.* 顴骨，頰骨

zio, zii / zia, zie *nm. / nf.* 伯父，叔父，舅父，姑丈，姨丈 / 姨母，姑母，舅母，嬸母

zitella, e *nf.* [帶貶義] 未婚女子

zona, e *nf.* 地區，地帶；**zona del silenzio** 寧靜區域

zucchero, i *nm.* 糖

zuppa, e *nf.* 湯、羹；**zuppa di asparagi** （奶油）蘆筍湯；**zuppa di funghi** （奶油）鮮菇湯；**zuppa del giorno** 當日供應的湯

Zurigo *nf.* [城市名] （瑞士）蘇黎世（*Zurich*）

秀威經典　　語文學習類　PD0054　學語言 13

基礎義大利語就看這一本：
字彙、慣用語、文法、生活會話

作　　者 / 康華倫（Valentino Castellazzi）
編　　校 / 王志弘
責任編輯 / 辛秉學
圖文排版 / 楊家齊
封面設計 / 葉力安

出版策劃 / 秀威經典
發 行 人 / 宋政坤
法律顧問 / 毛國樑　律師
印製發行 / 秀威資訊科技股份有限公司
114 台北市內湖區瑞光路 76 巷 65 號 1 樓
電話：+886-2-2796-3638　傳真：+886-2-2796-1377
http://www.showwe.com.tw
劃撥帳號 / 19563868　戶名：秀威資訊科技股份有限公司
讀者服務信箱：service@showwe.com.tw
展售門市 / 國家書店（松江門市）
104 台北市中山區松江路 209 號 1 樓
電話：+886-2-2518-0207　傳真：+886-2-2518-0778
網路訂購 / 秀威網路書店：http://store.showwe.tw
國家網路書店：http://www.govbooks.com.tw

2017 年 9 月　BOD 一版
定價：500 元

國家圖書館出版品預行編目

基礎義大利語就看這一本：字彙、慣用語、文法、
生活會話 / 康華倫(Valentino Castellazzi)著 --
一版. -- 臺北市：秀威經典, 2017.09
面； 公分.
BOD 版
ISBN 978-986-94998-3-5(平裝)

1.義大利語 2.讀本

804.68 106013075

讀者回函卡

感謝您購買本書，為提升服務品質，請填妥以下資料，將讀者回函卡直接寄回或傳真本公司，收到您的寶貴意見後，我們會收藏記錄及檢討，謝謝！

如您需要了解本公司最新出版書目、購書優惠或企劃活動，歡迎您上網查詢或下載相關資料：http:// www.showwe.com.tw

您購買的書名：________________________________

出生日期：________年________月________日

學歷：□高中（含）以下　□大專　□研究所（含）以上

職業：□製造業　□金融業　□資訊業　□軍警　□傳播業　□自由業

□服務業　□公務員　□教職　□學生　□家管　□其它_____

購書地點：□網路書店　□實體書店　□書展　□郵購　□贈閱　□其他

您從何得知本書的消息？

□網路書店　□實體書店　□網路搜尋　□電子報　□書訊　□雜誌

□傳播媒體　□親友推薦　□網站推薦　□部落格　□其他__________

您對本書的評價：（請填代號　1.非常滿意　2.滿意　3.尚可　4.再改進）

封面設計____　版面編排____　內容____　文／譯筆____　價格____

讀完書後您覺得：

□很有收穫　□有收穫　□收穫不多　□沒收穫

對我們的建議：________________________________

____

____

____

請貼
郵票

11466
台北市內湖區瑞光路 76 巷 65 號 1 樓
秀威資訊科技股份有限公司 收
BOD 數位出版事業部

(請沿線對折寄回，謝謝！)

姓　　名：＿＿＿＿＿＿＿＿　年齡：＿＿＿＿　性別：□女　□男

郵遞區號：□□□□□

地　　址：＿＿＿＿＿＿＿＿＿＿＿＿＿＿＿＿

聯絡電話：(日)＿＿＿＿＿＿＿＿　(夜)＿＿＿＿＿＿＿＿

E-mail：＿＿＿＿＿＿＿＿＿＿＿＿＿＿＿＿